KNAUR

JENNIFER WILEY

IN JEDEM *Augenblick* EIN WIR

ROMAN

KNAUR

Besuche uns im Internet:
www.knaur.de

Hat dir dieses Buch gefallen? Lesetipps und vieles mehr rund um unsere romantischen Lieblingsbücher findest du auf Instagram: @knaurromance

Aus Verantwortung für die Umwelt hat sich die Verlagsgruppe Droemer Knaur zu einer nachhaltigen Buchproduktion verpflichtet. Der bewusste Umgang mit unseren Ressourcen, der Schutz unseres Klimas und der Natur gehören zu unseren obersten Unternehmenszielen. Gemeinsam mit unseren Partnern und Lieferanten setzen wir uns für eine klimaneutrale Buchproduktion ein, die den Erwerb von Klimazertifikaten zur Kompensation des CO_2-Ausstoßes einschließt. Weitere Informationen unter: www.klimaneutralerverlag.de

MIX
Papier | Fördert gute Waldnutzung
FSC® C083411
FSC www.fsc.org

Originalausgabe Juli 2023
Knaur Taschenbuch

Ein Imprint der Verlagsgruppe
Droemer Knaur GmbH & Co. KG, München

Dieses Werk wurde vermittelt durch
die Günter Berg Literary Agency.
Redaktion: Michelle Stöger
Covergestaltung: SO YEAH DESIGN, Gabi Braun
Coverabbildung: © Collage unter Verwendung
von Motiven von shutterstock.com
Abbildungen im Innenteil von Shutterstock.com:
andreashofmann7777 (Pflanzen), Phatthanit (metallische Fläche)
Satz: Adobe InDesign im Verlag
Druck und Bindung: CPI books GmbH, Leck
ISBN 978-3-426-52988-1

2 4 5 3 1

Bei manchen Menschen lösen bestimmte Themen ungewollte Reaktionen aus. Deshalb findet ihr am Ende des Buches eine Liste mit sensiblen Inhalten.

Für Niklas.
Weil du mich so sein lässt, wie ich bin.

Playlist

Charlotte OC – Where It Stays
Joshua Radin – No Envy No Fear
Mariah McManus – Secrets
Kate York – Still On Top
Brendan James – Through Our Hands
Rosi Golan – Come Around
Garrison Starr – Sit With Me Tonight
Amy Stroup – Sabotage
Butterfly Boucher – Love Will Make Me Stay
Mariah McManus – Say It Again
Brendan James – Bring My Love Home
Victoria Banks – When You Can Fly
Over the Rhine – Lookin' Forward
Ryan Peters – We Live, We Love, We Grow

Prolog

Noch nie habe ich mich so sehr wie Cinderella gefühlt. Weiße, sternenförmige Lampions hängen von der Decke in den Raum hinein und tauchen den Festsaal der Lullaby University in ein warmes Licht. Sanfte Klänge einer Akustikgitarre verstärken die elegante Atmosphäre ebenso wie die Kellner in weißen Anzügen, die Champagnerflöten an die Gäste in festlicher Abendgarderobe verteilen. Mittendrin bin ich, in meinem hellblauen Kleid aus Tüll, dessen Oberteil ich in fünf Nachtschichten und in mühevoller Handarbeit mit Pailletten bestickt habe. Meine blonden, schulterlangen Haare sind zu einem vornehmen Knoten geformt, und ich bin bei dem Mann untergehakt, der für meine Zukunft eine entscheidende Rolle spielen könnte. Immerhin handelt es sich bei dem älteren Herrn zu meiner Rechten um einen der einflussreichsten Modeunternehmer Kaliforniens.

»Also, Ms Simson, Ihre Freundin Hazel hat mir nahegelegt, mit Ihnen ins Gespräch zu kommen. Sie interessieren sich für Mode?«

»Sie fasziniert mich schon seit meiner Kindheit«, erwidere ich und betrete mit Mr Shan einen Nebensaal, in dem es etwas ruhiger zugeht – weniger Menschen, keine Hintergrundmusik. Dafür finden sich hier eine Fotoausstellung und Hunderte von Spiegelfliesen, die an der Decke angebracht wurden und sich im sanften Luftzug der geöffneten Seitentür bewegen.

»Was genau fasziniert Sie daran?«

»Dass jedes Detail, jede Entscheidung etwas aussagt«, erwidere ich träumerisch. »Mode ermöglicht, in unterschiedliche Versionen seines Selbst zu schlüpfen und diese nach außen zu tragen. Das gefällt mir.«

»Und wer möchten Sie sein? Welche Version?«

»Die Version, die ihre zwei größten Leidenschaften ausleben kann: Mode und Umweltschutz.«

Mr Shan nimmt einen Schluck aus seiner Champagnerflöte, dann lächelt er zustimmend. »Und was sind dabei Ihre Ziele?«

»Für heute Abend: meine Uni zu repräsentieren, Kontakte zu knüpfen und dem Dekan dabei zu helfen, unser Spendenziel zu erreichen. Für die nächsten zwei Jahre: den bestmöglichen Abschluss zu schaffen.«

»Beides verständlich«, wirft Mr Shan ein.

»Aber wenn es um mein Lebensziel geht – das, wofür ich brenne –, dann möchte ich irgendwann ein nachhaltiges Modelabel gründen.« Mein Herzschlag beschleunigt sich. Es auszusprechen macht mich immer ein wenig nervös, denn es bedeutet, jemandem meinen größten Wunsch anzuvertrauen und mich damit verletzlich zu machen.

»Das ist sehr ambitioniert von Ihnen.«

»Ich weiß«, erwidere ich und versuche, mich von diesen Worten nicht verunsichern zu lassen, obwohl eine Stimme in meinem Kopf fragt, ob *ambitioniert* nur eine freundliche Version von *unerreichbar* ist.

»Ich mag Leute, die hochgesteckte Ziele haben.« In Mr Shans Stimme liegt keinerlei Spott. »Ich war früher genau wie Sie. Voller Visionen und Tatendrang.«

Ich richte mich ein wenig auf. »Dann wissen Sie ja, wie es ist, groß zu träumen, egal, was andere davon halten.« Meine Mundwinkel zucken. Nur mit Mühe und Not schaffe ich es, mein Lächeln aufrechtzuerhalten. Es ist schwer, an seinen Visionen festzuhalten, wenn es Leute gibt, die einen deswegen immer nur müde belächelt haben. Mein Gedankenkarussell droht sich in Bewegung zu setzen. Hin zu dem einen Moment, in dem ich mich nicht für ein Modedesign-Studium beworben habe, weil es mir ausgeredet wurde. Hin zu den weiteren verhängnisvollen Entscheidungen, die ich für diese eine Person getroffen habe.

»Ich würde mich freuen, noch ein wenig mehr über Sie zu erfahren«, fährt Mr Shan fort und holt mich damit zurück ins Hier und Jetzt. »Wieso führen Sie mich nicht durch diese Fotoausstellung und erzählen mir ein wenig von Ihrem Engagement an der Lullaby University?«

»Sehr gerne.«

Gemeinsam gehen wir zur Bildergalerie. Fotos über Fotos reihen sich aneinander, perfekt ausgeleuchtet und festlich in Szene gesetzt, und doch spiegeln sie gerade einmal einen Bruchteil aller Forschungsgebiete und Stipendienprogramme der LBU wider. Es ist nur ein Versuch unseres Dekans Mr Peterson, mit den Unternehmern ins Gespräch zu kommen und unsere Arbeit vorzustellen.

Aus dem Augenwinkel entdecke ich meinen Mitbewohner Jasper mit zwei Frauen vor einem Foto des Forschungslabors. Auf seinen Lippen tanzt wie immer ein charmantes, beinahe freches Grinsen, das durch seinen eher lässigen Look betont wird. Seine blonden Haare, die er sonst meistens in einem Man Bun trägt, sind heute offen und mit ein wenig Gel nach hinten gekämmt. Das Hemd seines dunkelgrauen Anzugs ist ein paar Knöpfe weit geöffnet und lässt erahnen, dass Jaspers gesamter Oberkörper tätowiert ist. Die beiden Frauen hängen an seinen Lippen und kichern wie Schulmädchen, aber ich kenne es nicht anders. Jasper hat durch dieses einnehmende Lächeln, die coolen Sprüche und eine große Portion Intelligenz und Charisma immer diese Wirkung auf Frauen. Nicht ohne Grund ist er unser Rekordhalter in Sachen Spenden-Akquise. Das war er schon, als ich zum Red-Stipendienprogramm dazugestoßen bin. Jasper war zu dem Zeitpunkt selbst erst ein Jahr bei Red und hatte mit seinen Leistungen und seinem Charme trotzdem bereits alle Aufmerksamkeit auf sich gezogen.

»Verzeihen Sie mir, wenn das jetzt forsch ist«, sagt Mr Shan, und ich löse meinen Blick von Jasper. Ich konzentriere mich wieder auf meinen Gesprächspartner und meine Aufgabe. »Sie haben das Studium, sind Stipendiatin bei Red, entwerfen Ihre eigene Mode und arbeiten – wenn ich das richtig gehört habe – auch noch als Tutorin? Das klingt sehr zeitaufwendig. Und Sie sind ja erst einundzwanzig, haben Sie gesagt? Wie schaffen Sie das alles?«

»Mit etwas zu wenig Schlaf«, erwidere ich mit einem Grinsen, obwohl sich mein Magen dabei zusammenkrampft. Weil es eigentlich nichts ist, worauf ich stolz bin. Dass ich die Nächte durchmache, kaum schlafe, einfach nur funktioniere, ist nicht gesund. Und doch bin das einfach ich, seit ich das erste Mal vor eineinhalb Jahren an die LBU gekommen bin. Also lächle ich weiter und lenke das Gespräch bewusst in Richtung der neusten Umweltforschungen.

Die Zeit vergeht, irgendwann wird es im Nebensaal voller. Immer mehr Menschen gesellen sich zu uns, sehen sich die Fotos an und stellen mir Fragen. Jemand vom Festkomitee verteilt weitere Champagner- und Saftflöten. Ich nehme ein Glas Orangensaft.

»Auf unsere wundervolle Gastgeberin«, wendet sich Mr Kennedy, Vorstand eines großen Umweltschutzzentrums in Washington, mir zu.

»Ich bitte Sie«, sage ich höflich und winke ab. »Mr Peterson hat diesen Abend doch ausgerichtet.«

Plötzlich legt jemand seinen Arm um mich. »Nur keine falsche Bescheidenheit, Lou. Als Leiterin des Festkomitees solltest du dieses Kompliment wirklich annehmen.«

Jasper. Er steht da, grinst mich und die anderen Unternehmer an und hat noch immer den rechten Arm um mich gelegt. Das macht er oft, mich einfach so umarmen. Es ist keine große Sache, und doch ist es alles, weil ich es liebe und hasse, wenn er das tut. Weil es mich jedes Mal, wenn auch nur für einen kurzen Augenblick, aus der Reserve lockt. Mit seiner Art kann mein Mitbewohner das wie kein anderer. Mich kurz aus der Fassung bringen.

»Im Festkomitee sind Sie also auch noch?«, fragt Mr Shan sichtlich beeindruckt. »Sie müssen so etwas wie Superwoman sein.«

»Die einzig wahre, wenn Sie mich fragen«, sagt Jasper gut gelaunt. Aus seiner Hosentasche blitzt bereits ein Scheck, den er wohl von einer der Frauen bekommen hat und gleich an Mr Peterson weiterreichen wird. Wieder einmal der Erste von uns, der Erfolg hat.

»Während ich morgens noch versuche, mir Kaffee einzuflößen und meinen Kopf in Gang zu bekommen, hat sie schon Cookies gebacken, ein neues Kleid entworfen, eine To-do-Liste erstellt und ihren Lernplan bearbeitet.«

»Es kann nicht jeder so ein Morgenmuffel sein wie du«, spiele ich das Spiel mit. Allein deswegen, weil es die Herrschaften um uns herum zu amüsieren scheint.

»Ich muss ihr recht geben«, erklärt er den umstehenden Gästen. »Ich bin morgens wirklich zu nichts zu gebrauchen. Wenn es irgendwie ginge, würde ich mir den Kaffee intravenös legen lassen.«

»Wenn ich mir deinen Kaffeekonsum so ansehe, besteht aktuell kaum ein Unterschied zum intravenösen Zugang. So oft, wie du innerhalb einer halben Stunde Nachschub brauchst, ist das reine Fließbandarbeit.«

»Erwischt«, lacht Jasper. Er versprüht dabei so viel Charme, dass er die anderen sofort mit diesem Lachen ansteckt. Wichtige Leute von sich überzeugen konnte er schon immer gut. »Wie Lou könnte ich nie sein. So viele Extraaufgaben, kreative Energie, Nachtschichten …«

»Aber langweilen wir die Herrschaften mal nicht länger damit«, werfe ich ein. »Ich denke, wir sollten mehr über die Uni reden und weniger über meine Gewohnheiten.«

»Wieso?«, fragt Mr Shan vergnügt. »Ich finde Sie immer faszinierender, Ms Simson.«

Jasper beugt sich zu mir herab. Es sind nur Sekunden. Sekunden, in denen er meinem Gesicht plötzlich sehr nah ist, auf seinen Lippen ein schelmisches Grinsen. »Ich auch«, flüstert er mir ins Ohr. Ich erwidere nichts, schlucke. Er zieht mich nur auf, meint das nicht so. Trotzdem lösen allein diese zwei Worte ein sanftes Flattern in meinem Magen aus. Nicht nur, weil es Jasper ist und Jasper irgendwie immer etwas auslöst. Sondern auch, weil ich nicht weiß, wie ich mit so viel Lob und Aufmerksamkeit umgehen soll, obwohl in meinem Kopf so viel Schwärze steckt. Schwärze, von der keiner der Anwesenden etwas ahnt. Nicht einmal mein Red-Kollege und Mitbewohner, der in diesem Moment den Arm von mir nimmt und mich etwas fröstelnd zurücklässt.

»Nun denn, meine Herren«, sagt er und nickt den anderen zu. »Sie sind bei Lou in besten Händen. Ich denke, ich werde mich im Hauptsaal mal wieder unters Volk mischen.«

Die Herren nicken, Jasper zwinkert mir ein letztes Mal zu. Dann schlendert er zurück zu den sanften Gitarrenklängen, unseren anderen Mitbewohnern und Red-Stipendiaten sowie dem Dekan, dem er nun sicher den Scheck überreichen wird.

Ich sammle mich, nehme wieder die Gespräche auf und versuche den Herrschaften klarzumachen, wie wichtig die Arbeit der Lullaby University für die Umwelt ist. Wie viel Engagement jeder Einzelne hier in diese Mission steckt. Am Ende ist mein Mund ganz trocken vom vielen Reden, doch ich erreiche tatsächlich einige Zusicherungen von Spenden in einer Höhe, die Mr Peterson sicherlich erfreuen wird. Meine Sponsoren gehen direkt los, um die Schecks beim Dekan abzuliefern. Ich atme kurz tief durch und nehme einen letzten Schluck Orangensaft.

Als ich zurück in den Hauptsaal komme, fällt mein Blick auf Jasper, der bei seinem Bruder Lewis und unserer Mitbewohnerin Hazel steht. Irgendetwas scheint da nicht zu stimmen. Sie diskutieren wild gestikulierend, und wenn ich es richtig sehe, schwankt Lewis ein wenig, so als wäre er betrunken.

Jasper tritt vor und baut sich vor seinem Bruder auf. Er sieht wütend aus, fast bedrohlich, dabei kann Jasper sonst keiner Fliege etwas zuleide tun. Niemals würde er sich vergessen – schon gar nicht hier, auf einer derart wichtigen Veranstaltung.

Mit gerafftem Kleid schlage ich meinen Weg zu ihnen ein. Egal, was los ist: Sie werden das woanders klären müssen.

»Ich habe mir meinen Erfolg erarbeitet«, höre ich Jasper beim Näherkommen sagen. »Maggie hatte nichts damit zu tun.« Ich werde nicht schlau aus diesen Worten. *Wer ist Maggie?*

Lewis schnaubt. »Ich wusste immer, dass du ein Frauenheld bist. Aber deine Professorin? Wirklich?«

Lewis hat die Stimme erhoben, einige Leute werden auf den Streit aufmerksam. Ich versuche, mich an den neugierigen Umstehenden vorbeizuquetschen, um zu Lewis und Jasper zu gelangen.

»Was hast du ihr fürs Stipendium geboten?«, vernehme ich Lewis. Normalerweise spricht er eher leise und zurückhaltend, doch jetzt ist er laut und verbittert.

»Hör auf, ich warne dich!«

»Was, Jasper?«, presst Lewis hervor. »Was hast du gemacht, um dieses Stipendium von ihr zu bekommen?«

Endlich finde ich eine Lücke zwischen den Leuten und dränge mich hindurch. Entschuldige mich, nicke höflich, obwohl alles in mir angespannt ist.

»Hat es sich wenigstens für sie gelohnt?«, zischt Lewis.

Ich will mich gerade einmischen, als Jasper ausholt. Hazel und ich schreien gleichzeitig auf, als Jaspers Faust auf Lewis' Kiefer prallt. Hazel versucht dazwischenzugehen, wird jedoch von einem der Umstehenden festgehalten. Ich selbst kann mich nicht rühren. Erstarrt sehe ich zu, wie Lewis taumelt. Blutiger Speichel läuft aus seinem Mund. Einige Männer stellen sich nun dazwischen und halten Lewis davon ab, es Jasper heimzuzahlen. Das ganze Szenario ist absurd. Die festliche Akustik-Musik, die sternförmigen Lampions, die Männer in ihren Anzügen, die sich nun mitten in einem Gerangel befinden. Das Getuschel der Kellner, die ihre Handys gezückt haben. Und mittendrin ich in meinem Cinderella-Kleid, deren perfekt geplanter Abend gerade eine ganz bittere Wendung genommen hat.

Es gibt höchstens einen Stipendienplatz bei Red pro Jahr. Es gleicht einem Ritterschlag, für dieses Programm ausgewählt zu werden, denn allein durch dieses Stipendium öffnen sich so viele Türen. Niemals wäre ich auch nur auf die Idee gekommen, jemand könnte auf unlauterem Weg einen Platz ergattern. Schon gar nicht Jasper. Er ist zu gut in dem, was er tut. Außerdem kenne ich ihn, seine Geschichte – oder?

Fassungslos muss ich mit ansehen, wie der Dekan herbeieilt und Jasper und Lewis des Saals verwiesen werden.

Wenn diese Anschuldigung die Runde macht, wäre das eine Katastrophe auf so vielen Ebenen. Für die Uni, für unser Stipendienprogramm, aber vor allem für Jasper.

Kapitel 1

Acht Wochen später

Ein dumpfes Geräusch lässt mich aus dem Schlaf schrecken. Mein Gehirn braucht einige Sekunden, um zu verarbeiten, wo ich mich befinde. Vor mir auf dem Küchentisch liegt noch mein Tablet, dahinter erstreckt sich das Chaos, das ich während meiner nächtlichen Backsession hinterlassen habe. Überall finden sich benutzte Schüsseln, Zutaten, und in einer Dose daneben die fertigen Bananencookies. Das Ergebnis meiner üblichen Zwei-Uhr-Nachts-Routine. Noch immer etwas benommen greife ich nach meinem Tablet und rufe die To-do-Liste auf, an der ich gearbeitet habe.

1. Küche aufräumen
2. Interview mit Forest.Gardening vorbereiten (Fragen wurden vorab geschickt)
3. Entwurf des Mantels überarbeiten (auf A-Linie achten!)
4. Sprachnachricht an Mom und Dad (viel zu lange her)
5. Tutorenmails durchgehen

Ich bin nicht mal fertig geworden, sondern muss vorher eingeschlafen sein. Am Küchentisch. Wieder einmal hat mein Körper irgendwann kapituliert und sich wenigstens das Minimum an Schlaf genommen, das ich zum Überleben benötige. Angesichts meines schmerzenden Nackens wäre das Bett sicherlich die bessere Wahl gewesen.

Es ist noch früh am Morgen. Die Sonne ist bereits aufgegangen und lässt den Reif, der sich auf der Wiese in unserem Garten gebildet hat, sanft glitzern. Es ist erstaunlich, wie kalt die Nächte zurzeit sind, obwohl die Tage langsam wärmer werden und viel Sonne mit sich bringen. Auch jetzt steht sie bereits hinterm Modoc National Forest und blitzt zwischen den majestätischen Kiefernlandschaften hervor. Absolute Idylle, von dem Chaos um mich herum und den dumpfen Lauten aus der ersten Etage einmal abgesehen. Mittlerweile gewöhne ich mich an die Geräusche von Jasper am Boxsack, weil er quasi nichts anderes mehr tut. Aufstehen, Boxen, Uni, Boxen, Essen, Boxen. Man sollte meinen, er wäre von den ausufernden sportlichen Betätigungen müde, aber er macht mir in Sachen Schlaflosigkeit langsam, aber sicher Konkurrenz.

Ich seufze, lasse mein Chaos und meine Liste, die auf akribische Abarbeitung wartet, liegen und gehe hoch in die zweite Etage – vorbei an Jaspers Zimmer, aus dem neben den Fäusten auf dem Sandsack auch leise Rockmusik zu hören ist.

Mein Zimmer im zweiten Stock sieht noch genauso aus wie letzte Nacht, als ich wieder einmal nicht schlafen konnte … oder nicht zulassen konnte, es überhaupt richtig zu versuchen. Mein Kopf war zu laut, die Gedanken zu schwer. Meine türkise Bettdecke liegt zerwühlt und traurig da und schreit mich förmlich an, mal wieder richtig benutzt zu werden. Ich schüttle sie aus und falte sie, damit wenigstens *ein* Chaos verschwindet. Später kümmere ich mich dann um das in der Küche. Nur das im Kopf wird bleiben, weil es immer da ist.

Es dauert zehn Minuten, ehe ich mich entschieden habe, nach welchem Kleidungsstück ich mich heute fühle: ein blassrosa Midikleid mit verspielten Ärmeln und Rüschen am Dekolleté, das sich perfekt an meine Kurven schmiegt. Sollte es auch, immerhin habe ich es eigens für mich angefertigt. Dazu eine schwarze Strumpfhose und dunkle Boots. Meine offenen Haare kombiniere ich mit einem dunklen Haarreifen, den ich vor einigen Wochen auf einem Flohmarkt in Juniper ergattert habe. Da meine unzähligen Sommersprossen mit der zunehmenden Sonne allmählich wieder deutlich hervortreten, entscheide ich mich dazu, nur etwas Lipgloss und Wimperntusche aufzutragen, und packe dann meine Tasche für die Uni: Trinkflasche, Lernmaterialien für die Mittagspause, mein Handy und meine Ausweise, mit denen ich auch außerhalb der Vorlesungszeiten Zutritt zum Unigelände habe. Einer der Vorteile, wenn man Stipendiatin ist. Nachts lernen? Kein Problem. Mitten in der Nacht etwas im Forschungslabor nachsehen? Go for it. Genau das Richtige für Köpfe, die sich weigern, zur Ruhe zu kommen.

Ich greife zu dem kleinen Notfall-Nähset auf meinem Schreibtisch, das ich immer dabeihabe, wenn ich das Haus verlasse, und streife dabei den Zeitungsartikel, den ich gestern einem meiner Schützlinge im Tutorenprogramm abgenommen habe. Ich bin mir sicher, er hat den Nachruf einzig zu dem Zweck ausgedruckt, mit den anderen über Jasper zu lästern. Über Jasper, Maggie und diese dämlichen Gerüchte über ihre Beziehung.

San Francisco trauert um
Jung-Professorin Maggie Ganes

Neben der Headline ist ein Foto der dreißigjährigen Maggie abgebildet. Ihr Haar ist kupferrot, ihre Nase spitz und schlank, und sie trägt ein leichtes Tages-Make-up, das ihre natürliche Schönheit unterstreicht. Sie war vor meiner Zeit an der LBU angestellt, sodass ich sie nie kennengelernt habe, und doch kann ich nicht aufhören, ihr Foto zu betrachten. Ihre Augen haben etwas Einnehmendes. Vielleicht liegt mein Interesse an ihr aber auch allein an der Verbindung zu Jasper, die ich noch versuche zu greifen. Das ist sie also. Die Frau, die ehemalige Professorin, mit der Jasper wirklich eine Beziehung hatte. Keine lockere Affäre, wie sein Bruder Lewis noch auf der Wintergala dachte und wie die Gerüchte, die seitdem auf dem Campus kursieren, behaupten. Nein, eine richtige Beziehung. Er hat sie geliebt. Dass Jasper Branson wirklich verliebt war und eine Frau so nah an sich herangelassen hat, dass er neun Monate mit ihr zusammen war, muss ich erst einmal verarbeiten. Und nicht nur ich. Das ist wohl auch der Grund, wieso ich das Gefühl habe, Jasper vor acht Wochen verloren zu haben. Als Freund. Als zuverlässigen Mitbewohner. Als den Mann, der es immer wieder schafft, mich aus der Reserve zu locken, nur mit einem frechen Grinsen. Denn seit diese Gerüchte im Umlauf sind, sehe ich dieses Grinsen nicht mehr. Und seitdem Jasper herausgefunden hat, dass Maggie nach ihrer Trennung und ihrem Weggang von der Uni bei einem Unfall ums Leben kam. Seitdem ist alles anders. *Er* ist anders.

Ich wende meinen Blick von dem Foto ab, nehme endlich den Zeitungsartikel und tue, was ich schon gestern hätte tun sollen, als ich den Studenten damit erwischt habe: Ich zerreiße ihn in klitzekleine Fetzen. Kleiner, noch kleiner, als würde das irgendetwas an dieser beschissenen Situation für Jasper ändern. Aber die Geräusche, die nach wie vor zu mir dringen, bezeugen, dass er noch immer seinen Boxsack bearbeitet. Voller Frust. Voller Trauer. Wobei ich das gar nicht so genau sagen kann, denn er redet ja kaum noch mit mir.

Mein Kopf fühlt sich viel zu voll an, also gehe ich in die Küche, um mich Punkt eins auf der Liste zu widmen: *Aufräumen.*

Unten am Tisch unseres Wohnhauses sitzen mittlerweile meine Mitbewohner Hazel und Corey, beide mit geröteten, übermüdeten Augen. Hazel hat ihren Kopf auf den Händen abgestützt. Ihre dunklen, brustlangen Haare stehen am Hinterkopf ein wenig ab, und sie trägt noch ihr Oversize-Schlafshirt, in dem sie geradezu versinkt.

»Guten Morgen«, sage ich.

Corey stöhnt leise und fährt sich durch seine Afrolocken, die er auf wenige Millimeter gekürzt trägt. Missmutig sieht er zu mir. »Es ist kein guter Morgen, wenn du eine Stunde vor dem Weckerklingeln aus dem Schlaf gerissen wirst, weil dein Mitbewohner mal wieder zu viel Energie hat.«

Hazel nickt verschlafen, dabei ist sie eigentlich ein Morgenmensch. »Kommt es mir nur so vor, oder wird das Boxen morgens langsam zur Gewohnheit?«

»Schlimmer noch«, murrt Corey und nimmt einen Schluck Kaffee. »Es geht jeden Tag ein wenig früher los.«

Ich schenke ihnen einen mitfühlenden Blick. *Mein* Körper ist diesen Schlafentzug wenigstens gewöhnt.

»Hier, vielleicht helfen die«, sage ich und schiebe ihnen ein paar der Cookies hin, die ich in dieser Nacht gebacken habe. Corey greift sich gleich mehrere und sieht mich dankbar an. Ich weiß schon, wieso ich immer ganze Wagenladungen davon mache. Jasper und Corey verdrücken sie meistens innerhalb von wenigen Stunden. Hazel holt sich stattdessen erst mal ihre Tabletten aus der Küchenschublade. Jedes Mal beeindruckt es mich aufs Neue, wie viele sie täglich schluckt, ohne auch nur mit Wasser nachzuspülen. Sie leidet an der Stoffwechselerkrankung Mukoviszidose, die ihre Lunge so geschwächt hat, dass sie eine neue brauchte. Die Tabletten sind unter anderem Immunsuppressiva, die dafür sorgen, dass ihre transplantierte Lunge nicht abgestoßen wird.

Ich beginne, meine benutzten Schüsseln zu spülen, während die anderen beiden versuchen, sich mit Kaffee auf Betriebstemperatur zu bringen. Trotzdem habe ich das Gefühl, dass Corey ab und zu wegnickt. Hazel wird immerhin munterer und hat angefangen, auf ihrem Handy herumzutippen – vermutlich auf der Suche nach neuen Wanderrouten hier in der Gegend, die sie mit Lewis ausprobieren kann. Die beiden machen an den Wochenenden kaum noch was anderes, jetzt, wo die Temperaturen in Kalifornien endlich steigen und sich der Frühling nähert.

Das Chaos ist schließlich beseitigt, und ich bereite mir ein Müsli mit selbst gemachtem Granola zu, mit dem ich mich zu den anderen an den Tisch setze. Über uns sind noch immer die Schläge auf den Boxsack zu vernehmen. Jasper ist unermüdlich.

Corey seufzt und wirkt betrübter, als ich es von ihm gewohnt bin. Ist es wirklich erst acht Wochen her, dass er und Jasper das letzte Mal zusammen in der Küche saßen und ihre dämlichen Witze gerissen haben, um sich gegenseitig damit zu übertreffen? Es kommt mir vor, als wären Monate vergangen, so sehr hat Jaspers Schwermut auf uns alle abgefärbt.

»Ich mache mir wirklich Sorgen um ihn«, sagt Corey. Über uns verstummen die Boxschläge, stattdessen hören wir die Rohre der Wasserleitung pfeifen. Jaspers Work-out ist offensichtlich beendet. »Dass er nach der Wintergala-Geschichte erst mal fix und fertig war, konnte ich nachvollziehen. Aber ich dachte, jetzt, wo er und Lewis sich wieder vertragen haben und alle Missverständnisse zwischen ihnen aus der Welt geschafft sind, würde es ihm besser gehen.« Er nimmt erneut einen Schluck Kaffee, was langsam einen Effekt zu haben scheint. Er wirkt zumindest etwas lebendiger, was aber seinen sorgenvollen Gesichtsausdruck nur unterstreicht. »Stattdessen habe ich das Gefühl, es geht ihm von Tag zu Tag schlechter.«

Niemand widerspricht ihm. Wir alle haben diese Entwicklung mitansehen müssen. Wie die Sorgenfalten tiefer wurden und Jasper immer schweigsamer.

»Überleg doch mal, was in den letzten Monaten alles passiert ist«, erwidere ich und rühre in meinem Müsli. »Erst prügelt er sich mit seinem Bruder auf einer öffentlichen Veranstaltung, weil der denkt, dass er sich sein Stipendium durch eine Affäre mit einer Professorin erschlafen hat. Ein Gerücht, das sofort die Runde machte, und eine Prügelei, für die Jasper Strafarbeiten und eine Bewährungsprobe vom Dekan aufgebrummt bekommen hat. Und dann erfährt er durch diese Auseinandersetzung auch noch, dass die Frau, mit der er eine Beziehung hatte und die er trotz Trennung offenbar immer noch geliebt hat, bei einem Unfall ums Leben kam. Vor über zwei Jahren … und er wusste nichts davon«, beende ich die Aufzählung der Dramen, die in letzter Zeit über Jasper und dieses Wohnhaus hereingebrochen sind. »Das ist ganz schön viel auf einmal.«

Allein von der Aufzählung wird mir übel. Wie viel kann ein Mensch ertragen, ohne zusammenzubrechen? Vielleicht ist es schon ein Wunder, dass er überhaupt noch aufrecht steht.

»Es *ist* viel«, sagt Hazel. »Selbst für jemanden wie Jasper.«

»Was ist mit mir?« Jasper landet dank der Stange, die in unserem Wohnhaus – einem ehemaligen Feuerwehrhaus – angebracht ist, leichtfüßig im Wohnraum. Seine blonden, kinnlangen Haare sind nass nach hinten gekämmt, die Wangen noch gerötet vom Sport.

Etwas schuldbewusst sehen wir anderen uns an. Über Jasper zu sprechen, nachdem bereits der gesamte Campus ihn zum Gesprächsstoff Nummer eins macht, wirkt sicher nicht gerade vertrauensfördernd.

»Wir haben uns nur gefragt, seit wann du ohne Kaffee so leistungsfähig bist«, weicht Corey aus. »Das war ein ziemlich langes Work-out. Schon vom Zuhören habe ich Muskelkater bekommen.« Corey grinst Jasper an und wartet darauf, dass er ihm den Ball zurückspielt. Aber Jasper verzieht keine Miene, er ringt sich nicht mal einen zuckenden Mundwinkel ab.

»Keine Sorge, das mit dem Kaffee hole ich schon nach«, sagt er schlicht und geht demonstrativ zum Kaffeeautomaten. Seine Reaktion hinterlässt eine seltsame, beinahe eisige Stimmung, die vor acht Wochen nie so entstanden wäre. Hazel, Corey und ich tauschen etwas hilflose Blicke.

»Also, Jasper«, versucht es Hazel. »Lewis hat mir gesagt, dass ihr morgen vielleicht zusammen joggen geht? Das Wetter soll ja richtig gut werden.«

»Kann sein. Mal sehen.« Er rührt in seinem Kaffee, sieht uns kaum an. Er setzt sich nicht mal zu uns an den Tisch, sondern lehnt sich gegen die Küchenzeile. Seine lockere Haltung könnte dabei fast an früher erinnern, wäre da nicht eine gewisse Teilnahmslosigkeit in seinem Blick, wo vorher Energie und Lebensfreude zu spüren waren. »Ich habe Lewis gesagt, dass ich ihm spontan Bescheid gebe, ob ich dabei bin oder nicht.«

»Verstehe.« Hazel verzieht die Lippen. Vorsichtig sieht sie zu ihm. »Ich dachte nur, es würde dir vielleicht guttun, das Haus zu verlassen.« Jasper hebt eine Augenbraue, Hazel wird sofort ein wenig rot.

»Ich verlasse jeden Tag das Haus. Vorlesungen, schon vergessen?« Er dreht uns den Rücken zu, greift nach dem Toastbrot auf der Arbeitsfläche.

Hazel atmet tief aus, die Spannungen im Raum sind für sie sicher genauso unerträglich wie für mich.

»Es ist alles in Ordnung«, murmelt Jasper. »Ihr müsst euch keine Sorgen machen.«

In Ordnung. Das sagt er inzwischen dauernd. Eine Tatsache, die diese Aussage einiges an Glaubwürdigkeit einbüßen lässt.

»Ich dachte ja auch nur …«, beginnt Hazel und sieht Hilfe suchend zu Corey und mir. »Mir ist nur aufgefallen, dass du viel Zeit in deinem Zimmer verbringst. Das ist alles.«

»Ist ein schönes Zimmer«, murrt Jasper, der dabei ist, Erdnussbutter auf seine Toastscheibe zu schmieren. »Tolle Aussicht auf den Modoc National Forest.« Er nimmt sich den Toast und seinen Kaffee und dreht sich endlich wieder zu uns um.

»Ich wusste immer, dass du in der Tiefe deines Herzens ein richtiger Naturbursche bist«, versucht Corey die Stimmung aufzulockern. »Dir ist schon klar, dass du jetzt keine Ausreden mehr hast und mir mit dem Hochbeet helfen musst, oder? Ich weiß, ich weiß«, wirft Corey ein, als Jasper gerade etwas erwidern möchte, »du sagst immer, du hättest keinen grünen Daumen. Aber ich bin sicher, du irrst dich. In vier oder fünf Wochen sollten die nächtlichen Temperaturen hoffentlich hoch genug sein, um es wieder zu bepflanzen. Lust?«

»Mal sehen.«

»Mangels deiner Alternativen werte ich das einfach mal als Ja. Machen wir uns nichts vor: Lullaby bietet nicht gerade viele Freizeitgestaltungen. Ich schenke dir hier also eine einmalige Erfahrung, um die dich andere beneiden würden.«

»Ins Diner könnten wir auch mal wieder gehen«, schlägt Hazel vor. »Wir alle zusammen …«

Jasper sieht aus, als hätte er Zahnschmerzen. Auch ohne Worte weiß ich sofort, dass er ablehnen wird.

»Zu viele Menschen«, sagt er. »Das muss ich mir momentan nicht geben.« Verständlich, wenn man bedenkt, wie viel Schwachsinn über ihn und Maggie Ganes im Umlauf ist. Im Diner würde er sich der Meute aussetzen.

Hazel zieht den Kopf ein und murmelt ein »Daran habe ich nicht gedacht«.

»Und was, wenn wir mal wieder einen gemütlichen Abend hier im Wohnhaus machen?«, schlage ich vor. »Das haben wir schon viel zu lange nicht mehr gemacht. Ich kann kochen. Und Lewis kommt sicher auch, oder Hazel?«

»Klar, ich frage ihn.«

Jasper mustert mich. Nicht auf diese charmant-lässige Art, wie er es in den letzten eineinhalb Jahren gemacht hat. Eher ein wenig gequält, als würde in ihm ein Kampf wüten: Zusagen oder ablehnen. Sich wieder etwas öffnen, oder weiter die Mauer um sich herum hochziehen. »Weiß noch nicht«, bringt er hervor. »Ich sag euch noch Bescheid, okay?«

Perplex nicke ich. Jasper Branson schlägt ein von mir gekochtes Essen aus? Offensichtlich sollten wir uns doch mehr Sorgen machen, als ich dachte. Der Jasper, den wir alle kennen und lieben, scheint ganz weit weg zu sein.

»Ich bin mal wieder oben«, seufzt er und nimmt seine Kaffeetasse.

Kurz darauf ist er im ersten Stock verschwunden und hinterlässt Stille, Schwere und eine gewisse Ratlosigkeit.

Kapitel 2

Meine Hand verkrampft sich, so schnell schreibe ich, während Mr Sussmann, mein Professor für Umweltmanagement, ein Diagramm erklärt. Das Gekrakel auf meinem Tablet ist unübersichtlich, obwohl ich eigentlich mit Schaubildern, Farbsystemen und Schönschrift lerne. Daher habe ich es mir inzwischen angewöhnt, nach den Vorlesungen noch mal alles abzuschreiben und es dabei so zu gestalten, wie ich es für mein Lernkonzept und meine innere Zufriedenheit benötige.

»Wenn wir also von der Planung und Implementierung von Umweltmanagementsystemen sprechen«, sagt Mr Sussmann in seiner beruhigenden Bassstimme, »welche Aspekte gibt es dann zu beachten?«

Meine Hand schnellt nach oben, aber jemand hinter mir ist schneller. »Dokumentation, Schulungen, Beachten der Vorschriften«, leiert derjenige herunter.

Meine Hand bleibt oben, Professor Sussmann nickt in meine Richtung.

»Im Endeffekt ist es egal, welche Art von Management betrieben wird, denn diese Faktoren gehören immer dazu«, erläutere ich. »Dabei kann der Umweltaspekt zunächst ausgeklammert werden.«

»Und wenn wir nun konkret die Umwelt in den Fokus stellen wollen? Welche Schritte kommen dann hinzu?«

»Wir brauchen Umweltziele«, erwidere ich wie aus der Pistole geschossen und ernte damit ein zufriedenes Nicken meines Professors. »Aus denen resultiert ein konkretes

Umweltprogramm. Dann erst kommen die Managementsysteme zum Einsatz, und dann muss eine Rückprüfung erfolgen.«

»Ganz recht.« Mr Sussmann öffnet auf seinem Tablet das nächste Schaubild, das hinter ihm auf der weißen Wand erscheint. Über die Dropbox der Veranstaltung ziehe ich es mir auf mein Tablet. Eine Aufstellung von Umweltprogrammen am Beispiel einiger Firmen, mit denen die LBU zusammenarbeitet. Einige besonders detailliert und ausgefeilt, andere offenbar noch ganz am Anfang ihrer Planungen.

»Für Ihre nächste Hausarbeit möchte ich, dass Sie sich diese Programme ansehen, sie auf Effizienz, Auswertbarkeit und Nutzen prüfen und Ideen sammeln, wie die Programme zu optimieren sind.« Ein Stöhnen geht durch die Reihen. Das klingt nach viel Arbeit, aber in meinen Ohren auch spannend. »Keine Sorge«, beschwichtigt Mr Sussmann. »Sie haben natürlich genug Zeit. Stichtag ist Ende März.«

Ich scrolle zu meiner To-do-Liste und setze es auf Punkt fünf, mit dem Brainstorming zu beginnen. Direkt unter die wichtigste Aufgabe des Tages, die ich meinem Stipendium bei Red zu verdanken habe: meinem Interview mit Forest. Gardening, das ich heute Nachmittag zusammen mit Corey führen werde. Forest.Gardening ist ein Gartenmagazin, das über den Forschungsschwerpunkt der LBU sprechen möchte: die Auswirkungen des Tourismus auf den Modoc National Forest. Die LBU betreibt hierzu seit Jahren eine Studie, zu deren Zweck regelmäßig Erd- und Wasserproben genommen und analysiert werden.

Mr Sussmann beendet die Vorlesung, und die Stimmen um mich herum werden lauter. Ich packe meine Sachen, verlasse den Vorlesungssaal und passiere die pflanzenbehangenen Flure, um das Gebäude zu wechseln. Der Campus ist weitläufig und umfasst vier Hauptgebäude, die als Wohnheime und Vorlesungstrakte fungieren. Dazwischen laden Holztische mit Aussicht auf Kiefernfamilien zum Verweilen ein. Der Modoc National Forest ragt hinter den Gebäuden in den Himmel auf, dunkelgrün und wunderschön. Eine tägliche Erinnerung daran, dass sich Umweltschutz lohnt.

Ich steuere auf das Gebäude B zu, in dem sich die Mensa befindet. Dahinter, etwa fünf Minuten Fußweg entfernt, liegen zwei der drei Forschungslabore sowie die Straße, die nach Lullaby und damit zum Ortskern führt. Wobei es wirklich ein kleiner Kern ist. Ein paar Geschäfte, ein Diner, ein Rathaus samt Stadtarchiv. Das war's.

»Hey, Lou!« Ein paar Leute aus dem Festkomitee sitzen an einem der Holztische und winken mir zu. Ich winke zurück, weiche dabei einigen anderen Leuten aus. Es ist viel los auf dem Campus, alle vierhundert Studierenden der LBU scheinen auf den Beinen zu sein. Es herrscht ein Trubel, den wir in unserem etwas abgelegeneren Wohnhaus von Red oft gar nicht so wahrnehmen.

Ich erreiche die Mensa. Auch hier finden sich mehrere Holztische und Hunderte von Pflanzen, sodass der Raum gemütlicher ist als jede andere Mensa, die ich bisher betreten habe. An der Essensausgabe hole ich mir eine Tomatensuppe mit Croutons und lasse mich an einem der Tische an der Fensterfront nieder, die eine Aussicht auf den Forest bietet.

Während ich meine Suppe löffle, gehe ich meine Notizen aus Umweltmanagement durch und versehe sie mit Farben, Pfeilen und Ausrufezeichen. Eine befriedigende Arbeit, in der ich vollkommen aufgehe, bis irgendwo in der Nähe der Name Maggie Ganes fällt. Die Leute hier kennen seit der Wintergala kein anderes Thema mehr. Was schon lachhaft ist, immerhin habe ich in den eineinhalb Jahren, in denen ich nun bereits an der Lullaby University bin, vorher nie ihren Namen gehört. Weder hinter vorgehaltener Hand noch offiziell von anderen Professoren oder Studierenden. Wie ich mittlerweile weiß, hat sie vor zwei Jahren die LBU verlassen. Von den vier Jahrgängen hier an der Uni kann sie also höchstens die Hälfte überhaupt gekannt haben, zumal sie hauptsächlich für das Stipendienprogramm zuständig war und somit für die meisten hier unwichtig. Immerhin haben nur rund fünfzehn Prozent der vierhundert Studierenden ein Teil- oder Vollstipendium. Die Leute sollten sich also wirklich dringend andere Gesprächsthemen suchen. Die anstehenden Midterms zum Beispiel. Meinetwegen auch das kalifornische Wetter. Ganz egal, was.

»Lou!« Meine Freundin Reese winkt zu mir herüber und lenkt mich zum Glück ab. In der Hand trägt sie ein Tablett mit Obstsalat, Kaffee und einem Schokoriegel. Ihre dunklen Braids schwingen bei jedem Schritt mit, den sie auf mich zugeht.

»Du bist spät dran«, begrüße ich sie, als sich Reese auf den Stuhl mir gegenüber fallen lässt.

Reese zieht eine Grimasse. »Professor Wesley hat wieder einmal überzogen.« Das überrascht mich nicht. Mr Wesley ist der älteste Professor der Uni, quasi ein Relikt aus der Steinzeit, und er lässt sich nicht gerne vorschreiben, wie lange seine Vorlesungen zu dauern haben, und überzieht ständig, weil er langsam und einschläfernd referiert. Ich bin froh, dass ich meine Pflichtfächer bei ihm schon hinter mich gebracht habe.

»Was steht heute bei dir an? Arbeit?«, fragt Reese und deutet auf mein Tablet mit den Notizen. Ihre Finger trommeln gegen die Schale ihres Obstsalats. Am Anfang hat es mich irritiert, aber inzwischen bin ich es gewöhnt, dass Reese ständig in Bewegung ist.

»Bin gerade fertig geworden. Ich dachte, ich nutze die Zeit, um mal wieder ein bisschen an meinen Entwürfen zu feilen. Das kommt in letzter Zeit zu kurz.«

»Dein Modelabel wächst ja nicht von allein«, meint sie und wirft sich schwungvoll eine Traube in den Mund. Dann schnappt sie sich ihre Kopfhörer und setzt sie auf. Ich hingegen schließe meine Notizen und öffne den Entwurf eines Wintermantels: Rot, A-Linie, mit Stehkragen. Mir gefällt die Taillierung nicht, daran muss ich noch arbeiten. Aus Reese' Kopfhörern dringt leise Rockmusik, und ihre Lippen formen lautlos Texte zwischen den Essenspausen. Dabei tänzeln ihre Finger in der Luft, als würde sie selbst Gitarre spielen, auch wenn sie mir erst neulich verraten hat, dass sie in Sachen Musikinstrumente keinerlei Erfahrungen vorweisen kann. Ich lasse mich von den leisen Melodien und ihrer Energie mitziehen, versuche, mit präzisen Strichen meinen Entwurf zu verbessern und die Passform des Mantels etwas figurbetonter zu gestalten. Immer wieder sehe ich auf, dann treffen sich Reese' und mein Blick, und wir grinsen uns an.

Als sich Hazel mit Reese angefreundet hat, hätte ich nicht gedacht, in ihr ebenso eine gute Freundin zu finden. Die erste Zeit haben wir kaum miteinander geredet. Erst als Reese herausgefunden hat, dass ich nähe, und ich ihr ein Sweatshirt angefertigt habe, haben wir uns ein paarmal allein getroffen, und sie hat mich mit ihrer Energie für sich eingenommen. Ihr loses Mundwerk bei gleichzeitiger Ernsthaftigkeit, dass sie ständig in Bewegung ist und ich bei ihr das Gefühl habe, mein Ding machen zu können, ohne allein zu sein – all das beflügelt mich. So wie jetzt. Als wir vor ein paar Wochen ausgemacht haben, von nun an mittwochs zusammen zu essen, weil Hazel dann mit Lewis im Forschungslabor ist und sie sonst allein in der Mensa säße, war ich sofort dafür und habe es bisher nicht bereut. Zumal meine Mittagspausen früher oft nur der Arbeit dienten, wenn Jasper mich nicht gerade überredet hat, mit ihm zu essen. Das war vor den Gerüchten, als er die Mensa noch nicht gemieden hat. Meistens saß er dann lässig-locker neben mir und sah mir amüsiert dabei zu, wie ich arbeitete und dabei mein Essen herunterschlang, anstatt es zu genießen. Wie oft hat er mich aufgezogen, weil ich jede meiner Notizen noch mal neu schreibe und verschönere, und dabei grinsend sein Sandwich verzehrt? Ich hätte nie gedacht, dass mir seine Kommentare einmal so fehlen würden. Wobei die entspannten Pausen mit Reese auch nicht zu verachten sind.

Als ich meinen Entwurf speichere und Reese ihre Kopfhörer absetzt, haben wir noch ein paar Minuten, ehe wir zu den nächsten Terminen müssen. Ich leere mein Wasser, Reese streckt sich halbherzig. Obwohl sie so viel Power hat, entdecke ich in ihrem Gesicht eine gewisse Erschöpfung.

»Musst du nachher noch ins Diner?«, erkundige ich mich.

»Leider ja. Momentan schiebe ich fast jeden Nachmittag Schicht.«

»Wird das nicht zu viel neben den ganzen Vorlesungen?«

»Das sagt die Richtige. Du bist doch die Königin der Extra-Arbeit«, zieht sie mich auf, seufzt dann jedoch resigniert. »Aber ja, ehrlich gesagt ist es schon etwas viel. Doch so langsam ist mein Erspartes aufgebraucht.«

»Verstehe«, erwidere ich zähneknirschend. Im Gegensatz zu mir hat Reese kein Stipendium und muss sich das Unileben selbst finanzieren, zumal ihre Mom selbst kaum über die Runden kommt und nichts beisteuern kann. Es ist eine ziemliche Zwickmühle, denn die LBU ist teuer und verlangt viel … aber das zu leisten, wenn man immerzu arbeitet, ist hart. Vor allem im ersten Jahr, wenn man sich noch einfinden muss.

Reese trinkt ihren Kaffee aus. Ihre Finger streichen eine Spur zu nachdenklich über den Rand der Tasse. »Ich dachte, mein Cousin könnte mir mit alten Büchern aushelfen«, sagt sie. Shawn, der selbst auch im Diner arbeitet, ist in Jaspers Jahrgang und somit im dritten Jahr der Uni. Reese' Mundwinkel zuckt verärgert. »Aber er hat sie schon verkauft. Er hat nicht mal dran gedacht, sie mir zu überlassen.«

»Oh. So ein Mist.«

Reese nickt betrübt. Gerade die Fachliteratur ist unfassbar teuer. Im Stadtarchiv, das gleichzeitig auch die Bibliothek der Uni ist, liegen immer wieder Bücher aus, doch sie sind schnell vergriffen, weil es den meisten Studierenden ohne Stipendium so geht wie Reese.

»Ich kann mal gucken, ob ich noch Bücher von deiner Liste habe.« Als Stipendiatin bekomme ich die Bücher gestellt. Da ich jedoch Umweltmanagement und Reese Umweltwissenschaften studiert, werde ich nicht ihre gesamte Bücherliste abdecken können.

»Wirklich? Das wäre klasse.«

»Klar, mache ich gleich heute.« Ich nehme mein Tablet und ergänze den Punkt auf meiner To-do-Liste. »Ansonsten planen wir auch gerade die Tauschbörse«, fällt mir ein. Ich stecke bereits seit zwei Monaten in der Vorbereitung. Mir schwebt ein Konzept vor wie ein Trödelmarkt, nur dass nichts dort Geld kostet, sondern einfach unter den Studierenden ein neues Zuhause findet. »Da werden sicher auch Bücher angeboten.«

»Das wäre super. Ich habe nämlich langsam keinen Bock mehr darauf, jeden Penny einzeln umzudrehen und Wade ständig nach mehr Extraschichten zu fragen. Er ist ein toller Chef, aber ich fürchte, irgendwann wird er genervt von mir sein.«

»Das kann ich mir bei Wade wirklich nicht vorstellen.« Der Inhaber vom *Hopes' Inn*, dem Diner der Stadt, ist so ziemlich der coolste Einwohner von Lullaby. Er ist erst Anfang dreißig und der beste Koch, den ich kenne. Allein das imponiert mir.

Wir beginnen, unsere Sachen einzupacken. Auch wenn mir oft schwerfällt, einen Gang runterzuschalten, die Mittagspausen sind mir dennoch manchmal zu kurz. Es ist so ziemlich die einzige Auszeit des Tages, die ich mittlerweile wirklich genießen kann. Vielleicht auch, weil ich währenddessen zwar dazu neige, kleine Aufgaben abzuarbeiten, diese aber im Vergleich zu den anderen Verpflichtungen des Tages erfrischend und kurzweilig sind. Es ist kein Leerlauf, nur eine kleine Unterbrechung und ein Moment der Ruhe.

»Kommst du mich nachher im Diner besuchen?«, fragt Reese. »Das würde meine Schicht echt aufwerten.«

»Geht nicht. Ich muss zum Tutorenprogramm. Und dann muss ich doch noch zu diesem Interview mit Corey.«

»Stimmt. Die Garten-Fuzzis. Ganz vergessen.«

Wir tragen unsere Tabletts zum Abstellwagen. »Und morgen haben wir diesen geheimnisvollen Termin mit Mr Peterson«, sage ich. Seit er vor drei Tagen um dieses Treffen gebeten hat, frage ich mich, was wohl dahintersteckt. Der Dekan sagt sonst immer direkt, welches Anliegen er hat.

»Hat er euch immer noch nicht gesagt, wieso er euch sprechen will?«, fragt Reese, während wir einigen Leuten ausweichen, um die Mensa zu verlassen.

»Nein, aber wenn er gleich alle von Red zu sich ruft, muss es etwas Wichtiges sein.«

Die Mittagspause der meisten anderen ist noch im vollen Gange. Die Holztische auf dem Außengelände sind jedenfalls noch prall gefüllt mit Kaffee, Cola, Sandwiches und Suppen. In der Ferne entdecke ich Jasper, wie er mit eingezogenen Schultern und gesenktem Kopf das Unigelände überquert.

Reese folgt meinem Blick. »Meinst du, Mr Peterson will noch mal über die Wintergala sprechen?«

»Keine Ahnung«, antworte ich wahrheitsgemäß. So einen Vorfall wie auf der Wintergala gab es vorher noch nie, wer weiß also, wie sauer der Dekan deswegen noch ist. Aber die Strafarbeiten, die Jasper und Lewis von ihm aufgebrummt bekommen haben, haben sie abgesessen und alles getan, was er zur Widergutmachung verlangt hat. Jasper hat eine öffentliche Entschuldigung geschrieben, die beiden Brüder haben sich zur monatlichen Säuberungsaktion im Forest verpflichtet. Eigentlich sollte es reichen, um den Frieden wiederherzustellen.

»Was ist, wenn ihm die bisherigen Strafen nicht reichen, weil der Eklat auf der Gala doch größere Konsequenzen nach sich gezogen hat?«, fragt Reese, die offenbar ähnlichen Gedanken nachgeht wie ich.

Ich runzle die Stirn. »Zum Beispiel?«

Jasper betritt das Gebäude C, wobei ihm jede Menge Augenpaare folgen. Meins auch.

»Vielleicht sind Unternehmen von der Zusammenarbeit zurückgetreten? Oder haben Jaspers Rauswurf aus dem Stipendienprogramm gefordert? Ich weiß, dass ihr viel getan habt, um diesen Spendenabend noch zu retten, aber so viele wichtige Menschen haben die Prügelei mitbekommen. Wenn ich mir allein ansehe, was das Ganze hier auf dem Campus ausgelöst hat …« Reese schaut wütend zu einer Gruppe Studentinnen, die Jasper nachblicken und offenkundig über ihn herziehen. Wir hatten alle gehofft, dass dieses Gerede nur von kurzer Dauer wäre und nach den Winterferien wieder in Vergessenheit geraten würde, aber es hält sich leider noch immer hartnäckig. Vielleicht, weil an der LBU sonst nie wirklich etwas passiert. Lullaby ist die pure Idylle, hier schlägt eigentlich nie jemand über die Stränge.

»Ich hoffe, es geht bei dem Treffen mit Mr Peterson nicht darum. Wir können diesen Stress gerade alle nicht gebrauchen. Am wenigsten Jasper.«

Und ich ehrlicherweise auch nicht. Die letzten Monate waren für mich ein einziger Kampf, an mir, meiner Schlaflosigkeit und meinem ständigen Gedankenkarussell zu arbeiten – mäßig erfolgreich, wie ich feststellen muss. Jaspers Leid zu sehen, mich um ihn und seine Verfassung zu sorgen, macht die Sache nicht gerade leichter. Im Gegenteil, es erschöpft mich zusätzlich.

»Sagst du mir Bescheid, wenn ihr das Gespräch hattet?«

»Klar. Ich schick dir eine Sprachnachricht, sobald wir aus dem Büro kommen.«

»Dann wünsche ich dir viel Erfolg beim Interview nachher. Falls du doch schneller fertig bist und Lust auf eine Cola hast: Du weißt ja, wo du mich findest.«

»Hinter der Theke vom *Hopes' Inn.* Dunkelrote Schürze, ein freudestrahlendes Lächeln auf den Lippen?«

»Mach dunkle Augenringe und ein erschöpftes Seufzen draus, das trifft die Realität leider eher.«

»Mal gucken, ob ich's nachher noch einrichten kann«, sage ich, auch wenn diese Interviews für Red oft so zeitaufwendig und anstrengend sind, dass ich danach meistens erst mal meine sozialen Batterien wieder aufladen muss. Was in einer WG mit drei anderen Menschen ohnehin kaum möglich ist, wenn man nicht gerade nachts die Küche unsicher macht.

Wir verabschieden uns. Reese setzt wieder ihre Kopfhörer auf und tänzelt in Richtung Forschungslabor eins, wo Hazel und sie gleich ihren Kurs in Umweltbiologie haben. Ich hingegen setze mich an einen der Holztische vor Gebäude A, um auf meine Schützlinge aus dem Tutorenprogramm zu warten. Einer nach dem anderen wird kommen, die Köpfe voller Fragen und Unsicherheiten, die mich zumindest für den Moment von meinen eigenen Problemen ablenken. Oder von dem Getuschel über Jasper, das, wenn ich richtig höre, noch immer anhält, auch wenn er seit rund zehn Minuten nicht mehr im Blickfeld der Leute ist. Verdammte Gerüchteküche.

Kapitel 3

Das Büro von Dekan Peterson gleicht einem Dschungel. Überall stehen und hängen Zimmerpflanzen. Eine der Grünlilien hat zehn neue Ableger, die sicher bald von ihm umgetopft und in der Uni verteilt werden. Wenn man ihn mal außerhalb seines Büros sieht, dann eigentlich meistens zur Begutachtung seiner Pflanzenkinder. Doch gerade gilt sein prüfender Blick Jasper, Hazel, Corey und mir. Er sitzt an seinem Schreibtisch aus Nussbaumholz, wir vier davor. Hazel knetet nervös ihre Hände. Da sie erst seit einigen Monaten Stipendiatin ist, hatte sie erst eine Handvoll Treffen mit ihm. Es ist das erste, zu dem wir *alle* eingeladen wurden.

»Meine Elite«, sagt Mr Peterson erschöpft, lächelt aber dennoch, wie immer, wenn er uns so nennt. Die Uni hat einige Stipendiaten, aber wir von Red, zuständig für die Öffentlichkeitsarbeit und Akquise von Spenden, sind für ihn am wichtigsten. Immerhin wird die LBU größtenteils durch Spenden finanziert.

Sein müdes Lächeln erlischt, dann schüttelt er den Kopf und verschränkt die Arme. »Wo soll ich nur anfangen? Bei den negativen Schlagzeilen nach der desaströsen Wintergala?« Jasper neben mir rutscht unruhig auf seinem Stuhl hin und her, doch wir alle vermeiden es, ihn anzusehen. »Oder bei der aktuellen finanziellen Lage? Ich bin ehrlich: Nach der Neuausstattung der Forschungslabore ist der Geldbeutel leer. Auch wenn wir das Spendenziel auf der letzten Gala gerade noch erreichen konnten, sind zwei wichtige Unterstützer abgesprungen, die uns monatliche Beiträge gezahlt haben. Es ist nun umso wichtiger, dass wir uns wieder gut aufstellen.«

Kurz bin ich versucht aufzuatmen, dass es in diesem Gespräch nicht um Jasper geht, aber die Erleichterung will sich nicht richtig einstellen. Die LBU hat Geldsorgen?

»Was sollen wir tun?«, frage ich. Sicher sind wir hier, weil der Dekan bereits Pläne für uns hat.

»Die Vorbereitungen auf unsere Sommergala laufen, die ersten Einladungen wurden bereits ausgesprochen«, sagt Mr Peterson. »Es gibt viele große Unternehmen, die sich hinsichtlich der Klimakrise positionieren wollen, und wir sind bereits dran, diese Interessenten auf Herz und Nieren zu prüfen.« Immerhin ebbt das Interesse an einer Zusammenarbeit mit der Uni nicht ab. Das macht Hoffnung. »Es wird vermutlich so sein, dass die Spendengala diesen Sommer größer ausfällt als sonst, und ich möchte, dass Sie sich dort besonders engagieren. Wir brauchen einen Plan, wie wir die Spendensumme dieses Jahr in die Höhe schrauben können, und dafür bitte ich Sie, gemeinsam Ideen zu entwickeln und ein Konzept zu erarbeiten.«

Wir vier nicken synchron, das Lächeln von Dekan Peterson wird direkt ein wenig aufrichtiger.

»Sehr schön. Dann sehen wir uns, wenn Sie mir die Ideen präsentieren.«

Er greift nach seiner Kaffeetasse und wendet sich seinem Rechner zu. Sein Zeichen, dass wir gehen können. Es folgen Stühlerücken und betretenes Schweigen. Wir sind gerade an der Tür, als er noch mal die Stimme erhebt.

»Ms Simson«, spricht er mich an, während die anderen bereits das Büro verlassen. »Ich habe heute Morgen den Entwurf Ihres Interviews mit *respite* gelesen«, spielt er auf das Interview mit einer Wirtschaftszeitung an, das ich vor dem Auftrag mit Forest.Gardening hatte. »Ich war sehr angetan, wirklich inspirierende Antworten.«

»Vielen Dank, Sir«, erwidere ich und hoffe, nicht rot anzulaufen. Irgendwie weiß ich nie, wie ich mit Komplimenten umgehen soll.

»Es freut mich immer zu sehen, wenn ich mit meiner Auswahl für Red goldrichtig liege. Machen Sie weiter so.« Er nickt mir zu, ehe er nach einer Kladde auf seinem Tisch greift. Ich bedanke mich noch einmal, dann folge ich den anderen auf das Außengelände.

Schweigend kämpfen wir gegen die Windböen, die heute Lullaby durchpeitschen, gehen vorbei an den sich biegenden Kiefern und leeren Holztischen, bis hin zu unserem Wohnhaus. Erst am Küchentisch und mit ein paar meiner Cookies vor der Nase sehen wir uns nachdenklich an.

»Also«, wirft Hazel als Erste ein. »Meint ihr, wir müssen uns Sorgen um die LBU machen? Ich dachte immer, wir würden finanziell sehr gut dastehen.«

Jasper zuckt mit den Schultern. Er hält ein Knie umklammert und sitzt mit dunklen Augenringen bei uns. Es ist ein Fortschritt, dass er nicht sofort in seinem Zimmer verschwindet, auch wenn er schweigsamer als sonst ist.

»Mr Peterson übertreibt sicher ein wenig«, meint Corey. »Es wird immer genug Unternehmen geben, die mit uns kooperieren wollen. Macht euch keine Sorgen.«

»Du bist ab dem Sommer weg«, entgegnet Hazel. »Dich betrifft es dann nicht mehr.«

»Nur weil ich dann mit der Uni fertig bin, heißt das doch nicht, dass mir die LBU egal ist.«

Hazel will gerade etwas erwidern, als Jasper laut schluckt und damit unsere Aufmerksamkeit auf sich zieht.

»Es ist meine Schuld«, sagt er leise, seinen Blick starr auf die Tischplatte gerichtet.

Bei dem leisen Schmerz in seiner Stimme schnürt es mir die Kehle zu. Hazel wirft ihm einen sorgenvollen Blick zu.

»Ist es nicht«, sage ich etwas spitzer als beabsichtigt. »Wir haben das Spendenziel an diesem Abend erreicht. Mr Peterson ist nur noch sauer wegen der Prügelei, deswegen hat er den Vorfall erwähnt.«

»Zu Recht«, murmelt Jasper.

Seine Selbstzweifel berühren mich mehr, als ich zugeben möchte. Immerhin kenne ich den Gedanken, etwas falsch gemacht zu haben, nur zu gut. Kurz denke ich an meinen Ex-Freund und all die dunklen Gedanken, die er in unserer dreijährigen Beziehung in meinem Kopf freigesetzt hat. Die Versuchung, mich darin zu verlieren, ist groß. Aber es reicht mir, dass er abends und nachts meine Gedanken dominiert. Jetzt, am Tag, lasse ich das nicht zu. Nicht, wenn es Dinge zu erledigen gibt. Aufgaben, Futter für den Kopf, um nicht dem Sog zu erliegen. Mr Petersons Auftrag kommt daher wie gerufen.

Ich öffne meine Tasche und hole mein Tablet heraus. »Wir haben eine Aufgabe zu erfüllen«, verkünde ich entschlossen. »Zeit fürs Brainstorming.«

»Komm schon, Jasper«, sagt Corey und legt kumpelhaft seinen Arm um ihn. »Zeigen wir, wieso wir zwei das *Dreamteam* genannt werden, und hauen unsere besten Ideen raus. Wie in alten Zeiten.«

Sehe ich da ein minimales Zucken in Jaspers Mundwinkel?

»Niemand nennt euch *Dreamteam*«, steige ich mit ein, um diesen Anflug von Aufmunterung zu unterstützen. »Außer vielleicht ihr selbst.«

»Die anderen sollten schnellstens damit anfangen. Spätestens nach unserem gewonnen Wettessen letzten Sommer sollte allen klar sein, dass wir uns den Namen verdienen. Jasper und ich haben es diesen Wanderern aus Ohio schließlich gezeigt.«

»Stimmt«, sagt Jasper mit einem schwachen Grinsen. »Die hatten keine Chance gegen uns.«

»Ihr habt wirklich ein Wettessen veranstaltet?«, fragt Hazel belustigt. »Gegen zwei Touristen? Und ich habe es verpasst?«

»Das war noch vor deinem Studienbeginn. Aber danach haben die zwei Herren hier mit Bauchschmerzen auf dem Sofa gelegen und sich selbst bemitleidet. Das war nicht gerade ein Bild für die Götter.«

»Die Schmerzen waren es wert«, meint Corey. »Immerhin war der Sieg unser.«

»Und du hast dich danach sehr rührend um uns gekümmert«, meldet sich erneut Jasper zu Wort.

»Mich um euch zu kümmern war die einzige Möglichkeit, um euer Selbstmitleid irgendwie zu ertragen«, gebe ich zurück, um ihn ein bisschen aus der Reserve zu locken. »So wart ihr wenigstens mit Teetrinken beschäftigt und hattet nicht so viel Zeit für Gejammer.«

»Ladies and Gentleman«, sagt Corey, »Lou Simson, die glorreiche Retterin der Armen.«

»Dann sehen wir mal zu, dass wir die LBU auch gerettet bekommen«, erwidert Hazel mit einem etwas zu traurig geratenen Schmunzeln. »Los, Dreamteam: Was gibt's für Ideen?«

Eine halbe Stunde lang sammeln wir ungefiltert Vorschläge. Verkaufstische, Essensstände, größere Interviews, ein Tag der offenen Tür. Meine Bananencookies leisten ihren Beitrag, um uns zu motivieren, bis die Dose fast leer ist. Insgeheim schreibe ich mir auf meine To-do-Liste, bald neue zu backen.

»Vielleicht gehen wir das Ganze falsch an«, überlegt Hazel, den Mund noch voller Kekskrümel. »Mr Peterson hat *uns* gefragt. Weil er denkt, dass nur wir dieses Problem lösen können. Verkaufsstände könnte jeder organisieren. Was also qualifiziert uns?«

»Wir sind diejenigen, die den Unternehmen einen authentischen Eindruck von unserer Arbeit bei der LBU vermitteln«, leiere ich roboterhaft runter, weil ich diesen Satz in meiner Unilaufbahn schon sehr oft von mir gegeben habe.

»Bei der Wintergala habe ich mich mit Mr Bishop von der Firma *Prekstone* unterhalten«, führt Hazel aus. »Er hat gesagt, dass wir alle ausgewählt wurden, weil wir einen gewissen Charme haben.«

»Charme? Wer, ich?« Corey grinst wichtigtuerisch.

»Wir geben dieser ganzen Spendensuche eine persönliche Note«, fährt Hazel fort, ohne sich von Coreys Humor stoppen zu lassen. Sie ist voll in ihrem Element. »Wieso sonst führen wir so oft Journalisten durch unsere WG und geben Einblicke in unseren Studienalltag und unser Privatleben?«

»Sympathie«, wirft Jasper ein, der in seinem Kaffee rührt. Tasse Nummer drei, seit wir hier sitzen. Noch kein persönlicher Rekord, aber für eine halbe Stunde nahe genug am Herzkasper.

»Richtig«, antwortet Hazel, die inzwischen auf Tee umgestiegen ist. »Damit sorgen wir dafür, dass die Unternehmen sich enger mit der LBU verbunden fühlen.«

»Also auch mehr spenden«, ergänzt Corey.

»Ihr habt recht«, sage ich. »Aber wie hilft uns das, diese Aufgabe zu lösen?«

»Indem wir uns so privat wie noch nie zuvor präsentieren«, schlägt Hazel stolz vor. »Ich finde, wir sollten eine Videopräsentation vorbereiten.«

Ich nehme mein Tablet und schreibe Hazels Idee auf. Sie gefällt mir.

Corey nickt nachdenklich. »Das ist nicht schlecht. Wir könnten das Video bei der Sommergala zeigen.«

»Finde ich gut«, meint Jasper. Trotz des Kaffees scheint sein Energieschub vorbei zu sein, seine Schultern sind wieder eingesackt. Er streicht sich etwas fahrig durch die Haare, als würde es ihn gerade all seine Willenskraft kosten, hier mit uns sitzen zu bleiben, anstatt wieder in seinem Zimmer zu verschwinden.

Ich schiebe ihm den letzten Cookie zu, den er dankend annimmt. Essen war schon immer ein Ventil für ihn. Etwas, das uns verbindet seit unserem ersten Aufeinandertreffen, als ich mit meinem Koffer und vielen Träumen bei Red aufgeschlagen bin. Ich erinnere mich noch gut an sein süffisantes Grinsen, weil mein Blick von den vielen Tattoos auf seinem halb nackten Körper angezogen wurde. Er hat mir daraufhin meinen ersten flirty Jasper-Branson-Spruch gedrückt, mit dem ich überhaupt nicht umgehen konnte. Denn Jasper war *wow* und *viel* und heiß, und ich gebrochen und total verwirrt. Die Dynamik zwischen uns war dann sehr seltsam, mein Start an der Uni ebenfalls. Bis ich am selben Abend für Jasper, Corey und unsere damalige Mitbewohnerin Veronica kochte. Mit Chili sin Carne und Maisbrot schaffte ich es, das Eis zu brechen. Der Beginn unserer Freundschaft, in der Jasper Branson es immer wieder nur durch Kleinigkeiten schaffte, mich durcheinanderzubringen. Damals wie heute.

»Sammeln wir Ideen dazu«, schlägt Corey vor.

Eifrig schreibe ich alles mit: Einfälle zu Filmaufnahmen, persönlichen Storys. Wir besprechen, woher wir das Equipment nehmen, wer die Videos filmt und schneidet, stellen einen Zeitplan auf und entwickeln ein Konzept.

»Dann steht der Plan«, schließt Corey und streckt sich. Inzwischen ist es draußen dunkel geworden, der Abend ist längst herangebrochen und somit die Zeit, vor der ich mich am meisten fürchte.

Leerlauf.

Corey klopft Jasper auf die Schulter. »Fühlst du dich etwas besser, mein Dreamteam-Partner?«

»Vorerst.« Doch in seinen Augen kommt diese Aussage nicht an.

»Das ruft nach einem Feierabendbierchen, findest du nicht?« Corey schlendert bereits zum Kühlschrank, um zwei Flaschen herauszuholen, doch Jasper schüttelt den Kopf. Er ist wieder dabei, sich innerlich in sein Schneckenhaus zu verkriechen.

»Ich glaube, ich gehe erst mal eine Runde trainieren.«

Ein kleiner Schatten der Enttäuschung huscht über Coreys Gesicht, auch wenn sein Lächeln nicht verrutscht.

»Vielleicht ja danach.«

»Genau«, meint Jasper und trinkt seinen kalten Kaffee.

Hazel beginnt, das Abendessen zu kochen. Sie hat bereits Teig vorbereitet, aus dem sie ihre berühmten philippinischen Brötchen formt, die mit Margarine bestrichen und im Ofen kross gebacken werden. Ein Rezept aus der Heimat ihrer Mutter. Inzwischen sind wir alle süchtig nach den Dingern. Warm, weich und wohltuend.

»Ich helfe dir«, sage ich, packe meine Notizen weg, wasche mir die Hände und beginne, die Brötchen zu formen, genau so, wie es Hazel mir vor ein paar Monaten gezeigt hat. Jasper geht nach oben in sein Zimmer, kurz darauf dröhnt leise Musik durch die Zimmerdecke. Nur wenige Sekunden später folgt das Geräusch seines Boxsacks. Manchmal denke ich, dass das Boxen für ihn die einzige Möglichkeit ist, seine Gefühle irgendwie zu kontrollieren. Vielleicht ist der Boxsack für ihn, was meine To-do-Listen für mich sind … Ohne sie würde im Kopf pures Chaos ausbrechen und die Gefühle überkochen.

Ich seufze leise, konzentriere mich wieder auf den Teig in meinen Händen. »Das war eine gute Idee mit dem Video«, sage ich zu Hazel, denn ich ertrage die Stille nicht.

»Hoffen wir, dass es hilft. Es so hinzubekommen, wie wir uns das vorstellen, wird eine ziemliche Mammutaufgabe.«

»Das kriegen wir hin«, wirft Corey ein. Er trinkt sein Bier und geht dabei noch mal unsere Ideenaufzeichnungen durch. »Wir teilen die Aufgaben auf. Ich habe meine Vorstellungsgespräche alle erledigt und damit auch wieder mehr Zeit.«

Ich sehe zu ihm. »Wie sieht es denn an der Jobfront aus? Hast du inzwischen einen Plan, zu wem du gehen möchtest?«

»Ich habe deinen Tipp mit der Prioritätenliste umgesetzt. Meine erste Wahl wäre *Validity*.«

Kurz krame ich in meinem überfüllten Kopf nach den Informationen dazu. »In Toronto? Der CEO war auf der Wintergala, richtig?«

»Ich habe mich lange mit ihm unterhalten, und er war sehr angetan von meiner letzten Veröffentlichung. Offenbar jemand mit Geschmack«, feixt Corey. »Er war es, der mir nahegelegt hat, mich bei ihnen als Umweltbeauftragter zu bewerben.«

»Ziemlich große Nummer«, pfeift Hazel, die die ersten Teigknoten mit Margarine bestreicht.

»Die ich mir nicht entgehen lassen kann. Jetzt müssen sie mich nur noch wollen.« Ich forme das letzte Brötchen, Hazel pinselt es ein. »Mein Plan B wäre das Forschungsstipendium an der Bratt University, Master oder PhD. Aber eigentlich will ich endlich loslegen. Wirklich was für die Welt tun.«

»Verstehe ich, bei allem, was da draußen so los ist«, antwortet Hazel. »Habt ihr gehört, was im Klamath National Forest passiert ist?«

»Drei tote Berglöwen«, bestätigt Corey traurig. »Sie haben noch nicht die Ursache gefunden.«

Hazel nickt betroffen. »Dr Wesley hat in der Vorlesung gestern Thesen aufgestellt. Der Einfluss des Menschen … vielleicht auch die Veränderung des Klimas.«

»Wenn es so ist, könnte das auch im Modoc National Forest passieren«, überlege ich.

Der Gedanke ist beängstigend, immerhin arbeiten wir alle mit Hochdruck daran, diesen Fleck Erde zu schützen. Mit den Forschungen, unseren Exkursionen und Untersuchungen. Wenn das alles nicht ausreichen würde, wäre es ein Schlag ins Gesicht.

»Man fühlt sich hilflos, oder?«, meint Hazel.

Corey nickt stumm.

»Ein Grund mehr, für diese Videopräsentation alles zu geben«, sage ich verbissen. »Damit die LBU erhalten bleibt und wir weiterhin helfen können.«

Nach dem Abendessen sitze ich in meinem Zimmer auf dem Bett. Die Lichterketten, die weichen Kissen, die ich um mich herum verteilt habe, und das leise Rauschen des Windes sorgen für eine gemütliche Atmosphäre. Aber sie kann gegen den Sturm in meinem Innern nichts ausrichten. Mit müden Augen starre ich an die Decke und versuche alles loszulassen – die Sorgen um die LBU, die Ideen für unsere Videopräsentation, die Berglöwen, meine To-dos für morgen, Jaspers Probleme. Und immer wieder komme ich zu meinen eigenen. Zu den Gedanken, die seit knapp drei Jahren in meinem Kopf Karussell fahren. Abend für Abend. Erst dachte ich, mit der Trennung von Mark würde es endlich aufhören und ich könnte in Ruhe weiterleben. Aber die Gedanken nahmen zu, wurden noch zerstörerischer, und ich hasse es, dass die Erinnerungen an damals sich nicht einfach abschütteln lassen. Ich hasse es, dass ich wegen ihnen immer noch nicht schlafen kann. Zu gerne würde ich das alles endlich hinter mir lassen, die Beziehung einfach als schlechte Erfahrung abtun und weitermachen. Aber ich kann es nicht. Weil die quälende Frage, wie ich es habe so weit kommen lassen und wie ich mich in meiner ersten Liebe so derart verlieren konnte, immer wieder Kreise in meinem Kopf zieht. Weil die Antworten darauf zu wichtig sind, um einfach weitermachen zu können. Um mich in Zukunft zu schützen. Vielleicht auch, um mich nicht so schuldig zu fühlen, dass ich die Beziehung nicht früher beendet habe. Und so drehen sich die Gedanken weiter und weiter und weiter. Das Karussell hält niemals an.

Liebes Tagebuch,
ich war fünf Jahre alt, als ich das erste Mal von einem Prinzen geträumt habe. Einem mit weißem Pferd und stolzer Haltung, der durchs Feuer laufen und mit bösen Hexen

kämpfen würde, nur um mich zu retten. Jahrelang habe ich mich, verblendet von den vielen Filmen, die ich als Kind so geliebt habe, nach ihm umgesehen: dem Einen. Dem, der mein Herz höherschlagen lässt und alles hat, was ich mir immer erträumt habe.
In der Realität kam der Prinz nicht auf einem weißen Pferd daher. Er rannte auf dem Schulhof in mich hinein. Und auch wenn es nicht wie in meinen liebsten Disneyfilmen war, kam es mir magisch vor, als ob das Schicksal uns zusammengeführt hätte. Ich war fünfzehn, ich war unerfahren, und ich legte all meine Hoffnung in ihn. Mark Avery. Er war fast zwei Jahre älter als ich, ging auf dieselbe Highschool und war mir dennoch vorher nie aufgefallen. Als ich ihm an jenem Tag in die Augen blickte – in diese unglaublich braunen, treuen Augen, umrandet von dunklen Wimpern –, war ich mir sicher, meinen Prinzen gefunden zu haben. Erst recht, als er mich kurz darauf zu einem Date einlud. Es war wohl der Moment, in dem ich entschied, alles dafür zu geben, dass es klappen würde. Das mit ihm und mir und der großen Liebe.
Hätte ich doch nur gewusst, dass dieser Traum vom Prinzen immer nur eine Illusion war. Ich war keine Prinzessin, keine holde Maid, die gerettet werden musste, und er war ganz sicher nicht der Held, der mir die Welt zu Füßen legte. Er war derjenige, der sie auf den Kopf stellte. Nicht nur meine Welt. Auch mich. Meine Gefühle, Gedanken. Mein Lachen. Meine Unbeschwertheit. Alles, was mich ausmachte.
Hätte ich nur mit fünfzehn schon gewusst, was ich heute weiß. Mark Avery war in meinem persönlichen Disneyfilm nicht mein Retter … Vielmehr nahm ich einen vergifteten Apfel von ihm an, biss herzhaft hinein und fiel danach in

eine Art Tiefschlaf. Für lange drei Jahre, die sich wie eine Ewigkeit anfühlten. Als ich aufwachte, war ich nicht mehr dieselbe. Alles, was ich früher einmal geliebt hatte, stellte ich plötzlich infrage: das Nähen, meinen Körper, meine Ziele, alle Aspekte meiner Persönlichkeit. Bei allem, was ich tat, schaute ich plötzlich auf die Reaktionen anderer. Wurde leiser, nachdenklicher. Ich behielt meine Gefühle für mich, denn wie konnte ich schon ausdrücken, was mit mir in diesen drei Jahren passiert war, wenn ich es selbst nicht verstand? Wie sollte ich erklären, dass ich mich für einen Mann verändert hatte und mich nun selbst nicht wiederfand? Dass ich nicht mal mehr in den Spiegel blicken konnte, ohne mich klein, verletzlich und verdreht zu fühlen. Deswegen begann ich, alles durch Arbeit zu kompensieren. Weil nur das half, irgendwie Ordnung in dieses Chaos zu bringen und die Erinnerungen an Mark zu verbannen.

Und nun? Nun glaube ich nicht mehr an Prinzen. Oder an Märchen. An die große Liebe.

Oder an mich.

Kapitel 4

So leise wie möglich öffne ich die Schublade, hole einen Holzlöffel heraus und platziere ihn neben der Schüssel und den Muffinformen. Inzwischen ist das nächtliche Backen so zur Routine geworden, dass ich mich beinahe geräuschlos in der Küche bewege. In Gedanken gehe ich verschiedene Rezepte durch. Eine Denkaufgabe. Das Einzige, was mich gerade aufrecht stehen lässt, obwohl ich vor Erschöpfung umfallen könnte.

Ich entscheide mich für herzhafte Zucchini-Möhren-Muffins, lege die Zutaten auf die Arbeitsfläche und beginne, das Gemüse zu raspeln. Wie immer entspannt mich die gleichmäßige Bewegung meiner Hände, und ich lausche dem Rauschen des Windes, der um das alte Feuerwehrhaus fegt. Als würde er nur für mich wehen, hier in dieser wiederholt einsamen Nacht in der Küche, wenn alle anderen schlafen.

Plötzlich dringt etwas anderes in mein Bewusstsein. Schritte.

Ich schrecke hoch, blicke in Jaspers Gesicht. In Boxershorts und T-Shirt steht er am Fuß der Treppe.

»Habe ich dich geweckt?«

»Dafür hätte ich erst mal schlafen müssen«, erwidert er und klingt so müde. So neben sich.

Ich sehe zu, wie er näher kommt und sich meine Zutaten ansieht.

»Was wird das?«, will er wissen und zeigt auf die Arbeitsfläche.

»Muffins. Fürs Frühstück morgen.«

»Klingt gut.« Jasper nimmt sich ein Glas und füllt Wasser hinein, während ich weiter die Zucchini bearbeite.

»Normalerweise habe ich die Küche nachts für mich.«

»Störe ich dich?«

»Nein. Mir ist nur aufgefallen, dass du in letzter Zeit genauso nachtaktiv bist wie ich.« Ich schiele zu ihm. Er steht an die Spüle gelehnt und trinkt nachdenklich sein Wasser. »Aus Erfahrung kann ich dir sagen, dass das keine gute Angewohnheit ist.«

»Ich war auch nicht scharf darauf, es auszuprobieren«, murmelt er, ehe er das Glas abstellt und sich durch die Haare fährt. »Diese Einschlafprobleme kotzen mich an.«

So viele Gedanken schießen durch meinen Kopf. Sätze, die ich schon seit Wochen zu ihm sagen will.

Seufzend lege ich die Gemüsereibe und die Zucchini ab. »Ich weiß, dass dich diese Gerüchte belasten«, sage ich geradeheraus. »Aber du darfst das nicht so nah an dich heranlassen.«

»Leichter gesagt als getan.«

Seine Finger finden einen Krümel, der noch vom Abendessen übrig geblieben ist. Er rollt ihn zwischen Daumen und Zeigefinger hin und her, die Gedanken offenbar noch ganz woanders. Dann sieht er mich plötzlich wieder an, die Augenbrauen schwermütig zusammengezogen. »Es sind gar nicht diese Gerüchte, die mich so fertigmachen.«

»Nicht?«, frage ich überrascht. Seine Laune ist proportional zu der wachsenden Gerüchteküche gesunken, daher hatte ich angenommen, sie wären der Grund für seine Stimmungsschwankungen und seiner neusten Angewohnheit, Menschen aus dem Weg zu gehen und sich lieber zu verkriechen.

»Die Leute können glauben, was sie wollen. Sollen sie sich das Maul zerreißen. So was war mir schon immer egal. Ich gebe nichts auf die Meinung anderer.«

»Aber was ist es dann?«

»Es ist kompliziert«, weicht Jasper aus.

»Das sind Probleme meistens. Vor allem die, die einen nicht schlafen lassen.«

Jasper rollt weiter den Krümel herum, sagt aber eine ganze Weile nichts.

»Egal. Es ist schon …«

»Sag jetzt nicht *alles in Ordnung*«, unterbreche ich ihn. Ich kann diese Worte nicht mehr hören, sie liegen mir jedes Mal wie Steine im Magen. »Wir wissen beide, dass das nicht stimmt.«

Wir duellieren uns mit Blicken, fordern uns gegenseitig heraus. Er nimmt sich Zeit, braucht lange, um auf meinen Einwand zu reagieren. Am Ende schnipst er den Krümel weg und verschränkt seine Arme vor der Brust, als würde er sich damit selbst schützen wollen.

»Es geht nicht um die Gerüchte oder dass sie über mich reden. Mein Problem ist, was sie damit auslösen. Jedes Wort, jeder Blick konfrontiert mich mit Maggie. Mit meiner Beziehung zu ihr. Meiner Sehnsucht nach ihr. Ihrem Tod …« Es tut so verdammt weh, das Brechen seiner Stimme zu hören. Ihn so zu sehen. Und gleichzeitig ist es geradezu erleichternd, dass er endlich ihren Namen ausgesprochen hat. Seit mehr als acht Wochen warte ich darauf, dass er endlich etwas sagt. Nicht nur, weil ich neugierig auf die Frau bin, die Jaspers Herz gewinnen konnte, sondern vor allem, weil es nicht gut sein kann, wenn er das alles nur in sich hineinfrisst.

Plötzlich geht er ein paar Schritte, bleibt dann wieder stehen, als würde er mit sich ringen, ob er flüchten oder bleiben soll. Vielleicht sucht er auch wieder nach Worten, denn in ihm scheint etwas zu arbeiten.

»Ich werde jeden beschissenen Tag mit meiner Trauer konfrontiert, ob ich will oder nicht«, presst er hervor. »Ob ich genug Kraft dazu habe oder nicht.«

Ich verringere die Distanz zu ihm, lege eine Hand auf seine Schulter, mein Daumen streicht sanft über sein T-Shirt, während ich ihn vorsichtig mustere. Ich wusste, dass er noch unter dem Tod von Maggie leidet – natürlich wusste ich das. Es war ein Schock für ihn, von ihrem Unfall zu erfahren. Aber ich habe seinen Schmerz noch nie so deutlich wie in diesem Moment gespürt. Plötzlich macht sein Verhalten für mich Sinn: die Momente, in denen er seine Wut am Boxsack auslässt, nicht schlafen kann, sein Lächeln nicht seine Augen erreicht.

»Du liebst sie noch, oder?«, flüstere ich. In den acht Wochen habe ich mir diese Frage oft gestellt, war mir nie sicher, wie die Antwort darauf lauten könnte. Aber jetzt weiß ich es.

»Manchmal«, entgegnet er zu meiner Überraschung. »Dann denke ich daran, wie wir uns kennengelernt und wie ich mich in sie verliebt habe – fern von all den Problemen, die sich dann irgendwann angesammelt haben. Und dann fühle ich mich wieder wie damals. Dann ist es schön, die gemeinsamen Momente noch mal zu durchleben. Zum Beispiel, als wir uns zum ersten Mal getroffen haben, weil wir mein Essay besprechen wollten.«

»Dein Bewerbungsessay fürs Stipendium?«, hake ich nach. »Es gab Anfragen, es zu veröffentlichen und einige rechtliche Fragen zu klären, oder?« Hazel hat mir nach der Wintergala davon erzählt. Nachdem sie den Streit zwischen

Lewis und Jasper hatte schlichten wollen und herauskam, dass Jasper etwas mit Maggie Ganes hatte. Als sie noch ein unbefleckter Name für mich war, niemand, um den ich mir Gedanken machte.

»Ich erinnere mich wirklich gerne daran, wie wir stundenlang in ihrem Büro saßen und eigentlich über den Essay reden sollten, aber zu viele andere spannende gemeinsame Themen fanden.«

Ich halte unwillkürlich den Atem an. Ihn voller Zuneigung von ihr reden zu hören, ist gleichsam wärmend wie auch schmerzhaft.

»Es war … leicht mit ihr«, sinniert Jasper. »Bevor es kompliziert wurde. Bevor wir uns ständig gestritten haben. Bevor sie weggegangen ist und sie …« Sein Adamsapfel hüpft, als er schluckt. Er muss den Satz nicht aussprechen. Wir beide wissen, wie es weiterging: Sie nahm einen Job an einer anderen Uni an, trennte sich von ihm und hatte einige Wochen später einen Unfall, den sie nicht überlebte. Inzwischen kenne ich alle Zeitungsartikel, die es im Zusammenhang mit dem Vorfall gibt. Und beim Lesen jedes einzelnen habe ich mich gefragt, wie es Jasper wohl wirklich geht, nach allem, was er mit ihr durchgemacht hat.

»Manchmal ist es schön, in Gedanken zu diesen Momenten zurückzukehren«, spricht Jasper weiter. »Aber eigentlich will ich nicht ständig daran denken müssen. Ich will … verarbeiten. Akzeptieren, dass sie gestorben ist und es kein Happy End mehr mit uns geben wird. Ich will weitermachen«, sagt er entschlossen, doch er wirkt so erschöpft dabei. »Aber wie soll ich damit abschließen, wenn ich, egal wo ich nur hingehe, ihren Namen höre, geflüstert von Leuten, die sie nicht mal kannten … Die nicht wissen, wie verdammt weh es tut, und die nicht kapieren, welche Gedanken sie damit auslösen.«

»Wenn diese Gedanken einmal in Gang gesetzt sind, kann man sie nicht mehr stoppen«, sage ich, weil ich ihn in diesem Moment so gut verstehe. »Egal, was du versuchst.«

»Ich versuche es wirklich.« Tränen schimmern in Jaspers Augen. Es raubt mir den Atem, lässt mein Herz kurz aussetzen. »Ich versuche wirklich klarzukommen.«

»Was kann ich tun?«, frage ich leise, meine Hand noch immer auf seiner Schulter. Einer Schulter, die nun bebt.

Sein Blick trifft mich. »Mach du es nicht auch noch«, krächzt er. »Wirf mir keine sorgenvollen Blicke zu, frage mich nicht dauernd, ob es mir gut geht, oder versuch mich nicht krampfhaft mit irgendwelchen Sprüchen zum Lachen zu bringen. Behandle mich nicht wie ein rohes Ei. Ich weiß, dass du und die anderen es gut meinen, aber ich will ein bisschen Normalität. Nur ein bisschen.«

»Okay.«

»Ich will wenigstens meine Freunde behalten und nicht auch noch von ihnen daran erinnert werden, was ich verloren habe. Ich will nicht darüber reden und auch nicht komisch angesehen werden, als würde jeder erwarten, dass ich gleich zusammenbreche. Ich will einfach, dass es in unserer WG so ist wie vorher. Einfach … normal.«

»Okay«, sage ich noch mal, diesmal bekräftigender.

Jasper sieht zu mir herunter, auf seinen Lippen plötzlich ein schwaches Lächeln. »Auf dich war schon immer Verlass.«

Er streckt seine Finger aus, legt sie auf meine Wange, streicht einmal darüber. Instinktiv halte ich die Luft an, spüre das Rasen meines Herzens, das seine Berührung unweigerlich auslöst. Es ist nicht das erste Mal, dass Jasper mir so nah ist. In den letzten eineinhalb Jahren, in denen wir uns dieses Haus teilen, war er oft da – hat seine Arme um mich gelegt, mir Küsse auf die Wange gegeben, mich umarmt. Wir sind Freunde, wir sind uns nicht fremd. Und doch habe ich mich ihm noch nie so nah gefühlt wie in diesem Moment, in dem er sich so verletzlich zeigt und ich das erste Mal wirklich erahnen kann, wie es in seinem Innern aussieht.

Wir blicken uns an, besiegeln diese Abmachung, die wir getroffen haben. Fangen uns beide, auch wenn ich gleichzeitig das Gefühl habe, mich zu verlieren. In all dem, was Jasper in mir auslöst. Kurz wandern meine Augen zu seinen Lippen, die noch immer zu einem sanften Lächeln geformt sind. Die kleinen Bartstoppeln darunter schimmern im Licht der Deckenlampe. Ich schlucke schwer, konzentriere mich aufs Atmen.

»Willst du mir beim Backen helfen?«, frage ich und bringe etwas Abstand zwischen uns, indem ich nach meiner Schüssel greife.

Sein Lächeln wird breiter. »Sollten wir nicht eigentlich schlafen gehen?«

»Ich habe die Hoffnung aufgegeben, einen vernünftigen Schlafrhythmus zu finden. Und Backen hat etwas Meditatives.«

»Was dagegen, wenn ich nur zusehe?«

»Tu dir keinen Zwang an.«

Jasper setzt sich schwungvoll auf die Arbeitsplatte, ich hingegen nehme mir die Rührschüssel, um das geraspelte Gemüse hineinzugeben.

»Backst du immer nach Rezept?«, will er wissen, als er mein Tablet sieht, auf dem ich meine nächsten Schritte ablese.

»Ich wandle hier und da etwas ab, aber eigentlich halte ich mich schon daran. So weiß ich wenigstens, dass das Ergebnis gut wird.«

»Du hast ja nicht sehr viel Vertrauen in deine Intuition.«

»Mein Vertrauen in Rezepte ist nur größer«, erwidere ich schulterzuckend. »Wenn ich mir schon die Nacht um die Ohren schlage, muss sich das Ergebnis auch lohnen.«

Jasper nickt, seine Hand spielt mit dem Küchenwecker.

»Wenn du dich entscheiden müsstest: Nie wieder nach Rezept backen oder nie wieder To-do-Listen führen. Was wäre es?«

»Keine Rezepte mehr. Ohne meine To-do-Listen würde mein Kopf explodieren.«

Jasper sieht mir zu, wie ich Mehl abmesse und in die Schüssel gebe. Eine Weile schweigen wir, nur meine Handgriffe sind zu hören: das Vermischen der Zutaten, das Einfetten der Muffinformen. Es sind vertraute Tätigkeiten, und doch fühlt es sich nun, wo Jasper dabei ist, ganz anders an. Unwillkürlich sehe ich zu ihm, beobachte sein Profil, das noch immer abgekämpft und nachdenklich wirkt. Er starrt auf den Küchentisch, in Gedanken versunken.

»Und du?«, hole ich ihn ins Hier und Jetzt. »Entweder nie wieder boxen oder nie wieder Kaffee trinken?«

»Du willst, dass ich zwischen den beiden Dingen wähle, die mich zurzeit am Leben halten? Sadistisch.« Jaspers Mundwinkel zucken nach oben. Ein kleiner Erfolg.

»Nenn mich gerne Sadistin, aber du musst wählen.«

»Dann verzichte ich auf Kaffee.«

Sofort muss ich schmunzeln. »Ich hätte nie gedacht, das mal aus deinem Mund zu hören.«

»Ich auch nicht. Verrat es keinem.«

Ich lache auf, als ich mir bildlich vorstelle, wie Jasper

scheintot, mit ungestylten Haaren und mieser Laune den Alltag bestreitet.

»Dich beim Kaffeetrinken zu beobachten ist, als würde man die Verwandlung von Clark Kent in Superman mitverfolgen. Ein Schluck Kaffee, und schon sitzen Frisur und Lächeln.«

»Haha«, erwidert Jasper und wirft ein Geschirrtuch nach mir.

»Stell dir vor, die ganze Uni würde dich im Zombie-Modus sehen. Schreiende Menschen, Sirenen, überall bricht Panik aus, wie in *The Walking Dead*.«

»Hör auf, mich auszulachen«, sagt Jasper und wirft den Schwamm hinterher. Er landet an meiner Schläfe und verfehlt nur knapp die Rührschüssel, als er auf die Arbeitsplatte klatscht.

»Pass auf. Die Muffins«, bremse ich ihn.

»Wie gemein das wäre …« Jasper steht auf. Noch bevor ich herausfinden kann, was er vorhat, hat er einen seiner Finger in den Teig gesteckt. »Wenn jemand daherkommen würde und deinen Teig ruiniert.«

Er lacht das erste richtige Lachen seit Wochen, und mir wird in diesem Moment bewusst, wie sehr es Ansporn und Motivation für mich ist.

»Kommt drauf an«, ziehe ich ihn auf. »Wann hast du dir das letzte Mal die Hände gewaschen?«

»Ich weiß nicht … Thanksgiving? Oder letzten Sommer?« Er taucht noch mehr Finger in den Teig. Ich atme keuchend auf.

»Das sind Lebensmittel, Jasper, kein Spielzeug. Von einem Stipendiaten an der LBU habe ich mehr erwartet.« Ich haue ihm spielerisch auf die Finger, bis er sie herauszieht und grinsend ableckt. Dann verzieht er das Gesicht.

»Da fehlt Zucker.«

»Das werden herzhafte Muffins. Zucker wäre da sehr irritierend.«

»Oder spannend?« Jasper greift an mir vorbei, kommt mir unfassbar nah. Unfähig, mich zu rühren, sehe ich zu ihm auf. Erst als mir klar wird, was er vorhat, löse ich mich aus dieser Starre und packe seinen Arm.

»Ist das Rohrohrzucker in deiner Hand? Ich schwöre dir, wenn du den in meinen Muffinteig kippst, bist du ein toter Mann. Dann stellst du wirklich eine Szene aus *The Walking Dead* nach.«

Jasper lacht, als er versucht, sich aus meinem Griff zu befreien und an die Rührschüssel zu kommen. Sicherlich ein halbherziger Versuch. Immerhin ist er einen halben Kopf größer als ich und trainiert jeden Tag an seinem Boxsack, während ich die meiste Zeit meine selbst gebackenen Plätzchen nasche und gar keinen Sport mache. Von meinem Yoga-Versuchen einmal abgesehen, von denen ich gehofft hatte, sie würden mir helfen, abzuschalten und runterzukommen. Haben sie nicht. Ich habe mich nur die ganze Zeit gefragt, was ich als Nächstes auf die To-do-Liste schreiben könnte.

Jasper und ich rangeln miteinander, die Zuckerpackung noch immer in seiner Hand, die Rührschüssel in greifbarer Nähe. Unsere Körper berühren sich, was mich kurz aus dem Konzept bringt. Seine Hand liegt auf meiner Taille, hält mich auf Abstand und wirkt dennoch elektrisierend. Meine Hand hingegen liegt locker auf seiner Brust, um ihn wegzuschieben, obwohl ein kleiner Teil von mir ihn lieber zu sich ziehen will.

»Jasper«, sage ich halb mahnend, aber eigentlich will ich gar nicht, dass dieser Moment endet. Wir lachen, echt und aufrichtig, und uns ist plötzlich egal, dass es mitten in der

Nacht ist, wir eigentlich schlafen oder wenigstens leise sein sollten. Und ich spüre, wie die Anspannung, die mich um diese Uhrzeit immer heimsucht, abfällt. Nicht vollständig. Aber sie wird weniger, leiser.

Plötzlich geht das Licht im Flur an. Jasper und ich erschrecken uns, lösen uns blitzschnell voneinander, noch immer ein Grinsen auf den Lippen.

Im nächsten Moment stoßen Hazel und Corey zu uns. »Was ist hier los?«, fragt Hazel und reibt sich die Lider.

»Entschuldigung«, murmle ich. »Wir wollten euch nicht wecken.«

»Klang, als wäre hier eine richtige Party zugange.«

»Eher ein Kampf ums Überleben. Noch fünf Minuten, und ihr wärt vielleicht Zeugen eines Mordes gewesen. Lou hätte mich fast gelyncht.«

»Und das habe ich immer noch vor, wenn du jetzt nicht diese Packung weglegst.«

»Vor Zeugen? Dafür wärst du doch viel zu klug.«

»Wäre ich nicht. Corey hilft mir dann, dich im Gemüsebeet zu vergraben.«

»Keine Ahnung, was hier läuft«, meint Corey. »Aber ich möchte da lieber nicht mit reingezogen werden.«

Jasper geht einen Schritt zurück und hebt die Hände nach oben, als würde er kapitulieren. Dann lässt er die Zuckerpackung sinken und stellt sie auf den Küchentisch. »Okay. Ich gebe mich geschlagen.«

»Das will ich dir auch geraten haben«, empfehle ich, schnappe mir die Rührschüssel und beende endlich, was ich angefangen habe: den Teig in die Förmchen zu füllen und den Backofen vorzuheizen.

»Was genau macht ihr da eigentlich?«, erkundigt sich Hazel neugierig.

»*Herzhafte* Muffins«, sagt Jasper. »Aber ich fürchte, ihr solltet sie lieber nicht essen. Hab meine Finger im Teig versenkt.«

Corey guckt in die Muffinförmchen und zuckt mit den Schultern. »Ach, stört mich nicht.«

»Ich verzichte dann wohl besser«, sagt Hazel. Nach ihrer Lungentransplantation muss sie besonders auf Hygiene achten.

»Sorry«, erwidert Jasper. »Da habe ich nicht dran gedacht.«

Sie winkt ab. »Ich werde schon nicht verhungern.«

»Also«, sagt Corey und setzt sich an den Tisch, »unsere beiden Nachteulen machen jetzt zusammen die Nacht unsicher?«

»Ich dachte, Lou könnte etwas Gesellschaft brauchen. War nicht meine Absicht, gleich alle zu wecken. Wir haben uns etwas hinreißen lassen.«

Corey mustert Jasper. Vielleicht ist ihm auch gerade aufgefallen, wie ausgeglichen er in diesem Moment wirkt. Jedenfalls fährt Corey sich einmal über den lichten Schnurrbart und nickt schließlich. »Da wir jetzt eh alle wach sind: Lust auf eine Pyjamaparty?«

»Ist das dein Ernst?«, frage ich belustigt. So was haben wir bisher noch nie gemacht.

»Wieso nicht? Die Muffins sind so gut wie fertig, und wir haben morgen keine wichtigen Aufträge.«

»Und die Vorlesungen schaffen wir auch mit Schlafentzug«, ergänzt Hazel. »Bin dabei.«

»Also schön.« Jasper grinst. »Aber wehe, du schläfst ein und schnarchst uns die Ohren voll, Corey.«

Ich schiebe die Muffins in den Ofen und stelle den Timer. Dann mache ich mich daran, alles aufzuräumen, während

Hazel, Corey und Jasper mit Decken und Kissen aus unseren Zimmern ein Nachtlager auf dem Wohnzimmerboden einrichten.

»Recht so?«, fragt Corey, der vor einem Thron aus Decken steht, auf denen von dem harten Dielenboden sicher nichts mehr zu spüren ist.

Hazel nimmt bereits darauf Platz. »Perfekt.«

»Ich habe noch eine Idee.« Ich gehe in mein Zimmer, hänge eine meiner Lichterketten ab und bringe sie herunter, um sie um unsere Decken herum auszulegen und dem Lager noch mehr Gemütlichkeit zu verleihen.

Als ich die Muffins schließlich aus dem Ofen hole und sie auf einem Holzbrett zu Corey, Jasper und Hazel trage, liegen die drei bereits auf den Decken und scheinen sehr zufrieden mit unserer Entscheidung zu sein. Ich lege mich ebenfalls hin, direkt auf den freien Platz zwischen Hazel und Jasper. Wir essen die – eigentlich noch viel zu heißen – Muffins. Corey ist überzeugt davon, Jaspers Finger herauszuschmecken. Wir lachen, wir reden, vergessen dabei die Zeit, die unaufhörlich Richtung Morgen wandert. Irgendwann wird es stiller. Wir liegen nur da, geben uns der Müdigkeit und der Nacht hin. Hazel und Corey jedenfalls. Ich hingegen starre an die Decke, lasse diese Nacht noch mal Revue passieren, die so anders verlaufen ist als sonst. Ich fühle mich leichter, ein klein wenig mehr wie ich selbst, und ich wünschte, es könnte immer so sein. Dass ich die Gedanken abschalten und mich einfach mal fallen lassen kann – weg von meinen tausend Plänen und Aufgaben, mit denen ich die lauten Gedanken zu kompensieren versuche.

Corey schnarcht irgendwann laut auf. Mein Kopf zuckt in seine Richtung, und mein Blick landet in Jaspers Gesicht. Das Blau seiner Iriden ist im schwachen Licht der Lämpchen nicht zu erkennen. Ich sehe jedoch das Lächeln auf seinen Lippen, das glücklich und doch nachdenklich wirkt. Als würde er genau denselben Gedanken nachgehen wie ich und an der Unbeschwertheit dieser letzten Stunden festhängen.

»Schlaf gut«, flüstere ich.

Er sieht zu mir, sein Lächeln wirkt ein wenig angespannter.

»Du auch«, flüstert er zurück. Dann dreht er sich zur Seite.

Kurz darauf umgibt mich wieder Stille. Ich ergebe mich meiner Müdigkeit und falle in einen kurzen, traumlosen Schlaf.

Kapitel 5

Der Morgen ist träge, die kurze Nacht steckt uns in den Knochen. Corey braucht drei Anläufe, um wirklich wach zu werden, und wir entschließen uns dazu, die restlichen Muffins in Wachstücher einzuwickeln und als Snack für die Vorlesungen einzupacken. Während ich die Kissen einsammle, rollt Hazel die Lichterkette auf. Jasper flößt sich gerade Kaffee Nummer drei ein. Schatten liegen unter seinen Augen, und seine Haare sind etwas wirrer als sonst.

»Ich sag's ja. Wie ein Zombie«, raune ich ihm zu, als ich auf dem Weg in mein Zimmer an ihm vorbeilaufe.

Jasper lacht leise, aber diesmal hat es wieder etwas Melancholisches an sich. Der Zauber der Nacht ist vorbei. Vermutlich denkt er gerade daran, dass er sich gleich wieder diesen Gerüchten und damit auch seiner Trauer stellen muss. Kurzerhand lege ich ihm eine Hand auf die Schulter.

»Du schaffst das«, flüstere ich, bedacht darauf, dass die anderen mich nicht hören. Die Inhalte unseres letzten Gesprächs gehen nur uns Nachteulen etwas an.

Jasper nickt entschlossen, nimmt dann einen weiteren Schluck Kaffee. Ich hingegen begebe mich nach oben in den zweiten Stock, verteile wieder die Kissen auf meinem Bett und pinne die Lichterkette an. Dann setze ich mich an meinen Schreibtisch. Mein Tablet liegt bereit, um meine To-do-Liste zu schreiben. Jeden Tag dasselbe Spiel. Nur dass ich mich heute seltsam dabei fühle.

Seit zwei Jahren, seit der Trennung von Mark, versuche ich, die nagenden Erinnerungen an früher mit Arbeit zu bekämpfen. Erinnerungen daran, dass ich zugelassen habe, dass meine Beziehung mich fast zerstört hat. Kurz verschwimmen die Bilder vor meinem geistigen Auge, werden zu einem undurchdringlichen Brei, der meinen Kopf fast zum Platzen bringt. Erinnerungen an unsere Beziehung, an Mark und mich. Erinnerungen an diese eine Nacht, die mich innerlich noch immer erstarren lässt, weil ich nie gedacht hätte, dass ich meine Bedürfnisse einmal so ignorieren und sie einem anderen Menschen unterordnen würde. Dass ich für jemand anderen Sex haben würde, nur für ihn, nicht für mich. Die Leere, die ich gespürt habe, der Verlust der Kontrolle, den ich in diesem Moment wahrgenommen habe, ist noch immer wie Blei in meinen Adern.

Immer wenn ich all das Revue passieren lasse, wenn ich mich frage, wann es angefangen hat, dass ich mich Stück für Stück in dieser Beziehung verloren habe, und wenn mich die Gedanken daran mitzureißen drohen und ich mich ohnmächtig und hilflos fühle, dann ist es mein strukturierter Tagesplan, der mir wieder ein wenig Kontrolle gibt. Über mich, die Situation, mein Leben. Auch wenn es nie die volle Kontrolle ist, weil mein Kopf dennoch irgendwie mit Mark beschäftigt ist. Er ist nie vollkommen aus meinen Gedanken verschwunden. Nie kann ich wirklich abschalten, nie wirklich durchatmen.

Doch gestern, während dieser Kabbelei mit Jasper, war ich losgelöst. Zum ersten Mal seit Monaten. Es war nur ein Augenblick, ein Moment voller Frieden, der mir gerade nachts sonst nicht vergönnt ist. Wenn das Gedankenkarussell seine Kreise zieht, ich nicht einschlafen kann oder aus Albträumen erwache. Oder tagsüber, wenn ich von To-do zu To-do hetze und einem fest getakteten Alltag folge. Dieser Alltag ist mir eine Hilfe dabei, nicht in dem Sumpf aus Gedanken zu versinken, aber manchmal engen mich diese festen Routinen und mein straffer Zeitplan auch ein. Weil ich nie entspannt bin, immer unter Strom stehe. Und dann kommt Jasper und ändert meine Nacht-Routine. Einfach, indem er in die Küche platzt und mich aus der Reserve lockt.

Was, wenn ich das öfter haben könnte? Wenn daraus ein paar Stunden, Tage, dann Monate werden könnten, in denen ich es schaffe, dem Alltag zu entfliehen, bis ich wirklich irgendwann ganz abschalten kann? Wieder etwas unbeschwerter leben kann, ohne irgendetwas kompensieren zu müssen?

Kurz überlege ich, meine To-do-Liste nicht auszufüllen, aber allein der Gedanke schnürt mir die Kehle zu. Sie sind nicht nur ein Werkzeug im Kampf gegen meine Grübeleien. Sie sind auch ein Hilfsmittel, um meine vielen Verpflichtungen zu sortieren und zu priorisieren. Ohne geht es nicht, dafür sind Stipendium und Studium mit all den dazugehörigen Aufgaben zu wichtig. Also nehme ich mein Tablet in die Hand und beginne zu schreiben.

1. Tauschbörse vorbereiten (mit Mr Peterson die Rahmenbedingungen klären. Wie viele Tische?)
2. Hausarbeit für Ökonomie fertig schreiben
3. Nähtisch aufräumen
4. Neues Design abschließen
5. Ideen finden, um dem Alltag zu entfliehen

Ich unterstreiche Punkt fünf, begutachte die Liste noch einmal und fühle mich sofort besser, auch wenn mein Kopf noch eine irritierende Leere zeigt, sobald ich auch nur an einen Ausbruch aus meinem Alltag denke. Keine Ahnung, wie ich das anstellen soll.

Im *Hopes' Inn* herrscht heute wieder reges Treiben, wie jeden Nachmittag, wenn die Vorlesungen vorbei sind. In der Luft liegt der Duft von Falafel-Patties und Pommes, und die üblichen Jazzklänge dudeln aus den Boxen. Ein paar meiner Schützlinge aus dem Tutorenprogramm sitzen am Tresen und winken mir zu, als Hazel und ich hineinkommen und uns an dem letzten freien Tisch niederlassen. Reese, noch die dunkelrote Schürze um die Hüfte geknotet und die dunklen Braids zu einem seitlichen Dutt gebunden, tänzelt auf uns zu.

»Noch fünf Minuten, dann löst mich Shawn ab, und ich kann zu euch stoßen«, sagt sie gut gelaunt. »Kann ich euch dann etwas mitbringen? Essen? Getränke?«

»Einen Hazelburger«, antwortet Hazel. Wade hat extra einen Burger kreiert, der in ihren Ernährungsplan passt. »Und ein Wasser.«

»Für mich einen Schoko-Milchshake.«

»Hafer-, Soja- oder Erbsendrink?«

»Hafer. Und extra Schokoraspeln, bitte.«

»Klingt gut, so einen bestelle ich mir auch«, meint Reese und verschwindet wieder hinter den Tresen, wo sie durch eine Schwingtür die Bestellung weitergibt.

Ein paar Minuten später sehen wir ihren Cousin Shawn durch die Tür kommen. Er nickt in unsere Richtung, dann geht er auf Reese zu. Beide wirken angespannt, als sie miteinander sprechen. Vielleicht ist Reese immer noch verstimmt, weil er nicht daran gedacht hat, ihr seine alten Fachbücher zu überlassen? Ich finde Reese toll, aber wenn ich in den letzten Wochen eines gemerkt habe, dann, dass sie nachtragend sein kann. Ihrer Mitbewohnerin Keyla hat sie immer noch nicht verziehen, dass sie ihre selbst geschriebenen Songtexte gelesen hat. Wobei das auch wirklich nicht okay war, ich wäre auch sauer deswegen.

Reese kommt wieder zu uns, in der Hand das Tablett mit den dem Wasser, den Shakes und einer Tube Schokosoße. Jetzt, wo sie die Schürze abgelegt hat, sieht man ihr Oberteil, das ich ihr vor ein paar Monaten genäht habe und das uns zu Freundinnen gemacht hat. Noch immer eine meiner besten Arbeiten. Der schwarz-weiße Stoff mit den roten geometrischen Figuren passt perfekt zu ihr.

»Cheers«, sagt Reese und lässt unsere Gläser aneinanderklirren. Sie nimmt einen Schluck ihres Shakes und seufzt, ehe sie ein wenig tiefer auf die Sitzbank rutscht. »Das habe ich jetzt gebraucht.«

»Alles gut?«, erkundige ich mich. »Sah aus, als wären Shawn und du noch nicht gut aufeinander zu sprechen.«

»Ach«, entgegnet Reese, aber es klingt nicht so gleichgültig, wie sie vielleicht denkt. »Inzwischen versuche ich, nicht mehr enttäuscht oder frustriert wegen ihm zu sein. Und ich habe keinen Bock, über ihn zu reden und mir die Laune verderben zu lassen.«

Ich nehme einen Schluck meines Shakes, lasse die Süße der Schokolade auf meiner Zunge zergehen.

»Also: Was gibt's Neues?«, will Reese wissen. »Lenkt mich ab.«

»Mr Peterson hat die Tauschbörse endgültig abgesegnet.«

»Verdammt cool.« Reese schlürft direkt ein wenig zufriedener an ihrem Shake. Bleibt zu hoffen, dass sie bei der Tauschbörse ein paar Dinge findet, die sie gebrauchen kann.

»Wir helfen dir bei den Vorbereitungen, wenn du willst«, sagt Hazel. Auf meine Freundinnen ist eben immer Verlass.

»Ich werde die Tauschbörse morgen in der LBU-App ankündigen. Alle, die teilnehmen möchten, müssen sich vorher anmelden. Damit wir wissen, wie viele Tische wir brauchen.«

»Das werden bestimmt viele«, meint Hazel. »Bis wann muss man sich anmelden? Wie viel Vorlaufzeit brauchen wir?«

»Eine Woche?«, überlegt Reese. »Oder zwei?«

»Zwei, würde ich sagen. Immerhin beginnen bald auch die Vorbereitungen für die Midterms.«

Reese stöhnt. »Erinnere mich nicht daran. Ich bekomme jetzt schon Angstzustände, wenn ich an die Prüfungen denke.«

»Bei den letzten warst du doch recht erfolgreich«, versuche ich sie aufzumuntern. Wir haben bei den Final Exams zusammen gelernt, und sie war total angespannt, aber am Ende hat sie richtig gute Noten in allen Prüfungen und Hausarbeiten geschrieben.

»Nur dank euch und unseren Lernstunden. Aber ich bin trotzdem mit Magenschmerzen und schlotternden Knien in die Prüfungen gegangen. Ich dachte, ich würde jeden Moment umkippen. Und dann musste Jeannie Pitt wieder alle Prüfungen im Anschluss durchkauen und hat angedeutet, was ich alles falsch gemacht habe. Das stehe ich nicht noch mal durch.«

»Ich fürchte, dir bleibt keine andere Wahl«, sagt Hazel. »Zumal wir Jeannie nie dazu bekommen, die Prüfungen nicht durchsprechen zu wollen. So ist sie einfach.«

Reese zieht eine missmutige Grimasse.

Shawn serviert unser Essen, und wir schlagen zu. Reese klaut sich eine meiner Pommes, öffnet die Tube und tröpfelt Schokosoße darauf.

»Das ist seltsam«, kommentiert Hazel mit Blick auf die Pommes-Schokosoßen-Mischung. Etwas angewidert verzieht sie den Mund.

»Verurteile es nicht, bevor du es nicht probiert hast. Süß und salzig ist die perfekte Kombo«, meint Reese und schnappt sich eine zweite Pommes. Etwas unsicher blickt Hazel zu der Soße, dann zu ihren Pommes. Kurzerhand legt sie den Burger zur Seite, nimmt sich eine Pommes und gibt auch ein wenig der Soße darüber. Sie zögert kurz, als würde sie ihre Aktion noch mal überdenken, beißt dann jedoch ab. Der genüssliche Gesichtsausdruck, den Reese beim Essen hat, bleibt aus. Aber immerhin verzieht sie auch keine Miene, sondern zuckt nur mit den Schultern. »Ist ganz okay«, sagt sie lapidar. »Weniger eklig, als ich angenommen habe.«

Reese sieht aus, als habe Hazel sie gerade aufs Übelste beleidigt. »Essensbanausin.«

Das lässt mich an Jaspers Versuch denken, Zucker in meine Muffins zu kippen. Ich muss grinsen, verkneife es mir aber sofort wieder, weil ich nicht möchte, dass Reese oder Hazel mich fragen, woran ich denke.

»Da vorne kommt Lewis«, verkündet Hazel und deutet Richtung Fenster. Auf ihre Lippen stiehlt sich dieses verliebte Lächeln, um das ich sie manchmal beneide. Die beiden haben sich einfach gesucht und gefunden. »Er wollte noch dazukommen. Ich hoffe, das ist okay?«

»Na klar. Er ist jederzeit willkommen.«

»Vielleicht weiß er gewisse Essensvorlieben ja mehr zu schätzen als du.«

In diesem Moment ertönt erneut die Türklingel. Lewis sieht sich um, entdeckt uns, kommt auf unseren Tisch zu und begrüßt Hazel mit einem Kuss. Reese rutscht einen Platz weiter, damit er sich zu ihr auf die Bank setzen kann. Gleich darauf nimmt Shawn Lewis' Bestellung auf. Immer wieder erstaunt es mich, wie sehr die Beziehung zu Hazel

Lewis verändert hat. Früher war er Mr Einsilbig, der in den eineinhalb Jahren, die ich mit seinem Bruder befreundet war, höchstens fünf Sätze mit mir gewechselt hat. Kaum hörbar und stotternd kamen sie über seine Lippen, er hat Augenkontakt stets gemieden. Auch wenn er immer noch eher zu den introvertierten Menschen gehört und dazu neigt, leise zu sprechen, ist er inzwischen präsent, und es erstaunt mich, wie viele interessante Sachen er über die Natur und die Arbeit der LBU zu berichten weiß. Sachen, die mir früher entgangen sind und über die ich mich nun glücklich schätzen kann, sie zu wissen. Auch jetzt beginnt er von sich aus zu erzählen – von seinem Studentenjob im Stadtarchiv, da auch er kein Stipendium hat und sich die LBU selbst finanziert. Heute waren wohl besonders viele Touristen im Archiv, um sich an dem Stand mit den Flyern über Ausflugsziele und Informationen über die Stadt zu versorgen. Jetzt, wo die Temperaturen langsam steigen, nimmt auch der Tourismus im Modoc National Forest zu. Mehr Leute, die Tagesausflüge machen und sich Lullaby ansehen, mehr Wanderer und Camper … und damit leider auch mehr Arbeit für die Ranger und für unsere Freiwilligen, um alles sauber zu halten und darauf zu achten, dass die Leute sich an die Regeln halten.

»Wir haben gerade die Tauschbörse geplant«, sagt Hazel schließlich, nachdem auch sie von ihrem Tag berichtet hat. »Machst du mit?«

Lewis fährt sich über die Bartstoppeln. Er sieht müde aus, sicher wegen der Arbeit. »Ich muss mal schauen, ob ich etwas habe, das ich loswerden möchte. Aber klar, das ist eine gute Idee.«

»Vielleicht kannst du uns an dem Tag mit den Tischen helfen?« Ich hatte bereits im Festkomitee nach Helfern gefragt, bin aber nicht wirklich weitergekommen. »Corey und Jasper packen bestimmt auch mit an.«

Reese' Miene wird ein wenig ernster, sie rutscht auf ihrem Platz hin und her. Es ist eindeutig, dass sie etwas zu sagen hat, sie den damit verbundenen Themenwechsel aber nicht richtig gut findet. Doch Reese kann sich nicht zurückhalten, sie sagt immer, was sie denkt. Ein Grund, wieso ich sie so mag. »Meint ihr wirklich, Jasper hat Lust mitzumachen?«, rückt sie schließlich mit der Sprache heraus. »Mir ist nicht entgangen, dass er Menschen meidet. Früher war er bestimmt einmal pro Woche hier, um sich einen von Wades Burgern zu sichern. Oder um mit den Aushilfen zu flirten – mich zum Glück nicht eingeschlossen.«

Shawn bringt Lewis' Essen an unseren Tisch. Reese schnappt sich eine seiner Pommes.

»Vielleicht beruhigt sich die Situation langsam«, überlegt Hazel. »Ich habe heute noch keine Gerüchte über ihn und Maggie gehört. Die Leute haben vielleicht endlich andere Gesprächsthemen gefunden.«

»Ich fürchte nicht«, seufzt Lewis. »In der Mensa heute haben mich zwei Studentinnen angesprochen und wollten wissen, ob es stimmt, dass Jasper etwas mit einer Professorin hatte.«

»Diese Aasgeier«, murmelt Reese, noch eine Pommes im Mund. Dann noch eine.

Lewis seufzt. »Ich bin langsam überfragt, wie ich ihm helfen soll. Er redet nicht über Maggie, und dann die Situation zu Hause …«

»Hat euer Vater euch schon wieder kontaktiert?«, erkundigt sich Reese.

Hazel nimmt über den Tisch hinweg seine Hand. Im Gegensatz zu uns anderen hat sie Jaspers und Lewis' Vater kennengelernt und live miterlebt, was für ein Tyrann er ist. Dass er seit unzähligen Jahren sowohl Jasper als auch Lewis unter Alkoholeinfluss kleinmacht und unterdrückt. Sie war dabei, als sich an Thanksgiving beide Brüder dazu entschieden haben, den Kontakt zu ihm abzubrechen und endlich einen Schlussstrich zu ziehen. Doch Mr Branson scheint das nicht akzeptieren zu können. Ständig erhalten sie Anrufe und Nachrichten von ihm. Auch wenn ich das Gefühl habe, dass Jaspers Zustand mehr mit Maggie als mit seinem Vater zu tun hat, ist es sicher eine zusätzliche Belastung, die nicht von der Hand zu weisen ist.

»Es wird wieder mehr«, sagt Lewis leise und bestätigt damit meine Vermutung. »Ich … ich hatte gestern wieder zwei Sprachnachrichten auf dem Handy. Jasper sicher auch.«

»Ob er deswegen nicht schlafen konnte und zu dir in die Küche gekommen ist?«, überlegt Hazel. Ich versuche mir nicht anmerken zu lassen, dass die Erinnerungen an die gestrige Nacht ein seltsam wohliges Gefühl in mir auslösen.

»Gesagt hat er darüber nichts.« Es schien viel mehr, als wäre seine Schlaflosigkeit durch die Erinnerungen an Maggie ausgelöst, aber wenn sein cholerischer Vater sich vorher noch bei ihm gemeldet hat, hat ihn das vielleicht zusätzlich aufgewühlt.

»Ich glaube, Jasper braucht nur noch etwas Zeit«, sage ich, meine Gedanken springen zum gestrigen Abend. »Gestern hat er zum ersten Mal wieder richtig gelacht.«

»Ja.« Hazel lächelt verträumt, ehe sie eine Pommes in den Hummus dippt. »Das war eine tolle Pyjamaparty. Mit allen zusammen zu sein, hat mir gefehlt. Es war wieder wie vor der Wintergala, findest du nicht?«

»Vielleicht kann man darauf aufbauen«, überlegt Lewis.

»Ich versuche, ihn noch mal dazu zu bringen, sich mit mir zu treffen.«

»Gute Idee«, meint Hazel und schielt zu ihrem Freund. »Und wann machen wir mal wieder einen Pärchentag? Noch vor dem Prüfungsstress?«

»Wandern?«, fragt er grinsend. »Nächste Woche?«

»Ja, bevor noch mehr Touris kommen und die besten Routen bevölkern.«

Die beiden beugen sich vor, um sich zu küssen. Reese zieht eine Grimasse. »Hey, ich bin noch am Essen. Spart euch das Geknutsche für euren *Pärchentag.*«

»Ich war so nett und habe deine Schoko-Pommes-Kombo probiert«, erwidert Hazel, als wäre damit alles klar. Sie zieht herausfordernd eine Augenbraue hoch.

»Und niedergemacht. Aber ich lass es als Argument gelten. Knutscht weiter. Aber jugendfrei bleiben, da vorne sitzt ein Kind.«

»Sehr witzig, Reese.« Hazel streckt ihr die Zunge heraus. Reese nippt zufrieden an ihrem Shake.

Der Abend nimmt seinen Lauf, wir reden noch über die bevorstehenden Prüfungen und Lewis' Überlegungen, sich mal wieder bei einer Schachmeisterschaft anzumelden. Hazel scherzt darüber, es vielleicht auch mal zu versuchen, weil sie Lewis schon einmal im Schach geschlagen hat, obwohl er eigentlich viel besser ist als sie. Am Ende trennen sich unsere Wege, als Reese zu ihrem Wohnheim geht und Hazel mit zu Lewis auf sein Zimmer verschwindet. Ich hingegen streife über den verlassenen Campus. Nur ein paar einzelne Leute sind in der Ferne zu hören. Die meisten sind in ihren Zimmern, lernen oder genießen die Freizeit. Planen Wanderungen, wie Hazel und Lewis, gehen auf Partys, erleben Abenteuer.

Ich blicke auf den Kiefernwald hinter unserem Wohnhaus. Die Baumkronen bewegen sich sanft im Wind. Aus der Ferne höre ich noch einige Vögel singen, die mit dem Voranschreiten der Dämmerung sicher gleich verstummen und dafür wieder Raum für meine lauten Gedanken lassen. Gedanken, die mich wieder in Richtung Mark ziehen wollen, obwohl sich alles in mir nach ein wenig Erholung sehnt. Nach einer Flucht aus meinem überfüllen Kopf und meinem eng getakteten Alltag. Nach ein wenig Sorglosigkeit, wie heute Nacht in der Küche. Nach ebensolchen Abenteuern, um die ich andere immer ein wenig beneide. Niemand scheint so festgefahren zu sein wie ich.

Kapitel 6

Die letzten zwei Wochen waren das reinste Chaos. Es gab so viele verschiedene Verpflichtungen, dass ich zwischenzeitlich sogar auf Papierlisten umgestiegen bin, um nicht den Überblick zu verlieren. Das Konzept für die Videopräsentation, die Vorbereitungen für die Tauschbörse, mein Tutorenprogramm, das jetzt, wo die Midterms näher rücken, wieder extrem zeitintensiv ist. Dazu die normalen Aufträge bei Red.

Nun sind es nur noch wenige Tage bis zur Tauschbörse. Immer wieder überprüfe ich, dass ich wirklich nichts vergessen habe. Und jedes Mal, wenn ich meine To-do-Liste betrachte, fällt mir auf, dass Punkt fünf noch immer offen ist. Noch immer habe ich keine Ideenliste aufgesetzt, habe mich nicht mal im Ansatz mit den Themen Abenteuer und Leichtigkeit auseinandergesetzt. Ich habe ihn in den letzten zwei Wochen dauernd von einer zur nächsten Liste geschoben. Offenbar bin ich wirklich gut darin, Freizeit zu vertagen. So gut, dass ich dafür sogar mein selbst auferlegtes Gesetz breche, alles auf meinen Listen abarbeiten zu müssen.

Kurzerhand markiere ich diesen Punkt neonfarben. Wenn ich es wirklich ernst meine, darf ich ihn nicht weiter ignorieren. Nur weiß ich einfach nicht, womit ich anfangen soll. Ich liebe es, zu nähen und zu backen, neue Projekte anzugehen. Doch inzwischen mache ich das Ganze so perfektionistisch und mit so viel Druck dahinter, dass es nichts mehr ist, was mich wirklich vollständig frei fühlen lässt. Meine früheren Ventile, meine Hobbys, wurden in den letzten zwei Jahren immer mehr zu Routinen und Werkzeugen, um meine destruktiven Gedanken im Zaum zu halten, und nun reichen sie nicht mehr, um mich wirklich abzulenken. Dabei will ich genau das: irgendwie ausbrechen aus dieser Spirale, in der ich mich befinde. Früher ging es doch auch … vor-Mark-früher. Da war ich viel spontaner und unbeschwerter. Weniger ängstlich und festgefahren. Damals habe ich mir geschworen, dass die Uni-Zeit ein reines Abenteuer wird. Und was ist daraus geworden? Die zuverlässige, Listen schreibende Verdrängungskünstlerin Lou, die wegen eines Mannes ein Stück ihrer Persönlichkeit verloren und sich dafür ganz viel Ballast aufgeladen hat.

Frustriert seufze ich. Da ist es wieder: das Gedankenkarussell, das zu verstehen versucht, wie ich es habe so weit kommen lassen. Wie ich mich so lange an Mark binden konnte und nicht gesehen habe, wie toxisch diese Beziehung für mich war.

Tränen brennen in meinen Augen, also lege ich meine To-do-Liste weg und öffne stattdessen meine Vorlesungsaufzeichnungen aus Umweltbiologie.

Ich gehe sie durch, versehe sie mit Farben und Symbolen, beantworte ein paar E-Mails und beginne, an meiner Hausarbeit für Umweltmanagement zu schreiben. Arbeiten, arbeiten, nur nicht nachdenken. Nicht frei sein, sondern gefangen in diesem Hamsterrad, aus dem ich nie richtig ausbrechen kann. Nicht mal die Energie aufbringen kann, es richtig zu versuchen.

Erst drei Stunden später stehe ich endlich wieder von meinem Schreibtisch auf. Mein Nacken knackt leise, als ich mich strecke und mir eine Strickjacke überziehe. Draußen dämmert es bereits, also wird es dringend Zeit für meinen nächsten Job heute: das Abendessen vorbereiten.

Unten in der Küche mache ich mich daran, Reis zu kochen und Gemüse für mein grünes Curry zu waschen und zu schneiden.

Ich brate gerade das Gemüse an, als die Tür aufgeht und Jasper hereinkommt. Haarsträhnen hängen ihm ins Gesicht, unter seinen Augen liegen wieder dunkle Schatten. Sein Blick ist ruhelos, die Schultern gesenkt.

»Harter Tag?«, begrüße ich ihn.

»Wann denn nicht?«, erwidert er knapp. Er geht zum Kühlschrank, holt sich die Karaffe mit der von mir zubereiteten Limonade heraus und gießt sich etwas davon ein. Immerhin verschwindet er nicht direkt in seinem Zimmer, sondern setzt sich an den Tisch, um dort auszutrinken. Und teilnahmslos ins Leere zu starren, als wäre er gedanklich noch sehr weit weg.

»Isst du mit uns? Reese und Lewis kommen auch. Es gibt grünes Curry.«

»Wirklich? Das liebe ich.« Er sieht sehnsuchtsvoll auf den Topf, in dem der Reis köchelt. »Lust hätte ich schon.«

»Aber?«

Jasper sieht mich etwas ungehalten an, seine Augenbrauen zusammengezogen. »Wird das dann wieder ein Interventionsversuch? Ein Wir-machen-uns-Sorgen-um-dich-Gespräch?«

Nachdem ich ihm versprochen habe, dass ich ihn normal behandeln würde, hätte ich eine derartige Frage nicht erwartet. Ich habe ihm doch mein Okay dazu gegeben – hier in der Küche, keinen Meter von der Stelle entfernt, an der ich gerade stehe und das Gemüse schwenke.

»Ich weiß doch, dass du das nicht willst«, erwidere ich. »Von mir musst du keine Interventionen befürchten.«

»Gut. Aber gilt das auch für die anderen?«

Ich zucke mit den Schultern. »Die anderen sind erwachsen und treffen eigene Entscheidungen. Und solange du ihnen nicht sagst, was du dir von ihnen wünschst, werden sie es wohl oder übel immer wieder versuchen. Weil sie denken, dass es das Richtige ist.«

Jasper nimmt einen Schluck Limonade. »Du meinst also, ich soll ihnen sagen, dass ich ihr Mitleid nicht will?«, fragt er zweifelnd.

»Mitleid und Mitgefühl werden oft verwechselt. Aber ja, genau das will ich sagen. Ich kann auch gerne mit ihnen sprechen, wenn du das möchtest.«

Er seufzt, nimmt noch einen Schluck seiner Limonade, schweigt ein paar Sekunden. »Ich denke, ich verzichte auf das Essen«, sagt er schließlich zu meiner Enttäuschung.

»Du bist stur.«

»Ich bin nur müde.«

Ich drehe den Herd ab, stelle das angebratene Gemüse beiseite und sehe ihn durchdringend an. Ich erkenne die Müdigkeit, von der er spricht. Sie springt mich förmlich an. Aber ich sehe auch Einsamkeit. Er sieht verloren aus.

»Komm heute zum Abendessen«, bitte ich ihn, diesmal etwas einfühlsamer. »Nicht nur für dich selbst. Für uns alle. Corey wird doch bald seinen Abschluss machen. So viele Gelegenheiten zusammenzukommen haben wir vielleicht nicht mehr.«

Drei Herzschläge lang höre ich nichts außer den Reistopf. Drei Sekunden, in denen Jasper nichts sagt, mich nur ansieht. Nachdenklich. Zweifelnd.

Dann ein erneutes tiefes Seufzen. »Okay. Ich komme.«

Ich lächle ihm zu, spüre die Erleichterung. Der alte Jasper ist noch irgendwo unter dem Schmerz. Ich weiß es.

Er hilft mir, den Tisch zu decken. Dabei verfällt er wieder

in Schweigen, aber ich versuche nicht, es zu brechen. Schließlich kommen die anderen mit Lewis und Reese im Schlepptau, und wir setzen uns.

»Greift zu«, sage ich und deute auf den Korb mit selbst gemachtem Naan. Das Curry und der Reis sind bereits in kleine Schüsseln verteilt und dampfen vor unseren Nasen.

Genießerisches Murmeln folgt, die Jungs reichen den Brotkorb herum. Reese erzählt schließlich von ihrer Schicht im *Hopes* und einer neuen Aushilfe. Hazel von ihrem Besuch bei Dr Livings, unserer Allgemeinmedizinerin in Lullaby, die Hazel wegen ihrer Mukoviszidose betreut. Die Stimmung ist so ausgelassen wie eh und je. Selbst Jasper schafft es, ab und zu mitzumischen, auch wenn er insgesamt ruhiger ist als früher.

»Ich habe noch eine kleine Ankündigung«, sagt Corey irgendwann feierlich.

»Ein Jobangebot?«, fragt Hazel euphorisch.

»Nein, noch nichts Neues an der Jobfront, obwohl sich einige Interessenten bei Mr Peterson nach mir erkundigt haben.«

»Was ist es dann?«, will ich wissen.

Corey beißt grinsend in sein Naan, offenbar genießt er es, uns erst ein wenig zappeln zu lassen. »Trommelwirbel bitte.« Hazel und Reese reagieren sofort und versuchen sich darin, das Geräusch von Trommeln nachzuahmen. Es klingt aber eher nach einem Hubschrauber. »Möglicherweise habe ich da jemanden kennengelernt.«

»Möglicherweise?«, hakt Jasper nach.

»Nun gut, ich *habe* jemanden kennengelernt. Wobei das auch nicht ganz richtig ist, denn eigentlich kenne ich ihn schon länger, weil er auch an die LBU geht und bei unserer letzten Exkursion dabei war. Aber er ist mir vorher nie aufgefallen.«

»Wer ist es?«, will Reese wissen. »Hast du Fotos? Ist er heiß? Lass dir doch nicht alles aus der Nase ziehen.«

»David Baker.« Der Name sagt mir nichts. »Foto: Fehlanzeige. Heiß: Halleluja, und wie. Wir gehen nächstes Wochenende in Juniper etwas trinken.«

»Das ist großartig, Mann.« Jasper klopft Corey auf die Schulter. »Du hast in der Hinsicht etwas Glück verdient.« Er hat recht. Corey hatte seit meinem Einzug schon viele Dates, aber bisher nie ein glückliches Händchen bei seiner Wahl. Weder mit Männern noch mit Frauen.

»Ich muss zugeben, dass ich etwas gezögert habe«, sagt Corey kauend. »Kurz vor dem Abschluss noch etwas anzufangen ist irgendwie seltsam. Keine Ahnung, wo das hinführen soll. Aber ich bin bereit, es herauszufinden.«

»Aufregend«, meint Hazel. »Ich will nach dem Date jedes Detail wissen! Wehe, du lässt etwas aus.«

»Der ausführliche Report geht dann an dich raus. An euch beide«, ergänzt er und grinst mich an. Schon seit meinem Einzug bei Red haben wir uns immer gegenseitig die Daumen gedrückt und die Dates hinterher genau analysiert, wobei ich zugeben muss, dass Corey da weit mehr vorzuweisen hatte als ich. Ich hatte lediglich ein einziges Date mit einem Studenten aus Coreys Semester. Ich dachte, es würde vielleicht helfen, die Sache mit Mark zu vergessen und neu anzufangen, aber es ist bei dem einmaligen Pizza-Date geblieben. Vermutlich würde ich auf meiner To-do-Liste ohnehin keinen Platz für eine Beziehung erübrigen können.

»Darauf sollten wir anstoßen«, sagt Reese und hebt ihr Glas. Wir anderen tun es ihr nach.

»Auf die Liebe«, sagt Hazel und sieht Lewis dabei so schmachtend an, dass es schon fast zu viel ist. Aber der Blick, den Lewis ihr zuwirft, ist pures Feuer. Feuer, das erlischt, als sein Handy klingelt und er es aus der Tasche zieht, um es stumm zu stellen, und dann doch innehält. Im selben Moment geht auch Jaspers Handy los.

Lewis wird eine Spur blasser, als er auf den Bildschirm starrt. Noch mal eine eingehende Nachricht.

»Ist das wieder …?«, fragt Hazel, bringt den Satz jedoch nicht zu Ende.

»… unser … Vater«, ergänzt Lewis. Sein Stottern, das er in letzter Zeit so gut im Griff hat, nimmt sofort wieder ein wenig zu. Ob er es will oder nicht, sein Vater hat noch immer einen gewissen Einfluss auf ihn. So etwas stellt man vielleicht nie vollständig ab, erst recht nicht, wenn man wie Lewis schon seit der Kindheit von seinem Vater fertiggemacht wurde.

Jasper schielt zu seinem Handy, sein Kiefer mahlt. »Er scheint mal wieder getrunken zu haben«, sagt er bitter.

Die Leichtigkeit des Abends ist verflogen.

»Alles in Ordnung?«, erkundigt sich Hazel.

»Schon okay. Ich … ich mache mein Handy aus.«

»Ich auch«, sagt Jasper.

Beide stecken ihre Smartphones weg, und Lewis erzählt stattdessen von seiner derzeitigen Arbeit in den Forschungslaboren, aber sein Stottern bleibt – ebenso wie die fast greifbare Spannung, die den Raum eingenommen hat. Jaspers versteifte Haltung, sein Schweigen. Ich kann genau sehen, wie ihm alles zu viel wird, er dichtmacht, sich diesem Moment und uns entzieht. Als er schließlich aufsteht und verkündet, noch trainieren zu wollen, bin ich nicht überrascht. Nur ein wenig hilflos.

»Danke fürs Essen«, sagt er noch, lächelt uns allen ein wenig erschöpft zu. »Wir sehen uns später.«

Er geht die Treppe hinauf, kurz darauf ertönt Musik aus seinem Zimmer, gefolgt von den Schlägen seiner Fäuste.

Lewis sieht hoch zur Decke. »Ich … ich denke, ich sehe mal nach ihm.«

Er geht nach oben, wir anderen beginnen sehr schweigsam, den Tisch abzuräumen.

Schon eine Minute später kommt Lewis zurück. »Er will allein sein.«

»Wie immer«, meint Corey. »Was wollte euer Dad? Die üblichen Vorwürfe, weil ihr euch an Thanksgiving dazu entschieden habt, keinen Kontakt mehr zu wollen?«

»Hauptsächlich«, sagt Lewis leise, und seine Augen werden glasig, als er auf das benutzte Geschirr starrt. Kurz denke ich, dass keine Erläuterung mehr kommt, als er schließlich doch zum Sprechen ansetzt. »Und er hat auch von den Gerüchten um Maggie und Jasper gehört und verlangt Antworten. Er hat Sorge, dass sich das auf seine Karriere auswirken könnte. Immerhin kennt er viele Ehemalige und Sponsoren, die auf der Wintergala waren. Sicher werden sie ihn schon darauf angesprochen haben.« Lewis schluckt bitter. »Dad mag es, im Rampenlicht zu stehen, aber negative Schlagzeilen duldet er nicht. Seine Nachrichten werden jedenfalls immer ausfallender.«

»Klingt hart«, meint Corey.

»Klingt vor allem so, als solltet ihr euch überlegen, seine Nummer zu blockieren«, schlägt Reese vor.

Lewis wirft ihr einen zweifelnden Blick zu. »Ich … ich habe schon darüber nachgedacht. Aber wir sind noch nicht so weit. Solange Mom noch bei ihm ist …«

»Sieht nur so aus, als hättet ihr vielleicht keine andere

Wahl, oder?«, sagt Reese und bringt die Dinge mal wieder auf den Punkt. »So, wie Jasper auf die Nachrichten reagiert.« Als würde er ihre Worte unterstreichen wollen, erklingt sofort wieder ein lautes Poltern aus seinem Zimmer.

Lewis zuckt etwas unbeholfen mit den Schultern. Sicher weiß er genauso gut wie ich, dass die Nachrichten von ihrem Vater ihn nicht wegen der Nachrichten an sich aufwühlen. Wenn ich eines verstanden habe, dann, dass Jasper schon lange vor dem Eklat an Thanksgiving mit seinem Vater abgeschlossen hat. Es ist ihm egal und er hätte den Kontakt schon viel früher abgebrochen, er wollte nur Lewis nicht hängen lassen. Dass es in seinen Drohungen nun jedoch um Maggie geht, ist wohl der eigentliche Knackpunkt. Es ist wie mit dem Geflüster der Leute: Immer wieder kommt das Thema Maggie an die Oberfläche und bietet der Trauer, die Jasper ohnehin Tag für Tag mit sich herumschleppt, eine Plattform. Vielleicht ist er in Wahrheit ebenfalls in einem Hamsterrad gefangen und findet keinen Ausweg aus seinen düsteren Gedanken und Gefühlen. Vielleicht fällt es ihm schwer, einen Schlussstrich zu ziehen. Ich verstehe ihn … irgendwie. Sich zu lösen, besonders von Menschen, die man einst geliebt hat, ist ein Prozess.

Liebes Tagebuch,
heute frage ich mich oft, wann ich die ersten Anzeichen dafür bemerkt habe, dass Mark Avery nicht der Prinz auf dem weißen Pferd war. Lange Zeit habe ich sie wohl verdrängt. Sie finden sich irgendwo in meinem Innersten vergraben und mit Tonnen von Ausreden und positiven Ge-

danken überschüttet, mit denen ich versucht habe, Mark, unsere Beziehung oder die Vorstellung, die ich von uns hatte, zu verteidigen. Wenn er mir sagte, dass er mehr Zeit mit mir verbringen wolle, und ich deswegen meinen Freundinnen absagte – immer und immer wieder, obwohl er selbst niemals für mich Verabredungen cancelte –, dachte ich mir nichts dabei. Es machte mir ja auch nichts aus, schließlich genoss ich die Zeit mit ihm. Wenn ich ihm von meinem schlechten Tag erzählte und wir jedes Mal bei seinen Problemen landeten und gar nicht mehr über mich sprachen, dann hörte ich ihm gerne zu. Immerhin liebte ich ihn, ich wollte für ihn da sein. Wollte ihm alles geben, was er brauchte.

Was Mark brauchte, war nicht ich. Nicht wirklich. Nur eine Version von mir, die er sich zurechtbiegen wollte, also verbog ich mich. Mit jedem Tag ein bisschen mehr. Weniger Zeit mit meinen Freundinnen, weniger Zeit vor der Nähmaschine. Wenn ihm die blaue Bluse nicht gefiel, trug ich eine rote. Wenn es ihn störte, dass ich vor dem Fernseher zu laut mit der Chipstüte raschelte, aß ich Pudding. Nachdem er von seiner sportlichen Nachbarin schwärmte, versuchte ich es mit Joggen, um wieder mehr seinen Vorstellungen zu entsprechen. Wenn er nach einem Streit tagelang nicht mit mir redete und von mir verlangte, mich für alles zu entschuldigen, dann tat ich es, weil ich mich schlecht fühlte und ich wollte, dass er mir verzeiht – selbst dann, wenn er den Streit ausgelöst hatte.

Es war ein schleichender Prozess.

Meine Tante Sandy hat sich in ihrer Kindheit einen Finger gebrochen, was nie richtig behandelt wurde. Bis heute ist der Finger krumm, die Knochen sind nicht richtig zusammengewachsen. Wie zwei fehlerhafte Puzzleteile, die man

in einem schnellen Versuch, das Puzzle zu lösen, einfach aneinandergelegt und mit einem Tesafilm fixiert hat. Genauso fühlte sich irgendwann meine Seele an. Als hätte Mark sie gebrochen, Tag für Tag, drei Jahre lang, während ich versuchte, sie wieder stümperhaft zusammenzukleben, im festen Glauben daran, dass sich irgendwann alles bessern würde.
Und nun stehe ich vor den deformierten Überresten, die ich nur mit Müh und Not zusammenhalte.
Weil ich zu verliebt gewesen war, um die ersten Anzeichen ernst zu nehmen. Weil ich es nicht sehen wollte. Weil ich dachte, er wäre es wert. Dabei hätte meine Seele an erster Stelle stehen sollen. Heute weiß ich das. Jetzt, wo ich die Trümmer sehe, nehme ich auch meine Fehlentscheidungen wahr. Meine Naivität.
Aber ändern tut es nichts.
Der Schaden ist längst angerichtet.

Kapitel 7

Das Außengelände der LBU, das sonst durch Weitläufigkeit und die Nähe zur Natur punktet, ist heute mit Tischen für die Tauschbörse zugestellt. Jasper, Lewis und Corey haben sie hierhergeschleppt und sitzen nun nach Luft ringend auf einer der Holzbänke, während Hazel und Reese Nummern an die Tische kleben und ich die Anmeldeliste durchgehe. Das Wetter spielt mit, Mr Peterson hat uns die Möbel organisiert, und ein Drittel aller Studierenden hat sich angemeldet. Die Tauschbörse kann eigentlich nur ein Erfolg werden!

Die ersten Leute kommen bereits an, beladen mit Sachen, die sie loswerden wollen. Ich weise ihnen ihre Plätze zu. Mein eigener ist längst bestückt mit allem, was ich ausrangiert habe: Ketten, Ohrringe, Broschen. Ein paar Stricknadeln, weil ich zwar das Nähen liebe, mir für das Stricken jedoch jegliche Geduld fehlt. Ein paar Liebesromane und Lehrbücher sowie ein paar graue Boots, die mir nicht mehr gefallen und die hoffentlich eine neue Besitzerin finden.

Eine Stunde später ist das Gelände brechend voll. Überall streifen Menschen zwischen den Tischen umher und betrachten die ausgestellten Gegenstände, probieren Kleider und Schmuck an.

»Stehen mir die?«, fragt eine Studentin, die ich möglicherweise schon einmal zusammen mit Hazel gesehen habe. Sie hält die kupferfarbenen Perlenohrringe in die Höhe, die ich mir letztes Jahr im Herbst auf einem Markt in Juniper mitgenommen habe, nur um dann festzustellen, dass Kupferrot nicht meine Farbe ist. Zu den dunkelbraunen Haaren der Studentin passen sie jedoch perfekt.

»Die sehen toll an dir aus«, sage ich lächelnd. »Guck mal, ich habe dahinten noch eine passende Kette.«

Reese kommt zu mir hinter den Stand, in der Hand bereits ein Buch, das sie von Lewis ergattert hat. »Sieht gut aus, Jeannie.«

»Danke. Dann würde ich sie gerne nehmen.«

»Gute Entscheidung.«

»Und du bist sicher, dass du nichts dafür haben willst?« Jeannie streichelt träumerisch über die Ohrringe, was mir das Herz geradezu erwärmt. Ich konnte es noch nie ertragen, wenn Accessoires vergessen in einer Schatulle liegen, anstatt ausgeführt und gesehen zu werden.

»Ich möchte nichts dafür, das ist ja Sinn und Zweck des Ganzen. Wenn du trotzdem etwas geben möchtest: Bei meinem Freund Corey an Tisch drei findest du eine Sparbüchse, und er verkauft dort Getränke. Sämtliche Einnahmen gehen an das Spendenkonto der LBU und kommen also direkt der Uni zugute.«

»Klasse.« Sie zieht die Ohrringe gleich an. Dann winkt sie uns zu und verschwindet wieder in der Menge.

»Du hast bisher nur ein Buch gefunden?«, frage ich Reese. Gerade bei ihr hatte ich mir eigentlich eine größere Ausbeute erhofft.

»Ich dachte, Hazel und du hättet vielleicht Lust mitzukommen und mir bei der Suche zu helfen? Zu dritt macht das doch irgendwie mehr Spaß.«

»Gerne. Hey, Jasper!«, rufe ich und drehe mich um. Er sitzt am Tisch von Lewis und Hazel. »Kannst du mal für eine halbe Stunde meinen Stand übernehmen? Wir wollen mal schauen, ob etwas für uns dabei ist.«

Jasper schlendert zu mir rüber. Einige Blicke folgen ihm. Früher hätte ich sie als Komplimente aufgefasst, weil es eine weitverbreitete Meinung ist, dass Jasper gut aussieht. Doch diesmal erkenne ich kein interessiertes Funkeln in den Augenpaaren. Nur Neugier und ein wenig … Schadenfreude? Vielleicht, weil es das erste Mal ist, dass Jasper wieder auf einer Veranstaltung der Uni ist – oder sich überhaupt mal wieder außerhalb der Vorlesungen in der Öffentlichkeit zeigt. Vielleicht ist es doch noch zu früh?

»Das ist doch okay, oder?«, frage ich zögerlich. »Sonst kann ich auch jemand anderen darum bitten.«

Jasper winkt ab. »Ich schaffe das schon. Ich wusste ja, was mich hier erwartet.«

Es klingt nicht wirklich überzeugend, aber sein Blick lässt keine Widerworte zu. Er hat sich bereits auf meinen Platz gesetzt, ein Bein über das andere gelegt und die Arme vor der Brust verschränkt, als würde ihn das alles hier eher langweilen.

»Wenn's dir doch zu viel wird, schreib mir einfach, und dann kommen wir zurück. Aber wir bleiben auch nicht lange weg.«

»Rohes Ei«, murrt Jasper, und ich weiß sofort, was er meint.

»Das nennt man Freundschaft«, erwidere ich. »Aber ich gehe ja schon.«

Wir sammeln noch Hazel ein, dann stürzen wir uns ins Getümmel. Ich probiere Hüte und Schals an, Reese geht auf die Suche nach Fachbüchern, und Hazel bummelt von Stand zu Stand und ist dabei die langsamste von uns dreien. Am Ende findet Reese tatsächlich ein paar Bücher von ihrer Liste und rote Sneakers, die perfekt zu dem Sweatshirt passen, das ich ihr genäht habe. Hazel hingegen nimmt einen kuschligen weißen Cardigan mit, während ich einige neue Ketten und eine Gürtelschnalle finde, die ich in Gedanken schon zu meinen Blusen kombiniere.

»Wie findest du den?«, fragt Hazel an Reese gewandt und hält einen dunkelblauen Kapuzenpullover hoch. »Den kann ich mir gut an dir vorstellen.«

Reese hält ihn sich an, wir nicken begeistert.

»Cool. Den nehme ich.«

»Hey, Lou.« Ein paar meiner Kommilitoninnen kommen auf mich zu, die Hände voller gebrauchter Bücher. »Diese Idee mit der Tauschbörse ist toll. Meinst du, dass wir das öfter machen könnten?«

»Wenn die Leute hiernach noch etwas zu tauschen haben«, scherze ich. »Mr Peterson war auch angetan von der Idee. Wenn dann noch eine kleine Spendensumme für die LBU herauskommt, ist er sicher bereit, das Ganze noch mal zu wiederholen. Vielleicht zweimal im Jahr.«

»Das wäre klasse«, sagt Reese, den Kapuzenpullover nun in der Tragetasche bei den anderen Sachen. Nur ein Ärmel guckt heraus.

»Gerade für die, die kein Stipendium haben, ist das hier Gold wert«, sagt eine Studentin, die ich nicht kenne.

»Ach, bei Red wird doch sicher bald ein Platz frei, oder?«, fragt jemand anderes.

Hazel, die gerade in einer Kiste mit Büchern stöbert, sieht auf. »Wegen Corey? Ja, er ist bald mit dem Studium fertig.«

»Nein. Wegen Jasper. Wenn das mit dieser Professorin wirklich stimmt, wird er doch sicher nicht mehr lange bei Red bleiben.«

Mein Herzschlag beschleunigt sich. Hat sie das gerade

wirklich gesagt? Hier, vor allen? Ich will etwas erwidern, doch eine andere Studentin ist schneller als ich.

»Schon krass. Ich wusste immer, dass Jasper nichts anbrennen lässt. Aber eine Professorin?«

»Er ist kein Womanizer«, sagt Hazel bissiger, als es sonst ihre Art ist. Ich kann es ihr nicht verübeln. Ich selbst muss mich gerade zusammenreißen.

»Er hatte doch etwas mit Quinn Stevens aus dem *Hopes' Inn*. Und mit Savannah Brown.«

Hazel, Reese und ich tauschen Blicke. Wir alle wissen inzwischen, dass Jasper Maggie wirklich geliebt hat, aber es ist nicht unsere Aufgabe, die anderen darüber aufzuklären. Es geht sie auch nichts an. Was ich jedoch nicht stehen lassen kann, sind diese ewigen Lästereien über ihn.

»Ihr könnt so viele Gerüchte über Jaspers Liebesleben streuen, wie ihr wollt«, sage ich und versuche dabei, das leichte Zittern meiner Stimme zu kontrollieren. Das alles hier ist so frustrierend. Es macht mich wütend und müde, und das ist sicher nur ein Bruchteil dessen, was Jasper empfindet. »Aber das ändert nichts an der Tatsache, dass er sich seinen Platz bei Red auf ehrlichem Weg verdient hat und er diesen auch nicht so schnell räumen wird.«

»Genau«, bestätigt mich Hazel.

»Gibt es denn keine spannenderen Themen?«, fragt Reese genervt.

»Umweltschutz, zum Beispiel«, zischt Hazel. »Halb Australien verbrennt gerade in Buschfeuern. Und das ist nur der Anfang, und wir sind doch alle hier, weil wir diese Dinge aufhalten wollen. Können wir uns nicht *darauf* konzentrieren?«

Einige Umstehende nicken, eine der Studentinnen aus meinem Tutorenprogramm sieht schuldbewusst zu Boden.

»Sorry, Lou. Ich wollte mich da nicht einmischen.«

»Ich bin es nicht, die eure Entschuldigung hören sollte. Hört einfach auf mit diesem Gerede.«

Wieder ein Nicken.

»Gut. Dann suchen wir jetzt weiter nach Sachen für uns«, sage ich und hake mich bei Reese und Hazel unter.

»Viel Erfolg«, murmeln einige, noch etwas zerknirscht.

»Vergesst nicht, etwas in die Sparbüchse an Tisch drei zu werfen. Für Mr Petersons Motivation, so was noch mal zu genehmigen!«, ruft Reese ihnen hinterher, als wir bereits auf dem Weg zum nächsten Stand sind.

Wir wühlen uns weiter durch das Angebot und finden noch eine verwaschene Jeansjacke für Reese. Sie fällt ein wenig zu groß aus, aber mit ein paar Abnähern und versetzten Knöpfen sollte es ein Leichtes sein, die Jacke anzupassen.

Nachdem wir festgestellt haben, dass es bei den letzten beiden Tischen nichts gibt, was uns gefällt, gehen wir zurück zu meinem Stand. Ein Stand, der wesentlich leerer geworden ist. Nur ein paar Bücher und ein paar Strickutensilien sind noch da.

Schon vor meiner Ankunft spüre ich sie: die Blicke. Wie ein Verfolger sitzen sie mir im Nacken, und doch weiß ich, dass sie nicht mir gelten. Mich nur zufällig treffen. Das eigentliche Ziel sitzt hinter meinem Stand, ein wenig blasser als sonst, den Kiefer zusammengepresst, während er auf die Tischplatte starrt.

»Scheiße«, murmle ich den anderen zu. »Das lief für Jasper, glaube ich, nicht so gut.«

»Verdammte Hyänen«, kommentiert Reese und sieht zu den anderen, die offensichtlich über ihn reden. Immerhin ist keine der Studentinnen dabei, die wir eben darauf angesprochen haben.

»Da sind wir wieder«, sage ich, bemüht, Jasper nicht zu sorgenvoll anzusehen, was den anderen beiden nicht gelingt. »Wie ich sehe, waren meine Sachen recht beliebt.«

»Allerdings, hier war viel los.«

Lewis kommt zu uns. »Unser Stand ist schon leer gefegt.«

»Wahnsinn. Das ging schnell«, sagt Hazel.

»Wir haben wohl einfach einen guten Geschmack.«

»Ich habe was für dich.« Hazel holt das Lederarmband hervor, das sie an einem der Stände gefunden hat, und legt es Lewis um. Er betrachtet es, als wäre es das Kostbarste der Welt. Mein Herz wird gleichzeitig warm wie auch schwer, weil ich mich so sehr für die beiden freue, es mir jedoch auch vor Augen führt, dass ich selbst noch nie so angesehen wurde. Als wäre man alles für den anderen. Vollkommen richtig, so wie man ist.

Ich sehe weg und blicke direkt in Jaspers blaue Augen, die mich mustern, als wären mir meine Gedanken ins Gesicht geschrieben.

»Alles klar?«, fragt er.

Ich lasse mich neben ihm auf den Stuhl plumpsen und sehe ihn missmutig an. »Wenn ich nicht fragen darf, darfst du auch nicht.«

»Ich dachte, nachzufragen nennt sich Freundschaft?«

»Es nicht zu tun manchmal auch«, erinnere ich ihn. »Rohes Ei, schon vergessen? Und ich bin auch keins.«

Er lächelt schwach. »Es ist nicht fair, wenn du meine eigenen Sprüche gegen mich verwendest.«

»Das hier ist einfach nicht der Ort, um tiefgründige Gespräche über mein Innenleben zu führen«, flüstere ich mit Blick auf die Leute um uns herum.

Jasper nickt wissend. »Da gebe ich dir recht.«

Reese schnappt sich in diesem Moment eines meiner Bücher. »Darf ich das auch noch haben?«

»Nimm dir alles, was du gebrauchen kannst.«

»Ganz schöne Ausbeute hast du da«, meint Jasper und zeigt auf Reese' prall gefüllten Beutel. Kurz darauf beginnen die beiden, über das Fachbuch in ihren Händen zu sprechen. Ich hingegen sitze auf meinem Stuhl, starre auf eine der Kiefern und frage mich, ob dieses Arrangement, das ich neuerdings mit Jasper habe, gut ist. Schwierige Themen nicht anzusprechen und dennoch die Stimmung des anderen zu spüren. Es ist verbindend und gleichsam entzweiend, weil wir beide um die Probleme des anderen wissen, ohne dass wir wirklich darüber reden. Schwere und Leichtigkeit direkt nebeneinander. Das Gefühl von Verdrängung, das mir so vertraut ist und mich gleichzeitig stört, weil ich es doch eigentlich besser wissen sollte.

Später stehe ich regungslos vor Jaspers Tür. Aus seinem Zimmer dringt leise Musik, die traurig und melancholisch klingt. Alles um uns herum ist still, der Flur liegt in Dunkelheit, weil es mitten in der Nacht ist. Wieder sind wir zwei Nachteulen übrig, die keine Ruhe finden. Die letzte halbe Stunde habe ich damit verbracht, eine neue Skizze anzufertigen, aber es war nicht genug Ablenkung, um meinen Kopf wirklich abzuschalten. Nun überlege ich, bei Jasper anzuklopfen und mit ihm zu reden. Meine Gedanken und die Gründe für meine schlaflosen Nächte einfach mal auszusprechen.

Aber das würde auch bedeuten, Mark und allem, was ich erlebt habe, allem, was ich mit mir herumschleppe, Raum zu geben. Es ist die Büchse der Pandora. Öffne ich sie einmal, bekomme ich sie vielleicht nie wieder zu.

Ich schüttle den Kopf, zwinge mich zum Weitergehen – runter in die Küche, um zu backen. Um mal wieder eine Nacht durchzumachen und zu verdrängen. Weil es einfacher ist. Weniger schmerzhaft. Ungefährlicher.

Doch als ich am Küchentisch sitze, hole ich nur mein Tablet hervor und starre auf Punkt fünf der Liste, inzwischen doppelt umkreist und dennoch nicht umgesetzt. *Eine Ideenliste für mehr Leichtigkeit.* Ich nehme meinen Stift, umkreise den Punkt ein drittes Mal, auch wenn es langsam lachhaft wird. Früher konnte ich es doch auch. Ich habe über den Tellerrand geschaut, habe Neues ausprobiert, war freier, offener, neugieriger. Ich bin ins Theater gegangen, habe sogar einen Kochkurs belegt. Aber das waren Aktivitäten, die ich mit Mark zusammen unternommen habe und die mich nun wie gelähmt zurücklassen würden. Als hätte er vor fünf Jahren einen Giftpfeil auf mich geschossen, dessen Wirkung ich noch immer spüren kann.

Ich brauche irgendetwas, das ich nicht mit ihm in Verbindung bringe. Irgendetwas Neues, etwas, das er mir nicht nehmen kann. Kurzerhand öffne ich Google und sehe nach, welchen Aktivitäten man in Lullaby und Umgebung nachgehen kann, um Punkt fünf meiner Liste endlich ernster zu nehmen und eine Liste mit Aktivitäten aufzustellen. Ich muss endlich etwas verändern. Auch wenn ich noch nicht weiß, ob meine Kraft dazu ausreicht, solange Marks Gift mir noch immer durch die Adern fließt.

Kapitel 8

In der kommenden Woche ist von Leichtigkeit nichts zu spüren, denn ich stecke bis zum Hals in Arbeit. Wir haben gleich zweimal ein Meeting beim Dekan, um unsere Idee von der Videopräsentation vorzustellen und uns anhand der eingereichten Drehpläne Instruktionen von ihm zu holen. Das alles geschieht neben den Prüfungsvorbereitungen für die Midterms, sodass wir bei Red kaum dazu kommen, zusammen zu Abend zu essen oder uns auch nur regelmäßig zu Gesicht zu bekommen. Ich bin selten zu Hause, weil ich zusätzlich auch noch meine Schützlinge aus dem Tutorenprogramm unterstützen muss. Auch jetzt sitze ich wieder mit ihnen zusammen und gehe mit einigen die Antworten aus ihrer ersten Prüfung durch. Für viele ist es, besonders im ersten Semester, beruhigend, die Prüfungen nachzubesprechen, um ihre Leistungen besser einschätzen zu können. Ich selbst tue das selten. Nicht, weil ich meine Leistung nicht einschätzen will, sondern weil ich ab dem Moment, in dem ich den Prüfungsbogen abgebe, gedanklich schon bei der nächsten Prüfung bin. Einen Schritt nach dem anderen.

Meine Prüfung in Umweltmanagement ist bereits geschafft. Die nächste Prüfung ist erst in vier Tagen, auch wenn ich bis dahin noch an einer Hausarbeit feilen muss. Der Grundstein ist bereits gelegt, entstanden in einer meiner letzten Nachtschichten. Aber es gibt immer Verbesserungspotenzial.

»In drei Tagen habt ihr die nächste Prüfung?«, frage ich meine Schützlinge.

Carlos, der nur selten bei meinen Tutorenstunden ist, nickt. »Aber ich muss auch noch an der Hausarbeit für Dr Wesley schreiben. Ich habe gehört, er ist streng.«

»Nur gründlich«, beruhige ich ihn. »Ihm ist ein ordentlicher Quellennachweis wichtig. Und ein persönliches Fazit. Wenn ihr da nicht schlampt, ist das die halbe Miete.«

Carlos und zwei andere notieren sich meine Anmerkungen.

»Wenn ihr unsicher seid, könnt ihr eure Entwürfe gerne zur nächsten Stunde mailen. Dann gehen wir alles durch.«

»Das wäre klasse.«

»Danke. Du bist die beste Tutorin hier. Wirklich.«

Ich lächle Penny an. Bei ihr weiß ich, dass das Kompliment wirklich ernst gemeint ist.

Ein paar Minuten widme ich mich noch den Fragen und Unsicherheiten, ehe ich schließlich die Sitzung beende. Meine To-do-Liste wartet, ganz oben darauf Reese' Jeansjacke, die mein aktuelles Abend-Projekt ist.

Die anderen sind noch auf dem Campus, und so habe ich unser Wohnhaus für mich. Ich mache mir einen Kamillentee, gehe damit hoch in mein Zimmer und setze mich an den Nähtisch. Dort liegt die Jeansjacke, auf der ich gestern schon die geplanten Abnäher mit Schneiderkreide aufgemalt habe. Ich betrachte die trapezförmigen Linien, nicke zufrieden und mache mich an meiner Nähmaschine zu schaffen, löse die Schraube und lockere die Nähnadel, um sie durch eine Jeansnadel zu ersetzen. Aus meiner Schublade hole ich passendes Nähgarn. Ich will es gerade einfädeln, als ich Geräusche höre. Erst ein Poltern, dann einen Schrei. Gedämpft dringt er durch die Wände, und ich weiß sofort, zu wem dieser Schrei gehört. Ich lasse das Garn fallen und eile in die erste Etage, bis ich vor Jaspers Zimmer stehe. Ich weiß nicht, wann er wiedergekommen ist oder ob er doch schon die ganze Zeit hier war, aber aus seinem Zimmer dringt erneut ein Schrei. Dazu höre ich die Geräusche seiner Boxhandschuhe, die den Sandsack bearbeiten. Einmal, zweimal. Wieder ein Schrei. Verschluckt von Tränen, so wie es sich anhört.

Ich weiß, dass er von mir erwartet, einfach wieder nach oben zu gehen und so zu tun, als würde ich nichts mitbekommen. Aber diesmal schaffe ich es nicht.

»Jasper?« Zögerlich klopfe ich an und öffne die Tür. Es ist lange her, dass ich das letzte Mal hier drin war, und wesentlich unordentlicher als zuvor. Als hätte sich das Chaos in seinem Inneren auf das Äußere übertragen. Überall liegen Unterlagen für die Uni, Boxbandagen, benutzte Teller. Auf seiner Matratze liegen Zeitungsartikel und Papiere, Maggie Ganes und ihre einnehmenden Augen sehen mir entgegen und verknoten meinen Magen. Mir war nicht klar, dass Jasper diese Zeitungsartikel hat … er sie sich ansieht. Vermutlich ist es nur natürlich und ein wichtiger Umgang mit seinem Verlust, aber allein die Vorstellung, dass er allein in diesem Zimmer sitzt und diese Fotos anstarrt, schnürt mir die Kehle zu.

Jasper steht da, die Hände noch in den Boxhandschuhen, sein Shirt voller Schweißflecken. Als ich näher komme, ist es jedoch nicht nur Schweiß, den ich von seinen Wangen herunterlaufen sehe. Er mischt sich mit Tränen, seine Augen sind rot und geschwollen. Es lässt mich schwer schlucken, mich zehn Tonnen schwerer fühlen.

»Ich weiß«, sage ich vorsichtig, »wir haben eine Vereinbarung. Aber du machst dich kaputt.«

Jasper widerspricht mir nicht, sagt mir nicht, dass ich wieder gehen soll. Aber er sieht mich auch nicht an. Ich trete noch ein wenig weiter vor, stehe nun direkt hinter ihm. Sehe den dunklen Boxsack, an dem er tagein, tagaus seinen Kummer auslässt. Seine Gefühle, die er außerhalb dieses Zimmers nie richtig zulässt. Immer mit sich herumschleppt.

Seine Schultern beben, als ich meine Hand darauflege.

»Was ist passiert?«, flüstere ich.

Keine Antwort. Ich weiß nicht, ob ich weitersprechen oder gehen soll. Weiß nicht, was er will.

»Was immer es ist«, fahre ich fort. Ein letzter Versuch. »Du kannst mit mir reden …«

Jasper holt aus, seine Faust prallt gegen den Boxsack, der mit einem lauten Geräusch nach hinten schwankt. Ich erschrecke mich, als Jasper einen Schrei herauslässt. Laut. Herzzerreißend. Er dringt durch jede Faser meines Körpers, frisst sich in mein Gehirn, um für immer dort gespeichert und abgespult zu werden.

Ich gehe einen Schritt zurück. Jasper schlägt weiter auf den Boxsack ein. Eine Faust nach der anderen. Rechts, links, rechts, links. Immer lauter, immer fester. Trotzdem höre ich sein Schluchzen. So habe ich ihn noch nie gesehen. Ich weiß nicht, was ich tun soll, deute seine Reaktion jedoch als Zeichen, mich wieder zurückzuziehen. Als wäre jeder Schlag von mir und meinen Worten ausgelöst und seine Antwort auf mich. Ich blinzle eine Träne weg, die sich den Weg in meinen Augenwinkel bahnt. Dann drehe ich mich um, gehe zur Tür. Qualvolle Schritte, aber ich werde mich nicht aufdrängen. Werde ihn nicht zwingen, sich mir zu öffnen.

Ich greife nach der Türklinke, als die Schläge verstummen. Jasper schnieft.

»Ich versaue gerade alles«, sagt er leise, mit brüchiger Stimme.

Als ich mich wieder umdrehe, sieht er mich an.

»Was versaust du?«, frage ich sanft.

»Mein ganzes Leben. Meine Zukunft.«

»Wieso sagst du das? Du versaust doch nichts …«

»Die Prüfung heute schon«, presst er hervor. »Die Gala. Das Ansehen von Mr Peterson und damit alle meine Pläne. Meinen Ruf an der Uni. Ich habe sogar das Gefühl, dass ich's mir mit euch versaue. Weil ich ständig so drauf bin. So … scheiße.«

»Das ist nicht wahr«, erwidere ich und gehe auf ihn zu. »Du machst es uns gerade nicht leicht, aber wir alle haben diese Momente. Momente, in denen wir Freundschaft nicht immer annehmen oder zurückgeben können. Wir verstehen das. Wir wissen doch, was du durchmachst.«

Jasper nickt vorsichtig, doch seine Tränen verebben nicht.

»Das mit Mr Peterson bekommst du auch wieder hin«, fahre ich fort. »Mit dieser Videopräsentation wirst du ihn wieder auf deine Seite ziehen und das mit der Wintergala endgültig wiedergutmachen können. Das, was wir planen, ist doch genau dein Ding. Charme ist deine Superkraft.« Mein Plan, ihn mit dem letzten Satz aus der Reserve zu locken und aufzumuntern, funktioniert nicht.

»Aber er verlangt jetzt mehr von mir«, sagt Jasper düster. »Mehr als sonst. Und diese Prüfungen …«

»Du hast sie verhauen, glaubst du? Aber es war doch nur die erste Prüfung. Es folgen noch so viele Fächer. Und die Hausarbeiten.«

»Aber ich kriege es, verdammt noch mal, nicht hin«, presst er hervor. »Diesmal nicht. Sonst konnte ich immer mühelos lernen, es mir ein, zwei Mal durchlesen, und schon saß der Stoff. Aber mit allem, was geschehen ist, mit den schlaflosen Nächten, diesen Erinnerungen an Maggie und allem … da ist irgendwie kein Platz in meinem Hirn. Ich bekomm's nicht rein«, stößt er aus, seine Faust trifft auf den Boxsack. »Egal, wie viel ich lerne, egal, was ich tue. Sie ist in meinem Kopf!« Vielleicht sollte mir die Intensität seiner Stimme Angst machen, doch in Wahrheit lässt sie mich nur ohnmächtig zurück, weil ich genau weiß, dass er Maggie meint, und es mir für ihn so leidtut, was er durchmacht. »Sie ist immer da, immer präsent. Egal ob ich mich damit aktiv beschäftige, um zu verarbeiten, oder ob ich versuche zu vergessen. Ich werde es nicht los und ich ertrage es nicht. Ich ertrage es nicht, diese ständigen Fragen in meinem Kopf zu haben. Diese Ungewissheit, dieses bleierne Gefühl von Verrat!«

»Was meinst du damit?«, frage ich irritiert.

Von welchem Verrat spricht er?

Doch Jasper geht nicht darauf ein, schlägt nur wieder zu, sackt noch ein wenig mehr in sich zusammen. »Ich kann mich nicht konzentrieren, und deswegen war diese eine Prüfung nur der Anfang. Die anderen werde ich genauso verkacken, und wenn meine Noten einmal abfallen, ist das nur der letzte Tropfen in ein Fass, das für Mr Peterson ohnehin schon überläuft. Das wird er mir nicht durchgehen lassen.«

Jedes von Jaspers Worten wirkt ernst. So ernst, dass ich schlucke, obwohl sich längst ein Kloß in meinem Hals gebildet hat. Auch wenn ich seine Worte über Maggie noch nicht greifen kann, ist das Fazit durchaus bei mir angekommen. Das hier ist keiner dieser Momente, in denen ein Student sagt, er habe eine Prüfung verhauen, und dann doch eine gute Note erhält. Es ist keine Versagensangst, sondern pure Verzweiflung. Verzweiflung, die sich vermutlich schon seit Wochen aufgestaut hat und nun überläuft wie das Fass, das Jasper eben beschrieben hat.

Ich richte mich etwas auf. »Dann lerne ich mit dir«, schlage ich vor, ebenso ernst.

Jasper schüttelt den Kopf, kaum dass ich es ausgesprochen habe. »Das kann ich nicht von dir verlangen.«

»Du verlangst gar nichts von mir. Ich biete es dir an.«

»Du hast genug zu tun. Du musst dich auch auf deine eigenen Prüfungen vorbereiten. Und dann deine ganzen Extraaufgaben. Du hast keine Zeit dafür.«

»Darf ich das vielleicht selbst entscheiden? Du redest hier mit der Königin der Organisation. Ich weiß sehr wohl, was ich mir noch zutrauen kann und was nicht.«

Jasper schüttelt erneut den Kopf. »Ich schaffe das schon. Danke für dein Angebot, aber es ist echt nicht dein Problem.«

»Wieso kannst du nicht einfach meine Hilfe annehmen?«, frage ich resigniert.

»Weil ich kein rohes Ei bin.«

»Jetzt hör doch endlich mit diesen Eiern auf!«

»Ich will für keinen ein Pflegefall sein!«, schreit er förmlich.

Ich möchte ihn am liebsten schütteln, weil er so dermaßen stur ist. Gleichzeitig will ich gehen, will ihn einfach stehen lassen, weil seine Abfuhr tatsächlich schmerzt. Weil wir doch Freunde sind und Freunde sich gegenseitig unterstützen. Aber genau das ist der Grund, wieso ich es nicht ertrage, den Raum zu verlassen. Es nicht ertrage, ihn im Stich zu lassen.

»Was, wenn du nicht der einzige Pflegefall bist?«, bricht es aus mir heraus. »Was, wenn ich genauso deine Hilfe brauche wie du meine?«

Seine Augenbrauen ziehen sich zusammen. Irritiert sieht er zu mir. »Wie meinst du das?«

»Ich will lernen, abzuschalten«, gebe ich zu und bekomme damit seine volle Aufmerksamkeit, obwohl meine Worte ein schwaches Flüstern sind. Ich fühle mich plötzlich sehr verletzlich. Auf einmal kommt mir der Vergleich mit dem rohen Ei gar nicht so abwegig vor. Eine falsche Reaktion von Jasper, und meine Schale wird unwiderruflich zerstört.

»Abschalten?«, wiederholt Jasper verwirrt. »Das verstehe ich nicht … du weißt doch, wie das geht.«

»Weiß ich das? Alles, was ich tue, ist geplant. Routiniert. Immer dieselben Aktivitäten in einer vorgefertigten Reihenfolge, immer meine To-dos im Kopf. Ich bin gefangen in meinem Alltag und meinen Routinen, und selbst bei Dingen, die mir eigentlich Spaß machen sollten, denke ich darüber nach, was ich noch alles zu erledigen habe. Ich kann mich nicht entspannen. Nie.«

»Okay, das ist traurig.«

»Sag ich ja. Ich muss raus aus meiner Komfortzone, und dabei musst *du* mir helfen.«

»Aber wieso gerade ich?«

»Weil wir offenbar im selben Boot sitzen. Sei mir nicht böse, aber du wirkst zurzeit auch nicht gerade so, als würdest du wirklich Spaß haben. Wir beide haben ein Problem, das wir allein nicht bewältigen können. Sag jetzt nicht wieder, dass du es hinbekommst, denn danach sieht es nicht aus.«

Jasper blickt auf seine Boxhandschuhe. »Da hast du vermutlich recht.«

»Also, haben wir einen Deal?«

Er zögert, mustert mich. Ich halte seinem Blick stand,

sehe ihn ein wenig trotzig an, aber vor allem entschlossen. Meine Wangen fühlen sich heiß an vor Verlegenheit, weil ich meine Probleme das erste Mal offen ausgesprochen habe. Weil ich nicht einschätzen kann, was er wirklich darüber denkt. Aber es fühlt sich gut an, ihn eingeweiht zu haben. Diesem wochenlangen wortwörtlichen Eiertanz ein Ende zu bereiten und endlich Klartext zu reden.

»Okay«, sagt er nach einer gefühlten Ewigkeit. »Deal.«

Kapitel 9

Jaspers Zimmer ist ein wenig aufgeräumter als bei meinem letzten Besuch. Es liegt zumindest nicht so viel dreckige Wäsche auf dem Boden, und die Zeitungsartikel über Maggie sind verschwunden. Ich habe es mir auf seinem Sitzsack bequem gemacht, während er auf seinem Bett sitzt, ein Knie angewinkelt und den Arm darum geschlungen.

»Wie fangen wir an?«

»Erst mal möchte ich verstehen, was für ein Lerntyp du bist.«

Er zuckt unbekümmert mit den Schultern. »Ich mache so viel wie nötig, aber so wenig wie möglich.«

Ich lache leise auf. »Das war mir schon vorher klar. Aber ich meinte damit etwas anderes. Es gibt vier Lerntypen: visuell, auditiv, haptisch und kinästhetisch.«

»Und das über mich herauszufinden bringt dann was?«, fragt er skeptisch. Meine Motivation scheint weitaus größer zu sein als seine.

»Nur so können wir das Lernprogramm genau auf dich abstimmen und das Beste herausholen. Vor allem in Anbetracht der knappen Zeit.«

»Klingt bei dir, als wäre das eine Wissenschaft.«

»Nun ja, es geht schließlich um das Gehirn und dessen Merkfähigkeit. Du glaubst gar nicht, wie viele Studien es dazu gibt.«

Er fährt sich durchs Haar und wirkt ein wenig erschlagen. »O Mann, du meinst das hier wirklich ernst«, sagt er, als hätte er bislang noch Zweifel gehabt. Wenn er wüsste, *wie* ernst ich das hier meine.

»Warte mal ab, bis du deinen Lernplan bekommst«, feixe ich. »Du wirst es vielleicht noch bereuen, meine Hilfe angenommen zu haben. Bis du die ersten Prüfungen schaffst. Dann weißt du, dass es richtig war.«

»Ich hoffe, du hast recht.«

»Du wirst schon sehen. Wenn wir herausfinden, welcher Lerntyp du bist.«

»Keine Ahnung. Auditiv vielleicht?«

»Wir machen lieber einen Test.« Ich nehme mein Tablet und rufe eine entsprechende Seite auf. »Es gibt pro Frage drei Auswahlmöglichkeiten: Trifft voll zu, trifft manchmal zu oder trifft nie zu. Bereit?«

Jasper nickt, seine Hand spielt mit dem Saum seines Pullovers.

»Wenn du dir Notizen machst, zeichnest du dann Skizzen oder kleine Symbole dazu?«

»Zählen lachende Hundehaufen und ausgemalte Vierecke?«

Ich verdrehe nur die Augen.

Er seufzt kapitulierend. »Ich kritzle immer meine Notizen voll. Aber fachliche Skizzen oder Symbole sind das nicht.«

»Kannst du langen Vorträgen konzentriert folgen?«

»Jap. Kein Problem. Wobei ich zurzeit etwas Konzentrationsschwierigkeiten habe. Der Schlafmangel.«

Ich klicke auf *Trifft voll zu*.

»Verstehst du Sachverhalte besser, wenn du Diagramme oder Fotos siehst?«

»Manchmal.«

Ich gehe weitere Punkte mit ihm durch. Immer wieder

verliert sich Jasper in Scherzen, anstatt mir zu antworten, doch am Ende finden wir auf jede meiner Fragen eine Kategorie, und ich kann den Test auswerten.

»Visuell und auditiv«, lese ich ab. »Das ist perfekt.«

»Weil?«

»Weil ich viele Ideen habe, was wir tun können.« Ich rufe eine Notiz-App auf und beginne, meine ersten Gedanken aufzuschreiben. »Hast du eine Übersicht über deine nächsten Prüfungen?«

»Klar.« Jasper nimmt seinen Laptop und schickt mir den Plan zu. Vier Tage bis zur nächsten Prüfung in Vegetationsökologie.

»Super, dann gib mir eine Stunde Zeit, damit ich deinen Plan erstellen kann. Dann legen wir direkt mit der ersten Lernsession los.«

Ich ziehe mich zurück und erstelle anhand des zu lernenden Stoffs, unserer Zeitfenster und der Prüfungsraster einen Zeitplan. Nach eineinhalb Jahren an der LBU und einem halben Jahr als Tutorin ist es schnell erledigt, weil ich mich an alten Lernplänen orientieren kann und diese nur noch anpassen muss.

Als ich zurück in Jaspers Zimmer komme, sitzt er mit einem Buch auf dem Bett. Ich schließe die Tür und reiche ihm wortlos den Plan. Etwas gelangweilt sieht er darauf, seine Augen werden größer.

»Das kann nicht dein Ernst sein«, platzt es aus ihm heraus. »Wann soll ich denn da noch schlafen?«

»Ich habe deine aktuellen Schlafgewohnheiten berücksichtigt. Wer nachts wach ist, kann die Zeit auch zum Lernen nutzen.«

»Ist das gesund?«

Ich muss mir ein Lachen verkneifen. Wann in den letzten

Wochen waren unsere Schlafgewohnheiten denn gesund? Abgehalten hat es uns trotzdem nicht, die Nächte durchzumachen.

»Sicher nicht«, sage ich betont ernst. »Aber wir haben Zeitdruck, also ist es notwendig.«

Jasper wirkt überfahren, aber ich hätte ihm diesen Lernplan nie aufgestellt, wenn ich nicht sicher wäre, dass er ihn umsetzen kann.

»Du siehst: Es gibt einige Arbeitssessions, die wir gemeinsam machen. Dann werde ich dich aktiv abfragen oder dir kleine Vorträge halten, um Themen aufzufrischen. Ansonsten ist es an dir, wie genau du dem Plan folgst. Deine Prüfungen, deine Verantwortung.«

Jasper sieht noch mal auf den Plan, dann nickt er. »Du bist gut in dem, was du da tust. Es wäre unklug, dein Schema zu ignorieren.«

»Das sehe ich auch so.« Bisher habe ich immerhin noch jeden optimal auf die Prüfungen vorbereitet. Auch wenn wir sonst etwas mehr Zeit haben.

»Dann legen wir direkt los?«, fragt Jasper und schielt auf den Plan. »Und starten wohl mit Vegetationsökologie. Yay.«

Ich übergehe seinen Sarkasmus. »Dann erzähl mir doch gleich mal was über die direkte Gradienten-Analyse«, sage ich. Vegetationsökologie ist nicht gerade mein Steckenpferd, also schnappe ich mir eins von Jaspers Büchern, um besser im Thema zu sein.

»Was soll ich da schon erzählen?« Jasper zuckt mit den Schultern. »Damit untersucht man die vielschichtigen Zusammenhänge zwischen Pflanzenarten, Pflanzengesellschaften und der Umwelt. Und bekommt damit Erkenntnisse über die Vegetation.«

»Schön. Und was gibt's dabei zu beachten?«, hake ich

nach. Wäre seine Stimme nicht dermaßen gelangweilt, könnte das hier Spaß machen.

»Man braucht einen messbaren ökologischen Parameter«, rasselt er lieblos herunter. »Zum Beispiel die Höhenlage einer Pflanze, wo Temperaturunterschiede, Luftdruck oder Niederschlag Einfluss auf die Vegetation und die Ergebnisse haben können.«

Jasper greift nach einem Kugelschreiber und wirft ihn in die Luft, fängt ihn wieder auf. Er wiederholt das Spielchen einige Male.

»Woher hast du eigentlich diese Lernmethoden und -pläne? Alles selbst angeeignet, oder sind deine Eltern auch so strukturiert?«

»Du lenkst ab«, erwidere ich und gucke streng in Richtung des Lehrbuchs in meiner Hand.

Jasper gähnt. »Ich frage mich ja nur, wie du es schaffst, so verdammt organisiert zu sein. Ist das innere Motivation oder antrainiert?«

»Beides«, sage ich, weil er sicher ohnehin keine Ruhe gibt, wenn ich ihm nicht antworte. »Schon als Kind mochte ich Pläne: fürs Zähneputzen, Aufräumen, den Tagesablauf. So wusste ich immer, was ich zu erwarten hatte, und das hat mir Sicherheit gegeben. Die Weiterentwicklung dessen geschah aus diesem Sicherheitsgefühl heraus. Aber es hat auch verdammt viel Zeit und Disziplin gekostet, diese Strukturen aufzubauen«, erwidere ich mit einer Miene, die hoffentlich keine weiteren Fragen zulässt.

Wieder wirft er den Stift in die Luft. Dann sieht er neugierig zu mir. »Glaubst du, dass jeder so strukturiert werden kann wie du? Ist das etwas, was man lernen kann?«

»Jasper«, ermahne ich ihn. »Wir wollen doch lernen.«

»Wollen wir. Aber über die direkte Gradienten-Analyse weiß ich alles. Das kann ich im Schlaf.«

»Wenn du schlafen würdest.«

»Touché.«

»Du hast gesagt, dass du Probleme beim Lernen hast. Wenn du nicht willst, dass wir Stoff wiederholen, dann brauche ich hier nicht mit dir zu sitzen. Aber dann gibt es auch keinen Deal mehr.«

»Doch, ich brauche ja Hilfe«, gibt Jasper zu. »Und es ist gut, die Dinge zu wiederholen. Es ist nur … anstrengend, mich zu konzentrieren.«

»Was hilft dir dabei?«

»Bewegung«, sagt er und wirft wieder den Stift. »Schätze ich.«

»Okay. Dann steh auf und schnapp dir deine Boxhandschuhe.«

Er sieht mich stirnrunzelnd an, folgt jedoch meiner Anweisung. Nur eine Minute später steht er mit bandagierten und behandschuhten Händen vor dem Boxsack und sieht mich fragend an.

»Du boxst, ich stelle dir dabei Fragen. Du musst so schnell antworten wie nur möglich. Ich stoppe die Zeit. Kommst du bei einem Themenblock über eine Minute, musst du zur Strafe Liegestütze machen.«

»Welchem Lerntyp entspricht denn diese Methode?«

»Dem störrischen«, murre ich. »Komm, wir versuchen es einfach mal.«

»Wie du willst.« Jaspers erster Hieb trifft genau in die Mitte des Boxsacks, ein dumpfer Knall ertönt. Dann der nächste. Ein paar Sekunden sehe ich fasziniert dabei zu, wie er einen Schlag austeilt und wieder in Deckung geht. In fließenden, dynamischen Bewegungen, die die Schultermuskeln arbeiten lassen. Er sieht gut aus dabei, fokussiert und stark. Das Muskelspiel zu beobachten hat etwas von einer Hypnose, bei der ich mir vorstelle, wie es wäre, von diesen starken, sehnigen Armen gehalten zu werden. Diese Leidenschaft, mit der seine Bewegungen einhergehen, zu spüren.

»Wann genau geht's denn los?«, fragt er schmunzelnd, als hätte er meine zu genauen Blicke bemerkt.

»Ähm … jetzt.« Ich sehe zum Buch. »Dann sag mir, wer die direkte Gradienten-Analyse als Methode entwickelt hat.«

Die nächste halbe Stunde erzählt mir Jasper alles über den amerikanischen Ökologen Robert Whittaker, die Analyse und die Chancen und Bestimmungsmuster. Dabei teilt er Schläge aus, als wäre endlose Kraft in seinen Armen und Schultern. Erst als er langsamer wird und Liegestütze machen muss, gerät auch Jasper aus der Puste, doch das hindert ihn nicht daran, meine Fragen weiter zu beantworten. In einem muss ich ihm recht geben: Er kennt sich mit dem Thema gut aus. Es sind wohl mehr seine Konzentrationsprobleme, die ihm einen Strich durch die Rechnung machen. Fürs Lernen dank unserer neuen Methode kein Problem mehr, die Frage ist nur, was er während der Prüfungen macht, wenn er still an seinem Tisch sitzen muss.

»Cooles Training, coole Lernstunde«, sagt er schließlich, ein Handtuch um seinen Nacken gerollt. »Aber nicht, dass wir über das ganze Lernen meinen Teil des Deals vergessen. Dafür brauchen wir ja auch noch Zeit.«

»Du hast recht«, sage ich, während ich die Unterlagen zusammenräume. »Wobei die Prüfungen eigentlich vorgehen.«

»Vielleicht ist genau das dein Problem. Es gibt immer

vermeintlich Wichtigeres. Das ist dann wohl der Grund, wieso du glaubst, dass der Alltag immer überhandnimmt. Nach den Prüfungen kommt das Video, dann wieder die Prüfungen, dann die Gala, und ehe du dich versiehst, ist das Semester schon vorbei.«

»Stimmt vermutlich«, antworte ich etwas leiser. Weil er mein Problem ziemlich gut zusammenfasst.

»Du magst Ahnung von Lernplänen und Lerntypen haben, aber es gibt doch sicher auch massig Studien darüber, dass man in intensiven Lernphasen Pausen braucht«, belehrt er mich. »Das Gehirn muss zur Ruhe kommen, der Stoff muss sich setzen. Man braucht mal ein bisschen frische Luft, die einen durchpustet.«

Sofort erscheint in meinem Kopf Punkt eins meiner Ideenliste, aber es kommt mir eher wie ein Hirngespinst vor, ihn überhaupt aufgeschrieben zu haben.

»Wieso guckst du jetzt so komisch? War da gerade ein Geistesblitz?« Jasper mustert mich, ein jungenhaftes Grinsen legt sich auf seine Lippen. »Na klar, du hast bestimmt eine Liste mit möglichen Aktivitäten angefertigt, oder? Das ist so typisch für dich.« Hitze schießt in meine Wangen. »Na komm: Zeig mal, was du hast.«

»Die Liste ist noch nicht wirklich ausgearbeitet«, murmle ich. »Das waren nur so spontane Einfälle.«

»Die sind mir die liebsten.« Wieder dieses Grinsen, das mich schon früher immer dazu gebracht hat, ihm zu verfallen. Diese Leichtigkeit, die er damit ausstrahlt und die mir in den letzten Wochen gefehlt hat. Vielleicht ist dieser Deal genau das Richtige. Für uns beide.

Ich rufe meine Liste auf und reiche ihm das Tablet, weiche seinem Blick aus. Diese Ideen ungefiltert mit ihm zu teilen fühlt sich befremdlich an. Es wäre mir lieber gewesen, ich hätte die Liste doch noch mal überarbeiten und perfektionieren können.

»Ich sehe schon, du meinst das wirklich ernst.« Jasper pfeift anerkennend durch die Zähne. »Keine halben Sachen.«

»Es sind nur –«

»Erste Ideen, ich weiß«, bringt Jasper meinen Satz zu Ende. »Aber welche mit Potenzial.«

»Findest du?«, frage ich überrascht. Mein Unwohlsein weicht ein wenig zurück.

»Mit so was wie dem Yoga- und Töpferkurs kann ich nicht dienen. Aber bei ein paar anderen Punkten …« Er fährt sich durch die dichten Bartstoppeln. »Ich glaube, ich weiß, was wir davon als Erstes abarbeiten.«

»Was?«, frage ich nervös. In Gedanken gehe ich alles durch, was ich auf die Liste geschrieben habe, aber mir fallen nicht mehr alle Punkte ein. Fast bereue ich es, sie ihm gezeigt zu haben.

Jaspers Grinsen wird breiter. »Keine Chance, dass ich dir das schon verrate. Das muss eine Überraschung werden.«

Die Nervosität wächst. Der Gedanke, nicht zu wissen, was mich erwartet, ist beängstigend. Aber irgendwie hat es auch etwas Aufregendes, dass ich, die immer alles plant und vor der Umsetzung im Kopf hundertmal durchgeht, nicht weiß, welches Abenteuer wartet.

»Lass es uns am Samstag durchziehen«, schlägt Jasper vor. »Dann ist die Prüfung in Vegetationsökologie geschafft, und wir haben etwas Zeit bis zur nächsten. Das ist der perfekte Zeitpunkt.«

»Samstag schon?« Mein Hals fühlt sich plötzlich trocken an, meine Hände stattdessen feucht. »Okay«, krächze ich.

»Am besten treffen wir uns um sieben Uhr morgens.«

Ich stutze. »Das ist sonst eigentlich nicht deine Zeit.«

»Besondere Aufgaben erfordern besondere Maßnahmen.« Er legt seine Hände an den Hinterkopf und lässt sich auf die Matratze sinken, den Blick zur Decke gerichtet. »Ich glaube, dieser Deal ist gar nicht mal so schlecht.«

Kapitel 10

Ich sitze bereits am Küchentisch und esse mein Müsli, als Jasper die Treppe herunterkommt. Auf dem Rücken trägt er einen Rucksack, der vermuten lässt, dass wir länger unterwegs sein werden.

»Bist du bereit?«, fragt er und füllt sich Kaffee in einen Thermobecher.

»Sag du es mir«, erwidere ich und stehe auf, um ihm mein Outfit zu präsentieren. Meine Wahl ist auf eine schwarze Leggins, Turnschuhe und einen oversized Pullover mit Carmenschnitt gefallen. »Es ist schwer, sich richtig anzuziehen, wenn man nicht weiß, wofür.«

»Das passt so. Aber zieh deine Wanderschuhe an.«

»Wandern?«, frage ich skeptisch. »Wüsste nicht, dass das auf meiner Liste stand …«

»Keine Sorge. Das, was ich mit dir vorhabe, ist etwas anderes.« Grinsend wendet er sich zu einem der Fenster und sieht hinaus. Die Sonne befindet sich bereits hinter dem Modoc National Forest und taucht den Wald in ein sattes Grün. »Wir haben Glück mit dem Wetter. Sieht aus, als würde nichts mehr im Weg stehen.«

Ich schaufle den letzten Löffel Müsli in mich hinein und stelle die Schüssel in die Spüle. »Ich habe wirklich keine Ahnung, was du vorhast.«

»Aufregend, oder?«, fragt er spitzbübisch.

»Schon.« Tatsächlich spüre ich Vorfreude, als ich in mein Zimmer gehe, um meine Wanderschuhe zu holen. Aus Hazels Zimmer dringt leise Musik, die sie meistens hört, wenn sie ihre Atemtherapie macht. Daher widerstehe ich dem Drang, bei ihr zu klopfen, um sie um ihren Beistand zu bitten. Denn neben der Vorfreude ist da auch pure Angst vor dem Unbekannten. Hazel hätte jetzt keine Angst. Sie ist immer so furchtlos. Geht wandern, klettert auf die höchsten Berge, stellt sich ihrer Krankheit … lebt. Sie würde mir sagen, dass ich wirklich versuchen soll, meinen Plan umzusetzen und das Leben auszukosten. So, wie ich es immer schon wollte. Vorausgesetzt, sie wüsste von meinen Problemen.

Ich schnüre meine Schuhe, fasse meine Haare zu einem Pferdeschwanz zusammen, ziehe eine Fleecejacke über und gehe nach unten, wo Jasper bereits in Jacke vor mir steht. Zusammen gehen wir zur Bushaltestelle im Ortskern von Lullaby, an der zu dieser Uhrzeit noch nicht viel los ist.

Nach einer kurzen Busfahrt steigen wir am großen Parkplatz des Modoc National Forest aus. Dass wir nun hier sind, grenzt die möglichen Punkte auf meiner Liste schon mal ein.

»Hier entlang. Wir müssen noch ein Stück zu Fuß gehen.«

Ich schultere meinen Rucksack und folge Jasper. Vorbei am Lageplan des Forests, auf dem die Touristenmagnete verzeichnet und die Besuchsregeln hinterlegt sind.

Ein feiner, kühler Wind hat eingesetzt und weht mir ums Gesicht, er lässt die Kiefern rascheln und verströmt ihren Duft. Heute Nacht muss es geregnet haben, die Wege sind schlammig, auch wenn die Luft nun bereits warm ist. In letzter Zeit werden die Temperaturschwankungen immer extremer. Das bisher übliche kalifornische Klima scheint es nicht mehr zu geben. Die Nächte sind kälter, dafür erreichen wir Ende Februar nun schon am Tag sonnige zwanzig

Grad, die selbst für kalifornische Verhältnisse über dem Durchschnitt liegen.

Jasper folgt pfeifend dem Weg. Ich schiele zu ihm.

»Du wirkst heute recht ausgelassen.«

»Ich weiß ja auch, was wir Geniales vorhaben.«

»Ich vermisse diese Seite an dir«, sage ich freiheraus, bereue es aber sofort. Er hat es sich schließlich nicht ausgesucht, zu trauern. Das ist nichts, was er bewusst an- oder abstellen kann.

»Ich vermisse es auch, mich so zu fühlen«, erwidert er, wirkt nicht verstimmt, nur nachdenklich. »Als Lewis und ich uns endlich von unserem Vater gelöst haben, dachte ich, es würde jetzt alles einfacher werden. Und dann erfahre ich, dass Maggie gestorben ist, und jetzt ist da ein schwarzes Loch, das mich in die Tiefe zieht. Ehrlich gesagt hat sich das Leben noch nie so schwer angefühlt wie in den letzten Wochen.«

»Fühlt sich vermutlich auch ziemlich unfair an«, überlege ich. »Den einen Mist hinter sich zu lassen, nur um dann in den nächsten zu geraten.«

»Als hätte das Universum etwas gegen mich. Manchmal ertappe ich mich bei dem Gedanken«, antwortet er, während wir weiter dem Weg folgen. »Aber eigentlich will ich nicht so sein, deswegen versuche ich, solche Gedanken schnell wieder loszulassen. Es nützt ja nichts, sich darin zu verlieren.«

»Gedanken loslassen ist nicht so leicht, wie es klingt.« Ich bin froh, dass ich meine bebende Stimme einigermaßen unter Kontrolle habe.

»Hab's mit Meditation versucht, aber ich kam mir ziemlich bescheuert vor.«

Ich schmunzle. »Jasper Branson meditiert? Dass ich das

noch erlebe.« Ich kann ihn mir beim besten Willen nicht dabei vorstellen. Das klingt überhaupt nicht nach ihm.

Die Landschaft um uns herum wird felsiger. In der Ferne ragen Berge empor, höher als die Kiefern, und auf den obersten Spitzen ist sogar etwas Neuschnee zu erkennen. Es wird noch einige Wochen dauern, bis es auf den Berggipfeln nicht mehr so kalt ist und sich Wanderer wieder hinauftrauen können, um die Landschaft zu erkunden.

Jasper bleibt stehen. Ein Berg liegt vor uns, schroff und kahl. Die Kiefern sind lichter geworden. Vor mir steht ein kleines Holzschild mit einem weißen Vogel darauf. Mein Magen macht einen Hüpfer – irgendwo zwischen Übelkeit und Vorfreude, weil ich erahne, welchen Punkt auf der Liste wir abarbeiten. Auch wenn ich mich noch nicht traue, mich auf diese Mutmaßung zu verlassen.

»Wir müssen noch ein Stück da rauf«, sagt Jasper und deutet auf den Pfeil, der unter dem Schild angebracht ist und den Berg hinaufzeigt. »Dreißig Minuten Anstieg circa, und dann geht's los.«

Meine Lunge und meine Oberschenkel brennen, und mein Pullover klebt verschwitzt an meinem Körper. Jasper war schnell unterwegs, und ich habe den Fehler gemacht, Schritt halten zu wollen, sodass ich nun, kurz vor dem Ziel, völlig erledigt bin. Ich sitze auf dem lehmigen Boden und ignoriere den Umstand, dass ich mich komplett schmutzig mache, während ich mein Wasser trinke und versuche, irgendwie Luft zu holen, obwohl mein ganzer Körper in Flammen steht.

»Wandern … nicht so mein Ding«, bringe ich hervor.

»Wir wandern doch nicht«, sagt Jasper immer noch gut gelaunt und mit viel zu viel Puste.

»Ach nein? Fühlt sich … so an.«

»Wir machen einen Ausflug. Das ist etwas anderes. Und der lustige Teil kommt ja erst noch.«

Ich werfe ihm einen missmutigen Blick zu, trinke erneut einen Schluck. Dann stehe ich ächzend auf und befreie meine Hose grob vom Lehm.

»Es sind jetzt wirklich nur noch fünf Minuten. Höchstens.«

»Okay. Das schaffe ich … irgendwie.« Auch wenn ich diesem Versprechen noch nicht ganz traue.

»Davon bin ich überzeugt.« Jasper lacht leise, dann geht er weiter. Ich folge ihm. Kurz darauf höre ich Stimmen.

»Was …?«

Der Weg macht eine Biegung und führt uns zu einer felsigen Ebene. Darauf stehen Menschen. Acht Stück an der Zahl, um sie herum mehrere Drachen. Große Drachen, mit Rädern und Haltegriffen. Meine Vermutung wird zur Realität.

Punkt eins meiner Liste.

Zwei der Leute, ein Mann und eine Frau, hängen an einem der Drachen, halten sich an den Haltegriffen fest und rollen auf den Abgrund zu. Der Wind, den ich nun deutlich spüre, erfasst den Drachen und lässt die beiden schneller werden.

»Bereit?«, fragt der Mann, die Frau jubelt zur Antwort. Der Abgrund kommt näher, die Rollen verlieren den Bodenkontakt, und der Drache hebt ab. In einer Mischung aus Faszination und Entsetzen sehe ich zu, wie das Gespann durch die Luft segelt und am Horizont immer kleiner wird. Es ist genauso cool wie auf den Videos im Internet, die mich dazu verleitet haben, diesen Punkt auf meine Liste zu setzen. Aber es im Kopf durchzuspielen und es wirklich vorzuhaben sind doch zwei völlig unterschiedliche Gefühle. Ich bin überwältigt von dem Sturm, der in meinem Innern wütet – eine Mischung aus Aufregung, dem Ruf nach Abenteuer und lähmender Angst. Der Abgrund ist in Wahrheit viel tiefer, als ich dachte.

Jasper ist näher an mich herangetreten, er grinst wie ein Honigkuchenpferd. »Tadaaa.«

Ich lächle, aber es zittert so sehr wie meine Beine, als ich ein wenig weiter auf den Abgrund zugehe. Der Ausblick auf den Forest ist wundervoll, aber es geht vor meinen Füßen auch beängstigend weit nach unten. Und die Drachen sehen mir plötzlich gar nicht mehr so sicher aus wie im Internet. Der Wind ist zu stark …

»Ich kann das nicht«, presse ich hervor.

Jasper runzelt die Stirn. »Aber es war auf deiner Liste. Irgendetwas muss dir an der Idee also gefallen haben.«

»Ja, schon. Es sah so nach Abenteuer aus.« Unwillkürlich entferne ich mich wieder einen Schritt vom Abgrund, weil ich das Gefühl habe, meine Beine könnten gleich nachgeben. »Vielleicht hätte ich doch eher erst mal nur kleinere Sachen draufschreiben sollen. Im Regen tanzen … oder so.«

Plötzlich steht Jasper dichter neben mir. Seine Hand liegt auf meiner Schulter, die Wärme dringt beruhigend durch meine Kleidung.

»Vertraust du mir?« Seine Stimme ist fest und dunkel, gibt mir Halt, den ich in diesem Moment brauche.

Ich nicke. Langsam, aber nicht zögerlich.

»Ich habe das hier schon mal gemacht, du musst also wirklich keine Angst davor haben. Es ist sicher. Aber wenn du es doch von deiner Liste streichen willst, können wir einfach wieder diesen Berg runtergehen und zurück zu Red fahren.«

Ich blinzle, konzentriere mich auf seine Hand, die noch immer auf meinem Schulterblatt liegt und mir Geborgenheit vermittelt. Das Vertrauen, das er eben angesprochen hat.

Punkt fünf flackert vor meinem inneren Auge auf, mit den Umkreisungen in jeglichen Farben. Wollte ich nicht genau das: Neues? Ausbrechen aus dem Hamsterrad? Einfach mal weniger die grüblerische, steife Lou mit nichts als Aufgabenzetteln sein?

Entschlossenheit sammelt sich in mir, auch wenn mir die Tiefe noch immer nicht behagt. Der Wind, den ich auf meiner Haut spüre, ist ebenfalls wenig hilfreich.

Ich atme zischend aus. Wieder ein. Noch mal aus. »Okay«, stoße ich hervor. »Ich schaffe das.«

»Bist du sicher?«

»Ja. Weil ich es schaffen will«, erwidere ich und recke mein Kinn.

Jasper winkt die Guides zu uns.

»Ich bin Aiden, ich fliege heute mit dir«, stellt einer sich vor. Er reicht mir einen Helm und geht mit mir zu dem Drachen. Er ist riesig, sicher zehn Meter lang, majestätisch und ein wenig Furcht einflößend. Aiden erklärt mir alles, doch seine ruhige Art kann meine Nervosität nicht vollständig besiegen. Ebenso wenig wie das Wissen, dass Jasper nur ein paar Meter weiter ebenfalls eine Einweisung bekommt und sich gleich ins Abenteuer stürzen wird wie ich.

Ich. Beim Hang Gliding.

Es fühlt sich noch komplett surreal an.

Aiden hängt uns an den Schirm, was die Übelkeit in mir wachsen lässt.

»Wer zuerst?«

»Ladies first«, antwortet Jasper. »Es sei denn, es gibt dir ein besseres Gefühl, mir erst mal zuzusehen?«

An dem Drachen zu hängen fühlt sich schlimm an. Weil es kein Zurück mehr gibt und es jetzt wirklich losgeht. Noch länger hier zu stehen und auf den Startschuss zu warten, würde das Risiko, dass ich doch noch abspringe, vergrößern.

»Ich bringe es lieber als Erste hinter mich. Bevor ich's mir anders überlege.«

Aiden gibt ein Handzeichen. Kurz blickt er zu der kleinen Fahne, die am Ende des Abgrunds weht und die Windverhältnisse anzeigt. Ich hoffe, sie sind optimal.

»Bereit?«

Bin ich es? Meine Beine sind immer noch wie Pudding, dabei muss ich gleich loslaufen. Direkt auf den Abgrund zu.

Auf einen verfluchten Abgrund!

»Okay«, krächze ich. Ein letzter, vielleicht etwas verzweifelter Blick nach hinten zu Jasper.

»Du schaffst das, Lou!«

»Und wie du das schaffst«, ermutigt mich Aiden. »Auf drei. Eins, zwei, drei.«

Keine Ahnung, wie es mir gelingt, meine Beine zu bewegen. Aber wir laufen, der Abgrund kommt näher, meine linke Hand klammert sich an Aidens Ärmel. Dann verliere ich plötzlich den Boden unter den Füßen – viel schneller, als ich es vermutet hätte. Meine Beine fallen nach hinten, doch sie werden von der Schlinge gehalten, und nun habe ich freie Sicht nach unten. Ich weiß nur nicht, ob ich sie wirklich möchte. Ich schließe meine Augen und kralle mich fester an Aidens Ärmel, während meine andere Hand nach der Haltestange sucht. Das Gefühl ist so seltsam. Der Wind in meinem Gesicht, das Kribbeln in meinem Bauch. Hier ausgeliefert zu sein, einfach zu hängen, nichts tun zu können. Oder zu müssen.

»Du kannst ruhig die Augen aufmachen. Du verpasst ja alles.«

Hinter uns höre ich Jasper jubeln. Vermutlich ist auch er eben gestartet. Ein beruhigender Gedanke, nicht allein zu sein. Zu wissen, dass er das hier auch gerade macht. An meiner Seite ist … wenn auch nicht buchstäblich.

Das gibt mir Mut, und ich öffne meine Augen. Blinzle, schlucke. Sehe nach unten. Wir sind verdammt hoch! Klitzeklein wirken die sonst so gigantischen Kiefern von hier oben. Die Luft riecht nach purem Leben. Und ich spüre es in mir wachsen: dieses Leben. Das Kribbeln verändert sich, zentriert sich nun im Magen, aber nicht auf eine unangenehme, übelkeitserregende Weise wie zuvor. Es ist pures Adrenalin.

Jaspers Jubelschreie dringen erneut zu uns und lassen mich unwillkürlich lächeln.

Ich strecke eine Hand aus, die, die sich zuvor noch an Aiden geklammert hat, und mache eine Faust. Als wäre ich Superwoman, fliege ich dahin, und ein kehliges Lachen dringt aus meinem Mund. Und dann juble ich ebenfalls. Juble, so laut ich kann.

Die Landung ist sanfter, als ich erwartet hätte.

Aiden streckt die Füße aus und berührt kurz darauf den felsigen Lavaboden. Ein kleiner Ruck geht durch meinen Körper, und dann habe ich wieder festen Boden unter den Füßen. Ich zittere leicht, diesmal aber nicht vor Angst, sondern wegen des Adrenalins, das noch immer durch meinen Körper pumpt. Aiden macht uns los. Ich stolpere zur Seite, weg von dem Drachen, und blicke hinter uns, wo Jaspers Tandem gerade ebenfalls landet. Vollkommen gefangen in diesem unglaublichen Moment laufe ich auf ihn zu. Seine

Augen wirken so hell wie früher, bevor ihn seine Trauer überrollt hat. Er lächelt so befreit und jungenhaft wie eh und je, und ich merke wieder einmal, wie sehr ich es vermisst habe. Habe es vermisst, ihn so zu sehen, zu erleben, aber vor allem habe ich es vermisst, mich selbst so ausgelassen lachen zu hören, denn ich weiß nicht, wann das letzte Mal war. Vor Mark? Vermutlich. Es ist befreiend, als würde ich Gefängnistüren öffnen und Teile von mir selbst dahinter finden, die ich verloren geglaubt hatte.

Ich falle Jasper in die Arme. Vor lauter Schwung geraten wir ins Taumeln und landen auf dem Lavaboden. Dabei stoße ich mir den Ellbogen an, aber nichts kann diesen Moment zerstören, in dem ich mich fühle, als würde pure Energie durch mich hindurchströmen. Als wäre ich unbesiegbar.

»Das war krass, oder?«, fragt Jasper überschwänglich.

»Das war perfekt«, sage ich ergriffen. »Danke, dass du das mit mir gemacht hast.«

Wir sehen uns an, sekundenlang, wie es mir vorkommt. Ich würde in diesem Augenblick gerne seine Gedanken lesen. Ob er die Nähe zu mir genauso genießt wie ich. Ob er mir auch so gerne in die Augen sieht? Seine sind himmelblau.

Er räuspert sich, ich blinzle. »Das war der Deal«, sagt er, seine Stimme etwas heiserer als sonst.

»Das war der Deal«, wiederhole ich.

Ein Teil von mir möchte weiter hier liegen, weiter den Moment auskosten, aber Aiden und der andere Guide kommen auf uns zu. Hinter uns landet Guide Nummer drei, unsere Rucksäcke im Schlepptau.

»Dann ist das euer Job?«, frage ich. »Jeden Tag zu fliegen?«

»Ziemlich cool, was?« Aiden grinst.

»Allerdings. Sich jeden Tag so fühlen zu können … so frei.«

»Wenn ich das nächste Mal herkomme, nehme ich dich wieder mit«, sagt Jasper zufrieden.

»Kann man von überall starten? Von jedem Berg hier im Modoc?«

Der Guide, der unsere Rucksäcke heruntergebracht hat und sie uns reicht, schüttelt den Kopf. »Nur von dieser einen Startposition. Wir versuchen, den Einfluss auf die Umwelt so gering wie möglich zu halten. Deswegen fliegen wir immer an derselben Stelle und haben auch nur dafür eine Genehmigung.«

»Welcher Einfluss auf die Umwelt? Auf die Tiere?«

»Hauptsächlich. Es kann für sie Stress bedeuten. Die Geräusche, der Schatten, der aussieht wie ein Vogel. Besonders die Rundschwanzsperber und Beifußhühner irritiert das. Wobei natürlich auch Wanderer und Autos dieses Risiko mit sich bringen. Wir sind wenigstens immer in derselben Flugschneise, und hier in der Nähe gibt es auch keine Falkennester. Zumindest wurden noch keine beobachtet.«

»Ich werde auf jeden Fall noch mal kommen.« Ich nehme meinen Helm ab, reiche ihn Aiden und ordne meine Haare. Jasper tut es mir nach, dann schultern wir wieder unsere Rucksäcke und beobachten, wie die Guides die Flieger wegrollen.

»Ein seltsames Gefühl, jetzt einfach wieder zurück zu Red zu gehen, als wäre nichts gewesen. Das war wie eine andere Welt.«

»Ich weiß, was du meinst«, seufzt Jasper. »Hier im Forest kann man seine Sorgen gut vergessen. Zu Hause holen sie einen nur wieder ein.«

»Die Prüfungen?«

»Auch«, antwortet Jasper kryptisch.

»Aber wir sind doch gut im Zeitplan. Und du sagtest doch, dass die Prüfung in Vegetationsökologie gut war.«

»Sie lief besser als die davor. Aber noch nicht so gut, wie es mal war.«

»Das wird vielleicht noch. Mit jeder Prüfung, die du erfolgreich absolvierst, sammelst du wieder etwas Zuversicht.«

»Der Flug hat schon mal geholfen, etwas Ballast abzuwerfen.«

»Und das war nur der Anfang«, erinnere ich ihn. »Was machen wir als Nächstes? Die Liste ist noch lang …«

»Hat da jemand Blut geleckt?«, zieht mich Jasper auf.

»Vielleicht. So etwas Aufregendes habe ich noch nie in meinem Leben gemacht.«

»Dann sehen wir zu, dass noch ein paar Abenteuer folgen.«

Kapitel 11

Die Midterms sind ein niemals endender Marathon. Ich hetze von Prüfung zum Tutorenprogramm zum Archiv, um für meine Hausarbeit zu recherchieren, lerne mit Jasper, schlafe kaum, zweifle, nähe und backe, um mich abzulenken. Nur damit sich der Kreislauf am nächsten Tag wiederholt. Aber irgendwie mag ich diese Phase auch, weil sie mich weniger grübeln lässt. Weil meine Schlaflosigkeit dann zumindest Sinn macht: so viel zu lernen, um die bestmöglichen Prüfungen abzuliefern. Oder im derzeitigen Fall: Jasper dabei zu helfen, die bestmöglichen Ergebnisse zu erzielen.

Ich lehne mich in Jaspers Sitzsack zurück. Es ist ein Uhr nachts, schätze ich. Das restliche Haus ist bereits ruhig. Corey ist mit Freunden in Juniper, um seine letzte Prüfung zu feiern. Im Gegensatz zu Jasper und mir ist er schon durch. Wir müssen übermorgen noch ein letztes Mal ran. Ich reibe meine Augen. Die Müdigkeit lullt mich ein, will mich packen und mich endlich zum Schlafen zwingen, aber ich muss Jasper noch etwas über Hydrologie erzählen, damit er es sich einprägt. Alles über den Wasserkreislauf und Aggregatzustände, obwohl Jasper sicher viel mehr davon versteht als ich.

»Die Evapotranspiration ist was?«, frage ich ihn ab.

Er gähnt. »Die Verdunstung von Wasser. Das war zu leicht.«

»Was weißt du noch darüber?«

»Sie setzt sich aus zwei verschiedenen Prozessen zusammen: Die Evaporation und die Transpiration. Die Evaporation ist die Verdunstung über freien Wasseroberflächen und auf vegetationsfreien Flächen.«

Nun gähne auch ich. »Erzähl mir mehr davon.«

»Meine einfachste Übung.« Jasper fängt an, im Zimmer auf und ab zu laufen, und verfällt dabei in einen Monolog.

Ich schließe meine Augen, seine Worte rücken in den Hintergrund. Gerade wünsche ich mich zurück in die Luft, zurück zu diesem wundervollen freien Moment, in dem der Modoc National Forest unter mir vorbeigezogen ist. Immer schneller und schneller. Als könnte ich wirklich alles schaffen, was ich mir vornehme.

Kannst du aber nicht.

Marks Stimme drängt sich in meinen Kopf, laut und unaufhaltsam. Die Bilder vom National Forest verschwimmen, Farben werden zu undurchdringlichem Nebel, schemenhafte Umrisse verformen sich, bis ich ihn sehe. Ihn und seine dunkelbraunen Haare, seinen durchdringenden Blick.

Ich will ihm nicht zuhören, ihm nicht glauben, ihn nicht sehen.

»Geh weg!«

Er hört nicht auf mich.

»Geh!«

Ich schrecke hoch. Mein Herz rast, und mein Kiefer schmerzt, als hätte ich ihn aufeinandergepresst. Ich spüre, wie eine Wolldecke von meinen Schultern rutscht. Es dauert einige Sekunden, bis ich verstehe, dass ich geträumt habe. Auf dem Sitzsack in Jaspers Zimmer.

Jasper. Ich drehe meinen Kopf und entdecke ihn. Er sieht mich sorgenvoll an, in der Hand noch immer sein Buch, als hätte er einfach weitergelernt und nur eine Pause eingelegt, um mich zuzudecken.

»Hast du schlecht geträumt?« Seine Stimme ist dunkel.

Ich nicke zaghaft, dann fahre ich mir durch die zerzausten Haare. »Wie lange habe ich geschlafen?«

»Ich weiß nicht. Eine halbe Stunde? Vielleicht eine …«

»Du hast mich nicht geweckt.«

»Ich dachte, du brauchst den Schlaf. Ist schließlich Mangelware bei uns. Ich konnte ja nicht ahnen, dass du Albträume hast.« Seine Miene ist unergründlich. »Willst du darüber reden?«

Ich beiße mir auf die Lippe, was meinen Kiefer sofort wieder schmerzen lässt. Seit zwei Jahren schon trage ich eine Aufbissschiene beim Schlafen, weil ich vor Stress und Anspannung mit den Zähnen knirsche. Tagsüber wie nachts, nachts ist es aber besonders schlimm.

»Es geht schon wieder«, lüge ich, obwohl der Traum mich aufgewühlt hat. Jasper mustert mich, als würde er mich genau durchschauen.

»Wie läuft es bei dir?«, lenke ich vom Thema ab. »Kommst du voran?«

»Mit dem Lernen schon.«

»Das klingt nach einem Aber.«

Er zuckt mit den Schultern. Auch er ist nicht gut darin, etwas zu verbergen.

»Denkst du viel an Maggie?«, folge ich so einer Ahnung.

Noch ein Zucken. Eigentlich genügt es mir als Antwort. Es steht ihm buchstäblich ins Gesicht geschrieben. Er weicht meinem Blick aus und schaut aus dem Fenster. Regen prasselt sanft gegen die Scheibe.

»Komm mit.« Jasper legt sein Buch weg, steht auf und hält mir eine Hand hin, um mich hochzuziehen. Ich bin völlig perplex, ergreife sie jedoch. Mein Herz macht einen verräterischen Satz, als sich seine Finger um meine schließen. Warm und stark.

Ich versuche, mich davon nicht aus dem Konzept bringen zu lassen. »Was hast du vor?«

»Zieh dir Schuhe und Jacke an«, erwidert er lediglich.

»Wohin willst du? Doch nicht raus?«

Jasper hat sich seine Turnschuhe geschnappt und ist dabei, sie zuzubinden. Ich bin verwirrt, gehe dann jedoch in mein Zimmer und stehe kurz darauf in Sneakers und Jacke wieder vor ihm. Er nickt mir entschlossen zu, und wir gehen die Treppe hinunter.

»Es ist mitten in der Nacht«, flüstere ich noch, doch da öffnet Jasper schon die Haustür. Regen prasselt auf den Gehweg vor uns. Eine einzelne Straßenlaterne spendet etwas Licht.

»Du wolltest doch im Regen tanzen.«

»Ich – was?« Augenblicklich muss ich lachen. »Ist das dein Ernst?«

»Wieso nicht?«

»Weil es zwei Uhr ist … und wir März haben. Das wird arschkalt.«

»Und ein Abenteuer«, erwidert Jasper, nimmt wieder meine Hand und zieht mich mit sich.

In dem Moment, in dem mich der Regen trifft, quietsche ich auf. Eisig läuft er mir über die Stirn, und innerhalb von Sekunden bin ich durchnässt.

»Ich habe mich geirrt. Das ist kein Spaß«, kreische ich.

»Kann es noch werden.« Jasper lacht und zieht mich noch weiter raus auf den Kiesweg. Schon Augenblicke später sind meine Füße und Hände taub. Jasper scheint das alles gar nicht zu beeindrucken. Er löst unsere Hände voneinander, streckt die Arme aus, richtet sein Gesicht gen Himmel und beginnt, sich zu drehen.

»Wie beim Flug«, murmle ich zu mir selbst. »Einfach machen, nicht zu viel denken.«

Ich gehe einen Schritt auf Jasper zu. Der Regen raubt mir einen Teil der Sicht. Meine Stoffhose saugt sich am Saum voll, als ich in eine Pfütze trete. Aber das alles blende ich aus, lasse es zu. Ich tue es Jasper gleich. Langsam drehe ich mich, schließe meine Augen, konzentriere mich auf das Gefühl auf meiner Haut, wo der Regen mich trifft. Die Kälte lässt ein wenig nach, denn ich gewöhne mich daran. Es ist irgendwie belebend.

»Nicht schlecht, oder?«

Als ich die Augen wieder öffne, grinst mich Jasper an. Seine Haare hängen ihm nass ins Gesicht. Er tritt neben mich, verbeugt sich elegant. »Darf ich bitten?«

Ich lache, als ich seine Hand nehme, die er mir einladend reicht. »Tanzen ohne Musik ist irgendwie albern.«

»Wenn die das in den Filmen können, können wir das schon lange.«

Er beginnt, mich zu führen. Wir wiegen uns hin und her, immerzu den Regen im Gesicht, ein Lächeln auf den Lippen. Es ist vermutlich das Bescheuertste, was ich jemals gemacht habe. Keine Ahnung, was andere denken würden, wenn sie uns so sehen könnten. Aber für einen wundervollen Augenblick ist mir das egal, und ich lasse mich einfach darauf ein. Auf die Bewegungen, dieses Gefühl.

Jasper setzt zu einer Drehung an, zieht mich dann enger zu sich, und plötzlich bin ich ihm zu nah. Meine Hand liegt auf seiner Brust, seine auf meiner Taille. Ich sehe zu ihm auf, direkt in seine Augen. Auf seine Lippen, die nun nicht mehr nur lachen, sondern leicht offen stehen, als würde ihn diese Nähe ebenso aus dem Konzept bringen wie mich. Ich kann nichts anderes tun, als ihn anzusehen. Irgendwie zu atmen, auch wenn es mir plötzlich sehr schwerfällt. Mein Herz pocht zu sehr, drängt sich gegen meine Brust. Regen tropft von Jaspers Nase, seinen Lippen. Und ich frage mich, wie es wohl wäre, noch spontaner zu sein. Ihn einfach zu küssen.

Seit ich ihn kenne, habe ich schon öfter darüber nachgedacht – immer mal wieder. Aber das Bedürfnis war nie so stark wie jetzt. Der Moment noch nie so richtig. So einzigartig, dass er eines Kusses würdig wäre. Ob ich den Regen auf seinen Lippen schmecken könnte?

Vielleicht erkenne ich dieselben Gedanken in Jaspers Blick. Vielleicht spürt er gerade die gleiche Anziehungskraft. Aber was, wenn nicht?

Unsere Freundschaft ist kostbar, mein Selbstbewusstsein labil. Ein Kuss, eine falsche Reaktion von ihm, und alles wäre zerstört. Unsere WG, die Verbindung zwischen uns, unser Deal. Das kann ich unmöglich aufs Spiel setzen.

Ich blinzle und löse mich von Jasper, tänzle einfach ein Stück weit weg von ihm, als wäre nichts gewesen. Kurz sehe ich Verwirrung in seinen Augen aufblitzen. Ob er gespürt hat, was in mir vorging? Er hat vor Kurzem erst von dem Tod seiner Ex-Freundin erfahren! Himmel! Und ich will ihn küssen? Als hätte sie ihm nichts bedeutet? Als wüsste ich nichts von seinen Problemen?

»Haben wir das also auch abgehakt.« Meine Stimme zittert leicht, doch ich hoffe, Jasper hält es für eine Reaktion auf das kalte Wasser. Nicht auf ihn.

»Weißt du, was ich schon immer machen wollte?« Die kurze Irritation zwischen uns scheint vorbei. Erleichtert und ein bisschen baff sehe ich, wie Jasper sich mitten auf den Kiesweg legt. Er streckt Hände und Füße aus, hält sein Gesicht in den Regen und rührt sich nicht mehr.

»Was machst du denn da?«, frage ich ihn etwas fassungslos.

»Das habe ich mal im Internet gesehen. Man legt sich einfach hin und spürt den Regen.«

»Klingt nach einer potenziellen Lungenentzündung.«

»Na komm schon, mach mit. Ist irgendwie cool.«

Ich zucke mit den Schultern. Nasser kann ich ohnehin nicht mehr werden, und die Kälte ist sowieso schon in meine Glieder gekrochen.

Zunächst ist es der Kies, den ich unter mir spüre. Er bohrt sich durch meine Stoffhose, die sich noch mehr mit Wasser vollsaugt. Ich strecke meine Hände hinter meinen Kopf und schließe meine Augen. Es ist anders als beim Tanzen. Intensiver. Es klärt die Gedanken und Gefühle und lässt sie gleichzeitig roher erscheinen. Weniger verblümt. Als könnte ich alle Gedanken erst jetzt richtig ordnen.

Ich spüre Jaspers Blick auf mir, also öffne ich die Augen und drehe meinen Kopf in seine Richtung. Er lächelt schwach, doch ich sehe, dass es ihm genauso geht wie mir. Da ist plötzlich Schmerz. Seine Trauer, die mich förmlich anspringt.

Ich will etwas sagen, aber weiß nicht, was. Meine Hand greift nach seiner, und er lässt es zu. So liegen wir einige Sekunden da, mein Daumen streicht über seinen Handrücken. Er blinzelt, vielleicht als Dank. Vielleicht sind es auch Tränen, die er versucht zu stoppen.

»Wieso fällt es dir so schwer, einfach zu sagen, dass es dir schlecht geht?«, frage ich schließlich vorsichtig und sehe ihn an.

Er schaut mich ebenfalls an, auf eine Art, die mir durch Mark und Bein geht. Als würde er meinen Schmerz ebenso spüren wie ich seinen.

»Sag du es mir«, sagt er dunkel. »Du bist diejenige, die jede Nacht in der Küche steht. Was bedrückt dich so sehr, dass es dich nicht schlafen lässt?«

Mein Mund steht ein wenig offen, als ich seine Frage sacken lasse. Wieder finde ich keine Worte.

»Siehst du«, brummt Jasper. »Wenn man Dinge laut ausspricht, machen sie einen verletzlich. Und Verletzlichkeit passt nicht zu mir.«

»Verletzlichkeit passt zu jedem«, schaffe ich es, meine Stimme wiederzufinden. »Es ist menschlich.«

»Mag sein.« Er sieht hoch in den Regen, blinzelt von den herunterfallenden Tropfen. Kurz bilde ich mir ein, dass Tränen sich damit vermischen, aber es ist zu dunkel, um es sagen zu können, und ich will Jasper nicht anstarren.

»Es … es geht mir nicht gut. Zufrieden?«

Ich will etwas erwidern, ihm sagen, dass ich nicht zufrieden bin, weil ich nicht möchte, dass es ihm schlecht geht, aber ich dennoch froh bin, dass er es ausgesprochen hat. Vielleicht will ein Teil von mir ihm auch zeigen, dass es mir auch nicht so gut geht, wie es nach außen wirkt. Vielleicht würde dieser Teil ihm gerne sagen, was mich wach hält. Aber ich komme nicht dazu, diese Gedanken zu sortieren, denn Jasper zieht plötzlich seine Hand weg. Er richtet sich auf, wischt sich energisch über sein Gesicht.

»Wir sollten reingehen. Sonst ist das mit der Lungenentzündung doch nicht so abwegig«, versucht er es mit einem Spruch, doch er kommt nicht richtig bei mir an. Dafür löst der Klang seiner brüchigen Stimme zu viel Schwere in mir aus.

Er steht auf und läuft auf unser Haus zu. Regen tropft an ihm herunter, nasse Haarsträhnen fallen ihm ins Gesicht.

Mir ist mittlerweile eiskalt. Ich bin mir nur nicht sicher, ob es an der nassen Kleidung oder diesem Stimmungsumschwung liegt.

»Jasper, ich –« Ich schließe meinen Mund wieder, denn ich finde keine Worte.

»Es ist schon spät«, erwidert er lediglich. »Und wir müssen morgen fit sein. Der Lernplan …«

Ich nicke, auch wenn ich ihn am liebsten in die Mitte der Straße ziehen und wieder mit ihm tanzen würde, um ihn von seiner Trauer zu befreien. Ihn wieder lachen zu sehen. Ich weiß nicht, wie es zu diesem Umschwung kam, aber sich von Jasper zu verabschieden und dabei zuzusehen, wie er ein »Gute Nacht« murmelt und sich in sein Zimmer zurückzieht, ist im Kontrast zu der Leichtigkeit davor kaum zu ertragen.

Kapitel 12

In den nächsten zwei Tagen geht Jasper mir eindeutig aus dem Weg. Seinen übrigen Lernplan verfolgt er ohne meine Hilfe, meist verschanzt er sich in seinem Zimmer, wo erneut der Klang seines Boxsacks dominiert. Für einen kurzen Moment ist es so, als wären wir wieder zwei Wochen in die Vergangenheit gereist und als hätte es unseren Deal nie gegeben. Mit der Ausnahme, dass mir die Nachwirkungen davon mehr als real vorkommen. Nicht nur, weil ich die Zeit mit Jasper bereits jetzt schmerzlich vermisse, sondern auch, weil ich spüre, dass ich die kleine Veränderung, die wir seit dem Hang Gliding in Gang gebracht haben, nicht einfach aufgeben will. Nicht aufgeben kann. Wenn ich die Augen schließe, fühle ich noch den Fahrtwind, sehe mich selbst noch über den Modoc National Forest fliegen. Spüre noch den reinigenden Regen auf meinem Gesicht, während ich mit Jasper tanze und wir unsere Sorgen für einen Moment vergessen.

Es ist, als wäre etwas in mir gerade dabei gewesen zu erwachen … und ich kann jetzt nicht einfach wieder die Tür schließen und so tun, als hätte es sich nicht absolut berauschend angefühlt, mal nicht in meinen Gedankenspiralen gefangen zu sein oder in meinen Alltagsroutinen, um diese zu bekämpfen. Als wäre es nicht ein gutes Gefühl gewesen, das Chaos in meinem Inneren zu packen und zu versuchen, es durch ein Stück Freiheit zu ersetzen.

Zögerlich klopfe ich an Jaspers Tür, warte. Die letzten Tage habe ich es einfach hingenommen, dass er sich zurückzieht, aber heute, mit dem Wissen um seine letzte Prüfung, kann ich es nicht. Nicht, wenn er da drinsitzt und vielleicht gerade durchdreht bei der Frage, ob er genug gelernt hat. Ich muss mich wenigstens versichern, dass er klarkommt.

Doch niemand öffnet die Tür, niemand bittet mich herein. Im Zimmer bleibt alles still.

Hazel kommt aus dem Bad gegenüber, ihre Haare in einen Handtuchturban gewickelt. »Willst du zu Jasper? Der ist schon weg.«

»Was? Seit wann?«

»Ist ohne ein Wort an mir vorbeigerauscht, bevor ich ins Bad gegangen bin. Hat mir nicht mal einen guten Morgen gewünscht.«

»Oh. Okay.« Ich hatte gedacht, dass er wenigstens heute mit mir reden würde. Mir wenigstens sagen würde, ob das mit den Vorbereitungen für die Prüfung funktioniert hat. Ich konnte ihm nicht mal Glück wünschen.

»Vielleicht wollte er vor der Prüfung noch mal seinen Stoff durchgehen«, überlege ich, auch wenn ich es im Grunde besser weiß: Er geht mir aus dem Weg. Wenn es mir vorher nicht schon klar war, ist es jetzt offensichtlich.

»Vielleicht war er zu nervös, um sich unsere Anfeuerungsversuche anzuhören«, sagt Hazel, ebenso wenig überzeugend. Ihr sind die Rückschritte, die Jasper in den letzten zwei Tagen gemacht hat, sicher auch nicht entgangen. »Ich hoffe, die Stimmung wird wieder besser, wenn die Prüfungsphase vorbei ist«, spricht sie weiter.

Sie geht mit mir in die Küche, wo sie sich ein Müsli zubereitet und ihre Tabletten einnimmt. Dabei erzählt sie von ihrer letzten Prüfung und ihrer anstehenden Exkursion ihres Umweltbiologie-Kurses. Wir plaudern ein wenig, was eine wohltuende Ablenkung ist. Währenddessen kontrolliere ich meine Tasche für die Uni: mein Tablet, eine Wasserflasche, Kopfhörer, Designideen.

Irgendwann halte ich es nicht mehr aus, nur herumzusitzen, wo mich Jaspers leerer Stuhl anzustarren scheint, und verlasse etwas früher als sonst das Haus. Stattdessen finde ich mich auf dem menschenleeren Campus ein. Es ist noch zu früh, die Sonne ist gerade erst über den Baumkronen aufgegangen, und die wenigen Studierenden, die ich sehe, sind auf dem Weg in die Mensa, um zu frühstücken.

Auch ich betrete die Mensa, hole mir einen Kaffee und lasse mich an einem der Tische nieder. Ich esse mein mitgebrachtes Sandwich und gehe meinen Lernstoff durch. Karte für Karte, obwohl mein Kopf damit beschäftigt ist, an Jasper zu denken. Ob er auch irgendwo auf dem Campus sitzt und gerade noch mal den Stoff durchgeht? Im Lernfoyer vielleicht? Zu gerne würde ich mich davon überzeugen, dass es ihm vor seiner Prüfung gut geht. Er wirklich keinen Zuspruch braucht.

Aber ich bleibe sitzen, besinne mich immer wieder auf meine eigene Prüfung, die in drei Stunden geschrieben wird und deren Abschluss ich später bei Reese im Diner feiern will. Die Lernkarten zum hundertsten Mal durchzukauen bringt mich aber nicht weiter. Der Stoff ist mir vertraut, in Umweltmanagement war ich schon immer am stärksten. Also ziehe ich stattdessen mein Tablet zu mir und öffne die Ideenliste an Aktivitäten, auch wenn der Anblick der beiden abgehakten Punkte mich sofort wieder in meine Grübeleien über Jasper stürzt. Zu ihm, seiner Prüfung und der Tatsache, dass er von heute auf morgen entschieden hat, mich zu meiden, ohne dass ich genau sagen könnte, woran es gelegen hat. An unserem Tanz im Regen? Habe ich ihn zu sehr dazu gedrängt, mir etwas über Maggie zu sagen? Hat er sich unwohl gefühlt?

Ich gehe Punkt für Punkt auf meiner Ideenliste durch und überlege, wie ich es schaffen kann, diese auch ohne Jasper umzusetzen, aber bei den meisten Sachen scheint es mir unmöglich zu sein. Ihn an meiner Seite zu wissen hat es leichter gemacht, diese Liste nicht mehr aufzuschieben. Es hat mir Kraft gegeben, mich für die Ideen darauf wirklich zu öffnen und mich meinen Ängsten zu stellen. Ich weiß nicht, ob ich ohne ihn wirklich zum Hang Gliding gegangen wäre. Ob es nicht auf ewig einfach ein unerfüllter Punkt auf dieser Liste geworden wäre, weil es mir für die Umsetzung an Entschlossenheit und Mut gefehlt hätte.

Auch jetzt spüre ich es noch: eine gewisse Hemmung. Trotz der positiven Erfahrung, trotz des Wissens, dass ich es geschafft habe, kommen mir die meisten der offenen Punkte zu groß vor, um mich ihnen allein zu stellen. Vor allem jetzt zu stellen, wenn ich mich wegen Jasper schlecht fühle. Wenn ich mich die ganze Zeit frage, ob ich etwas falsch gemacht habe und er mir deswegen aus dem Weg geht. Doch genau diese Gedanken sind der Grund, wieso ich es dennoch versuchen muss. Es braucht nur die richtige Idee.

Töpferkurs ausprobieren. Punkt zwei auf meiner Liste.

Es ist der einzige Punkt, der keine Angst in mir auslöst. Keine Zweifel, ob ich die Umsetzung schaffen würde. Im Gegenteil: Es ist der eine Punkt auf der Liste, der sich am meisten mit der jetzigen Lou vereinbaren lässt. Nur ein halbes Abenteuer – nur der Bruchteil eines Drachenflugs über den Modoc. Aber ein Anfang.

Ich nicke mir selbst zu, während ich den Punkt unterstreiche und mich ins Internet einlogge. In Juniper gibt es einen Schnupperkurs, der bereits in zwei Wochen beginnt. Ich könnte mich sofort anmelden, wäre nicht auf Jaspers Support angewiesen.

Ich atme tief ein, denke nicht lange nach.

Meine Finger klicken auf *Anmelden*.

Kapitel 13

Im *Hopes' Inn* begrüßen mich der Duft von Pommes und eine laute Geräuschkulisse. Ebenso wie Unmengen an Studierenden, die ihre erfolgreiche letzte Prüfung feiern. Nur an der Theke ist noch ein Platz frei, also lasse ich mich auf einem der Barhocker nieder und packe meine Sachen aus.

Reese, die gerade einen der Tische mit Getränken versorgt hat, stößt zu mir.

»Endlich mal wieder ein bekanntes Gesicht. Weißt du, was ich an der Prüfungswoche noch mehr hasse als die Prüfungen selbst?«

»Dass hinterher alle ihre Prüfungsergebnisse durchsprechen«, sage ich, weil Reese nicht müde wird, sich deswegen zu beklagen.

»Oh, da hast du recht. *Das* ist wirklich das Schlimmste.« Sie öffnet mir eine Flasche Cola. »Aber fast genauso schlimm finde ich, dass alle so unentspannt sind … und ich schließe mich da selbst mit ein. Ich mag es gar nicht, wenn jeder übermüdet und gereizt ist und die Leute deswegen vergessen, ordentliches Trinkgeld zu geben. Und es nervt, dass man dann selbst so viel um die Ohren hat, dass man seine Freunde kaum zu Gesicht bekommt.«

»Keine Sorge, du hast mir auch gefehlt.« Ich werfe Reese eine Kusshand zu.

Sie grinst mich an, dann schnappt sie sich einen Lappen und wischt über die Theke. »Ich habe morgen frei, wir könnten ja vielleicht was unternehmen. Hazel wäre bestimmt auch dabei, oder?«

»Ausgerechnet morgen wird es nicht gehen.«

»Stimmt, da beginnt ja eurer Videodreh. Hatte ich verdrängt.«

»Aber wenn der erste Dreh erledigt ist, lässt sich ein Mädelsabend sicher einrichten. Der ist sowieso längst mal wieder fällig.«

»Sehe ich ganz genauso.«

Reese legt den Lappen weg, ihre Finger trommeln auf die Theke. Sie trifft genau den Rhythmus der Saxofonklänge, die aus den Boxen dringen. Dann entdeckt sie ein paar Gäste, die zahlen wollen, und eilt zu ihnen. Ich hingegen nehme einen Schluck Cola und versuche, das brennende Gefühl in meinem Magen zu bekämpfen. Morgen beim Videodreh wird Jasper immerhin keine Gelegenheit mehr dazu bekommen, mir weiter aus dem Weg zu gehen. Die Frage ist nur, ob das nun gut oder schlecht ist, wo er so offensichtlich Abstand benötigt. Abstand, nach dem mir selbst überhaupt nicht zumute ist.

Um mich abzulenken, hole ich mein Tablet heraus und rufe die Skizze für ein Sommerkleid auf. Die Idee dazu hatte ich Freitagnacht, als ich händeringend nach einer neuen Aufgabe gesucht habe. Puffärmel, ein ausgestellter Rock, eine Schleife in der Taille und ein tiefer Ausschnitt, an dessen Form ich noch arbeiten muss. Danach muss ich mir überlegen, welcher Stoff und welche Farben dafür infrage kommen.

Reese tritt wieder hinter den Tresen. Sie mustert das Design, und ihre Augen strahlen sofort begeistert, wie es nur bei Reese der Fall ist, wenn ihre Energie überschwappt.

»Wow. Das ist so was von cool.«

»Danke. Aber ich muss noch dran feilen.«

»Ich wünschte, ich hätte dein Talent. Wirklich.« Sie

seufzt träumerisch, dann sieht sie plötzlich euphorisch zu mir. »Hey, hast du von diesem Designwettbewerb gelesen?«

»Was für ein Wettbewerb?« Gehört habe ich jedenfalls noch nichts.

»Das habe ich auf Instagram gesehen. Die suchen Nachwuchstalente. Mit Preisgeld und Förderung und allem. Wäre doch vielleicht etwas, um dein faires Modelabel voranzutreiben. Warte – ich schicke es dir gleich.«

Reese holt ihr Handy hervor. »Alles klar«, sagt sie in dem Moment, als auf meinem Handy eine Nachricht von ihr eingeht. »Willst du eigentlich was essen? Ich glaube, ich besorge mir eine Portion Pommes.«

»Ich nehme auch welche.«

Reese verschwindet in der Küche, und ich öffne den Link, den sie mir geschickt hat.

NACHWUCHSTALENTE GESUCHT
IHR ENTWERFT EURE EIGENE MODE UND TRÄUMT VON DER GROSSEN KARRIERE ALS DESIGNER*IN? DANN BEWERBT EUCH BEI *NEXT DESIGNS* UND SICHERT EUCH DEN ERSTEN PLATZ, 7000 $ UND EINE OFFIZIELLE KOOPERATION MIT DEM TOPDESIGNER ZADE WASHINGTON.

Ich starre auf die Anzeige und auf Zades Namen, während sich die Möglichkeiten, an einem solchen Wettbewerb teilzunehmen, in mir festsetzen. Mich mit Bildern eines möglichen Sieges füttern, ebenso mit Szenarien einer Niederlage. Mit den Erfahrungswerten, die ich für mich mitnehmen könnte. Kurz wird mir übel. Vor Aufregung, vor Hoffnung … und weil ich Marks Stimme sofort wieder in meinem Kopf vernehme. Marks Stimme, die mir einzureden versucht, dass das hier nicht das Richtige für mich ist und ich es besser nicht versuchen sollte. Weil es zu versuchen immer nur Enttäuschung bedeuten würde.

Liebes Tagebuch,
seit ich denken kann, suche ich im Leben nach Orientierungspunkten. Ich mochte schon immer feste Strukturen, ohne die Variable einer Veränderung, und liebte alles, was mich irgendwie in die richtige Bahn lenkte: Pläne, Routinen, Verstärkersysteme. Der Smileyplan, den meine Eltern für mich in meiner Kindheit ausgearbeitet hatten und der mich entweder mit glücklichen oder traurigen Smileys belohnte, wurde ebenso mein Motor wie die Noten in der Schule. Weil ich mich dann weniger wie eine Ente fühlte, die etwas verloren auf dem Meer trieb und selbst nicht genau wusste, wie sie mit der Wucht der Wellen umgehen sollte. Zu wissen, was von mir erwartet wurde, messbare Leistungen hervorzubringen und mich an geregelte Zeiten und Aufgaben zu halten, half mir dabei, mich an etwas festzuklammern. Mir nicht nur Orientierung, sondern auch Sicherheit zu geben.
Ein simples Konzept, das lange Zeit funktionierte.
Bis ich älter wurde und diese haltgebenden Strukturen von außen aufgeweicht wurden. Plötzlich setzte man auf Selbstständigkeit und mehr Freiräume, und ich war schlagartig zurück auf dem Meer und trieb in den Wellen. War eine Ente, die sich sicher war, nun unterzugehen.
Und dann kam Mark, und er war eine Möwe.
Er strahlte ab dem ersten Tag eine gewisse Sicherheit aus.

Er war älter, selbstsicher und wirkte nie verloren. Es waren diese Eigenschaften, die mich schnell dazu brachten, mich absolut geborgen bei ihm zu fühlen.
Wenn er im Kino für mich die Snacks bestellte, ohne mich vorher zu fragen, was ich wollte, und mir sagte: »Diese Nachos werden dich umhauen, versprochen«, dann glaubte ich ihm. Und er behielt recht.
Wenn er mir sagte: »Die Cola schmeckt viel besser als die Sprite«, dann trank ich die Cola.
Er hatte einfach eine Art an sich, die es mir leicht machte, mich zu entspannen, weil ich mich auf ihn und seine Einschätzungen verlassen konnte. Der Kochkurs, den wir zusammen besuchten und der seine Idee gewesen war, brachte mir ein neues Hobby ein. Die Bluse, die ich für mich nicht in Betracht gezogen hatte, die ihm jedoch so gut gefiel, wurde zu meinem Lieblingsstück. Die Restaurant- und Cafébesuche, bei denen er mich dazu animierte, neue Gerichte zu probieren, die mir immerzu schmeckten, halfen mir dabei, mich zu entwickeln. Selbst bei der Auswahl von Sommerjobs zeigte er sich engagiert und besorgte mir eigenmächtig einen Job in der Gärtnerei seines Onkels, weil er wusste, wie sehr mir die Pflanzen und die Umwelt am Herzen lagen. Als er mir dazu riet, mich an seinem *College zu bewerben, anstatt es bei den Unis, die ich für mich geeignet hielt, zu versuchen, befolgte ich seinen Rat. Weil ich bei ihm sein wollte. Und weil ich seiner Einschätzung, dass die Konkurrenz bei den richtig guten Unis zu groß sei, glaubte.*
Mark gab mir Orientierung. Das dachte ich jedenfalls.
Bis ich irgendwann feststellte, dass der Weg, auf dem wir uns befanden, ganz allein von ihm ausgewählt wurde. Von seinen *Vorlieben,* seinen *Meinungen, und ich war einfach*

mitgelaufen, froh darum, nicht mehr planlos nach links und rechts schauen zu müssen.
Mit der Trennung kam diese Orientierungslosigkeit schlagartig zurück. Als würde ich plötzlich im Wald herumirren, ohne zu wissen, aus welcher Richtung ich gekommen war. Oder als wäre ich in der völligen Dunkelheit gefangen – mitten in dem Sog der Wellen.
Ich tat das Einzige, das mir irgendwie einfiel, und versuchte, mich mit eigenen Plänen und Strukturen über Wasser zu halten. Begann alles, was ich in den Jahren zuvor gelernt hatte, zusammenzutragen, schrieb Listen und suchte mir Aufgaben. Ich ging das Ganze nahezu perfektionistisch an, arbeitete an strengen Routinen und Konzepten, denn nur sie können das Gefühl der Ohnmacht ein wenig lindern und mich etwas besser fühlen lassen. Sie helfen mir dabei, irgendwie die Kontrolle wiederzuerlangen und alles zu vergessen, was passiert ist. Meistens jedenfalls.

Kapitel 14

Ich liebe es, mich für besondere Anlässe zu kleiden, und wähle dann gerne besonders ausgefallene Kleidungsstücke aus, die meine Liebe zur Mode zeigen. Heute habe ich mich angesichts meiner inneren Anspannung für mein Wohlfühlkleid entschieden, dessen Jersey-Stoff mir immer etwas Leichtigkeit verleiht, durch den hochgeschlossenen Kragen jedoch auch für seriöses Auftreten sorgt. Nervös streiche ich darüber, als wir uns alle im Wohnbereich einfinden. Es ist das erste Mal, dass Jasper wieder in meiner Nähe ist. Als ich gestern aus dem *Hopes* kam, hatte ich lediglich eine Nachricht von ihm, dass die letzte Prüfung gut gelaufen sei. Er hat es mir nicht mal persönlich gesagt, und ich konnte ihn nicht darauf ansprechen, weil in seinem Zimmer bereits alles still war und ich ihn nicht wecken wollte.

Jetzt steht er neben mir, aber noch immer sieht er mich nicht richtig an. Am liebsten würde ich ihn dazu bringen, ihn schütteln und ihm sagen, dass er das nicht mit mir machen kann, aber es war nicht der richtige Moment dafür. Lewis hat bereits seine Handykamera gezückt und ist jede Sekunde bereit, die Videoaufnahme zu starten.

»Kann es losgehen?«, höre ich Lewis rufen, dann klopft es dreimal an der Haustür.

Ich setze ein hoffentlich strahlendes Lächeln auf, öffne die Haustür und blicke direkt in die Handykamera. »Willkommen bei Red«, sage ich, »dem wohl bekanntesten Stipendienprogramm an der Lullaby University.«

Wir beginnen mit einer Tour durch unser Wohnhaus, bei

der wir jede Menge Anekdoten erzählen. Meine nächtlichen Backsessions werden erwähnt, die neusten Cookies gezeigt. In meinem Zimmer präsentiere ich meine Nähmaschine, meine Stoffe und ein paar meiner selbst geschneiderten Kleider. Währenddessen schwirrt in meinem Kopf die ganze Zeit dieser Designwettbewerb umher, aber ich höre nicht darauf, sondern fokussiere mich auf das Hier und Jetzt.

Nach mir stellt Hazel sich in ihrem Zimmer vor. Sie hält ihre Wanderschuhe in die Kamera und erzählt davon, dass sie gerne die Schönheit der Natur entdeckt, weil sie es wegen ihrer Lungentransplantation und der zermürbenden Wartezeit auf das Spenderorgan lange Zeit nicht konnte. Es ist das erste Mal, dass sie ihre Krankheit vor den Unternehmen publik macht, und ich bin wahnsinnig stolz auf sie.

Jasper übernimmt danach und führt sogar ein paar Übungen am Boxsack vor – dabei ein Lächeln auf den Lippen. Ich erkenne, dass es nicht so aufrichtig ist wie früher, aber es hat dennoch dieselbe Wirkung. Dieses Gefühl, ihm alles durchgehen lassen zu wollen und mit ihm Pferde stehlen zu können. Oder eine Nacht im Regen zu tanzen …

Mein Herzschlag beschleunigt sich bei diesen Erinnerungen. Gefolgt von Tausenden von Fragen, wieso er mich seitdem meidet. Also konzentriere ich mich wieder auf die Videoaufnahme. Corey ist als Nächstes dran und nimmt uns mit in den Garten zu seinen Hochbeeten.

Dann bin wieder ich an der Reihe, also trete ich nach vorne. »Wir alle haben unterschiedliche Hobbys und Geschichten. Aber alle zusammen haben wir ein Ziel: der Umwelt zu helfen. Deswegen möchten wir Ihnen in der nächsten halben Stunde Einblicke in unser Leben an der Uni geben – in unsere Arbeit, unsere Passion und auch den einen oder anderen spaßigen Moment. Folgen Sie mir bitte.«

Wir lächeln in die Kamera, dann gibt es einen Cut.

Erleichtert atme ich aus. »Das war gut, oder?«

»Wir können ja mal draufgucken«, schlägt Lewis vor. »Falls irgendetwas mit Ton oder Bild nicht stimmt, könnten wir es noch mal neu drehen.« Er verbindet sein Handy mit meinem Tablet und spielt die ersten Minuten ab.

»Richtig gut geworden«, kommentiert Jasper und klopft seinem Bruder anerkennend auf die Schulter, woraufhin Lewis rote Ohren bekommt. »Du bleibst doch unser Kameramann, oder?«

»Wenn ihr wollt.«

»Klar.« Hazel gibt ihm einen Kuss. »Dafür hat er sich einige Abendessen bei uns verdient.«

»Jede Menge«, bestätigt Corey. »Wobei ich für die Abende, an denen dein Bruder kocht, nicht garantieren kann.«

»Haha«, erwidert Jasper, ihm entweicht ein kleines Lachen.

»Wann geht es denn weiter?«, will Lewis wissen.

»Nächstes Wochenende? Warte, wir haben einen Zeitplan«, sage ich und schicke ihm den Plan aufs Handy. Lewis geht ihn nickend durch.

»Einiges davon ist wetterabhängig«, stellt er fest. »Haben wir genug Puffer?«

»Sollten wir haben«, meint Corey.

»Gut. Bekommen wir hin.« Lewis lächelt vorsichtig, und wir danken ihm noch mal. Dann planen Hazel und Corey das Abendessen, ich hingegen ziehe mich zurück. Nicht nur, um den ersten Videodreh zu verarbeiten, sondern auch, weil Jaspers Nähe mich innerlich genauso sehr aus dem Konzept bringt wie meine sich im Kreis drehenden Gedanken zu dem Wettbewerb.

Wenig später sitze ich auf meinem Bett und betrachte meine Designs der letzten Monate. Muster für Muster, Hunderte von Ideen für nachhaltige Kleidung. Jedes dieser Designs ruft nach mir und fühlt sich gut an, und doch sehe ich beim Gedanken an den Wettbewerb voller Zweifel darauf. Zweifel, ob ich so weit bin. Es gibt immer etwas zu verbessern, immer etwas, was ich dazulernen kann. Eine Kooperation mit Zade Washington würde meine Lernkurve geradewegs zum Explodieren bringen … aber wie hoch ist die Wahrscheinlichkeit, dass das passiert?

Mark hat nie an meinen Traum geglaubt, und manchmal bin ich mir nicht mal sicher, wie sehr ich selbst es tue. Es fühlt sich so weit entfernt an, fast unerreichbar.

Ich greife nach meinem Handy, rufe wieder den Instagrampost mit der Wettbewerbsankündigung auf. Fünfhunderttausend Likes, das ist die erschreckende Realität, der ich mich stellen muss. Mindestens fünfhunderttausend Leute haben diesen Beitrag gesehen und ziehen ihn für sich in Betracht. Wenn die Studierenden hier an der LBU darüber sprechen, wie schwer es ist, an ein Stipendium zu kommen, weil die Konkurrenz so hoch ist … wie hart ist dann ein Wettbewerb, der eine derart hohe Reichweite erzielt?

Ich komme nicht dazu, weiter auf den Post zu starren, denn es klopft. Kurz darauf tritt Jasper ein. Sein Anblick lässt mich das Handy weglegen. Nervosität macht sich in mir breit, als ich ihm in die Augen sehe und registriere, dass sie heute dunkler wirken. Vielleicht ist es auch nur eine Reaktion auf meine Irritation, die mir sicher ins Gesicht geschrieben steht. Nach den letzten Tagen habe ich nicht erwartet, ihn hier zu sehen.

»Störe ich?«, fragt er und fährt sich dabei unsicher durch die Haare, wie man es sonst selten bei ihm sieht.

»Nein«, sage ich und versuche, meine Atmung unter Kontrolle zu bekommen. Aber dass er auf mich zukommt ist immerhin ein Schritt in die richtige Richtung. Vielleicht erfahre ich nun endlich, wieso er mir aus dem Weg gegangen ist.

»Komm rein.«

Er schließt hinter sich die Tür, doch er bleibt am Türrahmen stehen, lehnt sich dagegen. »Ich wollte nur fragen, ob alles in Ordnung ist. Es ist ungewöhnlich, dass du nicht beim Abendessen bist.«

»Ich habe gut gefrühstückt, weißt du.«

Jasper lächelt schwach. »Lügnerin.«

Ich verziehe das Gesicht.

»Schätze, es liegt an mir, hm?«, fragt Jasper. Das Seufzen, das daraufhin folgt, könnte nicht schwerer sein.

»Mir ist zumindest nicht entgangen, dass du mir aus dem Weg gehst.«

Jasper fährt sich erneut durch die Haare und löst damit ein paar Strähnen, die ihm ins Gesicht fallen. Er wirkt nicht so traurig und nachdenklich wie nach unserem Tanz im Regen, eher gequält, wie an dem Tag unseres Deals. Als er den Schmerz, den er in sich trägt, endlich dabei war rauszulassen. Auszusprechen.

Er deutet auf meine Matratze und den freien Platz neben mir. »Darf ich?«

Ich nicke, sehe zu, wie er die Unterlagen ein wenig zur Seite schiebt und sich setzt. Die Matratze gibt unter seinem Gewicht etwas nach. Unsicher rutsche ich in eine andere Position. Trotz eineinhalb Jahren Freundschaft saß er bislang nie auf meinem Bett, schon gar nicht so dicht neben mir, dass ich jede seiner feinen, langen Wimpern sehen kann. Oder die blaue Schattierung seiner Augen, deren gequälter Ausdruck nun nicht mehr nur ein Gefühl, sondern Fakt ist.

»Ich sag ja … ich versaue alles«, beginnt er mit rauer Stimme, als würde ihm ein Kloß im Hals feststecken.

»Wenn ich irgendetwas gemacht habe. Wenn ich dich zu sehr gelöchert habe mit meinen Fragen …«

»Das ist es gar nicht«, erwidert Jasper. »Du hast gar nichts gemacht. Du bist –« Sein Adamsapfel hüpft, als er schwer schluckt. »Die Stunden mit dir sind die einzigen Momente, in denen sich alles normal anfühlt. In denen ich nicht innerlich durchdrehe, oder noch schlimmer: mich leer fühle.«

Seine Worte legen sich direkt unter meiner Haut ab, bringen mein Herz schneller zum Schlagen, aber sie verwirren mich auch. »Dann verstehe ich noch weniger, wieso du mich gemieden hast.«

Jasper seufzt, mehrfach setzt er an und bleibt dann doch stumm. Was auch immer er für einen Kampf austrägt: ich lasse ihm Zeit. Dränge ihn nicht.

»So gut ich mich fühle, wenn wir zusammen sind … und lachen. Im Regen tanzen«, sagt er und grinst, wird aber sofort wieder ernst. Blasser. »Es macht mir manchmal auch ein schlechtes Gewissen.«

»Wegen Maggie?«, frage ich leise.

Jasper nickt, seine Finger spielen mit einem meiner Stifte. »Immer, wenn ich wieder glücklich bin – und sei es auch nur für ein paar Minuten –, dann denke ich daran, dass sie tot ist, und dann bleibt mir dieses Glück regelrecht im Hals stecken. Das führt dann dazu, dass ich mich sofort wieder schlecht fühle. Und dann spiele ich wieder alles in meinem Kopf durch.«

Plötzlich steht er wieder auf, tigert im Raum hin und her.

Es lässt mich unruhig zurück, aber immerhin verlässt er das Zimmer nicht. Immerhin bleibt er.

»Es gibt so vieles, was ich ihr noch sagen will, so vieles, was ich sie fragen muss. Weil ich es nicht mehr ertrage, mögliche Antworten darauf nur in meinem Kopf durchzuspielen. Und weil ich keine Lust mehr darauf habe, ein schlechtes Gewissen zu haben, wenn ich lache. Oder wenn Maggie mal nicht meine Gedanken dominiert.«

Ich verstehe nur die Hälfte von dem, was er sagt, aber ich unterbreche seinen Redefluss auch nicht. Lieber lässt er es ungefiltert raus, als dass er wieder dichtmacht.

»Ich habe sie wirklich geliebt, Lou. Ich weiß, die meisten hier an der Uni glauben, dass sie nur eine Affäre war, und ich kann es ihnen nicht mal verübeln. Aber sie kannten Maggie eben auch nicht auf die Weise, wie ich sie kannte. Oder wie ich dachte, sie zu kennen. Vermutlich sollte ich endlich aufhören, mir so viele Gedanken zu machen. Es ist die Vergangenheit … egal, wie es war – ich kann es ja doch nicht ändern.«

Wieder so viele kryptische Andeutungen, die ich nicht greifen kann.

»Du *dachtest* nur, sie zu kennen? Wie meinst du das?«

»Als Maggie sich für die Stelle an der San Francisco States University entschieden hat, hätte es mir klar sein müssen.«

»Was denn?«, hauche ich beinahe.

Es fühlt sich an, als würde Jasper dieses Phantom, das Maggie in den letzten Wochen immer für mich war, endlich mit Leben füllen, und doch sehe ich sie unscharf. Ich habe eindeutig zu wenig Informationen, um Jaspers Gedankengängen zu folgen.

»Sie hat mich nie so geliebt, wie ich es getan habe«, spuckt Jasper förmlich aus.

Erschrocken gehe ich ein paar Schritte auf ihn zu. »Ich bin sicher, dass das nicht stimmt. Ihr wart doch neun Monate zusammen …«

»Neun Monate voller Lügen«, sagt Jasper so heftig, dass ich kurz zusammenzucke. Tränen schimmern in seinen Augen. »All die Streitigkeiten, weil sie wollte, dass wir unsere Beziehung verheimlichen. Sie hat immer gesagt, dass sie sich vor Konsequenzen für ihre Karriere fürchtet, also habe ich es geschluckt und bin eingeknickt. Auch wenn jeder Tag, an dem ich meine Gefühle für sie vor allen – selbst vor meinen engsten Freunden – verheimlichen musste, wie ein Messerstich ins Herz war. Mit jedem Tag habe ich mich mehr gefragt, ob es wirklich daran liegt, dass sie sich um ihre Karriere gesorgt hat, oder ob es vielleicht eher daran lag, dass sie sich für mich und unsere Beziehung geschämt hat.«

»Jasper«, sage ich sanft, lege ihm eine Hand auf den Arm. »Niemand würde sich für dich schämen. Du bist gut aussehend, klug, charmant. Die meisten würden sich darum reißen, nur mal mit dir zu reden, geschweige denn, Dates mit dir zu haben. Soll ich dir die Liste der Frauen aufzeigen, die du nur innerhalb eines Jahres ausgeführt hast?«, frage ich und schlucke den kleinen Tropfen Verbitterung hinunter, weil ich bei all diesen Verabredungen Zeugin war. »Andere erreichen das in der gesamten Studienzeit nicht.«

»Alles unbedeutend«, krächzt er. Kurz starrt er ins Nichts, wirkt verloren in diesem Augenblick. Seine Tränen schimmern im Licht der Deckenlampe, hinterlassen eine Spur auf seinen Wangen und verfangen sich in den Haarsträhnen, die ihm ins Gesicht hängen. Ein trauriger, aber auch wunderschöner Anblick, weil es bedeutet, dass er es endlich nicht mehr in sich hineinfrisst.

»Ich bin im Januar nach San José gefahren.«

Verdutzt öffne ich den Mund. San José? Der Ort, an dem Maggie nach ihrem Unfall verstorben ist?

»Davon wusste ich nichts …«

»Niemand wusste davon. Nicht mal Lewis.«

»War es das Wochenende, an dem du behauptet hast, dass du wegen eines deiner Essays zur Recherche nach Klamath Falls reist?«

Er weicht meinem Blick aus. »Ich konnte nicht anders … mir ging es einfach nicht aus dem Kopf, wieso sie in der Nähe von San José war, wo sie doch eigentlich den Job in San Francisco hatte. Und noch weniger habe ich verstanden, wieso sie auch in San José beerdigt wurde, wenn ihre Familie doch aus Chicago kam.«

Mein Magen verkrampft sich. Allein Jaspers Aussagen der letzten Wochen lassen mich erahnen, wohin dieses Gespräch führt. Auch wenn ich hoffe, dass ich unrecht habe. Er hat genug durchgemacht, er sollte sich nicht auch noch mit solchen Fragen herumschlagen müssen.

»Sie war verlobt«, übertrifft er meine Befürchtungen noch. »Ich habe mit dem Bestattungsunternehmen gesprochen, und der Bestatter meinte, dass ihr Verlobter die gesamte Bestattung organisiert und bezahlt habe. Ein Verlobter! Und jetzt sag mir noch mal, dass ihre Liebe zu mir echt war, Lou.«

Die Tränen, die er bis eben noch zurückhalten konnte, rinnen ihm nun unkontrolliert die Wangen hinab. Ich tue das Erste, was mir einfällt, um für ihn da zu sein, und ziehe ihn in meine Arme. Halte ihn, während er weint. Während ich spüre, wie sein Herz noch mal zerbricht, weil es sicher noch realer wird, jetzt, wo er es auszusprechen gewagt hat. Jetzt, wo er endlich sagt, was ihn schon so lange quält. Nicht nur Maggies Tod, die damit verbundenen Gerüchte, sondern die Tatsache, dass er jeden Tag aufs Neue mit der Frage konfrontiert wird, ob die Beziehung zu seiner ersten großen Liebe echt war oder ob er die ganze Zeit belogen wurde. Jetzt verstehe ich, woraus sein persönliches Gedankenkarussell besteht. Wieso er nicht schlafen, sich nicht richtig konzentrieren kann. Sicher geht er im Kopf all die Momente, all die Puzzleteile ihrer Beziehung durch und analysiert sie mit diesem Wissensstand neu – sucht nach dem Faktor X. Nach Hinweisen auf Lügen, auf die Glaubwürdigkeit ihrer Gefühle, einen Verlobten.

Er löst die Umarmung, rückt jedoch nicht von mir ab. »Umso alberner ist es, dass ich dennoch denke, dass ich Maggie irgendwas schuldig wäre. Dass ich mich schlecht fühle, nur weil ich Spaß habe. Während sie vermutlich –« Er schüttelt verbittert den Kopf.

»Es tut mir so leid, dass du das durchmachen musst.«

Jasper nickt traurig. »So ist manchmal das Leben, oder? Voller unerwarteter Wendungen.«

»Willst du weiter nachforschen? Was es mit diesem Verlobten auf sich hat?«

»Ich weiß es nicht. In Bezug auf Maggie kann ich nicht klar denken. In den letzten Wochen habe wirklich oft darüber nachgedacht, diesen Verlobten aufzuspüren. Ich würde hinfahren und meine Antworten zur Not aus ihm herausprügeln, damit ich endlich weiß, was Sache ist. Damit ich endlich Frieden finden kann. Aber ehrlich gesagt weiß ich nicht mal genau, was mir die Antworten auf meine Fragen bringen würden. Würde es mir überhaupt helfen? Mich vielleicht nur noch mehr zerstören? An den Umständen, dass Maggie und ich uns getrennt haben und sie gestorben ist, ändert es ja nichts.«

»Nein …«, flüstere ich. »Daran würde es nichts ändern.« Schwer zu sagen, ob ich selbst diese Antworten haben wollen würde. Wenn Jasper herausfindet, dass alles ein Missverständnis war und Maggie ihn nie betrogen hat, würde es ihm eine Last abnehmen. Es würde ihm zeigen, dass die Liebe, die er bei Maggie gespürt hat, real war, und nicht mehr sein Urteilsvermögen anzweifeln. Auch wenn es Maggie nicht zurückholen würde, wäre dann immerhin das Andenken an ihre gemeinsame Zeit nicht beschmutzt. Es wäre sicher ein Befreiungsschlag. Wenn Jasper hingegen recht hat, wenn sie wirklich nur mit ihm gespielt hat und in Wirklichkeit einen Verlobten hatte, würde das alles ändern. Alles, was er je für sie empfunden, alles, was er mit ihr erlebt hat, würde infrage gestellt werden. Und ich weiß nicht, ob es wirklich helfen würde, das zu wissen. Für immer mit dem Wissen leben zu müssen, ohne es mit Maggie direkt besprechen zu können.

Aber würde ich selbst die Ungewissheit aushalten?

»Ich will einfach irgendwie weitermachen«, fährt Jasper fort. »Ich will mit der Wut, der Trauer und all meinen Fragen umzugehen lernen.« Fahrig fährt er sich übers Gesicht, geht wieder ein paar Schritte. Einige Sekunden ist es still, dann sieht er mich gequält an. »Ich wollte dir nicht aus dem Weg gehen«, sagt er erneut. »Und das hier – dieser kleine Nervenzusammenbruch – war ganz sicher auch nicht geplant.«

»Vielleicht ist es gut, dass du es einfach mal jemandem erzählt hast.«

»Vielleicht. Aber ehrlich gesagt fühle ich mich jetzt richtig im Eimer. Ich habe keine Lust mehr, daran zu denken.«

Er geht wieder im Raum umher, sein Blick bleibt an den Unterlagen auf meinem Bett hängen. »Wobei habe ich dich da gestört?«

»Ach, nichts weiter.«

Eine Augenbraue schnellt nach oben. Er geht aufs Bett zu, setzt sich wie selbstverständlich wieder darauf. »Deine Skizzen«, sagt er mit neuem Elan. Vermutlich gefällt ihm der Gedanke, nun nicht mehr im Zentrum der Aufmerksamkeit zu stehen. »Ganz schön viele.«

»Alles, was sich in den letzten Monaten so angesammelt hat.« Ich setze mich neben ihn. Nachdem er so offen zu mir war, fühlt es sich falsch an, mich selbst zu verschließen. Trotzdem werden meine Hände feucht, als ich zum Sprechen ansetze. »Da gibt es diesen Wettbewerb. So eine Sache, die Reese gefunden hat.«

»Ein Designwettbewerb?«, rät Jasper.

»Mit Preisgeld. Der erste Platz darf danach mit einem ziemlich unglaublichen Designer zusammenarbeiten. Aber bevor du etwas sagst: Ich weiß noch nicht, ob ich mitmache. Der Beitrag auf Instagram hat schon fünfhunderttausend Likes. Wenn sich nur ein Drittel davon bewirbt, dann …«

»Dann willst du es nicht mal versuchen?«, fragt Jasper enttäuscht. »Du hast doch nichts zu verlieren.«

Wenn er da mal nicht falschliegt. Es fühlt sich an, als könnte ich damit alles verlieren. Alles riskieren.

Ich schweige und schüttle nur den Kopf.

Nachdenklich mustert er mich. So, dass ich seinem Blick ausweiche, weil er all die Zweifel in meinem Kopf nicht sehen soll.

Dann grinst er plötzlich. »Ich habe eine Idee. Kannst du dir morgen ein bis zwei Stunden freischaufeln? Und ein paar deiner selbst genähten Sachen heraussuchen, die du besonders gut findest?« Ich nicke perplex. Er berührt meine Schulter, verharrt einen Moment. Dann steht er auf und macht Anstalten, zur Tür zu gehen.

»Was hast du vor?«

»Ein Abenteuer der anderen Art«, erwidert er. Mit dieser kryptischen Antwort lässt er mich zurück. Mich und mein verrücktspielendes Herz.

Kapitel 15

Nervös ist kein Ausdruck für das, was ich empfinde, während ich mit Jasper im Bus sitze. Ich bin ein noch größeres Nervenbündel als bei unserem letzten Ausflug, denn da wusste ich immerhin, dass es sich um einen normalen Ausflug handeln würde. Mit ein paar meiner designten Klamotten im Gepäck, bin ich mir nun ganz und gar nicht sicher, was mich erwarten wird. Und Jaspers zufriedenes Lächeln hilft mir auch nicht weiter.

Wir steigen an der Haltestelle in Juniper aus, Jasper zieht den Koffer mit meinen Kleidungsstücken hinter sich her. In der größten Stadt in Lullabys Umgebung gibt es eine Shopping Mall, ein paar Restaurants und Bars sowie ein richtiges Nachtleben, das man in Lullaby vergeblich sucht.

Jasper steuert zielsicher die Mall an. Schon ragt sie mit dunkelblauem Anstrich vor uns auf und verspricht ein unvergessliches Shoppingerlebnis auf zwei Stockwerken. Hier finden sich Essensstände, Modeläden, eine Zoohandlung und sogar ein Geschäft für Stoffe und Nähzubehör, in dem ich ab und zu stöbere. Er hat doch nicht vor, meine Sachen Gina, der Verkäuferin, zu zeigen, oder? Gina ist nett, sie würde sie sicher wertschätzen, egal, was sie in Wahrheit von meiner Kollektion dächte.

»Warte kurz«, bittet mich Jasper und hält vor einem Donut-Stand inmitten der Mall an. »Ich bin gleich zurück.«

Ich habe es aufgegeben, ihn zu fragen, was er vorhat. Er will mich schließlich überraschen. Trotzdem wundere ich mich, als er mich einfach stehen lässt und samt Koffer aus meinem Sichtfeld verschwindet. Ich scanne mein Umfeld ab. Eine Frau mit Kinderwagen, ein Vater, der mit seiner kleinen Tochter ein Eis isst. Ein paar Leute in meinem Alter, die Smoothies trinken und sich gegenseitig aufziehen. Wie jedes Wochenende ist die Mall voller Menschen. Leise Musik dringt aus den Läden, dazu mischt sich die Geräuschkulisse der Unterhaltungen. Mir ist die Mall manchmal zu viel, aber heute lasse ich mich einfach darauf ein. Kurz entschlossen kaufe ich mir einen Donut mit dunkler Schokoglasur und Oreo-Krümeln, der nicht nur himmlisch duftet, sondern auch unglaublich gut schmeckt. So genieße ich die Wartezeit und halte immer wieder Ausschau nach Jasper, sehe ihn jedoch nicht. Dabei warte ich inzwischen sicher schon fünfzehn oder zwanzig Minuten.

Plötzlich wird die Hintergrundmusik lauter. Einige recken die Köpfe in Richtung der Boxen, runzeln die Stirn. Ich tue es ihnen gleich, beiße dann jedoch schulterzuckend von meinem Donut ab. Wobei ich mich fast verschlucke, als kurz darauf Jaspers Stimme durch ebendiese Boxen dringt.

»Hallo, Juniper, und herzlich willkommen zu einem ganz besonderen Event. Ich habe die große Ehre, euch eine Nachwuchsdesignerin vorzustellen, die nicht nur ein Händchen für tolle Stoffe hat, sondern nebenbei auch noch auf die Umwelt achtet. Ich möchte euch hier ein paar ausgewählte Kleidungsstücke präsentieren und hoffe auf ehrliches Feedback und etwas Stimmung. Kommt schon, jubelt für mich und vor allem für die Designerin: Lou Simson!«

Ich bin mir sicher, dass ich gerade dunkelrot anlaufe. Hitze schießt in meine Wangen, der Donut liegt mir plötzlich schwer im Magen, und ich habe das Gefühl, dass mich alle anstarren, obwohl niemand ahnen kann, dass ich diese Lou Simson bin. Die Musik wird noch lauter, wechselt von dudeliger Fahrstuhlmusik zu modernen Bässen. Eindeutig ausgewählt von Jasper, der nun auf mich zugeht, das Mikro in der Hand. Wo auch immer er das aufgetrieben hat. Und wieso hat er die Kontrolle über die Musik? Wie hat er das angestellt?

»Was tust du?«, zische ich.

Einige Leute haben sich um uns versammelt und scheinen nun zu verstehen, dass ich Lou bin, denn sie reden offenkundig über mich.

»Da kommt auch schon das erste Model«, sagt Jasper übers Mikro. Ich drehe meinen Kopf, und tatsächlich: Eine junge Frau trägt eines meiner Kleider. Es sitzt bei ihr nicht ganz so perfekt wie an mir, immerhin ist es für meine Sanduhrfigur maßgeschneidert, aber es betont dennoch ihre Kurven und schmiegt sich an ihren Körper an. Sie lässt ihre Afrolocken wippen, als sie mir einen Kussmund zuwirft und sich für ihr Publikum dreht, als hätte sie es jahrelang geübt und nun endlich die Chance, es zu zeigen. Dabei strahlt sie bis über beide Ohren, als wäre das hier ein ganz besonderer Moment für sie. Gut gelaunt winkt sie den Leuten zu, die sich inzwischen in Scharen um uns versammelt haben. Das Ganze ist surreal, und ich bin überfordert, aber es wächst auch so etwas wie Stolz in mir.

Die nächste Frau nähert sich, das nächste Kleidungsstück. Diesmal kenne ich die Trägerin vom Sehen, denn sie ist ebenfalls Studentin an der LBU, soweit ich weiß, in Jaspers Jahrgang. Hat er das also wirklich geplant? Hat er Studentinnen angeheuert, denen meine Kleidung passt, mit der Mall gesprochen, sich das Mikro besorgt? Ich bin noch ein wenig überfahren, aber auch sehr gerührt. Langsam entspanne ich mich ein bisschen, als alle klatschen, lächeln, Fotos machen.

Die Show dauert zwanzig Minuten, weil Jasper die Frauen immer und immer wieder eine Runde drehen lässt, bis sich alle von sämtlichen Seiten präsentiert haben.

»Und, was sagt ihr?«, fragt Jasper ins Mikrofon. »Wäre es nicht toll, genau so einen Style hier in Juniper kaufen zu können? Kollektionen, die nicht unter würdelosen Bedingungen, sondern mit fair gehandelten, nachhaltigen Stoffen in Handarbeit gefertigt werden? Sind die Designs nicht großartig?«

Die Leute klatschen erneut, und zustimmende Rufe werden laut.

»Dann lasst das die Designerin hören.« Er geht auf mich zu, weist mit einer großen Geste auf mich. »Zeigt ihr, wie toll ihre Mode ist!«

Die Menge wird noch lauter. Ich versuche zu lächeln, was einerseits leicht ist, weil dieser Moment unglaublich ist, und gleichzeitig anstrengend, weil ich viel zu überwältigt bin.

»Wohoo!«, ruft Jasper. »Danke, dass ihr bei unserer kleinen Show zugesehen habt. Lou präsentiert ihre Mode übrigens auf ihrem Instagram-Account *simsonatty*. Schaut doch mal vorbei!«

Schnell schnappe ich mir das Mikro: »Ähm … die Seite ist etwas eingestaubt. Hab schon lange nichts mehr gepostet.«

»Vielleicht ist es jetzt an der Zeit, das zu ändern«, entgegnet Jasper grinsend. »Vielen Dank und einen schönen restlichen Shoppingtag.«

Er gibt ein Handzeichen an jemanden, den ich nicht sehen kann, woraufhin die Musik herunterfährt und nun nur noch im Hintergrund läuft. Langsam löst sich die Menschentraube auf. Einige der Frauen, noch immer in meinen

Klamotten, umarmen sich schwungvoll und kommen auf mich zu, um mich ebenfalls zu drücken.

»Das war so cool«, jubelt eine von Ihnen. »Danke, dass ich mitmachen durfte.«

»Kann man die Sachen irgendwo kaufen?«, erkundigt sich die Studentin, die ich erkannt habe. »Es ist selten, dass für uns kurvige Frauen so schöne Sachen produziert werden.«

»Ich würde so was auch tragen.«

Ein paar Zuschauer gesellen sich dazu und fragen ebenfalls nach der Kleidung. Ich kann es nicht fassen. Mit so einer Resonanz hätte ich nie gerechnet.

»Aktuell verkaufe ich leider noch nichts. Das lässt die Zeit neben meinem Studium einfach nicht zu.«

»Schade. Aber wenn sich das ändert, wirst du das doch bei Instagram ankündigen?«

»Ja. Das lässt sich einrichten.«

»Klasse. Ich folge dir.« Tatsächlich holt sie direkt ihr Handy heraus, um mein Profil zu suchen. Ein paar andere tun es ihr nach. Ich stehe da, sehe ihnen zu, höre ihre Komplimente und genieße die Wärme, die durch meine Adern fließt.

Wir plaudern noch eine halbe Stunde, danach geben mir die Models die Kleidungsstücke zurück. Ich umarme jede von ihnen, weil sie mitgemacht und mir diesen Moment ermöglicht haben.

Jasper schnappt sich den Koffer mit der Kleidung, dann sieht er mich grinsend an. »Wenn das kein Abenteuer war …«

»Das war eher so was wie Cinderella, die endlich zum Ball durfte«, erwidere ich. »Wie hast du das so schnell auf die Beine gestellt?«

»Das erzähle ich dir bei einem Eis. Hast du Lust?«

»Auf Eis immer«, antworte ich, zumal die Eisdiele in der Mall hausgemachte vegane Sorten herstellt. Jedes Mal ein Genuss. Wir bestellen uns beide Haselnusseis, dann setzen wir uns auf eine der Bänke. Um uns herum hat wieder der Shopping-Alltag eingesetzt, als hätte es diese kleine Modenschau nicht gegeben, auch wenn der Stolz, den ich tief in mir spüre, der Beweis dafür ist, dass ich das alles nicht nur geträumt habe. Den Leuten hier meine Mode zu präsentieren, einfach so, das war ein unbeschreibliches Gefühl.

»Also?«, will ich wissen. »Wie hast du das angestellt?«

»Ein paar Anrufe, ein paar Bitten«, sagt er, als wäre das eine Kleinigkeit gewesen. »Die meisten waren sofort begeistert. Ich habe Nancy angehauen, weil ich wusste, dass sie so was schon immer mal machen wollte. Sie hat dann Freundinnen Bescheid gesagt, und schon hatten wir genug Models zusammen.«

»Und die Mall? Wie hast du die Verantwortlichen überzeugt?«

»Ach, das war auch nicht so schwer. Ich habe nur ein paar Leuten versprochen, ihre Kinder in der LBU rumzuführen.«

»Das hättest du nicht tun müssen«, sage ich verlegen.

»Aber ich bin froh, dass ich es gemacht habe. Das war es wert.«

»Ich bin auch froh«, murmle ich, schlucke schwer. »So was hat noch nie jemand für mich gemacht.«

»Dein Traum von diesem Modelabel hat es verdient. Und … du auch.«

Mit einem Augenaufschlag sehe ich Jasper an. Betrachte die Haare, die heute etwas unordentlich zusammengebunden sind. Die Lippen, die zu einem sanften Lächeln geformt sind und die ich so verdammt anziehend finde.

»Du hast gefragt, wieso ich nicht beim Wettbewerb mitmache«, sage ich leise. »Wieso ich daran zweifle, es zu tun.«

Er entgegnet nichts, als wüsste er genau, dass er meine unerwartete Entschlossenheit, mit ihm darüber zu sprechen, damit niederschmettern könnte. Und doch, nach allem, was Jasper für mich getan hat, schulde ich ihm Ehrlichkeit. Ohne Scham, ohne mich verletzlich zu fühlen. Einfach nur die Wahrheit.

»Ich habe einen Ex-Freund … Mark. Irgendwie ist es so wie mit dir und Maggie: Ich rede nicht gerne über ihn. Eigentlich tue ich es nie, obwohl es schwer ist, ihn aus meinem Kopf zu verbannen.«

»Weil du ihn noch liebst?«, fragt Jasper.

»Nein«, erwidere ich wahrheitsgemäß. »Weil er mich fast zerstört hat. Mich und meine Träume.« Ich seufze leise. Dieses ganze Chaos in Worte zu pressen erscheint mir unmöglich. »Er war für drei Jahre meine wohl wichtigste Bezugsperson, und er hat nicht an meinen Traum vom Modedesign geglaubt«, erkläre ich. »Er hat mir immer das Gefühl gegeben, dass es nie mehr sein kann als ein Hobby, und irgendwann habe ich angefangen, ihm zu glauben.« Jasper setzt zum Sprechen an, aber ich bin schneller. »Ich weiß, dass ich nicht darauf hätte hören sollen«, presse ich hervor. »Rational gesehen weiß ich das. Aber immer wieder seine Meinung dazu zu hören hat Spuren in mir hinterlassen, die ich nicht so schnell verwischen kann.«

»Und deswegen willst du nicht an dem Wettbewerb teilnehmen?«

»Vielleicht«, sage ich nachdenklich. »Ich weiß, dass ihr mich alle für ziemlich unbesiegbar haltet. Die Powerfrau, die alles hinbekommt. Aber ich habe Angst davor, herauszufinden, dass mein Ex recht hatte und ich es nicht schaffe.«

»Du hast Angst zu scheitern. Das verstehe ich … aber du lässt zu, dass diese Angst – dass die Meinung deines Ex-Freunds – dir eine Chance vermasselt und sich zwischen dich und deinen Traum stellt.«

Er trifft damit ins Schwarze. Ich spüre es mit einem Stich im Herzen. »Wenn du das so sagst, klingt es ziemlich unklug.«

»Es klingt falsch«, meint Jasper. Er beißt nachdenklich in seine Eiswaffel. Ich tue es ihm gleich, kaue, schweige. Lasse mir seine Worte durch den Kopf gehen.

»Du hast gesagt, dass du aus der Komfortzone willst. Also, worauf wartest du? Nimm das Abenteuer an, das sich dir bietet. Im schlimmsten Fall kommst du nicht weiter, aber das bedeutet nicht, dass aus deinem Traum nichts wird. Es bedeutet nur, dass du ernsthaft versucht hast, ihn zu erfüllen.«

Ich starre auf das Schaufenster gegenüber, in dem die neuste Mode ausgestellt wird. Kurz flackert ein Bild vor meinem inneren Auge auf: meine eigenen Designs dort an Schaufensterpuppen. An welchen, die nicht aus Kunststoff oder Polyethylen, sondern aus nachhaltigen Stoffen wie Holz oder Altmetall sind. Und an welchen, die sämtliche weiblichen Formen – kurvig, klein, groß und schlank – zeigen, nicht nur die eine Figur. In einem Laden, der genaue Infos über die Produktion und die verwendeten Stoffe offenlegt. Einem, der erklärt, wieso diese im Vergleich zur Fast Fashion der Umwelt dienen, anstatt sie zu zerstören. Aufklärung, Umweltschutz und Mode. Meine Leidenschaften vereint. Ich sehe es genau vor mir. Ich will loslaufen und nicht mehr nachdenken. Nicht mehr auf Mark hören.

Was, wenn ich mich einfach trauen muss?

»Ich will da mitmachen«, sage ich leise.

»Das solltest du auch. Wirklich.«

Ich sehe Jasper an, suche nach den Zweifeln in seiner Miene, die ich einst bei Mark gesehen habe. Aber da ist nur dieselbe Aufregung, die in mir heranwächst. Dieselbe Entschlossenheit.

»Ich mache mit«, sage ich nun so bestimmt, wie ich nur kann.

Das Grinsen, das Jasper mir zuwirft, ist so strahlend, wie ich es von früher kenne. Einnehmend, jungenhaft, selbstbewusst.

»Verdammt«, stößt er aus. »Ja, das machst du auf jeden Fall, Lou! Wenn nicht du, wer dann?«

Liebes Tagebuch,

als Kind habe ich mir oft die Frage gestellt, ob ich Talent besitze. Irgendetwas, das ich außergewöhnlich gut kann, irgendetwas, für das ich vielleicht sogar Anerkennung bekommen könnte. Die Wahrheit ist, dass ich mich schon seit meiner frühsten Kindheit danach gesehnt habe, in irgendetwas so gut zu sein, dass ich mich damit identifizieren kann. Vielleicht lag es daran, dass mein Dad sein Hobby zum Beruf gemacht hat und Bildhauer geworden ist. Vielleicht lag es daran, dass ich meine Mutter im Vergleich immer eher als langweilig empfunden habe – nicht sie, vielmehr ihr Leben. Ein normaler Bürojob, ein normaler Haushalt, keine wirklichen Hobbys. Da kam mir das Leben meines Vaters wesentlich spannender vor, wenn er

beim Abendessen mit leuchtenden Augen von seinen neuen Aufträgen erzählt hat. Es waren die Momente, in denen ich wusste, dass ich mir nicht nur ein besonderes Talent wünsche, sondern auch eine Leidenschaft, und es hat lange gebraucht herauszufinden, was zum Teufel es sein könnte. Fürs Cheerleading war ich nie der Typ, ebenso wenig für Akrobatik oder Tanzen. Baseball? Bereits in der ersten Stunde hatte ich ein Trauma, nachdem ich einen der Bälle gegen mein Brustbein bekommen hatte. Danach waren Football, Fußball und Volleyball ebenfalls ausgeschieden.
Als ich zehn Jahre alt war, fand ich dann heraus, was ich machen wollte. Mehr durch Zufall, während meine Grandma auf mich aufpasste und vor dem Fernseher eingeschlafen war. Ich nutzte die Gelegenheit und zappte mich durch die Programme. Schließlich blieb ich an einem Shoppingkanal hängen, der gerade die neuste Nähmaschine präsentierte. Meine Augen mussten in diesem Moment denen meines Vaters geglichen haben, wenn er über sein neustes Projekt sprach. Es war wie in diesen Filmen, wenn das Objekt der Begierde von oben angestrahlt wird und ein engelsgleicher Gesang ertönt. Eine Offenbarung.
Eine Woche später schrieb ich meinen Geburtstagswunsch auf: eine Nähmaschine. Meine Mutter glaubte zunächst nicht wirklich daran, dass ich sie auch nutzen würde. Doch nach langem Betteln und Flehen bekam ich schließlich eine. Nicht die überteuerte vom Shoppingkanal, nur eine gebrauchte vom Flohmarkt, die etwas schwerfällig in der Bedienung war, aber es hinderte mich nicht daran, ab da jeden Tag zu nähen. Erst waren es nur halbgare Versuche, dann irgendwann wurde es zielgerichteter. Je älter ich wurde, umso intensiver übte ich. Stundenlang, bis die Finger krampften und sämtliche Stoffe, die ich im Haus hatte auf-

treiben können, vernäht waren. Meine Mutter schimpfte lautstark, nachdem ich einen der Tischläufer zu einem Rock umfunktioniert hatte, ohne vorher zu fragen. Aber nichts hielt mich auf, denn ich spürte sie: die Leidenschaft. Und auch ein gewisses Talent. Die nötige Fingerfertigkeit, ein Händchen für die richtigen Formen und Stoffe. Irgendwann meisterte ich auch das Zeichnen und Umsetzen von Designs. Der Wunsch, irgendwann ein eigenes Modelabel zu gründen, wuchs. Damals noch nicht mit dem Gedanken, den Fokus auf Umweltschutz zu legen, sondern einfach nur aus dem Wunsch heraus, mein eigenes Ding zu machen.

In der Schule behielt ich diesen Wunsch für mich, nachdem einige meiner Mitschüler sich über meine Skizzen lustig gemacht hatten. Also werkelte ich meist vor mich hin und träumte nur von meinem Modelabel, teilte meinen Traum aber mit niemandem. Zu groß war die Angst, es vielleicht nicht hinzubekommen oder doch nicht gut genug für solche Schritte zu sein.

Bis zu meinem siebzehnten Geburtstag erzählte ich außerhalb meiner Familie niemandem von meinen geheimen Plänen. Ich war zu diesem Zeitpunkt fast zwei Jahre mit Mark zusammen, glücklich und doch auch nicht. Schon in viele kleine Teile zerrissen, aber noch nicht vollends zerbrochen, weil ich die Risse noch kaschierte.

An diesem Tag fasste ich all meinen Mut zusammen und erzählte ihm von meinen Plänen. Er wusste natürlich, dass ich nähte und meine eigenen Kleidungsstücke designte, ich hatte ihm aber nie die geheimen Zeichnungen gezeigt, die ich anfertigte, um mich damit nach der Highschool zu bewerben. Längst lag eine Liste mit Unis in der Schublade meines Nachttischs, bei denen ich mich bewerben wollte.

Ich nahm meine Mappe, breitete die Blätter vor uns aus und beobachtete genau, wie er jede meiner Zeichnungen begutachtete. Mit laut pochendem Herzen und viel Angst in meiner Brust. Es war so privat wie ein Blick in mein tiefstes Innerstes, und ich fühlte mich in diesem Moment nackter als bei unserem ersten Mal, viel verletzlicher als bei all unseren kleinen Streitigkeiten.

Ich musterte ihn genau, während er die Designs durchsah, aber er blinzelte nicht mal. Marks Gesicht blieb vollkommen ausdruckslos.

Noch heute erinnere ich mich genau an das brennende Gefühl in meinem Magen, als mir klar wurde, dass sie ihm nicht gefielen. Dass er die Idee von einem Modedesignstudium nicht ernst nahm.

Mark kam auf mich zu und legte seine Hand sanft auf meine Schultern. Sein Blick wirkte vorsichtig, genau wie die Worte, die er daraufhin wählte und die ich seitdem pausenlos in meinem Kopf durchspiele. »Lou, du weißt, dass ich es toll finde, dass du diesem Hobby nachgehst und dir deine Kleidung nähst. Du weißt doch, wie sehr ich diese blaue Bluse liebe. Oder dein weißes Kleid. Die sind wunderschön. Aber daraus einen Beruf zu machen und sich an solch renommierten Unis zu bewerben, ist eine ganz andere Hausnummer. Da bewerben sich doch die Besten der Besten. Und ich habe gehört, dass es an solchen Unis richtig hart zugehen soll. Ich glaube, du stellst dir das zu einfach vor.« Sein Daumen streichelte über meine Wange, aber es hinterließ nur eine Kältespur. »Ich will nicht, dass du enttäuscht wirst und die Freude an deinem Hobby verlierst.«

Mein Hobby. *Da war es, was am meisten wehtat. Dass es für Mark nur ein Hobby war. Ein lächerlicher kleiner Zeitvertreib, keine Berufung.*

»Stell dir vor, wie demotiviert du sein wirst, wenn es nicht klappt. Du würdest doch deine Liebe zum Nähen damit zunichtemachen. Und ich weiß doch, was es dir bedeutet.«

Ich erinnere mich noch, dass ich auf seine Worte hin nickte, immerhin waren die Befürchtungen, vielleicht nicht gut genug zu sein und damit meine Leidenschaft aufs Spiel zu setzen, nicht neu. Auch ich hatte sie schon ein paarmal gedacht. Oft im Zusammenhang mit diesen Unibewerbungen.

Seine Hände tätschelten mich mitfühlend.

»Vielleicht solltest du doch eher zu mir aufs Community College gehen. Dort kannst du dich weiter ausprobieren. Und wir könnten noch ein Jahr zusammen studieren. Das ist es doch, was wir uns die ganze Zeit gewünscht haben, nicht wahr?«

Wieder nickte ich. Keine Ahnung, wieso ich ihm recht gab, denn eigentlich wusste ich, dass sich jedes Wort aus seinem Mund falsch anfühlte. Und doch klangen sie gleichzeitig so richtig. Mark liebte mich, er wollte nur das Beste für mich und mir Enttäuschungen ersparen, also war es nur ratsam, auf ihn zu hören. Immerhin kannte er mich besser als jeder andere. Deswegen hatte ich ihn ja erst nach seiner Meinung gefragt: Er hatte Geschmack, ein gutes Urteilsvermögen. Wusste immer, was zu tun war. Wenn er glaubte, dass ich keine Chance in den Designprogrammen hatte, dann war es vermutlich so. Ein Glaubenssatz, den ich viel zu sehr verinnerlicht hatte. Was Mark behauptete, war gesetzt. Was er für richtig hielt, wurde getan. Und er befeuerte damit alles, was ich zuvor schon Hunderte Male gedacht hatte, weil es stimmte, dass die Konkurrenz an den Unis groß war. Die Anforderungen hoch. Und ich noch ganz am Anfang stand mit meinen Designs. Es waren nur Skizzen, ein paar Spielereien mit Farben und Schnittmustern.

Beides lag danach vergessen auf dem Tisch, während Mark die Broschüren seines Colleges herausholte und meine Zukunft mit mir plante. Schritt für Schritt gingen wir mögliche Studienfächer durch, die alle nichts mit Modedesign zu tun hatten. Nichts mit meinem Traum. Trotzdem nickte ich erneut und erneut, ließ es zu, dass wir ein Studium planten, das nichts als Traurigkeit in mir auslöste. Das mich dazu brachte, meine Designs danach in eine Mappe zu schnüren und sie in meine Stofftruhe zu verbannen, weil ich den Anblick meiner erloschenen Träume nicht ertragen konnte. Weil es zu sehr schmerzte, Marks Gegenargumente in meinem Kopf zu hören, die darin so viel Sinn ergaben. Dabei brach tief in mir ein weiterer Splitter meiner Seele heraus. Diesmal wohl einer der größten, denn damit war mein Traum begraben. Wie ich heute weiß, nicht für immer. Aber in diesem Moment fühlte es sich an wie ein endgültiger Verlust. Der Verlust eines Herzenswunsches, einer beruflichen Perspektive, meines Talents. Der Höhepunkt meiner Selbstzweifel.

Kapitel 16

Zunehmend ratlos scrolle ich durch die Auswahl meiner Designs. Soll ich die Vielfältigkeit meiner Arbeit oder eine zusammenhängende Modelinie zeigen? Oder nur die Designs, die auf ein hohes Maß an Nachhaltigkeit setzen und für die ich besondere Stoffe und Materialien ausgesucht habe? Ich bin wild entschlossen, diesen Wettbewerb zu nutzen, daher fällt es mir so schwer, die richtige Entscheidung zu treffen, die dieser Chance gerecht wird. Manchmal starre ich auf den Instagram-Post, mit dem der Wettbewerb angekündigt wurde, als könnte er mir die erlösenden Antworten auf meine Fragen geben.

Bei meinem eigenen Profil sind seit der Modenschau einige Follower dazugekommen, und ich habe mir am Morgen Zeit genommen, um ein paar Posts vorzubereiten und somit mein etwas eingestaubtes Profil wiederzubeleben. Noch immer ist es ein wenig surreal, wie viel Zuspruch ich bekomme, aber es ist auch beflügelnd. Ich bin wirklich bereit, mich endlich vollends darauf einzulassen. Keine Ausflüchte mehr. Einfach entschlossen an meinen Zielen arbeiten und dabei Spaß haben.

Kurzerhand mache ich ein Foto: ich im Schneidersitz, daneben ein paar Stoffe, eine leere Kaffeetasse, mein Tablet mit den Designs. Bereit für meine Bewerbung bei *Next Designs*, schreibe ich dazu und poste es in meiner Story. Jasper reagiert schon kurze Zeit später mit einem Feier-Emoji, das mich lächeln lässt. Ein Lächeln, das etwas Klarheit in meine Gedankengänge bringt. Das Aushängeschild meiner Mode ist und bleibt der Umweltschutz. Es passt zu mir und meiner Mission, und genau darauf sollte ich den Fokus legen. Ich umkreise diese Idee in meinem Brainstorming-Dokument, dann beginne ich, die passenden Kleiderentwürfe herauszusuchen und eine digitale Mappe zu erstellen. Ich verfasse Texte über Stoffe und Materialien, ein paar Worte über mich, mein Studium und meine Beweggründe für diese Art von Design.

Erst als es an der Tür klopft, blicke ich auf. Hazel und Reese kommen herein.

»Kann's losgehen?«, erkundigt sich Hazel und verwirrt mich komplett. »Wir wollten doch ins Archiv«, erinnert sie mich. Tatsächlich steht es sogar auf meiner To-do-Liste, ich war nur zu abgelenkt, um daran zu denken. Zum ersten Mal seit Monaten hingen meine Gedanken nicht beim peniblen Abhaken meiner Liste fest.

»Was dagegen, wenn ich unsere Lerngruppe heute ausfallen lasse?«, frage ich und kann es selbst kaum glauben. Aber meine Bewerbungsunterlagen fertig zu machen erscheint mir in diesem Moment wichtiger als das Lernen von Stoff, den ich eh beherrsche und dessen Wiederholung gerade nicht mal prüfungsrelevant ist.

»Lou Simson schlägt eine Lernsession aus?«, zieht Reese mich auf. »Endlich wird sie ein wenig normaler.«

»Mach dich über mich lustig, und ich lerne vielleicht nie wieder mit euch«, gebe ich gut gelaunt zurück.

Reese lacht, ihre Hände trommeln jedoch trotzdem nervös gegen den Riemen ihrer Tasche. »Als würdest du uns hängen lassen.«

Hazel grinst, dann mustert sie die Unterlagen um mich herum. »Sieht aus, als würdest du trotzdem irgendein Projekt verfolgen.«

»Oh. Du machst also bei dem Wettbewerb mit?«, fragt Reese überschwänglich.

Hazel runzelt die Stirn. »Was für ein Wettbewerb?«

»Habe ich im Internet gefunden«, sagt Reese und hält Hazel ihr Handy unter die Nase, auf dem offensichtlich die Wettbewerbsankündigung zu sehen ist.

»Wie cool! Toll, das ist genau das Richtige für dich.«

»Ich war mir erst nicht sicher, aber Jasper hat mich überredet.«

»Was denn? Ich dachte, *ich* wäre deine Cheerleaderin«, sagt Reese entrüstet.

»Bist du auch. Also sag mir: Wie findet ihr das?« Ich reiche ihnen mein Tablet, auf dem die Mappe noch geöffnet ist. Sie scrollen sich gemeinsam durch, während ich angespannt meine Hände knete. Das Ganze erinnert viel zu sehr an den Moment, in dem ich Mark das erste Mal meine Unterlagen präsentiert habe. Die Sorge vor erneuter Ablehnung ist groß, doch trotz der Nervosität fühlt sich mein Konzept auch stimmig an. Einfach nach mir.

»Das ist perfekt«, verkündet Hazel schließlich.

»Finde ich auch«, bestätigt Reese.

»Ich will noch mal alles in Ruhe durchgehen und es dann morgen losschicken. Die Bewerbungsfrist endet nämlich schon bald.« Außerdem will ich meinen Selbstbewusstseinsschub so lange wie möglich nutzen.

»Als dein persönlicher Cheerleader bestehe ich darauf, dass ich dabei bin, wenn du es abschickst. Wenn du erst mal berühmt bist, sind das Erinnerungen, für die andere Millionen zahlen würden.«

»Okay«, lache ich. »Dann morgen Nachmittag.«

Wir stehen alle zusammen am Küchentisch und blicken auf mein Tablet in meiner Hand. Auch wenn ich Sorge hatte, dass mein Selbstbewusstsein wieder abnimmt: Meine Entschlossenheit hat sich regelrecht in mein Innerstes gebrannt und ist noch genauso stark wie am Tag der Modenschau. Die Bewerbungsmappe ist richtig gut geworden, das Beste, was ich zum jetzigen Zeitpunkt einschicken könnte. Und wie hat Jasper es formuliert? Es geht darum, es zu versuchen. Meinen Traum ernst zu nehmen.

Er steht direkt neben mir, seine Augenringe heute wieder etwas ausgeprägter als die letzten Tage, aber mit einem stolzen Lächeln auf den Lippen.

»Bereit?«, fragt Hazel.

»Bereit.«

»Dann los«, meint Reese, die sich gerade einen meiner Schokocookies in den Mund schiebt.

Ich drücke auf Senden. Es wäre irgendwie eindrucksvoller gewesen, wenn ein Ladebalken angezeigt hätte, wie meine Bewerbung versendet wird. Doch in Wirklichkeit passiert alles innerhalb von Millisekunden, in denen ich eine Benachrichtigung erhalte. Darin steht, meine Unterlagen seien eingegangen, es würde einige Zeit dauern, alle Einsendungen zu sichten. Mehr nicht, nur zwei Zeilen, und doch starre ich überwältigt darauf. Als wäre das schon mein goldenes Ticket zum Glück, obwohl es eine automatisch erstellte Nachricht ist, die jeder bekommt, der dort auch nur irgendein Gekritzel hinschickt. Aber es bedeutet in diesem Moment alles, denn das ist der Beweis dafür, dass ich mich getraut habe. Dass ich es versuche. Und das ist ein verdammt großartiges Gefühl.

»Okay, wie feiern wir das jetzt?«, fragt Corey.

»Ihr könnt gerne ins Diner kommen. Ich hab gleich Schicht.«

»Wäre dabei«, sagt Corey. »Wie sieht's bei den anderen aus?«

»Nach meinem Arzttermin würde ich nachkommen«, sagt Hazel.

Jasper schüttelt den Kopf. »Ich eher nicht. Mir steht es nicht nach so vielen Leuten aus der Uni.« Er geht zur Küchenzeile, um sich einen Kaffee zu machen, aber es scheint mir eher eine Methode zu sein, um abzulenken. Corey mustert ihn ein wenig enttäuscht. Die letzten zwei Wochen haben die Gerüchte auf dem Campus so stark abgenommen, dass wir wohl gedacht haben, Jasper wäre langsam so weit, sich wieder mehr sehen zu lassen. Aber vielleicht irren wir uns ja auch, und die Gerüchte sind noch gar nicht so stark abgeebbt. Nur weil wir nichts mehr hören, heißt das nicht, dass Jasper nichts mehr abbekommt.

»Aber du kommst doch, oder Lou?«, fragt Reese.

»Ich kann leider nicht, ich habe doch nachher meinen Töpferkurs.«

»Oh. Stimmt. Du hattest so was erwähnt.«

Corey zieht einen Schmollmund. »Also dann nur Hazel, Reese und ich. Und Jasper, du kannst es dir ja noch spontan überlegen, sollte dich doch noch der Heißhunger packen.«

»Klar, dann sag ich Bescheid«, meint Jasper, aber da er immer noch am Kaffee rumwerkelt, ohne aufzusehen, wird es wohl nur eine Floskel bleiben.

Corey, Reese und Hazel beginnen, ihren Sachen zu packen. Ich hingegen nehme noch mal mein Tablet, um mir erneut die E-Mail durchzulesen.

Plötzlich tritt Jasper hinter mich, er duftet nach Röstaromen. »Ich bin wirklich stolz auf dich«, flüstert er mir ins Ohr. Sein Atem streift meinen Nacken und löst damit eine Gänsehaut aus.

»Ich bin auch stolz auf mich selbst«, sage ich und drehe mich zu ihm um. Er ist mir noch näher, als ich dachte. »Und das sage ich mit all meiner Bescheidenheit.«

»Es ist gut, wenn man nicht vom Stolz anderer abhängig ist. Ich drücke die Daumen, dass das mit dem Wettbewerb klappt.«

»Danke.«

Corey, Reese und Hazel verabschieden sich von uns, nur Jasper und ich bleiben zurück. Jasper, ich und diese in sich gekehrte Aura, die ihn nun wieder umgibt. Ich gehe zur Küchenzeile und mache mir ebenfalls einen Kaffee. Kurz rechne ich damit, dass Jasper sich in sein Zimmer verzieht, doch als ich mich mit der gefüllten Tasse umdrehe, sitzt er am Küchentisch, eine Hand an sein Kinn gelehnt und die andere an seine eigene Tasse geklammert.

»Wieso bist du nicht mit ins Diner gegangen?«, frage ich sachte. »Ich hatte das Gefühl, dass in Sachen Gerüchteküche langsam Ruhe einkehrt.«

»Tut es. Aber nicht genug.« Er knetet seine Finger, sieht mich etwas gequält an.

»Willst du darüber reden?«

»Ehrlich gesagt nicht. Ich will … keine Ahnung. Ablenkung.«

»Komm mit zum Töpferkurs«, schlage ich vor. »Gestern waren da noch Plätze frei.«

Jasper lacht leise. »Töpfern? Ich?«

»Wieso nicht? Arbeit mit den Händen ist wohltuend für den Geist.«

»Ich weiß nicht.«

»Willst du stattdessen wirklich allein zu Hause sitzen und dich schlecht fühlen?«

Er nimmt einen großen Schluck Kaffee, vielleicht, um die

Zeit des Nachdenkens zu überbrücken. Dass er überhaupt darüber nachdenkt und meinen Vorschlag nicht direkt niedermacht, freut mich.

»Sieh es als Teil unseres Deals«, sage ich. »Und es wird sicher Spaß machen. Wir töpfern dir einen riesengroßen Kaffeebecher, in den mindestens ein Liter passt. Wie klingt das?«

»Den Liter Kaffee nehmen ich«, kommentiert Jasper trocken. »Nur vielleicht doch lieber ohne das Töpfern. Warst du es nicht mal, die gesagt hat, dass meine Feinmotorik unterentwickelt ist?«

»Vielleicht«, sage ich schmunzelnd. »Aber seien wir ehrlich: Der beste Weg, seine Feinmotorik zu trainieren, ist es, sie herauszufordern. Also wäre das ein ziemlich schlechtes Argument, um nicht mitzukommen.«

»Wenn das so eine riesige Veranstaltung wird, an der viele Leute aus der Uni sind, dann ... ich weiß nicht.«

»Wird es aber nicht. Das ist ein ziemlich privater Kurs. Es gibt, soweit ich weiß, nur sieben Plätze, und es ist nicht ausgebucht. Die Wahrscheinlichkeit, dort auf Leute von der LBU zu treffen, ist ziemlich gering.«

Ich nippe an meinem Kaffee, um Jasper etwas Zeit zu geben, nachzudenken. Dass er nicht sofort ablehnt, werte ich erst mal als gutes Zeichen. Auch wenn ich mir selbst noch nicht sicher bin, ob ich mir Jasper Branson beim Töpfern vorstellen kann. Aber mir mich selbst beim Hang Gliding vorzustellen, wäre ja vor einigen Wochen auch noch undenkbar gewesen. Manche Dinge ändern sich, wenn man es nur zulässt.

Jasper mustert mich, trinkt einen Schluck. Dann, ganz plötzlich, umspielt ein Lächeln seine Mundwinkel. »Also schön, versuchen wir es mal auf deine Art. Es ist immerhin etwas von deiner Liste, und ich habe dir versprochen, dir bei der Abarbeitung zu helfen. Richtig?«

»Ganz genau«, erwidere ich grinsend. Ich nehme erneut mein Tablet zur Hand, um Jasper bei dem Kurs anzumelden, während er seinen Kaffee austrinkt und aussieht, als wäre ihm überhaupt nicht klar, wie es so weit kommen konnte, dass er meinen Vorschlag wirklich annimmt. Darauf war ich insgeheim auch nicht gefasst.

»Angemeldet«, sage ich.

»Dann muss ich da jetzt wohl durch. Ich bin gespannt, was du da rausgesucht hast.«

»Es wird bestimmt toll. Ehrlich gesagt habe ich schon öfter mal über das Töpfern nachgedacht – ich stelle mir das ziemlich beruhigend vor. Das ist jetzt nur ein Schnupperkurs zum Ausprobieren, aber falls es mir gefällt, könnte ich mir auch vorstellen, an einem regelmäßigen Kurs teilzunehmen.«

»Hm. Eigentlich eine coole Idee. Aber wie willst du einen Töpferkurs noch in denen vollen Terminkalender stopfen?«

»Verrate es noch keinem, aber ich werde vermutlich meine Aufgabe als Tutorin abgeben.« Eine Überlegung, die mir schon seit Tagen im Kopf rumgeistert, aber immer mehr Form annimmt. Auch wenn mich sofort wieder das schlechte Gewissen gegenüber meinen Schützlingen überkommt. »Von all meinen freiwilligen Aufgaben ist das Tutorenprogramm am zeitaufwendigsten, und manchmal ist es wirklich viel.«

»Ich weiß. Ich fand es schon immer krass, dass du es nebenbei machst. Du bist, glaube ich, die Einzige an der LBU, die trotz Stipendiums noch so eine große Extraaufgabe hat.«

»Deswegen überlege ich, ob ich das Programm zum Semesterende abgebe. Aber ich habe mich noch nicht final entschieden.«

»Und stattdessen dann vielleicht Töpfern?«

»Mal sehen, wie es heute läuft.«

Er lehnt sich zurück, sieht auf seine Tasse. »Wenn ich mir da einen gigantischen Kaffeebecher mache, was machst du denn dann für dich?«

»Ich glaube, das entscheide ich spontan.« Ein Lächeln schleicht sich auf meine Lippen. Nie hätte ich gedacht, jemals auch nur das Wort *Spontaneität* über die Lippen zu bringen. Noch vor ein paar Monaten hätte ich nie hier gesessen und geredet, sondern den Kurs vorbereitet, indem ich schon mal Infos zum Töpfern gesammelt, Tutorials angesehen und mir einen genauen Plan überlegt hätte, was ich erstellen will. »Ich will mich einfach ein bisschen treiben lassen«, sage ich zufrieden. Ein aufregender Gedanke.

Kapitel 17

Das Töpferatelier sieht genau so schön aus wie auf der Internetseite: ein großflächiger heller Raum mit vielen Fenstern, der für eine offene Atmosphäre sorgt. Sie wird durch die hellen Tische und Bänke abgerundet. An einer Wandseite hängen Regalbretter, auf denen bunte Tongebilde stehen: Lackierte Schüsseln, Tassen, Keksdosen. Am liebsten würde ich mich sofort an einer Keksdose probieren, aber an den einzelnen Sachen sind Zahlen für den Schwierigkeitsgrad angebracht, und die Keksdose hat eine der höchsten Zahlen. Daher wird es wohl doch eher eine Schüssel für Dips, wenn ich hier überhaupt etwas zustande bekomme.

Jasper sieht sich aufmerksam um, schwer zu sagen, ob der Anblick dieses Ateliers auch so viel kreative Energie in ihm freisetzt. Ich fühle mich jedenfalls schon jetzt total inspiriert und möchte gerne sofort loslegen.

Eine Frau, vielleicht vier oder fünf Jahre älter als ich, tritt vor. »Ihr müsst für den Kurs da sein. Ich bin Lilly.«

»Sind wir. Ich bin Lou, das ist Jasper.«

»Sehr gut. Sucht euch schon mal Plätze, die drei anderen Teilnehmenden kommen sicher auch gleich.«

Jasper und ich nehmen einen Doppeltisch, an dem wir nebeneinandersitzen können und direkte Aussicht auf die bunten Regale haben, wenn wir den Kopf ein wenig nach rechts drehen. Nach und nach kommen die anderen und füllen den Raum. Lilly beginnt schließlich damit, Schürzen an uns zu verteilen und jedem einen Klumpen Ton auf den Tisch zu legen.

»Zunächst müsst ihr den Ton durchwalken«, erklärt Lilly und hämmert den Klumpen zur Demonstration auf den Tisch. Wir tun es ihr nach, eine seltsam befriedigende Handlung.

Die Stille des Raums wird schnell durchbrochen. Immer wieder knallen die Tonklumpen auf den Tisch, sodass die Ecken sich abrunden und die Kanten sich schmälern.

»Das ist schon mal ganz nach meinem Geschmack«, sagt Jasper, der besonders viel Schwung nimmt, um den Klumpen auf den Tisch zu schlagen. Das Geräusch ist dem seines Boxsacks nicht mal so unähnlich.

»Genau das Richtige, um angestaute Aggressionen herauszulassen«, erwidere ich grinsend und schlage meinen Ton auch ein wenig dynamischer.

»Lou Simson hat Aggressionsbewältigung nötig?«, zieht mich Jasper auf. »Ich dachte, du wärst immer die Ruhe in Person.«

»Du glaubst gar nicht, wie viel Frust ich immer beim Backen abbaue. Teig kneten ist ähnlich wohltuend wie das hier. Eigentlich schade, dass ich den Teig nicht auf so auf den Tisch hämmern kann.«

»Könntest du. Aber es würde Coreys unendlichen Zorn auf dich ziehen, weil du ihn damit wecken würdest. Und wir beide wissen, wie nachtragend er sein kann.«

»Sieht gut aus«, sagt Lilly. »Der Ton müsste jetzt so weit sein, um sich zu Kugeln formen zu lassen. Aber geht sanft an die Sache ran und arbeitet nicht zu viel Luft ein. Lässt sich der Ton noch nicht gut mit den Händen formen, schlagt ihn weiter auf, bis die Ecken sich weiter abrunden.«

Wir gehen ihrer Anweisung nach, schnell habe ich eine perfekte Kugel auf meinem Tisch liegen, ebenso wie Jasper.

»Habt ihr schon eine Idee, was ihr heute töpfern möchtet?«, fragt Lilly. »Für Anfänger besonders gut geeignet sind kleine Tassen und Schüsseln.«

»Eine *kleine* Tasse?«, murmelt Jasper. »Dahin sind meine Träume von einem gigantischen Kaffeebecher, in den mein Tagesvorrat passt.«

»Dann wäre es ja auch eher ein Eimer geworden.« Sofort handle ich mir einen kleinen Stoß gegen den Oberarm ein.

»Dann weise ich euch jetzt in die Bedienung der Drehscheibe ein.«

Wir stehen auf und folgen Lilly zu einer der Scheiben. Sie zeigt uns das Gaspedal, dann legt sie eine Holzplatte auf die Scheibe und befeuchtet diese mit Wasser, ehe sie ihre Tonkugel in der Mitte der Platte platziert.

»Wenn ihr die Scheibe dreht, darf der Ton nicht eiern. Ihr müsst also dafür sorgen, dass er wirklich in der Mitte liegt.« Lilly zeigt uns, wie man den Ton zentriert. Ihre Hände umschließen ihn sanft, während er sich dreht und dreht, bis er dabei weniger eiert und mittiger liegt. Alleine ihr zuzusehen hat etwas Entschleunigendes. Erst recht, als die richtige Arbeit mit dem Ton beginnt und sie – scheinbar spielend leicht – eine Schale formt. Dabei erklärt sie ihre Arbeitsschritte und gibt Hinweise für unsere eigene Vorgehensweise.

»Probiert euch erst mal an der Drehscheibe aus. Bekommt ein Gefühl für das Gaspedal und das Material. Versucht, sanft mit den Händen zu sein und nicht zu viel Druck zu geben. Einfach mit Gefühl.«

Wir teilen uns auf die Drehscheiben auf, die zu unseren Tischen gehören. Lilly geht herum, um uns Hilfestellung zu geben.

Ich lege den Ton auf die Mitte der Holzplatte und versuche ihn mithilfe von Wasser und meinen Händen zu zentrieren, genau wie Lilly es uns gezeigt hat. Bei ihr sah es etwas einfacher aus, als es ist. Es braucht definitiv Fingerspitzengefühl. Jasper gibt prompt zu viel Druck und verformt seinen Ton, bis er aussieht wie ein Sexspielzeug.

»Lach nicht«, murmelt er, aber ich kann mir ein Grinsen nicht verkneifen. Sofort kommen mir alle Sprüche über seine Feinmotorik wieder in den Sinn. Und sämtliche Witze, die Corey jetzt reißen würde, wenn er hier säße und Jasper mit diesem zweideutigen Gebilde aus Ton sehen würde.

Lilly eilt ihm zu Hilfe. Sie versichert ihm, dass es noch immer eine Kaffeetasse werden kann, also beginnt er von vorn. Eine Weile sehe ich ihm zu: wie er die Scheibe drehen lässt, Wasser auf den Ton gibt und ihn zu zentrieren versucht. Seine Hände legen sich an den Ton, sehen stark und sehnig und irgendwie elegant aus. Gar nicht so ungelenk, wie man vermuten könnte. Eher … erregend. Plötzlich stelle ich mir vor, wie es wäre, von diesen Händen berührt zu werden. Nicht so, wie er es manchmal tut, wenn er seinen Arm um mich legt oder mir eine Haarsträhne hinter die Ohren streicht. Eher auf die Weise, wie er es gerade mit dem Ton macht … sanft und doch kontrolliert.

Ton klebt ihm an der Wange, und Haarsträhnen haben sich aus seinem Bun gelöst, sodass sie ihm ins Gesicht fallen, während er auf seine Hände sieht.

»Du kannst mich nicht so ansehen, Lou«, murmelt er.

Ich erstarre, Jaspers Mundwinkel zuckt. War mein Starren so offensichtlich?

»Wenn du mich auf diese Weise ansiehst, kann ich mich wirklich nicht aufs Töpfern konzentrieren.«

»Entschuldige«, stammele ich und versuche, nicht rot anzulaufen. Ich muss mich dringend wieder auf meinen eigenen, ziemlich vernachlässigten Tonklumpen konzentrieren.

»Irgendwie hat diese Arbeit mit den Händen …«

»Etwas Sinnliches?«, vollendet Jasper meinen Gedanken. Ein Grinsen stiehlt sich auf seine Lippen. »Das habe ich mir auch schon mal gedacht, als ich dir beim Backen zugesehen habe.«

»Wirklich?« Ich hätte es nicht für möglich gehalten, dass ihm solche Dinge durch den Kopf gehen.

»Du hast die Angewohnheit, die Lippen ein Stück weit zu öffnen, wenn du konzentriert bist, und dir dann ganz sanft mit der Zunge darüberzufahren.« Er schielt zu mir rüber, der Ton in meiner Hand entgleitet mir. »Wusstest du das?«

»Nein«, piepse ich beinahe und widerstehe dem Drang, meine Finger an meine Lippen zu legen, um zu sehen, ob ich es gerade auch tue. Jasper beobachtet mich also? Meine Lippen sind ihm aufgefallen?

Der Ton gleitet weiter durch meine Hände, aber der Kurs könnte mir gerade nicht ferner sein. Stattdessen habe ich das Gefühl, meine Haut würde in Flammen stehen.

»Und beim Backen hast du letztens ein wenig Teig von deinen Fingern geleckt. Das war …« Seine Stimme ist kratziger als sonst. »Ziemlich sexy.«

Jasper Branson findet mich sexy? Seit wann?

Die Flammen lodern auf, Hitze legt sich auf meinen gesamten Körper, und ich habe das Gefühl, wir wären allein im Raum. Unsere Blicke treffen sich, wir mustern uns, als sähen wir uns zum allerersten Mal. Bei mir ist es eine Mischung aus Verlegenheit, Überraschung und Verlangen.

»Immer schön konzentriert bleiben.« Lilly katapultiert mich damit zurück ins Hier und Jetzt. Ein Hier und Jetzt, in dem meine angedachte Schüssel für Dips viel zu hoch geworden ist.

»Du wirst von unserem Gespräch doch nicht etwa abgelenkt gewesen sein?«, fragt Jasper rau.

»Quatsch«, sage ich und versuche mich zu sammeln. Das ist Jasper, wir sind Freunde, und ich habe ihn mitgebracht, weil es ihm nicht gut ging! *Deswegen* ist er hier!

»Das heißt – doch, schon ein wenig«, gebe ich zu. »Aber es war eine schöne Ablenkung.«

Ich löse meinen Blick von Jasper und arbeite weiter. Versuche, die Flammen ein wenig zu löschen und seine Worte über mich aus dem Kopf zu bekommen, aber immer wieder denke ich darüber nach, was er über meine Lippen gesagt hat. Immer. Wieder.

So sehr, dass die Wand von meiner Schale immer dünner wird und ich das Gefühl habe, die Kontrolle über den Ton zu verlieren.

»Langsam ist eine Tasse erkennbar«, sagt Jasper schließlich. Tatsächlich ist die Form definitiv da, wenn auch etwas krumm und schief. Seine Wand ist jedenfalls nicht so dünn wie bei mir.

»Wie hast du diese Kuhle so gut hinbekommen?«

»Warte.« Jasper stoppt seine Drehscheibe, dann kommt er zu mir herüber.

Zum zweiten Mal an diesem Tag überrascht er mich, als er sich hinter mich setzt und seine Hände auf meine legt. Er gibt sanften Druck darauf, sodass sich der Ton unter meinen Fingerspitzen mehr formt. Die Kuhle, die eben noch zu klein war, dehnt sich aus. Ich weiß nicht, was ich elektrisierender finde: zu sehen, wie der Ton sich unter unseren Händen formt, und das Material zu spüren, oder Jaspers Nähe zur mir. Das Kitzeln seiner Haarsträhne, als er sich ein wenig zu mir beugt. Sein Daumen, der meinen berührt. Seine Körperwärme, die sich auf mich überträgt und erneut dieses Verlangen in mir auslöst. Seine Worte wieder präsenter macht … Jetzt spüre ich deutlich, was er über meine Lippen gesagt hat. Auch jetzt sind sie ein wenig geöffnet. Ich weiß nur nicht, ob vor Konzentration oder vor Begehren.

»Siehst du«, flüstert er mir ins Ohr, »ganz schön gute Teamarbeit.«

»Meine Dipschüssel und ich werden dir auf ewig dankbar sein«, sage ich und kämpfe gegen meine trockene Kehle an. Ich muss mich dringend zusammenreißen.

»Ihr solltet jetzt langsam in die Feinarbeiten übergehen«, sagt Lilly und holt mich damit wieder in die Realität zurück. Ich hatte für eine Sekunde tatsächlich vergessen, dass Jasper und ich nicht allein im Raum sind.

Zu meiner Enttäuschung löst er seine Hände von meiner unfertigen Schüssel und steht auf. Er hinterlässt eine gewisse Kälte.

»Dann sehe ich mal zu, dass meine Kaffeetasse auch vorzeigbar wird.«

Die nächsten zwanzig Minuten versuche ich, meinen Herzschlag, meine pulsierende Erregung und Jaspers Präsenz auszublenden und mich stattdessen mehr auf den Prozess zu konzentrieren. Das Formen des Tons wird immer leichter, man bekommt ein Gefühl für Material und Geschwindigkeit der Drehscheibe, sodass meine Schüssel am Ende nicht perfekt aussieht, aber definitiv brauchbar ist. Diesmal ist die Dicke der Wände genau richtig.

Auch Jaspers Tasse ist toll geworden, wenngleich Henkel und Wände vielleicht etwas schief geraten sind.

»Sieht klasse aus«, lobt Lilly. »Ihr könnte alle wirklich stolz auf euch sein. In zwei Wochen sind eure Werke fertig gebrannt und lackiert. Ihr müsst euch nur noch eine Farbe aussuchen.«

Ich entscheide mich sofort für ein Mintgrün. Jasper

schwankt zwischen Königsblau und Terrakotta, wählt dann jedoch Letzteres.

»Stellt sich nur die Frage, wie viele Fuhren Kaffee du brauchst, um von der kleinen Tasse deinen Koffeinkick zu bekommen«, ziehe ich ihn auf, hauptsächlich, um dieses Spannungsgefühl abzuschütteln. Irgendetwas Bedeutungsvolles liegt in der Luft, schwer zu greifen, und doch weiß ich, dass Jaspers Nähe es ausgelöst hat.

»Du wirst dich doch nicht über mein Werk lustig machen?«, fragt Jasper, während wir unseren Platz aufräumen.

»Niemals. Ich finde, wir können beide sehr stolz sein. Immerhin ist etwas Vorzeigbares daraus geworden.«

»Und es hat Spaß gemacht.« Ich höre pure Aufrichtigkeit. Als wäre das hier wirklich das Richtige gewesen, um ihn von seinem Kummer abzulenken.

Bei mir hat es definitiv geklappt, mein übliches Gedankenkarussell zu vergessen. Nur weiß ich nicht, ob es nur am Töpfern lag oder es Jaspers Anwesenheit war, die dazu geführt hat.

Kapitel 18

Der Campus hat etwas Magisches, wenn es dunkel ist. Wenn sich kaum noch Menschen auf dem weitläufigen Gelände befinden und von dem Trubel, der hier tagsüber herrscht, nichts mehr zu spüren ist. Fast könnte man meinen, ganz allein in Lullaby zu sein. Da sind nur Jasper und ich auf dem Rückweg vom Töpferkurs und die Sterne, die über den Baumkronen am Himmel prangen. Wir schlendern über das Gelände, lassen uns Zeit, diesen Moment auszukosten und die Ruhe zu genießen.

Verstohlen werfe ich ihm einen Blick zu, sein Seitenprofil wirkt in diesem Spiel aus Schatten und sanftem Laternenlicht markant. Lippen und Nase noch ein wenig geschwungener.

»Woran denkst du gerade?«, fragt er, als er meinen Blick bemerkt.

An deine Nähe beim Töpfern.

An deine Hände in meinen.

An deine Worte über meine Lippen.

»Ich habe mich nur gerade daran erinnert, wie wir uns kennengelernt haben«, weiche ich aus. Das hier muss dringend wieder in eine andere Richtung gehen. Weg von dieser Sehnsucht, die er immer schon irgendwie in mir ausgelöst hat und die sich gerade zu verselbstständigen scheint. Zurück zu unserer Freundschaft, die wir beide gerade so dringend brauchen. Sie ist wichtiger als jede Schwärmerei.

»Meinst du, als du dich bei mir vorgestellt hast? Oder die erste Nacht, in der wir direkt aneinandergeraten sind?«, fragt er grinsend.

»Den Streit. Unser erster und letzter.«

»Konnte ja wirklich keiner ahnen, dass die neue Mitbewohnerin zehn Stunden nach ihrer Ankunft in der Küche steht, Muffins backt und dabei einen Krach macht, als würden Waschbären das Haus belagern.«

Ich stupse ihn an. »Hey, so laut war ich nicht. Mir war Rücksichtnahme schon immer wichtig.«

»Du vergisst, dass mein Schlafzimmer direkt unter der Küche ist, da hört man alles. Vor allem, wenn man es nicht gewohnt ist. Bevor du kamst, war es nachts einfach still.«

»Danach hast du dich aber nie wieder beschwert«, stelle ich fest. Nicht, nachdem er in meiner ersten Nacht heruntergekommen ist, oberkörperfrei und mit müden Augen, und mir einen genervten Vortrag darüber gehalten hat, dass Nächte zum Schlafen da wären und er ohne acht Stunden Schlaf nicht funktionieren könne.

Wie sehr sich die Dinge in den eineinhalb Jahren doch geändert haben.

»In der ersten Nacht wusste ich ja auch noch nicht, was für hervorragendes Gebäck für mich rausspringt. Außerdem habe ich mich an die Geräuschkulisse gewöhnt. Inzwischen fehlt es mir schon fast, wenn du mal nicht die Küche unsicher machst.«

»Damals habe ich mich extra mit einem großen Kaffee aus dem Diner und einer Wagenladung Muffins entschuldigt.«

Jasper wirft mir einen Seitenblick zu, bei dem mir sofort wieder heiß wird. »Du warst eben schon von Tag eins an eine Lebensretterin. Ich wusste sofort, dass du perfekt zu uns passen würdest.«

»Es hat ja auch von Anfang an gut funktioniert.« Besonders Jasper hat es mir durch seine lässigen Sprüche leicht gemacht, Anschluss zu finden. Und das, obwohl ich in einem desolaten Zustand an der LBU ankam. Im Innern noch in so viele Teile zerbrochen, voller Unsicherheiten und Zweifel. Der Liebeskummer wegen Mark steckte mir noch in den Knochen. Ich habe Freundschaften wie die bei Red gebraucht, sie waren Balsam für meine geschundene Seele.

Wir überqueren weiter gemächlich den Campus, nichts drängt uns dazu, nach Hause zu gehen, und ich bin froh, denn die Nacht klärt meine Gedanken. Mindert das Verlangen, das ich vorhin Jasper gegenüber verspürt habe, und führt mich zum Kern unserer Freundschaft und zu Überlegungen, die ich schon lange mit mir herumtrage. Die sich nun, im Zuge dieser Zweisamkeit, geradezu aufdrängen. Es anzusprechen birgt das Risiko, diesen schönen Abend zu ruinieren, aber vielleicht haben Jasper und ich mittlerweile den Punkt überwunden, an dem wir unsere Fragen und Themen zurückhalten, nur um den anderen zu schützen.

»Jasper?«, beginne ich vorsichtig. »Wieso hast du in den eineinhalb Jahren nie etwas von Maggie erzählt?«

Er bleibt stehen, sieht mich an. In seinen Augen sehe ich eindeutig den Wunsch, nicht darüber reden zu wollen, und gleichzeitig wissen wir beide, dass diese Frage unausweichlich war. Sie wabert schon so lange im Wohnhaus herum, wird von keinem von uns angesprochen, um Jasper nicht aufzuwühlen. Um ihm Zeit zu geben.

»Ich weiß es nicht«, sagt er leise. Es klingt aufrichtig.

»Dass du Corey früher nie von ihr erzählt hast, verstehe ich. Immerhin kannte er sie als Professorin, und ihr wolltet eure Beziehung schließlich geheim halten. Aber in der Zeit danach, nach Maggies Weggang, hättest du darüber reden können.«

»Ich habe wirklich oft darüber nachgedacht. Manchmal habe ich vor Corey oder dir gesessen und überlegt, den Mund aufzumachen und euch einfach zu erzählen, dass ich gar nicht so lässig-locker bin, wie ich immer tue, sondern eigentlich scheiß Liebeskummer habe.«

»Aber? Wieso hast du es dann nicht gemacht?«

»Du weißt ja: über Sachen zu reden, die mich insgeheim belasten, ist nicht wirklich mein Ding. Ich denke, es erschien mir zu schwer. Zu kompliziert. Es zu verdrängen war für den Moment leichter.« Ich nicke, weil ich das gut nachvollziehen kann. Die beiden sind im Streit auseinandergegangen, sicher war es besonders schmerzhaft, daran zu denken.

Ich verstehe ihn.

Doch obwohl ich meine frühere Beziehung selbst nie thematisiert habe, ist sein Schweigen mir gegenüber auch eine schmerzvolle Erkenntnis. Weil ich mir wirklich gewünscht hätte, dass er sich mir anvertraut. Mit mir redet, wenn ihn etwas bedrückt. Nie hätte ich gedacht, dass wir *beide* Mauern um uns herum erbaut hatten. Unsere Freundschaft kam mir immer so offen und rein vor – höchstens befleckt von meinen eigenen Dämonen, die ich zu verbergen versucht habe.

»Ich bin ja selbst die Königin des Verdrängens. Aber manchmal glaube ich, dass es total falsch ist, immer alles zurückzuhalten. Ich stelle es mir wie einen Ball vor: Je länger man ihn unter Wasser drückt, umso höher schießt er, wenn man ihn irgendwann loslässt.«

»Du meinst, mich haben die letzten Wochen so hart getroffen, weil ich die Trennung in den zwei Jahren davor nie aufgearbeitet habe?«

»Vielleicht. Da du dich nie richtig mit der Trennung auseinandergesetzt hast, hatten die Zweifel wegen dieses ominösen Verblobten vermutlich nur noch mehr Spielraum, um dich zu verunsichern. Weil es nur wieder Fragen und Unsicherheiten aufwirbelt, die du vielleicht schon damals hattest?«, hake ich unsicher nach. Keinesfalls will ich den Eindruck erwecken, ihn analysieren zu wollen.

Doch zu meiner Überraschung nickt Jasper. »Du hast recht. Die Frage, ob Maggie mich genug geliebt hat, ist nicht neu. Dieser Verlobte hat sie nicht ausgelöst. Nur verstärkt. Eigentlich habe ich mich das schon gefragt, als sie die Stelle in San Francisco angenommen hat. Und vorher schon, während unserer ganzen Streitigkeiten, weil ich unsere Beziehung öffentlich machen wollte und sie nicht.« Jasper lacht ein wenig zu verbittert auf. »Vermutlich war ich so sehr in diesem furchtbaren Versteckspiel mit Maggie gefangen, dass ich selbst nach der Trennung darin feststeckte und allein den Gedanken, plötzlich mit jemandem über sie zu reden, absurd fand.«

Ich nicke, aber Jasper sieht es nicht. Er ist auf eine der Holzbänke gestiegen und balanciert nun darüber. Vermutlich sein üblicher Versuch, Frust mit Bewegung zu kompensieren. Ich lasse ihn für einen Moment gewähren, störe ihn nicht dabei, bis er sich gesammelt hat. Er springt wieder herunter, landet elegant vor mir.

Dann sieht er mich eine Spur zu durchdringend an. »Du hast auch nie etwas von Mark erzählt«, stellt er fest und bringt mein Herz dazu, sich für eine Sekunde zusammenzukrampfen. So viel zu meinen eigenen Dämonen. »Du hättest über ihn reden können … das weißt du, oder?«

»Ja.« Ich blicke ihm direkt ins Gesicht. Die Schatten, die darauf tanzen, haben sich etwas verändert. Machen die Stimmung ein wenig nachdenklich, aber nicht melancholisch. Die Ausgelassenheit des Abends hält noch an. Ich denke zwar gerade an Mark, dennoch übermannt es mich nicht.

»Wie gesagt: Verdrängungskünstlerin.«

»Schmerzt es, über ihn zu reden?«

»Es schmerzt, an ihn zu denken. Über ihn zu reden hat eher etwas Beschämendes«, gebe ich zu. »Es bedeutet, sich seine eigenen, schlimmsten Fehler einzugestehen.«

»Fehler«, sagt Jasper ein wenig abfällig. »Was genau heißt das schon?«

»Wie meinst du das?«

Der Weg zu Red liegt direkt vor uns, doch Jasper dreht stattdessen nach rechts, hinein in dichtere Kiefernlandschaften, um eine weitere Runde über den Campus zu schlendern.

»Ich habe mich in den letzten Wochen *so* oft gefragt, ob das mit Maggie ein Fehler war. Wenn sie mich wirklich die ganze Zeit hintergangen hat, dann war es wohl einer, oder? Aber dennoch war es wichtig, mit ihr zusammen zu sein. Ich weiß, dass ich heute nicht so vor dir stehen würde, wenn es sie nicht gegeben hätte. Damit meine ich nicht den gebrochenen Kerl der letzten Wochen«, sagt er leicht gekickt. »Ich meine den Jasper, in den der Dekan so viel Vertrauen hat, dass er ihm sogar eine Prügelei verzeiht. Und den, der seinem Dad Paroli bietet und seine Psychospiele aushält. Die Beziehung mit Maggie hat mir geholfen, an der LBU Fuß zu fassen. Mich hier allen zu beweisen. Und wäre ich nicht mit ihr zusammengekommen, hätte ich mich nicht getraut, jemandem zu erzählen, wie unser Dad drauf ist.«

»Maggie wusste von den Problemen zu Hause?«, flüstere ich. Eigentlich sollte es mich bei einer neunmonatigen Beziehung nicht überraschen, dass sie von Jaspers Problemen mit seinem Dad wusste. Und doch hat er uns andere nie eingeweiht. Bis Thanksgiving hat nie auch nur einer von uns geahnt, welchem Druck und welchen Schikanen Lewis und Jasper dort ausgeliefert waren. Ich hatte es immer für ein gut gehütetes Familiengeheimnis gehalten. Dass er Maggie davon erzählt hat, zeigt nur einmal mehr, wie sehr er sie geliebt hat.

»Sie war die Einzige, der ich mich anvertraut hatte«, bestätigt Jasper. »Sie hat mir zugehört und mich dazu ermutigt, stark zu sein. Mich mehr und mehr von ihm zu lösen. Dass ich es nicht zu hundert Prozent getan habe, lag nur daran, dass Lewis noch nicht so weit war, den Kontakt zu ihm abzubrechen, und ich konnte ihn doch nicht mit Dad allein lassen. Ich wusste, dass er mich braucht, wenn er einmal so weit ist. Meine eigene Rettung war es, dass ich mich vorher schon von diesem ganzen Scheiß distanziert habe. Ich habe mich dem Druck, den Dad bei mir erzeugen wollte, einfach entzogen. Ich habe einfach auf Durchzug gestellt, wenn er mal wieder anfing, mich kleinzumachen, oder wenn er meinte, irgendwelche Konkurrenzspielchen zwischen Lewis und mir lostreten zu können. Maggie war mir eine große Stütze, das alles durchzuhalten.« Jasper bleibt kurz stehen, blickt zu den Sternen. »Wie könnte ich es also als Fehler bezeichnen, Maggie geliebt zu haben? Sie hat mich stark gemacht. Auch wenn es sich in den letzten Wochen nicht so anfühlt.«

»Weil das, was uns am meisten beflügelt, uns auch am ehesten zu Fall bringen kann«, sage ich. So in der Art lautete ein Spruch, den Hazels Mom ihr einmal in Bezug auf Lewis gesagt hat. »Ich denke auch nicht, dass Mark ein Fehler war. Es war kein Fehler, mich in ihn zu verlieben und mit ihm meine erste feste Beziehung einzugehen.« Ich beiße auf meine Unterlippe. Über ihn zu reden ist mir wirklich fremd, ich weiß noch nicht, wie ich es finden soll. »Mein Fehler war nicht, ihn zu lieben, sondern so lange bei ihm geblieben zu sein.« *Und mich selbst zu wenig zu lieben. Weniger als Mark.*

»Hat er dich schlecht behandelt? Hat er … dir was getan?«

»Nicht in dem Sinne, wie du es meinst. Er hat mich nicht geschlagen, mich nie bedroht, nicht betrogen. Aber er hatte so eine Art …« Ich deute nach rechts, wir umrunden eine Baumgruppe. Hier ist es dunkler als noch auf dem vorherigen Campusbereich, aber es tut gut, dass Jasper so nicht jede Gefühlsregung in meinem Gesicht ablesen kann. Es ist wie ein Schutzschild, während ich mich entscheide, einen Teil meiner Mauer einzureißen. Nur ein klein wenig, weil Jasper es auch getan hat. Vielleicht auch, weil es Zeit ist, dem Wasserdruck meines Balls ein wenig nachzugeben.

»Er war eine starke Persönlichkeit«, erkläre ich. »Er erweckte immer den Eindruck, alles unter Kontrolle zu haben, er hat eine gewisse Sicherheit und Souveränität ausgestrahlt. Wir waren glücklich zusammen … irgendwie. Aber irgendwie auch nicht. Er hat mich manipuliert. Ich denke, öfter, als ich es mir eingestehen will. Er hat mir Dinge ausgeredet, die nicht seinen Vorstellungen entsprochen haben. Manchmal einfach mit gutem Zureden, indem er mich vom Gegenteil überzeugen konnte, weil er ja nur *das Beste* für mich wollte. Aber da gab es auch so viele Momente, in denen er mir offenkundig gezeigt hat, wenn er nicht zufrieden mit mir war. Wenn ich zum Beispiel mit einer Freundin ins Kino gegangen bin und nicht den Abend mit ihm verbracht habe, dann hat er manchmal stundenlang nicht mit mir geredet und mich so bestraft.

Er hat es irgendwie geschafft, dass ich mich für alles entschuldigen und rechtfertigen musste und alles dafür getan hätte, damit er nicht sauer auf mich ist.« Diesmal bin ich es, die bitter auflacht. »Damals habe ich diese ganze Manipulation nicht gesehen und habe es sogar irgendwie romantisch gefunden, dass er die Abende für uns planen wollte. Und ich wollte alles für diese Beziehung geben. Ich war so verliebt in ihn, so fasziniert von seinem selbstbewussten Auftreten, dass ich sein Verhalten nicht hinterfragt habe. Obwohl ich mich in seiner Gegenwart immer weniger wie ich selbst gefühlt habe.«

»Wie dann?«, fragt Jasper leise.

Ich wünschte, ich hätte eine klare Antwort darauf, aber diesen Zustand der Leere zu beschreiben, erscheint mir im ersten Moment unmöglich. »Wie ein Geist. Als hätte er Tag für Tag ein kleines Stückchen von mir weggenommen und die Lücken wären nur notdürftig gestopft worden. Und dann habe ich mich immer mehr aufgelöst.« Ich beiße mir erneut auf die Unterlippe, verdränge die negativen Erinnerungen, die sich sofort an die Oberfläche kämpfen wollen. »Meine Mom hat mir damals mal gesagt, dass ich verändert wirke. Ich denke, sie hat diesen Prozess noch vor mir erkannt – nur wusste sie nicht, dass es wegen Mark war. Sie wusste ja nicht, dass er immer häufiger auch vor mir mit seinen Freunden über mich gesprochen und ihnen von meinen *Verfehlungen* erzählt hat. Es wirkte alles immer scherzhaft, als würde er mich aufziehen – wie es Liebespaare nun mal so machen –, aber zusammen mit seinen anderen Verhaltensweisen brachte er mich damit nur immer und immer wieder dazu, alles an mir zu hinterfragen und ändern zu wollen. Für ihn. Vermutlich dachte meine Mom, meine Stimmungsschwankungen und mein verändertes

Verhalten wären die normalen Entwicklungen in der Pubertät, in der man nun mal neue Seiten an sich entdeckt. Aber ich weiß, dass sie sich damals Sorgen gemacht hat, weil sie fand, dass ich mich immer mehr zurückgezogen habe. Immer leiser wurde. Weniger geredet, weniger gelacht habe. Da hätte es mir wohl schon auch klar werden sollen.«

»Geh nicht so hart mit dir ins Gericht«, sagt Jasper und überrascht mich damit. Weil dieses harte Gericht alles ist, was mein Kopf kennt.

»Wenn ich nachts wach bin, liegt es genau daran«, gebe ich zu. »Weil ich immer wieder all die Momente durchgehe, in denen ich früher den Absprung von ihm hätte schaffen können, wenn ich noch nicht so kaputt gewesen wäre. Dann gehe ich alles Schritt für Schritt durch.«

Jaspers Kiefer spannt sich an. »Ob es meiner Mom wohl auch irgendwann mal so geht? Dass sie nachts wach liegt und sich fragt, wieso sie sich ihren Söhnen nicht früher angeschlossen und ihren Mann nicht auch verlassen hat?«

»Gut möglich«, sage ich, auch wenn ich meine Situation niemals mit der seiner Mutter vergleichen kann. Mark war nie so aggressiv und unberechenbar wie Jaspers Vater und ich nie mit ihm verheiratet. »Aber wenn es irgendwann so ist, dann findet sie einen Weg, damit umzugehen.«

»Dein Weg ist das Backen. Richtig? Deswegen stehst du immer in der Küche.«

»Es ist Ablenkung und Entspannungsmöglichkeit zugleich. Ich habe mit dem Backen erst angefangen, als ich von Mark getrennt war, deswegen ist es ein Hobby, das er nicht schlechtreden kann … und doch hat er es irgendwie vereinnahmt, weil ich es meistens ausübe, um ihm zu entkommen.« Eine traurige Erkenntnis. »Deswegen wollte ich das Töpfern ausprobieren. Ich will etwas Neues, etwas, das nicht mit Mark zusammenhängt – egal auf welche Weise. Etwas, worüber ich mit ihm nie geredet habe und wozu ich seine Meinung nicht kenne.«

»Ich finde es gut, dass du aktiv dagegen ankämpfst. Und es war mir eine Ehre, bei diesem Experiment dabei zu sein.« Er grinst. »Mir hat es auch geholfen. Es war wirklich besser, als allein in meinem Zimmer zu hocken und an Maggie zu denken. Das mache ich schon oft genug.«

Ein leises, etwas traurig klingendes Lachen entfährt mir. »Wir zwei geben uns in der Hinsicht nicht viel, oder? Verheimlichen unsere Vergangenheit und Gefühle vor unseren Freunden. Machen alles, um sie zu verdrängen.«

Unvermittelt tritt Jasper einen Schritt vor und steht nun ganz dicht neben mir. Ich rieche sein Parfüm, das geradezu verheißungsvoll auf mich einströmt. »Nicht ganz.« Sein Mundwinkel zuckt. »Vor allen Freunden verheimlichen wir es nicht mehr … immerhin reden wir zwei inzwischen ein wenig darüber, oder? Und damit verdrängen wir wohl auch nicht mehr. Nicht mehr vollständig.«

»Du meinst, wir beginnen unsere Beziehungen wirklich zu verarbeiten?« Alles in mir sehnt sich danach. Sehnt sich danach, mich endlich zu befreien, mich von dem Ballast zu lösen. Wieder atmen zu können und diesen zerstörerischen Kreislauf zu verlassen.

»Ich denke, es wird vielleicht noch eine Weile dauern«, erwidert Jasper. »Aber es ist ein Anfang. Ich bin froh, dass wir diesen Deal eingegangen sind. Er hilft mir.«

»Mir auch.«

Gerne würde ich Jasper in diesem Moment zeigen, dass es nicht nur unser Deal ist, der mir hilft, sondern auch die Zeit mit ihm mir viel bedeutet. Genau solche Augenblicke wie dieser hier, indem ich meine Vergangenheit ein Stück weit hinter mir lassen kann, auch wenn es mir sonst nicht so gut gelingen mag.

Der Drang, meine Hand in seine zu legen, ist überwältigend. So sehr, dass er mich verwirrt. Mich ein wenig unsicher zurücklässt. Es würde nicht passen. Nicht nach alldem, worüber wir eben gesprochen haben. Es ist der falsche Zeitpunkt für Zuneigungsbekundungen, bei denen ich selbst nicht sicher bin, was sie bedeuten.

Ich tue das Erste, was mir einfällt, um diesem Moment zu entkommen, und fahre mir durch die Haare. Sollte Jasper diese Übersprunghandlung mitbekommen haben, überspielt er es ebenso gut.

»Es ist spät«, sage ich, obwohl ein Teil von mir gerne weiter über den Campus laufen würde. Dennoch lenke ich meine Schritte bewusst wieder Richtung Red.

Jasper folgt mir. Diesmal reden wir nicht, schweigen einvernehmlich, bis wir Red betreten.

Im Haus ist alles ruhig, die Zimmer sind abgedunkelt. Schwer zu sagen, ob die anderen schon im Bett sind oder noch im Diner. Manchmal schläft Hazel auch bei Lewis und kommt gar nicht nach Hause.

Vor Jaspers Zimmer halten wir an.

»Es war wirklich schön heute. Danke, dass du mitgekommen bist.«

»War mir ein Vergnügen.« Sein Lächeln verrutscht ein wenig, als er schluckt.

»Wieso wirkst du dann gerade so, als wären schlagartig alle Sorgen wieder da?«, frage ich und widerstehe dem Drang, die dunklen Ränder unter seinen Augen mit den Fingern nachzuzeichnen.

»Es geht schon«, murmelt er.

»Bitte keine Ausflüchte, nachdem wir gerade so offen zueinander waren. Das fühlt sich falsch an.«

»Es ist nur … die letzten Nächte waren hart. Deswegen wäre mir das mit dem Diner auch zu viel geworden. Am Tag schlage ich mich inzwischen gut, aber sobald ich dann im Bett liege und schlafen möchte, denke ich wieder an diesen Verlobten, und dann –«

»Beginnen wieder die Zweifel?«, mutmaße ich.

Jasper nickt, und ich fasse einen Entschluss. »Ich bin in fünf Minuten wieder da.«

»Was hast du vor?«, fragt Jasper, doch ich habe mich bereits umgedreht und bin auf dem Weg in mein Zimmer. Dort mache ich mich kurz frisch, ziehe mir einen meiner Pyjamas an, den flauschigen weißen, in dem ich mich immer wohlfühle, und schnappe mir meine Decke.

Als ich kurz darauf bei Jasper anklopfe, bin ich schlagartig nervös. In den letzten Wochen war ich oft bei ihm, auch spätabends, aber nie mit der Absicht, hier wirklich die Nacht zu verbringen. Ohnehin ist es sicher schon zwei Jahre her, dass ich das letzte Mal bei einem Mann übernachtet habe.

»Hey«, sage ich atemlos, als ich eintrete. »Bereit für eine kleine Pyjamaparty?«

Jasper sitzt bereits auf dem Bett, auch er trägt inzwischen etwas anderes: Ein altes Bandshirt der Ramones und eine Jogginghose. Neben ihm liegt ein Buch.

»Bist du dir sicher?«

»Nur, wenn ich darf. Wir Nachteulen mit Schlafproblemen müssen doch zusammenhalten, und vielleicht tut es uns ganz gut.«

Ich lächle ein wenig unsicher.

»Hab auch meine eigene Decke mit.« Ich hebe sie demonstrativ hoch. »Ich neige nämlich dazu, mich darin einzuwickeln, als wäre ich ein Burrito.«

»Ein Burrito, ja?«, lacht Jasper. Die Wärme in seinem Blick ist eigentlich schon Decke genug. Dann rückt er zur Seite, sodass ich neben ihm Platz habe. »Okay, dann probieren wir's. Aber wehe, du schnarchst.«

»Das müsste ich eher zu dir sagen. Ich habe dich schon öfter schnarchen gehört, wenn ich auf dem Weg ins Bad war.«

»Da musst du ja dein Ohr an die Tür gehalten haben, um das zu hören«, feixt Jasper. »Wenn ich schnarche, dann nur extrem leise.«

»Genau. Und wenn ich nachts wach bin, dann nur extrem kurz«, gebe ich zurück.

Jasper wirft ein Kissen nach mir.

»Hey. So geht man nicht mit seinen Gästen um.«

»Sorry. Kommt nie wieder vor.«

Ich komme zum Bett und drapiere Kissen und Decke. Dann lege ich mich neben Jasper, der noch ein wenig weiter zur Seite rückt. Dennoch berühren sich unsere Schultern sofort.

Alles riecht nach ihm, ist warm und beruhigend.

So sehr, dass ich mich ablenken muss.

»Was liest du da?«, frage ich und deute auf das Buch, das er nun auf dem Nachttisch platziert hat.

»*Patriot Games* von Tom Clancy. Hat Lewis mir geliehen.«

»Ist es gut?«

»Kann ich noch nicht sagen. Es ist wie beim Lernen: Meine Konzentration lässt ein wenig zu wünschen übrig. Deswegen komme ich nicht wirklich rein.«

»Zeig mal her.« Er reicht mir das Buch, das ich an der

Stelle aufschlage, an der ein alter Flyer der LBU steckt. »Nettes Lesezeichen, wenn man es denn so nennen möchte.«

Ich lehne mich ein wenig näher zu ihm. Unsere Schultern berühren sich stärker. Kurz ist es mir, als würde Jasper den Atem anhalten. Aber er ist nicht der Einzige. Mein Mund fühlt sich mit einem Mal trocken an.

»Also, was habe ich denn bisher verpasst?«

»Es geht um Jack Ryan, einen Professor für Militärgeschichte. Er hält sich in London auf, als er als ahnungsloser Passant in einen Terroranschlag gerät. Ich bin gerade genau an der Stelle, als es losgeht.«

»Klingt spannend. Mal schauen, wie es weitergeht«, sage ich und beginne vorzulesen. Jasper wirft mir einen etwas fragenden Blick zu, lässt sich dann jedoch darauf ein. Er sinkt etwas weiter ins Kissen, schließt die Augen. Ich spüre seinen Herzschlag, seine Wärme, während ich ihm Seite für Seite vorlese und dabei immer wieder einen Blick auf ihn werfe. Ihn und die feinen, blonden Haarsträhnen, die ihm ins Gesicht fallen. Der entspannte Gesichtsausdruck, der mir selbst vollste Zufriedenheit verschafft. Seine einladenden Lippen, die er gerade ein wenig geöffnet hat und die mich sofort an seine Worte über meine eigenen Lippen erinnern. An dieses Kribbeln beim Töpfern – so roh und wild. Ich frage mich, wie seine Lippen wohl schmecken würden. Wie es wohl wäre, ihn zu küssen?

Wäre es nur eine Möglichkeit, unseren Schmerz zu lindern? Oder eine lang gehegte Sehnsucht, die in unserer gemeinsamen Zeit gewachsen ist?

Kapitel 19

Inzwischen kann ich die Albträume, die ich in den letzten zwei Jahren hatte, nicht mehr zählen. Alles, was ich mit meinen To-dos zu bekämpfen versuche, quillt in meinen Träumen an die Oberfläche. Erinnerungsfetzen und Schuldzuweisungen an mich selbst, weil ich Mark so lange und so intensiv in mein Leben gelassen habe. Es ist zermürbend und eines der Dinge, die mich schwer einschlafen lassen: dieses Wissen, dass ich gleich träumen und dann wieder schweißgebadet aufwachen und mich noch schlechter fühlen werde.

Als ich am nächsten Morgen jedoch aufwache, sind da keine schlechten Gefühle, keine Albträume, die es abzuschütteln gilt. Da ist nichts als Wärme und Geborgenheit.

Und ein Arm, der um meine Taille liegt.

Ich schlage die Augen auf. Mein Herz rast, während ich begreife, dass ich mich noch immer in Jaspers Bett befinde. So dicht neben ihm, dass sein gleichmäßiger Atem meinen Hals berührt. Es ist sein Arm, der um meine Taille geschlungen ist. Mein Shirt ist hochgerutscht, also ist kein Stück Stoff zwischen seinen Fingern und meiner Hüfte. Ich bin mir nicht sicher, ob ich so etwas wie Verlegenheit oder pure Begierde fühlen soll. Gerade fühlt es sich an, als würde beides gleichzeitig durch meine Nervenenden fließen.

Wir sind also eingeschlafen. Haben uns offenbar doch eine Decke geteilt, denn meine liegt auf dem Boden, anstatt mich wie ein Burrito einzuhüllen. Das Buch, aus dem ich ihm vorgelesen habe, liegt noch aufgeklappt neben mir.

Behutsam greife ich danach, um es auf den Nachttisch zu legen, was angesichts von Jaspers Körper so dicht neben mir nicht leicht ist. Sein Arm rutscht ein wenig zur Seite, legt noch mehr meiner Hüfte frei.

Streichelt sein Daumen da gerade über meine Haut? Ich erschaudere und versuche mich ihm zu entziehen, auch wenn ich mich gleichzeitig näher an ihn pressen will.

»Schlaf noch etwas«, murmelt er plötzlich.

Wann ist er denn wach geworden? Wieso zieht er den Arm nicht weg?

»Schlaf … selten gemerkt, wie sehr ich ihn vermisst habe«, murmelt er weiter. »Eine halbe Stunde noch, ja?«

»Geht nicht«, sage ich, auch wenn ich wirklich gerne einfach weiterschlafen würde. Weiter diese Geborgenheit spüren möchte. Seine Nähe. »Wir müssen uns langsam fertig machen. Heute ist wieder Videodreh, schon vergessen?«

Jasper dreht sich murrend um und zieht dabei seinen Arm von mir weg. Ich sollte erleichtert sein, doch in Wirklichkeit lässt es mich fröstelnd zurück.

»Und das an unserem freien Tag«, brummt er, ehe er sich wieder zu mir dreht. Seine Augen sind nun offen, blinzeln mich verschlafen an. »Gerade heute wäre ausschlafen mal echt nett gewesen.« Er grinst schief. Es erinnert so sehr an den Jasper von früher, dass es mich eiskalt erwischt.

»Ich sollte duschen gehen«, sage ich ein wenig zu hastig und stehe auf.

Jasper richtet sich auf und sieht mir dabei zu, wie ich meine Decke zusammenklaube.

»Alles in Ordnung? Habe ich etwa doch geschnarcht?«

»Nein.« Ich sehe ihn an, sehe ihn diesmal richtig an, halte seinem Blick stand. Dann seufze ich leise. »Ich habe auch erstaunlich gut geschlafen, ehrlich gesagt. Aber wir sind spät dran.«

Jasper nickt mir zu, ehe ich aus dem Zimmer stürze und mich unter die kalte Dusche stelle, um mich wieder zu fangen.

Als wir uns eine halbe Stunde später jedoch mit Müllbeuteln, Eimern und Greifzangen bewaffnet im Modoc National Forest einfinden, schwanke ich noch immer zwischen Verwirrung und Sehnsucht. Ich bin froh, mich wenigstens auf unsere Videoaufnahmen konzentrieren zu können. Es hilft dabei, nicht zu sehr an diesen Morgen in Jaspers Armen zu denken … oder diese wohltuende albtraumfreie Nacht.

Diesmal filmt uns Lewis bei der monatlichen Müllsammelaktion im Forest, um den Unternehmen ein wenig mehr von unserem Einsatz für die Umwelt zu zeigen.

»Die Säuberungsaktion ist freiwillig«, erklärt Corey mit Blick in die Kamera, während wir anderen Müsliriegelverpackungen, Zigarettenkippen und sonstige Dinge einsammeln. »Die Verwaltung des Modoc National Forest sorgt dafür, dass genügend Mülleimer zur Verfügung stehen, besonders an den Touristen-Hotspots. Sie stellen Hinweisschilder auf, dass Müll nicht hinterlassen werden darf, und die Ranger patrouillieren zur Kontrolle, aber es passiert leider dennoch regelmäßig, dass die Menschen unachtsam sind und ihren Müll liegen lassen.«

»Am besten wäre es natürlich, die Leute selbst zur Einsicht zu bringen, ihr Verhalten zu ändern«, schiebe ich ein. »Aber die Natur kann nicht darauf warten.«

Hazel nickt. »Deswegen treffen sich die Bürger aus Lullaby zweimal im Monat, darunter viele Studierende der LBU, und sammeln Müll, damit der Eingriff in die Natur nicht überhandnimmt.«

»Immerhin ist das unser wichtigstes Ziel«, ergänzt Jasper. »Deswegen haben wir auch kein Problem damit, mit anzupacken und uns ein wenig schmutzig zu machen.« Als hätten wir es geplant, findet er gerade ein benutztes Taschentuch, das sich in einer Lupine verfangen hat, und lässt es mit gerümpfter Nase in einem Müllbeutel verschwinden.

Wir gehen weiter. Diesmal bleibt Lewis auf Abstand, um ein paar Einstellungen aus der Ferne zu filmen. Wir versuchen, uns so natürlich wie möglich zu verhalten, immerhin geht es hierbei nicht nur um die Vorstellung der LBU, sondern vor allem um uns. Hazel und ich halten uns links, kümmern uns um Steppengras, in dem Plastikfolie hängt, und kämpfen damit, die Folie herauszuholen, ohne die Pflanze zu beschädigen.

»Klappt es?«, frage ich und ziehe an einem Teil der Folie, Hazel an dem anderen. Dann kann ich es endlich vollständig lösen und in den Müllbeutel geben.

»Na endlich«, triumphiert Hazel und grinst. Noch breiter, als sie ihren Kopf zur Seite dreht. »Guck dir die an.«

Ich sehe Jasper und Corey, die mit zwei Greifzangen einen Kampf ausfechten, als wären es Laserschwerter. Lewis hält mit der Kamera drauf, wie die beiden sich umrunden und die Zangen gegeneinanderschlagen. Sie jagen sich um eine Kiefer, Corey gewinnt die Oberhand und bringt Jasper dazu, seine Waffe fallen zu lassen. Corey nimmt eine Siegerpose ein, Lewis umrundet ihn mit der Kamera und hält diesen Moment aus jeder Perspektive fest. Ich hingegen hänge an Jaspers Anblick, der sich vor Lachen den Bauch hält.

Hazel scheint das mitzubekommen. »Jasper wirkt gelöster, seit die Prüfungen vorbei sind«, meint sie und schielt zu mir. »Du hast mit ihm gelernt, oder?«

»Ist euch wohl nicht entgangen?«

»Dass ihr die Nächte durchmacht, diesmal nicht jeder für sich, sondern zusammen in Jaspers Zimmer? Habe ich bemerkt. Und ich habe Jasper mit einem Lernplan gesehen. So detailliert, wie der war, konnte der nur von dir sein.«

»Er hatte Probleme bei den Vorbereitungen. Aber Jasper hat mir auch bei vielem geholfen in letzter Zeit.«

»Wegen des Wettbewerbs?«

»Auch«, sage ich lächelnd. »Er schafft es, dass ich mich an Dinge heranwage, an die ich selbst nie geglaubt habe.« Erneut sehe ich zu ihm. Er hat seine Zange wieder aufgenommen und sammelt weiter Müll ein, auch wenn er Corey noch immer zusichert, eine Revanche zu fordern. »Weißt du noch, als du Lewis kennengelernt hast? Du sagtest, er würde dich erden.«

Nun lächelt Hazel selig. »Tut er heute noch. Bei ihm komme ich zur Ruhe.«

»Und Jasper beflügelt mich irgendwie«, gebe ich zu. Dabei klopft mein Herz verräterisch.

Hazel mustert mich, dann reckt sie ihren Kopf nach rechts und macht ein paar Schritte. Ich folge ihr. Weiter weg von den anderen, sodass uns keiner hören kann.

»Du bist verliebt in ihn, oder?«

»Ich? Nein.«

»Ach komm, Lou. Ich weiß es eigentlich schon seit dem ersten Tag, an dem ich bei euch eingezogen bin. Immer wenn er eine Frau mit nach Hause gebracht hat, habe ich dein Gesicht gesehen. Du hattest schon immer Gefühle für ihn.«

Ich ziehe ertappt den Kopf ein. Mir war nicht klar, dass man mir meinen Missmut gegenüber Jaspers Dates angemerkt hat. Corey jedenfalls hat nie etwas dazu gesagt.

»Gefühle nicht«, meine ich nachdenklich. »Eher Interesse.«

»Dann nennen wir es so. Auch wenn ich denke, dass es mehr ist.«

»Vielleicht«, erwidere ich. »Vielleicht denke ich in letzter Zeit mehr an ihn, weil wir mehr Zeit miteinander verbringen.«

»Wieso habe ich den Verdacht, dass da ein Aber kommt?«

»Weil in meinem Kopf Hunderte davon sind. Jasper steckt mitten in einer Krise. Er ist gerade erst dabei, sich zu erholen.«

»Dank dir.«

»Der Tod von Maggie macht ihm immer noch zu schaffen«, rede ich unbeirrt weiter. »Da werde ich mich ihm sicher nicht aufdrängen. Er braucht mich als Freundin, mehr nicht.«

»Ich glaube ja, ihr würdet euch guttun. Jasper hätte ein wenig Glück verdient. Und du auch.«

»Glück bedeutet manchmal, das festzuhalten, was man hat, anstatt etwas hinterherzulaufen, das nur sein könnte.«

»Willst du jetzt meiner Mom Konkurrenz machen? Der Spruch hätte von ihr sein können.«

Ich zucke mit den Schultern und hebe ein Stück Alufolie vom Waldboden auf. Insgeheim hoffe ich, dass es sie genug vom Thema ablenkt. Das Problem ist, dass Hazel recht hat, aber das bedeutet nicht, dass ich unrecht habe. Jasper *steckt* in einer Krise, er *braucht* eine Freundin. Außerdem habe ich mir nach meiner letzten Beziehung geschworen, auf mich zu achten und mich nie wieder blindlings in irgendwelche Gefühle zu stürzen. Deswegen darf ich auf keinen Fall an das Kribbeln denken, das Jasper in mir auslöst. Ich darf nicht darüber sinnieren, ob ich Gefühle für ihn habe, weil allein der Gedanke daran angsteinflößend ist.

»Wir sollten zurück zu den anderen gehen«, sage ich seufzend. »Die Videopräsentation steht jetzt im Fokus, nichts anderes.«

»Du weichst aus. Aber das ist okay. Vielleicht bist du noch nicht so weit zu sehen, wie toll ihr zusammen wärt.«

»Bin ich«, flüstere ich, nur zu mir selbst. Das Problem ist, dass ich mir ebenso gut vorstellen kann, wie es wäre, damit alles zwischen uns zu zerstören, was wir uns die letzten Jahre aufgebaut haben.

Bei den anderen angekommen, berichten Jasper und Corey freudestrahlend von ihrem Schwertkampf. Ich trete vor die Kamera und erkläre noch ein paar Details zur Säuberungsaktion, und am Ende präsentieren wir unsere gefüllten Abfalltüten und ein paar der schlimmsten Müllsünden. Jasper hat sogar einen Barbiekopf in einem Strauch wilder Heidelbeeren gefunden und hält ihn mit der Zange in einer Mischung aus Faszination und Ekel.

Während der Heimfahrt zwinge ich mich dazu, an das Video zu denken, nicht an Jasper. Nicht an sein Lachen oder Hazels Worte, nicht an das wunderschöne Gefühl, morgens in seinen Armen aufzuwachen. Nur an den nächsten Dreh, der gleich noch vor uns liegt, wenn wir unser Abendessen filmen werden. Aber wie soll ich Jasper da aus meinen Gedanken verbannen? Er wird dabei sein, wird für die Kamera Witze reißen, während er das Gemüse für unser Gratin schnippelt. Er wird später direkt neben mir sitzen, weil das schon immer sein Platz ist. Bei jedem Abendessen, seit eineinhalb Jahren. Quasi Schulter an Schulter mit mir.

Und plötzlich ist diese Nähe verwirrend. Gefährlich.

Liebes Tagebuch,
drei Jahre sind eine lange Zeit. Heute frage ich mich oft, wie ich es so lange in einer Beziehung mit Mark aushalten konnte … und wieso es so lange gedauert hat, bis ich realisiert habe, dass es mich zerstört hat. Manchmal erkläre ich es mir damit, dass Gift, wenn man es jeden Tag in einer kleinen Dosis gespritzt bekommt, länger braucht, um einen wirklich aus der Bahn zu werfen.
Aber so einfach ist es nicht. Sind toxische Beziehungen nie. Weil es nie nur die Dunkelheit gibt, nie nur die schlechten Momente. Manchmal wünschte ich mir, es wäre so gewesen, dann hätte ich viel früher gehen können – noch bevor ich mich selbst verloren habe.
Aber es gab eben in all den drei Jahren nicht nur Dunkelheit, sondern auch Licht. Schöne Momente und Erinnerungen. Heute mögen sie getrübt sein. Von den Erfahrungen, die ich sammeln musste. Von dem Wissen, in welchem Zustand ich mich nach dieser Beziehung befand – ausgebrannt, kraftlos und leer. Aber davor gab es auch Zeiten, in denen mich die Beziehung mit Mark erfüllt hat. Wenn wir unsere kleinen Insider hatten, die mich zum Lachen brachten. Wenn er mir sagte, wie schön ich sei, und mir Blumen schenkte. Während der drei Kochkurse, die wir zusammen gemacht und die uns einander nähergebracht hatten. Während gemeinsamer Museumsbesuche, Fernsehabende,

einem Urlaub in Florida. Der Trost, den er mir spendete, wann immer ich mich mit meinen Eltern stritt. Wann immer ich dem Lernstress erlag. Seine Art, Dinge anzupacken und für sich zu vereinnahmen, hatte etwas Imposantes. Es gab mir Sicherheit.

Diese Sicherheit war es, die mich dazu brachte, mich in ihn zu verlieben. Unsere gemeinsamen Erlebnisse waren das, was mich dazu brachte, zu bleiben.

Man las es doch auch immer überall: dass Beziehungen nicht nur die Wolke sieben, sondern harte Arbeit sind. Dass es immer auch Probleme gibt. Wo genau sind die Grenzen? Wie viele Probleme sind zu viel? Wie viel Dunkelheit gilt es zu ertragen?

Ich habe mich an meine Liebe zu Mark geklammert und versucht, daran zu arbeiten. An mir *zu arbeiten.*

Vermutlich zu viel.

Kapitel 20

Wind pfeift ums Haus, die Wanduhr über meinem Schreibtisch tickt und tickt und tickt. Aber das ist es nicht, was mich wach hält. Auch nicht meine üblichen Zweifel oder Gedanken an Mark. Heute sind es die Leidenschaft in meinem Körper, Sehnsucht in meinem Herzen und dieser Gedanke, dass sich alles mit Jasper anders anfühlt. Anders als früher, als ich ihn nur im Geheimen bewundert habe, aber damit leben konnte, dass wir Mitbewohner und Freunde waren. Früher, als der Gedanke, er könnte überhaupt Interesse an mir haben, sich irrwitzig angefühlt hat. Und nun?

Da ist noch immer diese Stimme in meinem Kopf, die nicht daran glaubt, dass Jasper Branson und ich zusammenfinden könnten. Dafür habe ich zu oft Frauen kommen und gehen sehen, ohne dass ich für ihn auch nur als Date infrage gekommen wäre. Und da ist noch so viel Trauer um Maggie, die mich immer wieder zu der Erkenntnis führt, dass wir uns als Freunde brauchen. Dass nicht mehr daraus werden kann. Nicht jetzt, vielleicht niemals, weil ich keine Lückenbüßerin sein möchte.

Ich kenne die Argumente, sie wiegen noch genauso schwer wie während meines Gesprächs mit Hazel. Und doch besteht gleich daneben etwas wie Hoffnung. Die Frage, ob ich mir die ganze Zeit etwas vormache, wenn ich das mit Jasper kleinrede. Wenn ich die Vertrautheit zwischen uns ignoriere. Dieses Gefühl, sich zu verstehen, selbst ohne Worte. Das Gefühl, dass er diese dunkle, etwas verdrehte

Seite von mir nehmen und sie einfach wieder zum Strahlen bringen kann, damit ich wieder mehr ich selbst bin. Eine neue, vielleicht stärkere Version meiner selbst.

Ich drehe mich von rechts nach links, vergrabe meine Hand unter meinem Kopfkissen und schließe seufzend die Augen. Zu gerne würde ich jetzt schlafen. Einfach in einen traumlosen Schlaf abdriften, damit mein Kopf Ruhe gibt. Aber ich schaffe es nicht. Sobald ich die Augen schließe, ist da Jasper.

Ich seufze noch mal, diesmal lauter, und richte mich auf. Niemals werde ich so einschlafen können.

Nachdem ich in Hausschuhe geschlüpft bin, verlasse ich mein Zimmer und gehe die Treppe hinunter, bereit, die Küche unsicher zu machen. Ich hatte ohnehin vor, neue Cookies zu backen.

Kurz bleibe ich vor Jaspers verschlossener Zimmertür stehen. Kein Geräusch dringt hindurch, es scheint, als hätte wenigstens er Schlaf gefunden.

Doch schon ein paar Stufen vor dem letzten Treppenabsatz sehe ich ihn in der Küche: angelehnt an die Arbeitsplatte, mit dem Rücken zu mir, nur mit einer tief sitzenden Jogginghose bekleidet. In seinen Ohren stecken offenbar Kopfhörer, denn er hat mein Kommen bisher nicht bemerkt. Es ermöglicht mir, ihn einige Sekunden zu betrachten. Wie gelähmt stehe ich da, die Hände noch am Treppengeländer, und beobachte, wie Jasper in der Küche steht und … backt. Allein. Oberkörperfrei. In der Nacht, in der ich sowieso nicht anders kann, als über ihn nachzudenken. Über ihn und mich. Uns. Das ganze Paket.

Ich trete näher.

Jasper dreht sich um und gibt den Blick auf die vielen Tattoos auf der rechten Seite seines Oberkörpers frei. Drachen, Schriftzüge, eine Sonne, ein Schwert, Kleeblätter und Sterne. Es ist nicht das erste Mal, dass ich ihn so sehe, aber diesmal nimmt mich sein Anblick völlig gefangen. Der Anblick dieser Tattoos, deren Bedeutung ich bisher noch nicht herausgefunden habe. Und der Anblick seiner kleinen blonden Haare, die vom Bauchnabel abwärts zum Bund seiner Jogginghose reichen und mir den Atem rauben. Ich schlucke. Versuche, nicht zu sehr auf seine Mitte zu starren, sondern ihm in die Augen zu sehen. Aber das macht es nicht besser, denn der Blick, den er mir in diesem Moment zuwirft, ist nicht weniger fesselnd. Nicht weniger verwirrend.

»Du hast mich erschreckt«, sagt er leise und nimmt die Kopfhörer heraus.

»Und du mich überrascht«, erwidere ich mit trockener Kehle. Ich wünschte, mein Herz würde nicht so schnell schlagen.

»Ich hätte nie gedacht, dich jemals mit einer Rührschüssel zu sehen.«

»Ich dachte, ich versuche mich auch mal an diesen Bananencookies.«

»Wirklich?« Ich trete näher an die Schüssel heran, in der er bereits die Zutaten zusammengemischt und zu einem Teig verrührt hat. Hier und da entdecke ich noch ein paar Mehlklumpen, aber ich habe ihn ja auch unterbrochen.

»Ich dachte, du schläfst endlich mal«, sage ich.

»Das habe ich bei dir auch gedacht.« Seine Stimme ist dunkler als sonst und beschert mir eine Gänsehaut. Es liegt etwas Verheißungsvolles darin, aber vielleicht bilde ich es mir auch nur ein, dass mir die Stimmung zwischen uns verändert vorkommt. Prickelnder. Als wäre ich nicht die Einzige, die sich zu viele Gedanken um uns macht.

Jasper schiebt eine Hand in die Tasche seiner Jogginghose. »Aber ich habe auch irgendwie gehofft, dass du kommst.« Da sind sie, die Worte, die beweisen, dass diese Stimmungsveränderungen nicht nur an mir liegen. Sie sind keine Produkte meiner Fantasie.

»Ja?«, hauche ich beinahe. Diesmal tut es weh, als ich schlucke. »Ich … ich hatte auch gerade an dich gedacht.«

Plötzlich ist er mir noch näher. Sieht mich mit diesen blauen Augen an, die im schwachen Licht der Küchenlampe dunkler wirken, tief und weit.

»Jasper?«, beginne ich zu reden, ohne zu wissen, was ich eigentlich sagen möchte. Das unsägliche Verlangen nach ihm überlagert jeden klaren Gedanken. Die Argumente, eben noch feinsäuberlich geordnet und selbsterklärend dafür, wieso Jasper sich eigentlich gerade nicht zu mir hingezogen fühlen kann, werden davon weggespült. Einfach so, innerhalb eines Wimpernschlags, in dem ich überlege, ihn zu küssen. Endlich seine Lippen auf meinen zu spüren, mich darauf einzulassen. Nur dieses eine Mal. Um zu sehen, ob das, was ich fühle, wahrhaftig ist.

»Lou?«, fragt er zurück, mit einem kleinen Zucken seines Mundwinkels.

Zögerlich streichle ich mit der Hand über seine Wange, so sachte, als wäre sie aus kostbarem Porzellan. Ich gebe ihm die Möglichkeit, sich zurückzuziehen, aber er tut es nicht. Stattdessen sieht Jasper mich mit leicht geöffneten Lippen an, wirkt ein wenig irritiert, aber nicht weniger vorsichtig als ich. Und doch so, als würde er sich ebenso nach diesem Kuss sehnen. Vielleicht auch wach liegen bei dem Gedanken, was das zwischen uns ist. Was es werden könnte?

Ich dränge all meine Zweifel und meine Fragen zurück,

konzentriere mich auf diesen Moment, auf diese Sehnsucht nach ihm. Diese Lippen, die so dicht vor mir sind. Mein Herzschlag beschleunigt sich, als ich es wage: mich ihm noch etwas nähere. Zentimeter für Zentimeter zurücklege. Die Distanz zwischen uns verringere, bis Jasper die Luft anhält. Seine Augen scheinen mich zu fragen, was ich vorhabe.

Und dann küsse ich ihn.

Eine Sekunde lang ist Jasper wie erstarrt, vielleicht hat er es doch nicht kommen sehen. Vielleicht hat er diesen Kuss doch nie für sich in Erwägung gezogen. Doch dann küsst er mich zurück, küsst mich *tatsächlich*. Küsst mich *richtig*.

Seine Zunge streichelt über meinen Lippen, fragend, behutsam, bis ich sie öffne und ihn hineinlasse. Bis ich das tue, was ich immer mit Jasper tue: mich fallen lassen. In diese Situation, mit der ich nicht gerechnet habe und die trotzdem so viel Sinn ergibt. So viel in mir auslöst. Lust, Begierde, Selbstbewusstsein, Freiheit, so viel Wärme. Ihn zu küssen ist magischer als jeder Flug über den Modoc National Forest, jeder Tanz im Regen, jede Modenschau. Es überwältigt mich.

Meine Hände legen sich um seinen Nacken, ziehen ihn näher zu mir. Jasper stöhnt leise auf, ein kleines Geräusch nur, das sämtliche Zurückhaltung niederringt. Unsere Küsse werden fiebriger. Ein perfektes Zusammenspiel aus Leidenschaft, als hätten wir beide lange auf diesen Moment gewartet.

Jaspers Hände liegen auf meiner Taille, ziehen mich noch näher, auch wenn ich dachte, dass das gar nicht mehr möglich wäre. Ich fahre durch seine Haare, spiele mit seinen Haarspitzen, streiche mit den Fingern über seine Tattoos. Sein Griff um meine Taille wird fester, er hebt mich hoch, und ein paar Sekunden später sitze ich auf dem Küchentisch, in perfekter Höhe, um mich noch enger an ihn zu schmiegen. Unsere Becken berühren sich und lassen uns beide aufstöhnen. Ich löse mich von ihm, nur kurz, um ihm ins Gesicht zu sehen. Um mich zu vergewissern, dass das hier wirklich passiert. Dass Jasper Branson und ich uns küssen. Nicht nur küssen, uns einander hingeben.

Er lässt seine Stirn gegen meine sinken, atmet seufzend aus, dann grinst er. Es ist dieses Grinsen, das es bis in mein Bewusstsein schafft und mir klarmacht, dass das hier wirklich echt ist. Kein Traum, kein Wunschgedanke. Realität.

»Das ist …« Er klingt heiser, und sein Adamsapfel hüpft, als er schluckt. Überwältigt sieht er mich an, als hätte auch er eben erst realisiert, was wir hier tun. Doch kurz darauf beugt er sich wieder nach vorne. Diesmal nicht, um mich zu küssen. Nicht sofort.

»Ich hatte zwar gehofft, dich heute zu sehen«, murmelt er. »Aber damit habe ich nicht gerechnet.«

»Ich auch nicht.« Meine Lust pulsiert in meinem Körper. Ich ziehe ihn wieder näher, küsse ihn erneut, denn nun, da ich weiß, wie es ist, ihn zu küssen, will ich nicht aufhören. Ich will diesen Moment noch ein wenig auskosten.

Jaspers Lippen streifen meine Wange, als er sich zu meinem Hals vortastet. Sanft küsst er mich direkt unterhalb meines Ohrläppchens. Seine Zunge fährt über meine empfindsame Stelle direkt an der Halsbeuge. Eine Welle der Leidenschaft schießt durch meinen Körper und bringt ihn zum Kribbeln. Halt suchend taste ich nach der Tischplatte.

Im nächsten Moment tönt ein lautes Scheppern durch die Küche.

Jasper macht einen Satz nach hinten. Keuchend sehen wir uns an, dann die Schüssel mit dem Teig, die nun auf dem Boden liegt. Stimmt, wir hatten sie ja auf dem Tisch abgestellt.

Lichter gehen im Flur an, und Hazels und Coreys verschlafene Stimmen rufen nach uns. Ich springe vom Tisch auf, richte meine Kleidung und mein Haar. Fluche leise.

Im nächsten Moment betreten Corey und Hazel mit müden Augen die Küche.

»Was ist das für ein Krach«, murrt Corey, der es nicht ausstehen kann, geweckt zu werden.

»Entschuldigt!«, bringe ich hervor. Meine Stimme klingt viel zu belegt. »Ich … also wir … wir backen nur. Und haben die Schüssel fallen gelassen. Tut uns leid.« Ich richte noch mal meine Haare und spüre dabei Jaspers viel zu offensichtlichen Blick auf mir. »Geht wieder ins Bett. Wir sind ab jetzt leise. Versprochen.«

»Wir wollten auch gleich schlafen gehen«, meint Jasper.

Corey nickt. Er geht zum Kühlschrank, schenkt sich ein Glas Wasser ein und nimmt es mit nach oben, wo Hazel bereits wieder in ihrem Zimmer verschwunden ist. Ich hole einen Lappen und eine kleine Schüssel mit Wasser, um das Chaos zu beseitigen. Der Teig ist überall: auf den Fliesen, den Tischbeinen, an der Küchentheke.

»O Mann.« Jasper beginnt zu lachen, erst leise und sanft, dann immer lauter und ausgelassener.

Ich lasse vom Chaos ab und haue mit dem Putzlappen nach ihm. »Nicht so laut. Sonst kommen sie gleich wieder.« Zur Antwort zieht er mich an sich. »Und hör auf, mich so anzusehen. Sonst wissen gleich alle, was gerade passiert ist.«

»Keiner mehr da, der es mitkriegen würde«, sagt Jasper gut gelaunt. »Außer uns beiden.« Seine Finger fahren über meine Unterlippe und entfachen die Lust, die gerade abgeebbt ist, erneut.

»Das war ziemlich …«, beginne ich, finde jedoch keine Worte, die nicht kitschig klingen. Magisch? Atemberaubend?

»Unglaublich«, beendet Jasper meinen Satz.

»Wenn nur die blöde Schüssel nicht gewesen wäre.«

»Die ist mir egal.«

»Aber sie hat diesen Moment zerstört.«

»Hat sie?« Er fährt noch mal über meine Lippen und löst eine Gänsehaut auf meinem ganzen Körper aus. Eindeutig ist dieser Moment noch da, und doch fühlt er sich nun anders an. Als wäre die Blase, in der wir uns einfach nur unserem Kuss und diesem Gefühl hingeben konnten, geplatzt. Plötzlich ist alles andere wieder da: die Fragen, wie es sein wird mit uns, was das alles zu bedeuten hat. Ob es funktionieren kann. Jasper scheint es zu spüren, denn er seufzt leise und lässt seine Stirn erneut gegen meine sinken. Er schließt kurz die Augen, ehe er mich ansieht und sich von mir löst.

»Okay«, sagt er. »Wie wär's, wenn wir von dem Teig retten, was noch zu retten ist, aufräumen und dann reden?«

»Über diesen Kuss?«

»Über alles.« Mein Herz macht einen Hüpfer.

»Reden klingt gut«, erwidere ich.

Kapitel 21

Jaspers Zimmer ist in schummriges Licht getaucht. Um uns herum liegen ein paar Kissen und Decken verteilt, unsere Rücken sind an sein Bett gelehnt, und die noch warmen Cookies stehen in einer Dose auf dem Boden zwischen unseren Füßen. Viele Cookies sind es nicht geworden, zu viel Teig ist durch mein Missgeschick verloren gegangen, aber sie schmecken fantastisch.

Dafür, dass wir reden wollten, füllt beachtliches Schweigen den Raum, aber es stört mich nicht. Es ist keine unangenehme Stille. Viel mehr fühlt es sich heilsam an. Als würden wir beide in Gedanken diesen Kuss wiederholen und so das eben Geschehene verarbeiten.

»Wie fühlst du dich?«, fragt Jasper schließlich.

»Ein wenig benebelt?«

Nun lacht er heiser. »Das trifft es tatsächlich ganz gut. Aber mal im Ernst: Was denkst du über den Kuss?«

»Er war toll. Aber er verwirrt mich auch.«

»Was verwirrt dich daran?«

»Ganz ehrlich? Ich fand dich schon bei meinem Einzug toll, aber ich hatte nicht den Eindruck, dass du mehr in mir siehst als eine Mitbewohnerin.«

Er sieht mich an, ein Gänsehaut verursachender Blick. »Ich habe immer mehr in dir gesehen.« Seine Stimme lässt keine Zweifel an diesen Worten.

»Ich verstehe nicht. Du hast nie etwas gesagt oder auch nur angedeutet.«

»Als du eingezogen bist, war die Trennung von Maggie

noch viel zu frisch. Sie hat die LBU und mich verlassen, und ich war nicht empfänglich für Gefühle.«

»Du weißt schon, dass ich gesehen habe, wie viele Frauen du mit hierhergebracht hast?«, frage ich. Hoffentlich wirkt es nicht zu verbittert. »Es waren einige.«

Sein Mundwinkel zuckt. »Ich sagte, dass ich nicht empfänglich für Gefühle war. Alles andere war mir recht, um mich zu betäuben.«

»Was betäuben?«, frage ich vorsichtig.

»Schmerz. Verlust. Versagen. Ich dachte, es wäre leichter, einfach mit anderen Frauen weiterzumachen … mich abzulenken.«

»Verstehe. Aber auch dafür hast du mich nie in Betracht gezogen. Weil ich deine Mitbewohnerin bin?«

»Weil du *du* bist«, sagt er leise und setzt damit ein Kribbeln auf meiner Haut frei. »Ich wusste immer, dass du etwas anderes in mir auslösen würdest … Dinge, die ich nicht mehr fühlen wollte. Der Gedanke, jemand anderen außer Maggie an mich heranzulassen, war schmerzhaft. Ist er in gewisser Weise immer noch.«

Er beißt sich auf die Lippe. Ich erkenne genau den Moment, in dem ihn das schlechte Gewissen überkommt. Er sich fragt, ob es okay ist, eine andere Frau zu küssen, wo er doch eigentlich noch um seine erste Liebe trauert. Es sollte mich vielleicht verunsichern, aber es löst nichts als Zuneigung für ihn aus, dass er ihr gegenüber noch immer so loyal ist. Auch nach allem, was er über sie herausgefunden hat. Nach all der Zeit.

Ich lehne mich zu ihm, umfasse mit beiden Händen sein Gesicht. »Sie würde bestimmt wollen, dass du wieder glücklich wirst.«

»Das versuche ich mir auch immer wieder zu sagen.

Glaub bitte nicht, dass das gerade in der Küche nur ein schwacher Moment von mir war. Oder dass es mir nur ums Bett ginge.«

Eigentlich brauche ich diese Bestätigung gar nicht, weil ich es weiß. Seit der Wintergala, seit er von Maggies Tod erfahren hat, hatte er keines dieser Dates mehr. Keine Flirts. Keine Frauen. Er würde mich nie für ein schnelles Abenteuer benutzen. Dafür sind meine Freundschaft und ich ihm zu wichtig. Dafür vertrauen wir einander zu sehr.

»Es ist auch nicht das erste Mal, dass ich darüber nachgedacht habe, dich zu küssen. Ein paarmal war ich wirklich kurz davor.«

»Wann?«, hauche ich. Keine Ahnung, ob es überhaupt eine Rolle spielt, und doch brenne ich darauf, es zu wissen.

»Zum Beispiel bei unserem Tanz im Regen«, sagt Jasper. Also hatte ich mir das Flirren in der Luft nicht eingebildet.

»Und nach dem Töpferkurs.«

»Ja … spätestens ab da ging es mir auch nicht mehr aus dem Kopf.«

»Ich will das hier, das mit dir«, sagt Jasper plötzlich. »Trotz der Schuldgefühle, trotz Trauer. So sehr, dass es mir wirklich Angst macht.«

»Ich habe auch ein bisschen Angst. Meine Erfahrungen mit Beziehungen sind nicht gerade rosig.« Milde ausgedrückt.

»Ich weiß.«

»Aber ich will das hier auch.« Ich dränge die Angst in den Hintergrund – mit aller Kraft, die ich aufbringen kann.

In meinen Adern pulsiert pures Verlangen. Gerade weiß ich nicht, wie ich es geschafft habe, meine Gefühle für ihn über eineinhalb Jahre zurückzuhalten. Wie habe ich mir nur jemals einreden können, dass das, was ich für Jasper empfinde, nicht mehr als Freundschaft ist? Wie habe ich es geschafft, in diese blauen Augen zu sehen und ihn nicht zu küssen wollen? Jetzt könnte ich diese Gefühle niemals verdrängen. Sie liegen vor mir, nackt und roh, und übermannen mich. Bringen mich zum Zittern.

Ich streichle Jasper eine Haarsträhne zur Seite. Sehe ihn an und versuche, all diese berauschenden Erkenntnisse in meinen Blick zu legen. Ihm genau zu zeigen, wie ernst ich das hier meine. Sein Adamsapfel hüpft, als würde er verstehen. Er sieht zu meinen Lippen und öffnet seine ein wenig, als er näher kommt.

Sein Atem kitzelt auf meiner Haut, mein Herz drängt sich gegen meine Brust, scheint gleich zu explodieren.

»Dann laufen wir einfach los, okay?«, flüstere ich. »Nicht zu viel nachdenken.«

»Meine Spezialität«, erwidert er grinsend, ehe er seine Lippen auf meine legt, dieses Versprechen besiegelt und uns ein Stück der Angst nimmt.

Diesmal ist der Kuss anders. Weniger impulsiv, weniger leidenschaftlich. Er ist reines Gefühl. Und trotz unserer Ängste ist es geradezu erdend, sich darauf einzulassen. Jaspers Lippen auf meinen zu spüren, wie sie sich im selben Takt wie meine bewegen. Er hält mich, während er mich küsst, als wäre dies hier ein Schatz, den er bewahren muss. Als müsse er sich daran erinnern, dass diese Gefühle, die er spürt, echt sind. Dass es okay ist, sie zu haben und sich endlich wieder dafür zu öffnen.

Ich tue es ebenfalls. Ich bin bereit.

Kapitel 22

Jasper und ich sitzen zusammen am Frühstückstisch. Er mit einem Kaffee, ich mit einem Müsli und Hafermilch. Es ist schwer, ihn nicht augenblicklich wieder zu küssen oder seine Hand zu halten. Meine Gedanken hängen noch immer an der letzten Nacht, in der wir kaum geschlafen, dafür viel geredet und uns zu viel geküsst haben. Die Nacht hat eindeutige Spuren bei Jasper hinterlassen. Nicht nur in Form von Augenringen, gegen die auch Kaffee Nummer drei nichts ausrichten kann, sondern vor allem in Gestalt eines Lächelns. Auch ich empfinde ein gewisses Gefühl der Leichtigkeit. Nur wird es ein wenig vom Gepolter aus dem ersten Stock getrübt, weil es mich unweigerlich zu der Frage bringt, wie wir vor den anderen mit dieser alles verändernden Nacht umgehen.

»Hazel und Corey kommen bestimmt gleich runter«, spreche ich meine Gedanken aus. »Hazel ahnt sowieso schon etwas, also wird ihr sicher nicht entgehen, dass da etwas zwischen uns läuft.«

»Ich habe kein Problem damit, wenn sie es wissen«, erwidert Jasper schulterzuckend. »Je schneller, desto besser.«

»Wirklich?« Ich weiß, dass wir es vermutlich nicht lange geheim halten können und auch sollten, immerhin leben wir alle unter einem Dach. Sind Freunde. Ich hätte nur nie gedacht, dass Jasper direkt Nägel mit Köpfen machen möchte. Auch wenn es mir irgendwie imponiert, dass er sich dieser Sache hier so sicher zu sein scheint.

»Über unsere Gefühlswelt zu sprechen, ist nicht gerade

unsere Stärke«, meint Jasper, ein Schmunzeln auf den Lippen. »Aber sie sollten es wissen. Ich habe sowieso das Gefühl, es in die Welt hinausschreien zu wollen.« Er sieht mich liebevoll an.

»Dann sollten wir es ihnen sagen.«

Über uns knarzt eine Diele, dann landet Corey formvollendet im Wohnzimmer. Er lockert seinen Griff um die alte Feuerwehrstange und kommt auf uns zu. Als würde er etwas ahnen, blickt er erst mich an, dann Jasper.

»Siehst ja heute fast wie ein echter Mensch aus«, begrüßt er Jasper und klopft ihm auf die Schultern. »Der wievielte Kaffee ist das?«

»Nummer drei. Wobei ich fürchte, dass ich Nummer vier auch noch brauche.«

»Ich denke, ich bleibe heute mal koffeinfrei«, erwidert Corey gut gelaunt.

Ich mustere ihn neugierig. »Du bist noch besser drauf als sonst. Was verschweigst du uns?«

»Eventuell habe ich noch ein Date mit David.«

»Ist das nicht schon …« Ich zähle nach. »Date Nummer vier?«

»Ganz genau.«

Ich kann mich nicht erinnern, wann Corey jemals so viele Dates mit ein und derselben Person hatte. Oder so gestrahlt hat, wenn er davon berichtete.

»Ich freue mich so für dich.«

Jasper nickt. »Kein Wunder, dass du so gute Laune hast.« Kurz scheint es, als würde auch er sofort sein eigenes Glück herausschreien wollen, besinnt sich dann jedoch.

»Außerdem sollen heute noch die Prüfungsergebnisse kommen«, fährt Corey fort, während er sich einen Kaffee zubereitet. »Da freue ich mich auch drauf.«

»Ich sehe dem Ganzen eher mit gemischten Gefühlen entgegen«, sagt Jasper skeptisch.

»Du wirst schon bestanden haben«, erwidere ich. »Du hast so viel gelernt. Das wird sich auszahlen.«

»Und wieso sind die Ergebnisse für dich ein Grund zur Freude?«

Corey lässt sich samt Kaffeetasse auf seinem üblichen Platz nieder. »Damit stehen und fallen meine Jobmöglichkeiten. Ich stecke inzwischen in der konkreten Verhandlung mit zwei Firmen, und wenn ich bei den Midterms so gut abgeschnitten habe, wie ich hoffe, dann wird wohl bald die finale Entscheidung über meinen Job fallen.«

»Aufregend«, sage ich. »Und traurig … ich will eigentlich nicht, dass du die LBU und unsere WG verlässt.«

»Das stimmt allerdings«, murmelt Jasper.

Corey sieht zu uns, eine Mischung aus Vorfreude und Bedauern in seinem Blick. »Ja, ehrlich gesagt denke ich da auch noch nicht so gerne drüber nach.«

Ein Klingeln von Jaspers Handy unterbricht Corey. Jasper wirft einen Blick auf das Display, seine Augenbrauen ziehen sich irritiert zusammen.

»Ich muss kurz telefonieren«, sagt er unvermittelt, steht auf und geht hoch in sein Zimmer.

Corey und ich bleiben etwas ratlos zurück. Einige Sekunden lang könnte man eine Stecknadel fallen hören.

»Meinst du, das war wieder sein Vater?«, frage ich schließlich. Aus Jaspers Zimmer dringen immerhin keine Geräusche: Weder Schreie noch Boxhiebe. Vielleicht doch ein gutes Zeichen.

Gerade überlege ich, nachsehen zu gehen, als die Haustür aufschwingt und Hazel und Lewis hereinplatzen. Beide haben gerötete Wangen, aber in Hazels Gesicht sehe ich sofort den Anflug eines Lächelns.

»Wo ist Jasper?«, fragt Lewis ohne eine Begrüßung.

»Er telefoniert oben«, sagt Corey, Lewis rennt sofort die Treppe hoch.

»Was ist denn los?«, frage ich. Langsam werde ich richtig kribbelig.

»Endlich mal gute Nachrichten, wie es aussieht«, sagt Hazel, nicht weniger kryptisch als alles zuvor.

Sie plumpst auf einen der freien Stühle, Corey und ich werfen uns irritierte Blicke zu. Und dann höre ich das erlösende Knarzen der Treppenstufe, das Jaspers Rückkehr ankündigt.

Mit Lewis im Schlepptau kommt er zurück in die Küche. Jasper hat tränennasse Wangen, aber ein Lächeln auf den Lippen.

»Was ist los?«

»Klärt uns jetzt mal jemand auf, oder was?«, fragt Corey.

»Unsere Mom hat es endlich geschafft«, platzt es aus Jasper heraus. »Sie hat sich endlich von Dad getrennt.«

»Sie ist heute Nacht ins Hotel gezogen«, sagt Lewis.

Plötzlich passiert zu viel auf einmal: Ich stehe auf und ziehe Jasper in meine Arme, Lewis und Hazel küssen sich, Corey beteuert, dass er immer wusste, dass ihre Mutter es irgendwann schafft, sich ebenfalls aus den Fängen von Mr Branson zu befreien. Es ist ein Befreiungsschlag, und das nicht nur für sie – auch für Jasper und Lewis. Es heißt, dass sie ihren Vater nun endgültig aus ihrem Leben streichen können. Ohne Rücksicht auf Verluste, ohne Angst zu haben, ihre Mom im Stich zu lassen.

»Geht es ihr gut?«, frage ich.

»Ich habe gerade mit ihr telefoniert. Sie ist noch etwas aufgewühlt, aber stark.«

»Sie will sich eine eigene Wohnung suchen«, sagt Lewis. »Um neu anzufangen.«

Hazel wischt sich Freudentränen von der Wange. Sie, die bei dem Thanksgiving-Streit dabei war und Jaspers und Lewis' Mom kennengelernt hat, ist sicher noch erleichterter, als ich es bin.

»Wir sollten heute zusammen zu Abend essen«, verkündet Jasper plötzlich. »Lou und ich könnten kochen.«

»Wirklich?«, fragt Hazel.

»Du schlägst freiwillig ein Abendessen vor?« Corey grinst uns an. »Bist du also endlich wieder da …«

»Mach kein großes Ding draus, okay?«

»Ich hoffe nur, deine Kochkünste haben sich in den letzten Wochen verbessert«, zieht Corey ihn auf. »Lou, guck ihm ja auf die Finger. Zur Not reiß ihm den Kochlöffel aus der Hand und übernimm es lieber selbst.«

»So viel Vertrauen in meine Fähigkeiten«, sagt Jasper entrüstet.

Erst in diesen Moment, als Corey erneut etwas erwidert und ich dem Pingpong-Dialog der beiden zuhöre, wird mir richtig bewusst, wie sehr mir diese Dynamik zwischen den beiden gefehlt hat. Nicht nur Jasper und Lewis haben diese guten Neuigkeiten gebraucht – auch das gesamte Wohnhaus. Unsere Clique. Erst jetzt wird mir klar, wie kräftezehrend die letzten Wochen für uns alle waren. Zu viel Melancholie, zu viele Sorgen waren spürbar, und nun, für den Moment, scheint alles davon aufgelöst zu sein.

Bleibt nur zu hoffen, dass das geplante Abendessen nicht von schlechten Prüfungsergebnissen überschattet wird.

Einige Stunden später sitzen wir alle am Küchentisch. Das Kartoffel-Gemüse-Gratin ist restlos aufgegessen, und Jasper hält meine Hand.

Niemand von den anderen schien wirklich überrascht, als wir ihnen von uns erzählt haben. Als hätte die halbe Welt darauf gewartet, dass sich zwischen Jasper und mir endlich etwas entwickelt. Als hätte nur ich ernsthafte Zweifel daran gehabt, dass das irgendwann passieren würde.

Die ausgelassene Stimmung wird nur von Corey gestört, der ungefähr alle zehn Minuten auf sein Handy guckt, weil ihn die Frage um seine Jobangebote nicht loslässt. Meist kommen die Prüfungsergebnisse am Abend, und so scrollt er immer wieder durch die LBU-App, in der Hoffnung, die erlösende Nachricht zu bekommen, dass die Ergebnisse online sind.

Als es endlich so weit ist, stürzen Lewis, Hazel und er an ihre Geräte. Ich sehe zu Jasper, der sofort wieder etwas angespannter wirkt.

»Willst du nachschauen?«, biete ich ihm mein Tablet an.

Er schüttelt den Kopf. »Du zuerst.«

»Okay.« Ich öffne die LBU-App, um mich dort anzumelden.

Corey murmelt unverständliche Worte, bis er erleichtert ausatmet. »Bestanden. So gut, dass den zwei Jobangeboten wohl nichts mehr im Wege steht. Es geht also in die heiße Phase.«

»Gratuliere«, sagt Hazel und umarmt ihn. Sie hat auch bestanden, genau wie Lewis.

Fehlen nur noch Jasper und ich.

Jasper wirft einen Blick über meine Schulter, um meine Ergebnisse zu sehen. Anerkennend pfeifend verkündet er: »Überall Bestnoten, wie immer.«

»Du Granate«, meint Corey grinsend.

»Gleichfalls, Mr Überflieger«, erwidere ich, ehe ich wieder ernster werde. Ich melde mich ab und übergebe mein Tablet an Jasper, damit er sich einloggen kann. Er wirkt überfordert, als er es tut. Sagt keinen Ton.

Er sitzt wie versteinert da und liefert keinen Hinweis darauf, was er gerade sieht oder denkt.

»Und?«, fragt Hazel. »Mach's nicht so spannend.«

»Die reinste Folter«, stöhnt Corey.

Lewis sieht verzweifelt aus. »Du musst bestanden haben, Jasper. Du *musst* einfach.«

Dann, so langsam, dass ich ihn am liebsten schütteln würde, beginnt Jasper zu lächeln. »Geschafft.«

Ich umarme ihn, reiße ihn fast vom Stuhl. Bin so ungestüm, dass wir beide lachen müssen.

Corey zieht eine Grimasse. »Ging's noch dramatischer?«

Jasper atmet zischend aus, als hätte sich die Anspannung wegen der Prüfungen jetzt erst vollständig entladen. Eine Sorge weniger. Zwei, wenn man die große Last mitzählt, die der Konflikt mit ihrem Vater ausgelöst hat und die nun hoffentlich auch ein für alle Mal geklärt ist.

»Okay, Leute, hört mal zu«, sagt Jasper und blickt in die Runde. »Mir ist klar, dass die letzten Wochen mit mir herausfordernd waren.«

»Herausfordernd also, ja?«, sagt Corey, als wäre das die Untertreibung des Jahrhunderts. Er kann es einfach nicht lassen, ihn ein bisschen zu triezen.

»Ich weiß, dass ich mich manchmal richtig arschig benommen habe. Die Nachricht von Maggies Tod hat mich ziemlich aus der Bahn geworfen.« Keiner sagt nun ein Wort. Es ist das erste Mal, dass er vor allen auch nur ihren Namen ausspricht, geschweige denn sich eingesteht, dass er noch trauert. »Aber ich will es wiedergutmachen. Und feiern, dass ich meine Prüfungen bestanden habe.«

»Was stellst du dir vor?«, fragt Lewis.

Verstohlen sieht er zu mir, dann wieder zu den anderen. »Lust darauf, ein Wochenende im Modoc zu verbringen?«

»Du meinst … Campen?« Es wäre Punkt vier auf meiner Ideenliste und eines von den Dingen, die Jasper und ich noch nicht geplant hatten.

»O ja!«, ruft Hazel begeistert. »Das müssen wir unbedingt machen!«

»Wie wäre es mit nächstem Wochenende?«, schlägt Jasper vor. Jetzt, wo die Nächte wärmer werden, ist es der perfekte Zeitpunkt. »Ich bereite alles vor: Ihr müsst euch nur die Zeit freischaufeln.«

»Kann Reese auch mitkommen?«, fragt Hazel. »Sie wollte so etwas auch schon immer mal machen.«

»Klar.«

Plötzlich reden alle wild durcheinander. Pläne für die Ausrüstung, die Jasper, Corey und Lewis durchgehen. Hazel und ich reden über das Essen, planen S'Mores über dem Lagerfeuer und eine Suppe, die wir vorkochen und vor Ort erhitzen können. Jasper nimmt sich mein Tablet und erstellt eine Liste mit Dingen, die wir mitnehmen müssen und um die er sich noch kümmern will. Mein Herz geht auf, während ich ihn dabei beobachte. Dieses ausgelassene Lächeln, die entspannte Körperhaltung, die jungenhafte Vorfreude in seinen Augen.

Endlich fügt sich alles … mit ihm. Mit uns allen.

Kapitel 23

Der verdammte Hering geht nicht rein!«, ruft Reese.

Ich würde ihr gerne helfen, doch ich bin schon dabei, die Zeltstange am Umkippen zu hindern. Eine falsche Bewegung, und alles stürzt wieder in sich zusammen, als wäre es ein Kartenhaus. Wie bei den ersten beiden Versuchen.

»Braucht ihr Hilfe?«, fragt Hazel. Das Zelt, das sie sich mit Lewis teilen wird, ist längst aufgebaut.

»Ja, bitte. Sonst müssen Lou und Jasper noch hier draußen schlafen.«

»Zumindest hätten wir dann etwas vom Sternenhimmel«, murmle ich, denn von dieser Lichtung aus hat man sicher einen wunderbar freien Blick auf den Himmel, wenn die Wolken uns gnädig sind. Bisher sieht es gut aus.

»Wegen der Pumas würde ich das Zelt bevorzugen«, sagt Hazel. Seit Lewis ihr von den Berglöwen erzählt hat, die im Modoc leben und meist nachts herauskommen, hat sie immerzu Sorge, sie könnte gleich angefallen werden.

»Wir sind hier in einem offiziellen Campingbereich«, erwidert Jasper, der mit Corey und Lewis rüberkommt, um mit anzupacken. Wie es aussieht, ist Jaspers und mein Zelt das letzte, das noch nicht steht. »Das Risiko, dass sich ein Tier hierher verirrt, ist gering. Hier sind zu viele Leute, die Krach machen.«

Tatsächlich dringen leiser Gesang und Gitarrenklänge zu uns herüber. Wahrscheinlich stammen sie von Touristen, die ebenso Campingluft schnuppern wollen wie wir.

Mit vereinten Kräften schaffen wir es, das Zelt aufzubauen.

»Wir sollten hier alles startklar machen, bevor der Spaß beginnt«, sagt Jasper, der weiterhin die Planung für unser Wochenende übernommen hat. »Das heißt Feuerholz sammeln, damit wir das nicht im Dunkeln machen müssen. Und die Nachtlager in den Zelten sollten auch schon bereit sein.«

Corey salutiert. »Aye, aye, Käpt'n.«

»Lass den Blödsinn«, sagt Jasper und gibt ihm einen Klaps auf den Oberarm.

»Hazel und ich können schon mal die Feuerstelle vorbereiten.« Lewis dreht sich zu seiner Freundin. »Am besten da vorne. Wir heben einen Teil des Bodens aus, da kommt dann das Feuerholz rein. Und drum herum brauchen wir noch Steine.«

»Die können Corey und ich holen«, schlägt Reese vor.

»Okay«, erwidere ich. »Jasper und ich suchen dann Feuerholz.«

»Treffen hier in zwanzig Minuten?«, fragt Lewis. »Denkt dran: Immer zu zweit.«

»Keine Sorge, ich habe nicht vergessen, was letztes Jahr mit Hazel war«, sage ich. Lewis hat ihr immer schon eingetrichtert, dass man den Forest nur zu zweit begehen sollte, da er weitläufig ist und ein Handyempfang quasi nicht existent. Trotzdem ist Hazel vor einigen Monaten nach einem Streit mit ihm alleine los und hatte einen Unfall – nur mit viel Glück hat Lewis sie rechtzeitig gefunden.

Jasper und ich stapfen los, während Hazel und Lewis sich mit Spaten daranmachen, das Loch für die Feuerstelle auszugraben. Direkt hinter der Lichtung wird der Wald wieder dichter. Torf- und Kieferduft mischen sich und lösen pure Glücksgefühle in mir aus. Als könnte ich wieder richtig durchatmen, wie es nur der Fall ist, wenn man von unberührter Natur umgeben ist. Die Aussicht auf das Wochenende mit unserer Clique, fern des Alltags, verstärkt dieses Gefühl umso mehr. Genau wie Jaspers gute Laune, die seit dem gemeinsamen Abendessen anhält.

»Denk dran, wir wollen keinen Baum beschädigen«, sagt Jasper nun, als er die ersten Äste aufsammelt. »Wir nehmen nur mit, was auf dem Boden liegt.«

»Ist klar.«

Überall liegen Äste, es wird nicht schwer sein, einen kleinen Vorrat zu sammeln. Die ersten stapeln sich schon innerhalb weniger Minuten auf Jaspers Arm.

»Warst du schon oft campen? Lewis und du wirken recht routiniert. Ihr scheint Ahnung zu haben.«

»Es ist schon eine Weile her, aber als Kinder waren wir oft zusammen zelten. Weil wir Dad bei seinen Forschungen begleitet haben oder um mit unserem Großvater Tiere zu beobachten.«

Er lächelt sanft. Im Vergleich zu den Kindheitserinnerungen mit seinem Vater sind die Gefühle für seinen Großvater anscheinend ungetrübt. Hazel hat mir gegenüber mal erwähnt, dass die beiden Brüder sehr an ihm gehangen haben und er zeitweise sogar mit der Familie in einem Haus gelebt hat, ehe er irgendwann verstorben ist.

»Was für Tiere habt ihr denn gesehen?«, frage ich, während ich weiter Äste einsammle. Es ist schön, ein wenig mehr von Jaspers Kindheit zu erfahren. Von den schönen Aspekten – nicht den dunklen Familiengeheimnissen.

»Hauptsächlich Wild. Rehe, Hirsche, Hasen. Manchmal auch Bären. Am liebsten mochte Grandpa aber die Vogelkunde. Er konnte die meisten Vögel schon am Gesang erkennen.«

»Kannst du das auch?«

Jasper lacht leise. »Ich habe es versucht, aber ich war nie besonders gut darin. Im Gegensatz zu Lewis.«

Es wundert mich nicht, bei der Zeit, die Lewis im Modoc verbringt. Hazel und er sind ständig hier, sofern es die eng getakteten Stundenpläne zulassen.

»Dann kann ich mich wohl glücklich schätzen, dass ich auf meinem ersten Campingausflug so erfahrene Jungs an meiner Seite habe.«

Jasper kommt näher, die Hände nun schon voller Holz. »Na, ich hoffe doch, dass es nicht nur wegen meiner Campingerfahrung gut ist, dass ich hier bin«, raunt er.

»Du hast recht.« Unwillkürlich lade ich meine Zweige in seine Arme. Der Berg schwankt augenblicklich, Jasper muss ihn ausbalancieren. »Es ist auch wirklich vom Vorteil, jemand zu haben, der die niederen Arbeiten macht«, ziehe ich ihn auf.

»Na warte.« Schneller, als ich es ihm zugetraut hätte, lässt er das Holz fallen und greift stattdessen nach mir. Er wirft mich über die Schulter, als würde ich kaum etwas wiegen. Ich schreie auf, als die Welt plötzlich kopfsteht.

»Lass mich runter«, protestiere ich, kann mir jedoch mein Lachen nicht verkneifen.

»Erst, wenn ich dich in den Blue Lake geschmissen habe.«

»Geht nicht«, erwidere ich etwas atemlos. »Schwimmen steht erst später auf dem Plan. Schon vergessen? Erst die Feuerstelle, dann die Nachtlager … dann der Spaß.«

»Welcher Spielverderber hat denn das beschlossen?«, fragt Jasper lachend, dann setzt er mich ab. Die Welt rückt wieder in die richtige Perspektive.

»Je schneller wir mit dem Holz zurück sind, umso eher

kannst du das mit dem Blue Lake doch noch in die Tat umsetzen.«

Wir sammeln die Äste wieder auf, bis das Holz sich in meinen Armen türmt und die Kiefernnadeln mich kratzen. Dann gesellen wir uns wieder zu den anderen, die bereits die Steine um das ausgegrabene Loch drapieren. Etwas von dem Feuerholz kommt in das Loch hinein, den Rest stapeln wir als Vorrat neben einem der Zelte.

Nachdem auch die Schlafsäcke ausgerollt und die Zelte somit eingerichtet sind, finden wir uns am Blue Lake wieder. Knapp fünfzehn Minuten Fußmarsch sind es von unserm Zeltplatz aus, und es ist die perfekte Zeit: Die Mittagssonne ist so intensiv, dass wir uns inzwischen alle eine Abkühlung wünschen. In der Nähe des Ufers pellen wir uns aus unserer Kleidung, unter der wir Badeklamotten tragen. Mein Blick fällt sofort auf Jasper, dessen dunkelrote Badeshorts direkt auf der Hüfte sitzen und den Blick auf seine definierten Bauchmuskeln freigeben. Definitiv sieht man ihm das intensive Training der letzten Wochen an. Gerne würde ich den Anblick ein wenig genießen, doch Reese läuft bereits mit vollem Karacho an mir vorbei und fordert damit meine Aufmerksamkeit.

»Wer als Letztes drin ist, muss nachher das Essen vorbereiten!«, ruft sie.

»Hey!« Corey ist ihr dicht auf den Fersen. »Das ist unfair. Du hast uns keine Chance gegeben!«

Wir anderen rennen ebenfalls los. Das Wasser vom Blue Lake glitzert in der Sonne. Es ist wohl der schönste See hier im Modoc, das Kiefernpanorama direkt am Ufer ist atemberaubend.

Und das Wasser noch verflucht kalt.

Hazel und ich quietschen gleichzeitig, als das eisige Wasser auf unsere überhitzte Haut trifft. Reese hingegen ist längst schultertief im Wasser und liefert sich mit Corey ein Wettschwimmen zu einem im Wasser treibenden Baumstamm.

»Kommt schon«, sagt Lewis lachend. Er macht bereits seinen ersten Schwimmzug. »Wenn man einmal drin ist, merkt man die Kälte gar nicht mehr.«

»Das sagen immer alle.« Hazel zieht eine Grimasse.

»Damit ist es amtlich!«, ruft Reese, die den Baumstamm erreicht hat und sich nun daran klammert. »Hazel und Lou kümmern sich um das Essen.«

»Damit kann ich leben!«, rufe ich zurück.

»Mit den Eisfüßen hingegen nicht«, murmelt Hazel und zittert leicht. Dann seufzt sie schwer. »Okay, vom Rumstehen wird es definitiv nicht besser. Vielmehr habe ich gerade das Gefühl, meine Zehen könnten gleich abfrieren. Also entweder gebe ich auf und wärme mich stattdessen am Ufer, oder ich entscheide mich dazu, mich zu bewegen.«

Lewis kommt auf sie zu und reicht ihr die Hand. »Ich bin fürs Bewegen.«

Sie nimmt seine Hand und lässt sich weiter ins Wasser ziehen. Sie keucht leise auf, als es ihren Bauch und ihre Hüfte berührt. Dann ist sie drin und macht ein paar Schwimmzüge.

»Fehlst nur noch du«, sagt Jasper. »Du wartest doch nicht etwa darauf, dass ich mein Versprechen wahr mache, und dich reinwerfe, oder?«

»Das nicht gerade. Aber du könntest mir trotzdem ein bisschen bei der Überwindung helfen.«

Japser kommt näher, Wasser tropft ihm von den Haaren und perlt auf seinem Körper. Genüsslich lasse ich meinen Blick darüber wandern, nehme jeden Wassertropfen und das Muskelspiel darunter in mir auf. In den letzten eineinhalb Jahren habe ich ihn immer so verstohlen angesehen, dass es jetzt etwas Befreiendes hat, mich nicht mehr zurücknehmen zu müssen und ihm offen zu zeigen, dass ich diesen Anblick mag. Sehr sogar.

Er dreht mir den Rücken zu. »Das Jasper-Taxi ist stets zu Diensten.« Ich rücke an ihn heran, halte mich an seinen Schultern fest und presse mich an seinen Rücken. Es beschert mir augenblicklich eine Gänsehaut, denn es ist, als hätte Jaspers Körper die Kälte des Sees absorbiert. Es kann mich dennoch nicht auf den Moment vorbereiten, in dem er ins Wasser gleitet. Das kalte Wasser umspielt meinen Körper, tränkt meinen Bikini und lässt mich zittern. Die Kälte ist wie Nadelstiche, meine Zehen fühlen sich direkt taub ab.

»Kalt«, bringe ich hervor.

»Du meinst wohl heiß«, murmelt Jasper. »Glaub nicht, dass mir entgangen ist, wie du mich eben angesehen hast.«

»Das Feuer ist jetzt nur leider erloschen und für immer zu Eis gefroren«, sage ich bibbernd. »Wann noch mal gewöhnt man sich an die Kälte?«

Jasper lacht.

Ich löse mich von ihm und gleite noch weiter ins Wasser. Im ersten Moment eine denkbar schlechte Idee, weil es noch kälter wird, doch das Schwimmen hilft tatsächlich, mich ein wenig an die Temperatur zu gewöhnen, also ziehe ich meine Kreise um den Baumstamm. Hazel und Lewis folgen mir. Reese, Corey und Jasper hingegen planen irgendeinen Wettkampf. Hazel und ich schließen uns diesem Wettkampf nicht an, sondern schwimmen zurück ans Ufer, um unsere eisigen Körper in der Sonne aufzutauen und das Spektakel von dort aus zu beobachten. Der Anblick, der sich uns bietet, ist ein Bild für die Götter: Corey, Jasper und

Reese versuchen, auf dem Baumstamm zu stehen und sich herunterzuschubsen, doch der Plan geht nicht auf. Der Baumstamm dreht sich immerzu, weswegen sie mehr damit beschäftigt sind, das Gleichgewicht auf dem Baumstamm zu halten. Nur um jedes Mal aufs Neue ins Wasser zu fallen. Irgendwann sind sie erschöpft und frustriert, dafür amüsieren sich Hazel und ich köstlich.

Nachdem wir den Blue Lake unsicher gemacht und uns abgetrocknet haben, gehen wir zurück zu unseren Zelten. Die Jungs entzünden das Lagerfeuer, anschließend kümmern Hazel und ich uns um die Gemüsesuppe, die wir bereits vorgekocht haben. Eingehüllt in Decken, damit die Kälte des Sees vertrieben wird, essen wir unsere Suppe und rösten über dem Feuer ein paar der philippinischen Brötchen, die Hazel immer für uns macht und die sie extra mitgebracht hat. Wir spießen sie auf Stöcke, halten sie in die Flammen und essen sie warm und knusprig. S'Mores gibt es zum Nachtisch.

Um uns herum ist es längst dunkel geworden. So dunkel, wie ich es selbst in Lullaby noch nie erlebt habe. Ich hätte nie gedacht, dass die solarbetriebenen Laternen auf dem Campus so viel ausrichten würden, doch sobald wir den Lagerfeuerplatz verlassen, herrscht Finsternis, bei der man nicht einmal mehr die Hand vor Augen sieht. Blickt man jedoch nach oben, sieht man Hunderte funkelnde Sterne.

Eine Weile genießen wir den Anblick, während Lewis uns die Sternbilder erklärt. Außer dem Großen Wagen hätte ich wohl keines davon erkannt. Am meisten gefällt mir Kassiopeia, auch wenn die Legende, die Lewis dazu erzählt, ein wenig zu düster klingt. Für seine Eitelkeit bestraft und in den Himmel verbannt zu werden klingt nicht so romantisch, wie es der Name vermuten lässt.

»Okay, wer kennt gute Gruselgeschichten?«, fragt Reese irgendwann. »Die gehören zu einem Campingausflug mit Lagerfeuer doch dazu.«

»Ich kenne die vom Mann mit der Hakenhand«, sagt Corey.

Jasper und ich stöhnen gleichzeitig.

»Nicht schon wieder die«, sagt Jasper. »Die servierst du uns jedes Halloween, und sie wird nicht gerade besser, wenn man sie jedes Jahr hört.«

»Vor allem, weil sie von Anfang an eher lauwarm ist«, ziehe ich Corey auf.

»Ich liefere euch wenigstens etwas. Jasper, deine Erzählkünste sind ja auch nicht gerade preisverdächtig.«

»Ach nein?« Jasper grinst beinahe diabolisch. »Dann pass mal auf.«

Die Geschichte von der weißen Frau, die am Straßenrand der kalifornischen Wälder nach Männern Ausschau hält und diese tötet, ist spätestens nach *Supernatural* nicht neu, aber die Art, wie Jasper sie erzählt – mit verstellten Stimmen und einer Taschenlampe zur Beleuchtung seines Gesichts –, hat dennoch Unterhaltungswert. Allerdings nicht genug, als dass Corey danach nicht doch die Geschichte des Hakenmannes zum Besten gibt, damit Hazel, Lewis und Reese danach abstimmen können, wer die bessere Geschichte in petto hatte.

»Ganz ehrlich?«, sagt Reese, die inzwischen etwas verschlafen dreinblickt. »Die waren beide lahm. Aber zehn Sympathiepunkte für den Versuch.«

Jasper und Corey werfen Marshmallows auf sie. Den von Jasper fängt sie lässig mit dem Mund auf.

Die Gespräche plätschern schließlich vor sich hin, Lewis erzählt von seinen neusten Forschungen, Corey von seiner

Jobsuche. Reese hingegen schläft irgendwann ein, und man hört nur noch ein leises Schnarchen von ihr.

Mein Kopf ruht auf Jaspers Brust, während er mich von hinten am Bauch streichelt. Ich bin müde und gleichzeitig hellwach, weil es einer dieser Augenblicke ist, die man hinauszögern möchte, solange es nur geht. Es ist Lichtjahre her, dass mein Kopf sich so frei angefühlt hat.

Einen ganzen Tag lang habe ich keine To-dos bearbeitet, nicht an Arbeit, Sorgen oder den Alltag gedacht. Nichts. Nur das Lachen mit meinen Freunden genossen, die Abenteuer und die Natur, die der National Forest uns bietet. Und Jasper, der mir in diesem Moment einen Kuss auf den Hals drückt und damit Glücksgefühle der ganz anderen Art in mir freisetzt.

Erst jetzt wird mir klar, wie sehr ich solche Auszeiten wirklich brauche. Für meinen Kopf, vor allem aber für meine Seele.

Kapitel 24

Die letzten Tage wurde ich nicht müde, die anderen Studierenden über unsere Dreharbeiten auf dem Außengelände zu informieren, damit Mr Peterson keine Beschwerden von Leuten bekommt, die unfreiwillig im Video auftauchen. Das Wetter spielt zum Glück mit, und so filmt Lewis unseren Rundgang über den Campus. Jasper hat angeboten, die Hauptführung zu unternehmen, und erklärt die Laborräume und die Gebäude. Der Campus ist, vermutlich dank der Ankündigungen, etwas leerer als sonst bei diesem guten Wetter, dennoch gibt es immer wieder Leute, die stehen bleiben und uns zusehen. Ich kann ihre Neugier gut nachempfinden, aber sie macht mich auch ein wenig nervös.

Mein Blick schweift zu Jasper, nur für einige Sekunden. Doch wenn ihn die umstehenden Leute irgendwie stören, lässt er es sich nicht anmerken. Sein Lächeln wirkt authentisch, er ist fokussiert und charmant wie eh und je. Kein Vergleich zu den Wochen nach den Winterferien, als er wie eine leere Hülle durch die Gegend gelaufen ist. Ich weiß nicht, ob es daran liegt, dass die Gerüchte um Maggie und ihn zum Erliegen gekommen sind, oder ob das ausgelassene Wochenende im Modoc dazu geführt hat. Aber ich hoffe, dass es anhält.

»Ich denke, das reicht erst mal vom Außengelände«, sagt Lewis schließlich und beendet die Aufnahme. »Vielleicht sollten wir noch ein paar Szenen im Lernfoyer und in der Mensa filmen.«

»Gute Idee«, meint Corey, »das übernehme ich.«

»Alles klar.« Jasper tritt zurück, direkt an meine Seite. Er mustert mich, dann die umstehenden Leute. Erneut entdecke ich keine Unsicherheiten. Eher blitzt etwas wie Entschlossenheit in seinen Augen auf, als er plötzlich meine Hand nimmt.

»Ist das okay?«, fragt er.

Perplex sehe ich zu ihm. Ob das okay ist? Dass Jasper Branson mir hier, vor allen Leuten, seine Zuneigung zeigt?

»Ja«, krächze ich. Mein Herz fährt Achterbahn, ist irgendwo zwischen Looping und Schraube. »Aber ist es okay für *dich?*«, frage ich leise. Die anderen sind bereits auf dem Weg zu Gebäude B, und wir folgen ihnen mit ein wenig Abstand. »Nach den ganzen Gerüchten … bist du es da nicht leid, dass die Leute jetzt wieder über dich reden könnten?«

»Wenn sie schon über mein Liebesleben tratschen, haben sie jetzt wenigstens Fakten, über die sie sich austauschen können.« Dann drückt er meine Hand. »Außerdem will ich, dass es alle wissen. Ich möchte meine Gefühle für eine Frau nie wieder verstecken müssen.«

»Dann ist es mehr als okay für mich.«

Das Kribbeln, das Jaspers Offenheit in mir auslöst, hält den ganzen restlichen Dreh an. Uns gelingen ein paar schöne Aufnahmen, in denen das Sonnenlicht durch die Fenster des Foyers bricht und die ohnehin angenehme Lernatmosphäre mit den vielen Pflanzen und Holztischen noch unterstrichen wird.

»Dann ist das Ding im Kasten«, sagt Corey und gibt uns allen High Five.

Drei Tage habe ich noch, um das Video zu schneiden, ehe Mr Peterson es hoffentlich absegnet und den Vorbereitungen auf die Sommergala dann im besten Fall nichts mehr im Weg steht.

»Danke fürs Filmen«, sagt Hazel und gibt Lewis einen Kuss.

»Wie wär's mit einem Burger vom *Hopes* im Gegenzug?«, fragt Corey, dann sieht er zu uns anderen. »Wir sollten den Drehabschluss doch ein wenig feiern.«

»Ich bin dabei«, sagt Lewis, Hazel stimmt ebenfalls zu.

Ich will gerade ablehnen, weil ich sicher bin, dass Jasper nicht ins *Hopes* will, als er zu meiner Überraschung nickt.

»Ehrlich?«, rutscht es Hazel heraus. »Du kommst mit? Ins Diner?«

»Es wird mal wieder Zeit, oder? Mir fehlen Wades Burger wirklich sehr.«

Coreys Lächeln wird breiter, als er Jasper kurz und knapp in seine Arme schließt und ihm auf die Schulter klopft. Jasper kratzt sich verlegen am Hinterkopf. »Lasst uns gehen, bevor die besten Tische weg sind.«

Eine Idee, die sich als richtig herausstellt, denn das *Hopes* ist wieder einmal gut besucht. Dennoch ergattern wir einen der großen Tische an der Fensterreihe und bestellen bei Reese Essen und Getränke. Aus einer spontanen Idee heraus holt Lewis noch mal seine Handykamera hervor und filmt, wie wir unsere Gläser nehmen und uns zuprosten. Es könnte die perfekte Abschlussszene für das Video sein. Burger, Pommes und Dips stehen schon bereit, und so legt sich kurz nach der Aufnahme ein zufriedenes Schweigen über uns.

Am Ende sind die Teller leer, und wir bestellen eine zweite Runde Getränke. Corey holt ein Kartenspiel vom Tresen.

»Black Jack«, sagt er mit hüpfenden Augenbrauen und mischt die Karten, um sie an Lewis und Jasper auszuteilen.

Hazel und ich sehen ihnen eine Weile zu, dann gehen wir zur Theke, ziehen uns Barhocker heran und leisten Reese Gesellschaft.

»Bald geschafft?«, erkundige ich mich.

»Eine Stunde noch. Aber wenn die zwei anderen Tische gleich leer sind, setze ich mich zu euch. Vielleicht kann ich mein Glück ja auch mal versuchen«, sagt sie und deutet auf die Karten.

Jasper jubelt am Tisch, ich grinse.

Reese scheint es zu bemerken. »Du wirkst verdammt glücklich.«

Mein Lächeln wird noch breiter. »Es fühlt sich auch gerade alles ziemlich gut an.«

»Mit Jasper und dir?«, fragt Hazel.

Ich sehe wieder zu ihm. Er mischt gerade die Karten neu, um sie Corey auszulegen.

»Mit ihm. Aber auch im Allgemeinen. Irgendwie fühlt sich gerade alles leichter an als sonst.«

»Klingt traumhaft«, seufzt Reese. »Gib mir mal eine Scheibe davon ab.«

»Ich freue mich für dich«, sagt Hazel und umarmt mich schwungvoll. »Du hast es nämlich verdient, weißt du?«

Ich erwidere ihre Umarmung.

»Hazel!«, ruft Lewis. »Willst du es auch mal versuchen? Du gegen mich?«

»Bin dabei!«

Reese geht rüber zu einem der anderen Tische, um abzukassieren. Wenn jetzt niemand mehr nachkommt, kann sie sich wirklich bald zu uns setzen. Bis dahin leiste ich ihr noch etwas Gesellschaft und sehe aus der Ferne zu, wie Hazel Runde für Runde gewinnt und die anderen immer mehr verzweifeln. Mehr aus Routine heraus nehme ich irgendwann mein Tablet, um den Punkt *Videodreh* von meiner To-do-Liste zu streichen. Eine Benachrichtigung über eine eingegangene E-Mail bringt mich jedoch aus dem Konzept.

»Das kann nicht sein«, murmle ich lauter als beabsichtigt. Die Aufmerksamkeit der anderen ist mir sofort garantiert. Ich starre auf die Buchstaben, auf die Worte in der Mail, aber sie kommen nur gedämpft bei mir an.

»Was ist denn?«, fragt Hazel. Sie und Jasper sind aufgestanden und kommen zu mir. Das Tablet in meiner Hand zittert. Mein Kopf glaubt noch, dass das alles ein schlechter Scherz ist … oder ein Traum, aus dem ich gleich aufwache. Aber die Mail ist echt, ich sehe sie schwarz auf weiß vor mir.

»Ich habe es geschafft«, sage ich, klinge heiser. »Der Wettbewerb. Ich bin in der finalen Runde.«

»Der Wettbewerb für Nachwuchsdesigns?«, fragt Hazel schrill. Die anderen gesellen sich nun ebenfalls zu uns.

Ich nicke, noch immer kann ich nicht ganz verstehen, was ich da soeben gelesen habe.

Plötzlich werde ich von allen Seiten umarmt, Jaspers Lippen berühren meine Stirn.

»Was schreiben sie?«, erkundigt er sich.

»Was heißt *finale Runde*?«, fragt Reese.

»Ich bin stolz auf dich«, wirft Corey ein.

Alles ist durcheinander, und es passt zu dem Chaos in meinem Inneren. Zu diesem Wirrwarr aus Unglauben, Hoffnung und Stolz.

Ich sehe wieder zu der E-Mail.

LIEBE MS SIMSON,

VIELEN DANK FÜR IHRE BEEINDRUCKENDE BEWERBUNG FÜR *NEXT DESIGNS*. WIR FREUEN UNS, IHNEN MITZUTEILEN, DASS SIE UNTER DEN 20000 BEWERBUNGEN

BESONDERS HERAUSGESTOCHEN SIND UND ES UNTER DIE ERSTEN 15 PLÄTZE GESCHAFFT HABEN. DIE SHORTLIST WIRD IN DEN KOMMENDEN WOCHEN AUF UNSEREN KANÄLEN VERÖFFENTLICHT.
HIERMIT LADEN WIR SIE HERZLICH ZU UNSERER PREISVERLEIHUNG EIN. ALLE FINALISTEN WERDEN IM SEPTEMBER IN L.A. ZUSAMMENKOMMEN, WO SIE DIE CHANCE HABEN, ZADE WASHINGTON KENNENZULERNEN, UND DER ERSTE PLATZ VERGEBEN WIRD.
WIR GRATULIEREN IHNEN HERZLICHST.
DAS TEAM VON *NEXT DESIGNS*

»Das ist so krass«, sagt Reese, nachdem ich die Mail vorgelesen habe. »L.A.!«

»Ich weiß gar nicht, was ich denken soll.« Mein Kopf ist jedenfalls heillos überfordert. »Das ist viel mehr, als ich mir erhofft hatte. Ich … ich bin wirklich eine Runde weiter«, sage ich, immer noch baff. »Selbst wenn ich den Wettbewerb nicht gewinne: Wenn auf der Shortlist mein Name steht, bringt mir das dennoch Aufmerksamkeit.«

»Und eine Preisverleihung in L.A. erst«, sagt Corey. »Das wird deinen Karriereplänen sicher helfen. Da werden doch bestimmt wichtige Menschen sein, mit denen du Kontakte knüpfen kannst, meinst du nicht?«

»Ja«, hauche ich.

In Gedanken erstelle ich bereits eine Liste mit Dingen, die es zu beachten gibt. Ich muss noch mehr Mühe in meinen Instagramkanal stecken. Und ich muss Sonderurlaub beantragen, um während des laufenden Semesters wegfahren zu dürfen.

»Hoffentlich erlaubt mir Mr Peterson, nach L.A. zu fahren.«

»Du kannst es ihm ja entsprechend verkaufen«, überlegt Hazel. »Das Ganze ist reine Publicity. Mach Fotos und Videos und schreib einen öffentlichen Beitrag darüber, dass jemand von der LBU bei einem Wettbewerb für nachhaltige Mode im Rennen ist. Erwähne es bei der Presse vor Ort. Und schon hat die LBU eine neue Werbeplattform, bei der Mr Peterson nicht Nein sagen kann.«

»Das ist genial«, sagt Jasper. »Weißt du, Hazel, ich erkenne immer mehr, wieso Mr Peterson dich mit ins Boot geholt hat.«

»Ja, sie hat's drauf«, entgegnet Lewis und gibt seiner Freundin einen Kuss auf die Wange.

»Dann werde ich wohl direkt morgen mit ihm reden«, sage ich noch etwas überfordert. Wenn man so lange auf etwas gewartet hat, ist es manchmal schwer zu verstehen, dass es endlich passiert.

In diesem Moment ist es sogar egal, ob ich diesen Wettbewerb am Ende wirklich gewinnen werde, denn es fühlt sich jetzt schon wie ein Sieg an. Mich überwunden zu haben. Eine Bestätigung zu haben, dass es sich lohnen kann, für meinen Traum zu kämpfen. Es ist das Licht, das mich in den Momenten, wenn sich Marks Stimme wieder in mein Bewusstsein bohren will, aus der Dunkelheit führt. Es ist der Beweis, dass seine Zweifel an meinem Talent nichts als heiße Luft waren. Und ich habe viel zu lange zugelassen, dass sie mich kleinhalten.

»Aber das machst du erst morgen«, sagt Corey und legt seinen Arm um mich. »Ich sehe dir doch an, dass du gerade tausend Dinge in deinem Kopf durchgehst.«

Ich ziehe eine Grimasse. »Erwischt.«

»Dabei sollten wir lieber darüber reden, wie wir deinen Erfolg feiern.«

»O ja.« Reese nickt begeistert. »Wir gehen auf diese Party in Juniper. Habt ihr davon gehört?«

»Die im *Loco*? Geniale Idee«, sagt Corey. »Da müssen wir hin!«

Corey ordert noch eine Runde Getränke, mit denen wir zurück zu unserem Tisch gehen und noch mal anstoßen: diesmal allein auf mich und meine Teilnahme am Wettbewerb. Wir reden über die Party, die in zwei Wochen stattfinden soll. Ich war noch nie im *Loco*, seit meiner Studienzeit eigentlich auch noch nie auf einer Party, die nicht von der Uni ausgerichtet wurde. Und auch wenn es nie auf einer meiner Listen stand, das Nachtleben in Juniper auszukosten, gefällt mir die Idee. Zumal uns allen das Camping-Wochenende schon so gutgetan hat. Es ist also beschlossen!

Das Diner leert sich nach und nach, sodass Reese irgendwann zu uns stößt und die Karten wieder ausgepackt werden. Sie ist nicht so gut wie Hazel, heizt Corey aber auch ordentlich ein, sodass dieser immer lautere Flüche ausstößt, was Reese nur noch mehr anfacht, ihr Bestes zu geben.

Jasper lehnt sich zu mir, sein Arm ist längst um meine Schulter gelegt. »Ich bin so verdammt stolz auf dich, Lou.«

»Danke, dass du mich dazu gebracht hast, es zu versuchen.«

»War mir ein Vergnügen. Aber denk an mich armen Schlucker, wenn du mal reich und berühmt bist.«

Ich lege meine Stirn an seine, sehe in seine hellblauen Augen, die gerade amüsiert funkeln. »Immer«, sage ich und meine es absolut ernst.

Es mögen *meine* Entwürfe und *meine* Idee des nachhaltigen Konzepts sein, die mich in die finale Runde befördert haben, aber es war Jaspers Modenschau, die mir den nötigen Glauben an mich gegeben hat. Den Mut, es überhaupt zu versuchen. Und das werde ich ihm nie vergessen.

»Diese Party zu meinen Ehren klingt ja nicht schlecht. Aber ich wäre dafür, dass wir das auch noch zu zweit feiern.«

»Was schwebt dir vor?«

»Die Liste ist noch immer nicht vollständig abgehakt …«

»Ah, der Deal«, sagt Jasper grinsend. »Dann sollten wir uns wohl ranhalten. Ich bin zu allen Schandtaten bereit.«

Kapitel 25

Als ich meine Ideenliste angefertigt und einen Ausritt daraufgesetzt habe, war ich mir unsicher, ob ausgerechnet *dieser* Punkt erfüllt werden sollte. Die Idee kam mir über die Webseite des Modoc National Forest, wo mit Ausritten geworben wird, aber da ich bislang wenig Erfahrung mit Pferden habe, war ich dennoch ein wenig skeptisch. Als ich nun jedoch auf die drei Pferde zugehe, weiß ich, dass es die richtige Entscheidung war, denn sie strahlen so viel Ruhe und Zutrauen aus, was sich sofort auf mich überträgt.

»Sind sie nicht wunderschön?«, fragt Jasper, der seine Hand ausstreckt und eines von ihnen streichelt. Das Pferd schließt sofort die Augen, die Unterlippe hängt nach unten. Laut der Videos, die ich mir gestern zur Vorbereitung angesehen habe, ein Zeichen dafür, dass das Pferd entspannt ist. Besonders die Berührung an der Stelle zwischen den Augen, direkt auf dem weißen Fleck, scheint ihm gut zu gefallen.

Ted, der Besitzer, ein Mann mit weißem zotteligem Bart, einem Cowboyhut und feinen Lachfalten, tritt neben uns.

»Er heißt Charlie«, sagt er, dann deutet er auf das andere braune Pferd, das sich mir zugewandt hat, mich aber noch ein wenig zurückhaltend mustert. »Und das ist Whistle.« Dann klopft er dem einzigen weißen Pferd auf den Hals. »Auf unserer Elizabeth reite ich, sie ist für Anfänger nicht so leicht. Manchmal ein bisschen störrisch, die Gute.«

Wir beschnuppern uns eine Weile, Whistle lässt sich von mir streicheln, und wir geben ihnen Äpfel, die sie mit gewaltiger Kieferkraft zermalmen.

Ted hilft uns, die Pferde zu satteln, erklärt uns die Ausrüstung und gibt uns eine kleine Reiteinführung. Besonders sicher bin ich nicht in den Kommandos, aber er verspricht uns, dass wir nur Schritt reiten werden und er immer da ist, wenn wir Hilfe brauchen.

»So, dann sucht euch mal einen Hut aus«, sagt Ted und hebt einen Leinensack mit alten Cowboyhüten hoch. Jasper holt sofort einen dunkelbraunen heraus und setzt ihn sich auf. Er verschluckt beinahe vollkommen seine blonden Haare, aber es steht ihm. Fast wie einer der Cowboys aus den alten Westernfilmen, wäre das dunkelrote Shirt nicht, das nicht zu den gedeckten Farben des Wilden Westens passt.

Ich begutachte die verschiedenen Hüte und entscheide mich für ein kleineres, weißes Exemplar.

Ted führt uns wieder zu den Pferden und hilft uns hinauf. Während mein rechtes Bein im Steigbügel steht und ich mein linkes über den Sattel schwenke, habe ich Sorge, Whistle könnte sich plötzlich bewegen und mich zu Fall bringen, aber er bleibt stehen, als wäre er mit dem lehmigen Boden im Modoc National Forest verwachsen. Erst als ich oben sitze und die Hände um das Sattelhorn lege, geht er ein paar Schritte. Ted nickt mir aufmunternd zu.

»Wie fühlt es sich an?«, fragt Jasper.

»Etwas wackelig. Aber auch irgendwie gut.«

»Sieht auch sehr gut aus. Als hättest du nie etwas anderes gemacht.«

»Mal sehen, ob es so bleibt. Nicht dass ich irgendwann im Steppengras lande.«

»Nicht bei Whistle«, sagt Ted und klopft ihm liebevoll an den Hals.

Jasper geht zu Charlie, steigt etwas schwungvoller auf als ich und nimmt die Zügel in die Hand.

Dann reiten wir im Schritt los. Auf dem Sattel schaukle ich hin und her, aber schnell finde ich einen festen Sitz und eine entspannte Haltung. Jasper grinst breit, als er neben mir reitet – den Cowboyhut ins Gesicht gezogen und mit lockerer Hüfte. Unwillkürlich lächle ich auch, ich kann gar nicht anders. Die intensive Mittagssonne, der Duft der Kiefern und das Geräusch der Hufe auf dem Lavaboden haben etwas Meditatives. Eins zu werden mit den Bewegungen des Pferdes hilft beim Loslassen aller Gedanken.

Der Weg wird ein wenig lehmiger, als wir den Trail verlassen und etwas weiter in den Wald reiten, aber wir haben noch immer genug Platz, um den Kiefern auszuweichen. Whistle scheint den Weg zu kennen, er folgt Ted ohne Probleme.

»Wie fühlst du dich?«, fragt Jasper irgendwann. Er reitet noch immer neben mir, während Ted ein paar Schritte voraus ist und den Weg vorgibt.

»Wie ein echtes Cowgirl. Der Sattel ist nur ziemlich hart.«

Jasper lacht, Charlies Ohr wendet sich sofort in seine Richtung. »Ist dein Hintern auch schon so taub?«

»Ein wenig.«

»Das erklärt, warum die Leute in den Westernfilmen immer so einen gequälten Gesichtsausdruck haben, oder?«

»Das stimmt.«

Ted dreht seinen Kopf in unsere Richtung. »Wir machen nachher eine kleine Rast, dann könnt ihr eure Beine ein wenig entlasten.«

Wir folgen ihm weiter, genießen die Ruhe des Forest und das gleichförmige Schnauben der Pferde. An einem kleinen Bachlauf machen wir schließlich halt. Ted reicht Jasper eine

Tasche, die an Elizabeths Sattel befestigt war und in der wir Sandwiches und Wasser verstaut haben.

»Ich verziehe mich mit den Pferden in den Schatten und gebe euch ein wenig Privatsphäre. In dreißig Minuten geht es weiter.«

Er führt die Pferde weg, Jasper und ich hingegen treten näher an den Bachlauf und setzen uns ans Ufer. Wir ziehen die Schuhe aus und halten unsere Füße in das kalte Wasser. Angesichts der frühlingshaften Temperaturen und der müden Muskeln vom Reiten kommt diese Abkühlung sehr gelegen.

»Der Ausflug gefällt mir«, sage ich. »Ich hätte nie gedacht, dass Pferde eine derart beruhigende Wirkung auf mich haben könnten.«

»Ich weiß, was du meinst.« Jasper schaut aufs Wasser, seine Hand spielt mit heruntergefallenen Blättern. »So in Harmonie mit einem anderen Lebewesen zu sein, hat etwas sehr Entschleunigendes. Es macht den Kopf frei, aber nicht auf die verdrängende Art. Man sieht irgendwie klarer.«

»Ja.« Ich stupse sachte mit meiner Schulter gegen seine. »Was sagt dein klarer Kopf denn? Irgendwelche neuen Erkenntnisse?«

»Allerdings.« Etwas in seinen Augen blitzt auf. Dann kommt er näher … immer näher. Seine Lippen verharren vor meinen, der Blickkontakt bricht nicht ab. Bringt meinen Körper zum Beben. »Wir sollten heute Abend ausgehen. Nur wir zwei.«

»Ausgehen?«

»Ein offizielles Date.«

Ein Lächeln stiehlt sich auf meine Lippen. »Ach ja? Ist das hier gerade kein Date?«

»So schön es auch ist: nein.«

»Wegen Ted?«, necke ich ihn.

»Unter anderem. Und weil ich ein *richtiges* Date haben will. Eines in der Öffentlichkeit. Ich will das volle Programm, Lou. Händchen halten, dir Popcorn kaufen, dich küssen – egal ob andere zusehen oder nicht. Dich abends nach Hause bringen.«

»Praktisch, wo wir nur eine Etage entfernt voneinander wohnen«, scherze ich, aber in meinem Innern ist mir eigentlich nicht nach Scherzen zumute. Dafür lösen seine Worte zu viel in mir aus. Zu viel Sehnsucht nach genau *dieser* Art von Treffen.

»Dann haben wir wohl heute Abend ein Date«, sage ich und hauche ihm einen Kuss auf die Wange.

Acht Stunden und einen Kinobesuch später führt mich Jasper in eine Bar in Juniper. Wir bestellen alkoholfreie Cocktails, die mit Limetten, Eiswürfeln und einem Strohhalm aus Glas serviert werden, und setzen uns in eine der gemütlichen Sitzecken in Lederoptik. Ein DJ spielt sanfte Electrobeats, die gut zu dem schummrigen Licht passen und dem ganzen Laden eine lässige Atmosphäre verleihen.

»Auf unsere erste richtige Verabredung«, sagt Jasper und stößt mit mir an. Er hat sich heute richtig in Schale geworfen, trägt ein hellblaues Hemd, das einen Knopf weit geöffnet ist und ihm extrem gut steht. Der Sport der letzten Wochen hat eindeutig Spuren hinterlassen. Sein definierter Oberkörper lässt sich selbst durch den Hemdstoff erahnen, und ich habe Mühe, nicht mit den Händen darüber zu streichen.

»Dir ist schon klar, dass du mich ziemlich unverhohlen musterst?«, fragt er grinsend.

»Fühl dich einfach geschmeichelt.« Ich nehme einen

Schluck, lasse mir die Kombination der süßen Säfte auf der Zunge zergehen. »Ich mag dein Outfit.«

»Ich deins auch.« Ich sehe an mir herunter auf meine Jeans-Blusen-Kombi. »Weiß steht dir, es betont deine Sommersprossen. Und denen war ich schon immer verfallen.«

»Gut zu wissen.« Vor allem, da sie in den nächsten Wochen sicher noch stärker hervortreten werden.

»Es ist schön, einfach mal auszugehen«, sagt Jasper und nippt ebenfalls an seinem Cocktail. »Ich habe früher andere dafür beneidet, dass sie das haben konnten: Sich einfach zusammen zeigen, ausgehen, Spaß haben, was trinken gehen.«

»Ich finde es auch schön. Es ist verdammt lange her, seit ich das letzte Mal ein Date hatte.«

»Wie lange?«

»Wenn man von dem Blinddate absieht, zu dem Corey mich im ersten Jahr an der LBU überredet hat und das ein absoluter Reinfall war, dann war mein letztes ernst zu nehmendes Date noch an der Highschool.«

»Von dem LBU-Date habe ich gar nichts mitbekommen«, sagt er überrascht. Da das eine Sache zwischen Corey und mir war und Geheimnisse bei ihm sicher sind, war mir klar, dass Jasper nichts davon wusste. »Wieso war dieses Date so schlimm?«, hakt er nach.

»Es war unangenehm. Richtig, richtig unangenehm.«

Allein der Gedanke an diesen Abend lässt mich erschaudern.

»Ich brauche Details. Ganz dringend.«

»Ich war total angespannt.« Mir ist klar, dass er mich damit vermutlich aufziehen wird, aber für den Moment lasse ich ihm diesen Spaß. »Deswegen habe ich ständig Dinge fallen gelassen und mich verhaspelt, und er hat jedes Wort auf die Goldwaage gelegt – was es nicht besser gemacht hat. Und dann kamen dauernd Anspielungen von ihm.«

Jasper schlürft seinen Cocktail. »Was für Anspielungen?«

»Er hat sich die Pizzabrötchen so seltsam in den Mund gesteckt. Mit ganz aufdringlichem Augenkontakt und zweideutigen Anmerkungen darüber, wie hübsch ich bin.«

»Womit er an sich recht hat.«

»Es war die Art, wie er es gesagt hat. Als würde er sich vorstellen, *ich* wäre das Brötchen. Der Typ war einfach schmierig und too much.«

Jasper lacht leise. »Das hätte ich gerne gesehen.«

»Es war wirklich furchtbar«, betone ich und sehe ihn empört an, weil er nicht aufhört zu lachen.

Übertriebenes Mitleid stiehlt sich in seine Mimik. »Hast du ihm das Herz gebrochen?«

»Er wirkte enttäuscht, dass ich nicht mit ihm nach Hause gegangen bin, aber ich denke, er konnte es verkraften.«

»Wenn du seine Art nicht mochtest, ist es jetzt wohl keine kluge Idee, dir noch mal zu sagen, wie hübsch du heute Abend aussiehst?«, sagt er mit einem rauen, vielsagenden Unterton.

»Kommt wohl drauf an, wie anzüglich es gemeint ist.«

»Kommt wohl drauf an, wie anzüglich es an diesem Punkt unserer Beziehung gemeint sein darf«, entgegnet Jasper verheißungsvoll.

Hitze schießt in meine Wangen und zentriert sich gleichzeitig genau zwischen meinen Beinen. Allein sein verwegener Blick sorgt dafür, dass ich mir all das ausmale, was ich eineinhalb Jahre lang zu unterdrücken versucht habe. Mir vorstelle, wie wir uns leidenschaftlich küssen, seine Hände auf meiner Hüfte, sein Becken an meinem. Es kostet mich enorme Willenskraft, ruhig hier sitzen zu bleiben und so zu tun, als würde ich innerlich nicht gerade wie Wachs zerfließen. Es ist lange her. *Zu* lange.

Ich räuspere mich, versuche mich zu sammeln, was angesichts von Jaspers zufriedenem Grinsen gar nicht so leicht ist. Natürlich ist ihm meine Reaktion auf seine Worte nicht entgangen.

»Wir werden also weitere offizielle Dates haben«, versuche ich abzulenken. »Finde ich gut.«

»Schon irgendwelche Ideen?«, fragt er mit noch heiserer Stimme.

»Wie wäre es mit dem Juniper-Festival? Jedes Jahr nehme ich mir vor, hinzugehen, und bin dann doch nie dort.«

»O ja, und im Sommer veranstaltet die Uni doch sicher wieder ihr Freiluftkino. Da müssen wir hin.«

»Super. Und für meine Liste habe ich auch zwei neue Punkte.«

»Was schwebt dir vor?«

»Ich fasse es selbst kaum, dass ich das jetzt vorschlage, aber ich will Felsklettern im Modoc. Und ich würde gerne noch mal so eine Modenschau veranstalten … aber in größerem Stil.«

»Ich bin dir mit meinen Überredungskünsten sämtlicher Malls stets zu Diensten.«

»Was ist mit dir?«, frage ich. »Du darfst auch gerne Ideen einwerfen.«

»Ich weiß nicht.« Er fährt sich durch die Haare, kämmt sie damit noch ein wenig weiter nach hinten. »Es gibt da etwas, was mir nicht aus dem Kopf geht. Aber ich weiß nicht, ob es der richtige Zeitpunkt ist, um darüber zu sprechen.«

»Wieso nicht?«

»Weil das hier doch ein Date ist.«

»Stimmt. Aber wir sind doch weit über Small Talk hinaus, dafür kennen wir uns schon zu gut.« Ich blicke ihn über mein Glas hinweg an. »Und ich würde es wirklich gerne hören.«

»Ich würde gerne einen Baum pflanzen. Für Maggie.«

»Einen Baum?«, frage ich überrascht.

»Ich dachte, es wäre ein schönes Symbol.«

»Das ist es. Es hätte ihr sicher gut gefallen, wo sie doch jahrelang an der LBU gelebt und sich der Umwelt verschrieben hat.«

»Und ich denke, es würde mir helfen. Helfen, mich zu lösen, verstehst du? Von dieser ganzen komplizierten Geschichte.« Er seufzt, nimmt einen Schluck. »Ich habe nach der Trennung so lange versucht, meine Gefühle für Maggie zu verdrängen, dass ich eigentlich gar nichts mehr fühlen wollte. Ich dachte wohl, das wäre leichter. Sich einfach nicht mehr verlieben. Niemanden zu nah an mich heranlassen.«

»Das ist wohl die Krux«, sage ich, denn ich verstehe ihn gut. »In der Theorie klingt es so einfach. Aber sich vehement gegen Gefühle zu wehren, immerzu dagegen anzukämpfen, ist, glaube ich, viel energieraubender, als den Schmerz zu durchleben und den Prozess der Trauer und der Trennung anzunehmen.«

Jasper nickt. »Ich will das wirklich für mich – dass ich weiterkomme und die Sache abschließen kann. Aber ich will es auch für uns.«

Plötzlich nimmt er über den Tisch hinweg meine Hand, sein Blick wird intensiver. Bringt das Feuer in meinem Körper sofort wieder zum Lodern. »Vielleicht musste ja alles so kommen. Das mit den Streitigkeiten mit Maggie, ihrem Weggang und diesem Verlobten. Vielleicht musste es so kommen, damit wir diesen Deal eingehen und zueinanderfinden.«

»Jasper Branson glaubt also an das Schicksal?«, bringe ich hervor. Zu mehr bin ich nicht imstande, mein Herz schlägt mir bis zum Hals, Schmetterlinge tanzen in meinem Magen.

»Gerade fände ich das durchaus plausibel«, erwidert er, die Intensität seines Blicks lässt nicht nach.

»Dann solltest du diesen Baum pflanzen«, sage ich, spüre keinen Stich bei dem Gedanken. Nur ein Kribbeln, das durch meinen Körper jagt und das mich nicht loslässt.

Ich weiß nicht, wann das zwischen uns so tief und echt geworden ist, aber es ist wundervoll. Genauso wie die Aufrichtigkeit in seinen Worten.

Kapitel 26

Seit dem ersten Aufeinandertreffen mit Jasper frage ich mich, wie es wohl wäre, ihn zu daten. Ich habe mir ein charmantes Lächeln vorgestellt, vielleicht Rotwein. Habe vermutet, dass er mir in die Jacke helfen und mich vielleicht sogar zum Abschied küssen würde. In meiner Vorstellung war es ein perfektes Film-Date. Doch nichts, wirklich nichts hätte mich auf das Feuer vorbereiten können, das seine Blicke in mir auslösen. Seine ehrlichen Worte darüber, die nächsten Schritte zu gehen. Über die Vergangenheit hinwegzukommen.

Als wir wieder bei Red ankommen, liegt das Haus in Dunkelheit und Stille. Wir hängen unsere Jacken auf, sehen uns um.

»Scheint keiner da zu sein«, sagt Jasper, seine Stimme klingt rau.

»Hazel schläft bei Lewis, und Corey ist feiern.«

»Stimmt.« Jasper tritt von hinten an mich heran, seine Nähe löst eine verheißungsvolle Gänsehaut aus. »Dann sind wir wohl allein«, brummt er. Die Gänsehaut breitet sich aus, läuft meinen Rücken hinauf und zentriert sich im Nacken. Unwillkürlich richten sich meine Brustwarzen auf. Eine Tatsache, die Jasper nicht zu entgehen scheint, als ich mich zu ihm umdrehe, denn sein Adamsapfel hüpft, während sein Blick kurz zu meinen Brüsten wandert. Die Erregung in seinem Gesicht zu sehen, zu erkennen, wie seine Atmung sich minimal beschleunigt und sich seine Iriden eine Nuance verdunkeln, bringt sämtliche Lust, die sich in den letzten Tagen angesammelt hat, zum Ausbruch. Wir halten Blickkontakt, Jaspers Lippen sind ein wenig geöffnet.

Ich schlinge meine Arme um ihn, ziehe ihn ein wenig näher zu mir.

»Ganz allein«, wiederhole ich, ehe ich mich der Sehnsucht hingebe. Als wir uns küssen, fühlt es sich intensiver an als sonst. Der Geschmack unserer Cocktails vermischt sich mit all dem Verlangen, das durch unsere Adern fließt. Ich weiß genau, dass es Jasper ebenso geht. Weiß es, als wir uns fiebriger gegeneinanderpressen. Als unsere Hände überall und nirgendwo sind.

»Denk jetzt ja nicht, dass das hier der Grund war, wieso ich auf ein Date mit dir wollte«, murmelt Jasper.

Ich gehe nicht darauf ein, ziehe ihn nur noch enger an mich. Ich brauche mehr. Mehr als diese Küsse. Mehr als diese sanften Berührungen. Ein Gedanke, den Jasper offenbar teilt, als er mich plötzlich hochhebt und noch während unseres Kusses zum Küchentisch trägt. Ich lande auf der Tischplatte, schiebe mein Becken vor, presse mich an ihn. Jasper stöhnt leise auf, als ich auf seine Erektion treffe. Er ist verflucht hart. Verflucht erregend.

Seine Hände gleiten unter mein Top und ziehen es nach oben. Dann berührt er mich hauchzart, erst mit seinen Fingern, dann mit seinen Lippen. Meine Lider flattern, ich lasse mich einfach zurücksinken auf das kalte Holz und schließe die Augen, während er mich erforscht. Behutsam befreit er meine Brüste aus dem BH. Seine Fingerkuppen tanzen regelrecht über meine überhitzte Haut und über meine Brustwarzen, die sich unter seinen Berührungen weiter aufstellen. Berührungen, die mutiger werden, fester. Er streichelt meine Brüste, massiert sie sanft, und ich atme geräuschvoll aus. Dann wandern seine Hände tiefer, halten am Bund meiner High-Waist-Jeans inne. Mit geschickten Fingern knöpft er sie auf und liebkost die Haut darunter. Seine Lippen folgen.

»Sag, wenn es dir zu viel wird«, murmelt er an meine Lende.

»Es … ist nicht zu viel«, bringe ich hervor. Es ist noch lange nicht zu viel, weil ich mehr will. Mehr von seinen Berührungen, seinen Küssen. Ihm.

»Wag es ja nicht, aufzuhören«, bringe ich hervor.

Ich spüre Jaspers Grinsen, als er mir die Hose herunterzieht und sich meinem schwarzen Slip zuwendet. Er raubt mir damit wortwörtlich den Atem. Mein Rücken drückt sich durch in dem Moment, als er mit den Lippen meinen Kitzler berührt. Der Stoff dazwischen spielt keine Rolle. Auch so spüre ich die Wucht dieser Berührung, den Druck seiner Lippen und das Ziehen in meinem Körper. Es ist so lange her. So verdammt lange. Trotzdem bin ich mir nicht sicher, ob es sich schon mal derart intensiv angefühlt hat. So wahrhaftig.

Mein Stöhnen dringt durch die Küche, durch das Haus. Ich liebe es, mich selbst damit zu befeuern, liebe es zu hören, wie Jaspers Atmung schwerer wird.

Jeder Druck auf meinen Kitzler gibt wunderbare Wellen frei, bringt mich näher und näher zum Höhepunkt. Zu diesem *O mein Gott*. Als es endlich so weit ist, graben sich meine Hände in Jaspers Haare. Ich kralle meine Finger hinein, als die Welle der Lust sich immer mehr aufbäumt … losrollt … mich überkommt.

Außer Atem liege ich da, befriedigt und doch noch immer in Flammen. Ich ziehe ihn an mich, so nah, dass seine Erektion genau auf das Pulsieren meines Kitzlers stößt. Es jagt erneut eine Welle zu mir, diesmal ein wenig schwächer, aber nicht weniger berauschend. Es bringt mich dazu, mich an seinem harten Penis zu reiben. Mich vollends fallen zu lassen in die pulsierende Lust. Aus Jaspers Mund dringt ein dunkles Raunen, seine Augen sind genießerisch geschlossen. Ein Anblick, der mich nur noch mehr aufheizt, bis ich meine Bewegungen selbst als qualvoll empfinde, weil ich mehr will. Ich will mehr von ihm sehen, mehr von ihm berühren können. Ihn vollends in mir aufnehmen.

Doch seine Hände haben wieder den Weg zu meinem Slip gefunden. Halten mich davon ab, an seinem Shirt zu zerren, um diese lästigen Kleider loszuwerden. Als er mich diesmal berührt, schiebt er den Slip ein wenig zur Seite. Seine Finger fahren meinen Venushügel entlang, gleiten in meine Mitte. Dringen so plötzlich in mich ein, dass ich meinen Rücken durchdrücke und alles aus meinem Kopf gefegt wird. Weil das hier so gut ist. Es ist so verdammt heiß, wie er in mich eindringt, immer und immer wieder, und mich mit seinen Fingern erforscht, aber gleichzeitig weiß ich auch, dass es nicht reicht. Weil ich mehr brauche.

»Jasper«, flehe ich.

Ich ertrage es keine weitere Sekunde länger, ihn nicht in mir zu spüren. Die Flammen, die er entfacht hat, sind längst zu einem Großbrand geworden.

»Eine … Sekunde«, keucht er und holt sein Portemonnaie hervor. Im nächsten Augenblick hält er ein Kondom in den Händen. Ich nicke ihm unter glühenden Wangen zu. Verliere mich wieder in seinen Küssen, seinen Berührungen. Endlich entledigen wir uns der restlichen Stoffe. Endlich sehe ich die volle Pracht seines Glieds vor mir. Einige Sekunden lasse ich mir Zeit, den Schaft mit den Händen zu umschließen – Jaspers Feuer ebenso anzufachen, wie er es bei mir getan hat. Bis ich es wirklich nicht mehr aushalte.

In einer fließenden Bewegung streift Jasper sich das Kondom über. Er positioniert sich genau zwischen meinen Schenkeln, während ich weiterhin auf dem Tisch sitze und ihm dabei in die Augen sehen kann.

»Ich will dich, Jasper«, flüstere ich ihm ins Ohr, küsse ihn in die Halsbeuge. »So sehr.«

Er erfüllt mir diesen Wunsch und dringt in mich ein. Füllt mich aus. Für ein paar Sekunden weiß ich nicht, wie man atmet. Ich weiß nicht, wo ich bin, welchen Wochentag wir haben, wie mir geschieht. Leidenschaftlich beiße ich in Jaspers Hals und unterdrücke ein Stöhnen, während er beginnt, sich in mir zu bewegen. Während er in mich stößt und animalisch stöhnt. Ein Ton, der in jede Faser meines Körpers dringt. Für mich die größte Lust bedeutet. Nie hat sich etwas besser angefühlt, als Jasper auf diese Weise zu hören. Ihm auf diese Weise nah zu sein. Zu spüren, wie seine Stöße zügelloser und härter werden, unsere Körper einen wilden Rhythmus finden.

Ich lasse mich auf die Tischplatte zurücksinken, ändere dadurch den Winkel. Plötzlich nehme ich ihn noch tiefer in mir auf, spüre ihn noch intensiver.

»Lou«, bringt Jasper hervor. »Das hier ist –« Ich erfahre nicht, was genau es ist, denn seine letzten Worte gehen in einem lauten Stöhnen unter. Seine Hände umfassen meine Brüste, kneten sie, sein Griff wird stärker. Sein Stöhnen durchdringender.

Ich denke, ich weiß, was er sagen wollte: Dass das hier perfekt ist. So verdammt perfekt.

Perfekt leidenschaftlich, perfekt sehnsuchtsvoll, vertraut und wild zugleich.

So perfekt Jasper und ich.

Später liegen wir in seinem Bett und trinken Kaffee, obwohl es inzwischen weit nach Mitternacht ist. Als würden wir beide diese unglaubliche Nacht auskosten und den Morgen so lange wie möglich hinauszögern wollen. Meine Haare sind zerzaust, Jaspers Wangen gerötet. In den letzten zwei Stunden waren wir uns dreimal nah, und doch kann ich immer noch nicht ganz begreifen, dass wir beide wirklich hier liegen – nackt, noch den Geschmack des anderen auf den Lippen, außer Atem von unseren Orgasmen. Berauscht von Nähe und Koffein und diesem Zauber, den nur eine Nacht, in der man sich komplett fallen lässt und aus all seinen Routinen ausbricht, innehat. Ich kann mich zumindest nicht daran erinnern, jemals um diese Zeit Kaffee getrunken zu haben. Oder mich nach dem Sex derart gut zu fühlen. Derart … nach mir. Vollkommen im Reinen mit dem, was wir getan haben. Mit dem, was ich noch tun will.

Ich schmiege mich an ihn, meine Finger umkreisen die Kunstwerke auf seiner Haut.

»Haben deine Tattoos eigentlich eine Bedeutung?«

»Die meisten schon.«

»Und verrätst du mir die auch, oder sind sie streng geheim?«

»Ich weihe auf jeden Fall nicht viele Menschen ein«, erwidert er schmunzelnd. »Aber bei dir mache ich eine Ausnahme. Mein erstes Tattoo war der kleine Kerl hier.« Er zeigt auf den schwarzen Drachen auf seiner Brust. »Ich habe ihn mir an meinem achtzehnten Geburtstag stechen lassen. Er sollte mich stärker machen.«

»Wegen deines Vaters?«, mutmaße ich.

»Genau.«

»Was ist mit der Sonne?« Ich streife seinen Arm an der Stelle, an der sie eintätowiert ist.

»Die ist für meine Mom. Weil sie diejenige ist, die mir immer Wärme gegeben hat.«

»Hast du auch ein Tattoo für Lewis?«

Er deutet auf den Schriftzug darunter. *We don't let each other live in the dark alone.* »Das habe ich mir nach Thanksgiving stechen lassen.«

Dann höre ich zu, wie er von seinen anderen Tattoos erzählt. Zwei weiteren Drachen, damit der eine nicht so allein ist. Einem Kleeblatt, weil das Glück immer siegt. Einem Schwert, weil man für dieses Glück kämpfen muss. Einem Schriftzug über Vergänglichkeit und einem über Leidenschaft, daneben eine Rose. Ich frage mich, ob sie wohl für Maggie gestochen wurde, doch er erzählt nichts davon, und ich frage nicht nach. Stattdessen zeigt er mir sein Lieblingszitat aus einem Song, das er sich bald unterhalb der Rippe stechen lassen möchte.

»Der Rest meiner Tattoos sind nur Spielereien«, sagt er schulterzuckend. »Teilweise, um Lücken auf meiner Haut zu schließen. Manche Motive fand ich einfach gut, aber sie haben keinen tieferen Sinn.«

»Ich wollte auch schon immer ein Tattoo haben. Irgendetwas, das meine Liebe zum Nähen und zur Natur widerspiegelt. Aber ich habe noch nicht das passende Motiv gefunden.«

»Ich kenne ein paar gute Tätowierer, die dir sicher dein Wunschmotiv zeichnen könnten.«

Meine Finger tänzeln über seine Sonne. »Hast du schon mal eins bereut?«

»Bisher nicht. Meine Tattoos gehören zu mir und meiner Geschichte. Zu dem, was mich ausmacht.« Jasper nimmt einen weiteren Schluck Kaffee.

»Sie gefallen mir«, sage ich. Seit ich ihn kennengelernt

habe, sind einige Tattoos dazugekommen. »Nimmst du mich mit, wenn du dein nächstes stechen lässt?«

»Klar, wenn du willst.«

»Vielleicht bekomme ich ja auch irgendwann genug Inspiration, um mein eigenes Motiv zu entwerfen. Eigentlich fällt mir das Zeichnen ja relativ leicht, auch wenn so ein Tattoo sicher etwas anderes ist, als Mode zu zeichnen.«

»Du kannst es ja einfach mal ausprobieren.«

»Wieso nicht. Langsam werde ich besser darin, einfach mal Dinge zu versuchen. Sieh mich an: eine aufstrebende Modedesignerin, die über Wälder fliegt, in der Wildnis campt und auf Pferden reitet. Ich glaube, inzwischen habe ich das mit den Abenteuern ganz gut drauf.« Es fällt mir zumindest immer leichter, auch mal außerhalb meiner sonstigen Routinen zu denken.

»Was sagt deine To-do-Liste denn zu einem Tag mit Verpflegung im Bett?«, fragt Jasper und stellt die Kaffeetasse ab. Dann dreht er sich zu mir, sein Atem kitzelt mich. »Nur wir zwei, den ganzen Tag faulenzen?«

»Klingt für mich auch sehr abenteuerlich«, entgegne ich, vor allem, weil ich nicht weiß, ob ich das seit meinem Studienbeginn jemals gemacht habe. Selbst an den Tagen, an denen ich krank im Bett lag, habe ich meistens doch noch irgendwelche Vorlesungsunterlagen durchgelesen, weil ich die Ruhe nicht ertragen konnte. Diesmal hört sich das jedoch ziemlich verlockend an.

»So ein Tag im Bett könnte mir gut gefallen«, entscheide ich.

Kapitel 27

Die kommende Woche ist eine von diesen Wochen, bei denen man gefühlsmäßig kaum hinterherkommt, weil zu viel auf einmal in zu kurzer Zeit passiert. Mein Körper wird überschwemmt von Glücksgefühlen, was ich definitiv Jasper zuschreibe. Den Abenden, die wir in seinem Zimmer verbringen, und seinem Lachen, das wieder häufiger durch das Wohnhaus dringt. Obwohl die Stimmung bei Red seit der finalen Abgabe des Videos ohnehin ausgelassen ist. Hinzu kommt Corey, der den Job in Toronto bekommen hat. David hingegen hat ein Forschungsstipendium in Cleveland angenommen, sodass die beiden es mit einer Fernbeziehung versuchen.

Aber es ist auch der Wettbewerb, der mich dazu bringt, mich unbekümmert wie selten zuvor zu fühlen. Vor vier Tagen wurde die Shortlist des Wettbewerbs auf Social Media verkündet, und seitdem steht mein Handy nicht mehr still. Ich habe allein durch diesen Post fast tausend Follower dazugewonnen, sodass ich viel Zeit damit verbringe, Beiträge für Instagram vorzubereiten und meinen Alltag zu zeigen: Nähutensilien, Schnappschüsse von mir an der Nähmaschine, manchmal auch Bilder mit Stoffen und Einblicken in meine neusten Projekte.

Mit Mr Peterson habe ich bereits gesprochen und mir die Genehmigung für den Sonderurlaub in L.A. eingeholt. Die Idee, den Wettbewerb nicht nur für meinen persönlichen Karriereplan, sondern auch für das Thema Umweltschutz zu nutzen, kam bei ihm gut an. Schon einen Tag nach unserem Gespräch hatte ich einen Auftrag von ihm: ein Interview mit einem Modemagazin, in dem ich von meinem Leben als Studentin und der Wettbewerbsteilnahme erzählen könnte. Es lief alles ganz unkompliziert per Videocall ab, bereits in den nächsten Tagen soll der Entwurf kommen.

Nun bin ich mehr als bereit, diese Erfolge gebührend zu feiern.

Ein letzter prüfender Blick in den Spiegel zeigt mir meine enge schwarze High-Waist-Jeans und ein schwarzes Crop-Top, dazu große goldene Ohrringe. Mein Make-up ist heute mit einem dunkelroten Lippenstift, dunkler Wimperntusche und Eyeliner ein wenig auffälliger als sonst.

Keine Ahnung, wann ich das letzte Mal auf einer Party war. Auf einer richtigen, und nicht als Leiterin des Festkomitees. Für meine fast zweiundzwanzig Jahre ist es definitiv schon zu lange her. Eigentlich hatte ich bereits zu Highschool-Zeiten festgestellt, dass ein ausgelassenes Nachtleben nicht mein Ding ist – betrunkene Menschen, laute Musik, Gedränge …

Trotzdem freue ich mich diesmal auf den Abend.

»Wow.« Hazel, die sich an meinem Kleiderschrank bedient und sich einen dünnen Cardigan umgelegt hat, bewundert mich von allen Seiten. »Du hast es wirklich drauf.«

»Ist es nicht zu viel?«

»Genau richtig.«

»Warte. Ich habe noch etwas für dich.« Ich gehe zu meinem Schmuckkästchen und hole eine Kette hervor, die perfekt zu Hazels dunkelblauem Top passt, das sie unter dem Cardigan trägt.

»Darf ich die wirklich anziehen?«, fragt sie entzückt.

»Wenn du möchtest, gerne. Aber du kannst dich auch

selbst mal umsehen, vielleicht findest du noch etwas anderes.«

»Nein, ich nehme die. Die ist perfekt.« Sie drückt die Kette an sich. »Hilfst du mir?«

In diesem Moment klopfen Lewis und Jasper an den Türrahmen. Die Tür meines Zimmers steht offen, trotzdem warten sie, bis ich sie hineinbitte.

»Ich denke, Lewis ist dir gerne behilflich«, sage ich lächelnd.

Lewis tritt hinter Hazel und streicht vorsichtig ihr Haar zur Seite, um ihr die Kette umzulegen. Es sieht behutsam und liebevoll aus und erwärmt mir geradezu das Herz.

»Süß, die beiden, was?«, fragt Jasper, als er neben mich tritt. »Aber nur, um das klarzustellen: Haare zur Seite streichen kann ich auch extrem gut. Und ich würde es so machen …« Seine Finger wandern zu meinem Hals, streichen sanft darüber und hinterlassen eine feine Gänsehaut. Mein Herzschlag beschleunigt sich, während er es wiederholt. Es ist nur eine kleine Berührung, nur hauchzart, und dennoch löst sie Begierde in mir aus. Begierde nach Nähe, Intimität, nach mehr. Kurz vergesse ich sogar, dass wir nicht allein im Raum sind und eigentlich auf eine Party wollen.

Bis mich Jasper daran erinnert. »Vielleicht heben wir uns das lieber für später auf«, flüstert er mir ins Ohr, sein Atem kitzelt dabei dieselbe Stelle am Nacken.

Mir gelingt es lediglich zu nicken.

»Wir sollten dann wohl aufbrechen«, sagt er zu den anderen.

Hazel betrachtet sich ein letztes Mal im Spiegel. »Ich muss noch schnell meine Tabletten nehmen, dann können wir los.« Da Hazel ihre Immunsuppressiva jeden Tag haargenau zur selben Zeit einnehmen muss, damit ihre Lunge optimal vor einer Abstoßungsreaktion geschützt ist, bleibt uns nichts anderes, als zu warten.

»Ruf uns einfach, wenn du fertig bist«, sagt Jasper.

»Corey fehlt sowieso noch«, meine ich. »Was genau treibt er so lange?«

Jasper und Lewis sehen sich an und schmunzeln. »Er bringt doch David mit.«

»Stimmt.«

»Corey hat sich jetzt schon x-mal umgezogen, und er hatte einen Wutausbruch wegen seiner Haare. Ich denke, er mag ihn wirklich sehr.«

»Hey, geht runter und helft ihm, anstatt ihn aufzuziehen«, ermahne ich Jasper lachend. »Sagt ihm, wie toll er aussieht.«

»Mode ist doch eigentlich dein Ding.«

»Stimmt. Nur muss ich noch meine Handtasche packen.«

Jasper haucht mir einen Kuss auf die Wange. »Na gut. Aber wenn ich ihm einen schlechten Rat gebe und er sich vor David blamiert, dann ist das deine Schuld. Ich übernehme nicht die Verantwortung für Coreys Launen.«

Lewis klopft seinem Bruder auf die Schultern. »Ich unterstütze dich dabei.«

Die Jungs verschwinden. Ich schnappe mir meine Handtasche und gehe im Kopf alles durch, was ich brauche: Handy, Geld, Ausweis, Schlüsselkarte fürs Haus, Lippenstift.

Von unten höre ich Corey fluchen, Jasper scheint beruhigend auf ihn einzureden. Ich sollte wirklich moralischen Beistand leisten, doch vorher mache ich ein Foto von mir, um es in meiner Instagramstory zu posten, und beantworte noch schnell zwei DMs. Es ist toll, wie interessiert die Leute an meinen Arbeiten sind und alles über die Herkunft meiner Materialien wissen wollen.

»Lou! Ich glaube, wir haben endlich ein Outfit für Corey gefunden! Kommst du?«

»Komme!« Lächelnd packe ich das Handy weg und folge den anderen nach unten.

Zwei Stunden später befinden wir uns auf der Tanzfläche des *Loco*. Es ist eng, es ist stickig, und ich habe unglaublichen Spaß. Es ist lange her, dass ich versucht habe, auf einer Feier zu tanzen. Selbst an Halloween war mein Kopf zu sehr damit beschäftigt, den Ablauf des Abends durchzugehen … und meine Freude am Tanzen war zu Highschool-Zeiten eher gering. Irgendwie habe ich mich nie dabei wohlgefühlt, auf Tanzflächen zu stehen und aus mir herauszukommen, und wollte lieber gemütliche Abende mit meiner Nähmaschine verbringen. Auch jetzt ist mir klar, dass ich niemals zu jemandem werde, der jedes Wochenende auf Partys gehen könnte. Aber für den Moment – für diese eine Nacht – bin ich mittendrin. Mittendrin, als wir auf Corey und mich anstoßen. Mittendrin, als die Musik noch lauter gedreht wird und der ganze Club jubelt. Ich juble einfach mit, strecke meine Hände nach oben und drehe eine Pirouette. Corey und Reese probieren sich an den extrovertiertesten Moves, und selbst Lewis lässt sich zu dem ein oder anderen Tanzschritt hinreißen, der ihm früher nie zuzutrauen gewesen wäre. Hazel legt einen Arm um seine Schulter und zieht ihn an sich heran, um ihm einen Kuss auf die Wange zu geben.

»Ich hole uns neue Getränke«, brüllt Corey über die laute lateinamerikanische Musik hinweg. Er gibt David ein Handzeichen, woraufhin sich beide durch die Menschenmenge Richtung Bar quetschen.

»Die zwei geben so ein schönes Paar ab«, sage ich zu Jasper. Er steht direkt vor mir, eine Hand auf meiner Hüfte, die ich im Takt kreisen lasse.

»Liegt sicher an dem super Outfit, das ich Corey rausgesucht habe.«

»Oh, da bin ich sicher«, feixe ich. »Ich hoffe, das wird was Langfristiges zwischen den beiden.«

Im nächsten Moment tanzt uns Hazel an. »Wieso gehen wir nicht viel öfter aus? Das macht echt Spaß«, ruft sie uns zu und gibt mir einen Kuss auf die Wange. »Es ist so toll, dass wir alle zusammen sind!« Sie tänzelt rüber zu Reese, die ihre Braids schwingt, als gäbe es kein Morgen. Ihre Energie ist wirklich ansteckend.

Jasper beugt sich zu mir herunter, ein paar Haarsträhnen fallen ihm dabei ins Gesicht. Ich löse eine meiner Hände aus seinem Nacken, um sie ihm sanft hinters Ohr zu streichen.

»Hazel hat recht. Das hier war eine gute Idee. Vielleicht sollten wir so was wirklich öfter machen.«

»Lou Simson wird zur Partygängerin?«, zieht Jasper mich auf.

»Ich meine nicht das Partymachen, eher das Zusammensein. Egal ob beim Campen oder hier … es passt einfach so gut.«

Corey und David stehen noch immer an der Bar und warten auf neue Getränke. »Nur blöd, dass Corey bald nicht mehr dabei sein wird.« Es schmerzt, dass er schon in zwei Monaten seinen Abschluss macht. Manchmal denke ich, dass er der Leim ist, der uns alle zusammenhält, weil seine Sprüche und seine gute Laune das Zusammenleben bei Red so viel einfacher machen.

»Kosten wir es aus, solange es anhält«, sagt Jasper, seine Lippen rücken näher an mein Ohr und hauchen einen Kuss darauf. »Mit dir zu tanzen, daran könnte ich mich jedenfalls gewöhnen«, flüstert er.

»Es erinnert mich ein bisschen an unseren Tanz im Regen.« Als würde er seine Worte unterstreichen wollen, nimmt er meine Hand und lässt mich eine Pirouette vollführen, nur um mich dann wieder näher zu sich zu ziehen. »Diese Nacht werde ich nie vergessen. Ab da wusste ich, dass es kein Zurück mehr gibt.«

»Kein Zurück?«, frage ich.

»Für meine Gefühle. Da wusste ich, dass ich mich in dich verliebt habe.«

Mein Herz reagiert prompt auf dieses Geständnis, das ich mir mehr gewünscht habe als alles andere.

Jaspers Blick ist derart intensiv, dass ich alles um mich herum ausblende: die Menschen, die tanzenden Stroboskoplichter. Ich sehe nur Jasper und seine Entschlossenheit in Bezug auf uns. Seine Zuneigung.

Ich küsse ihn, wild und drängend, roh und ungefiltert. Seine Hände umfassen mein Gesicht, als wir die Augen aufschlagen und uns ansehen.

»Ich habe mir ein paar Gedanken gemacht«, sagt Jasper. »Coreys Jobzusage hat mich dazu gebracht. Ich meine, ich muss mich immerhin im Herbst auch schon um meine Jobbewerbungen kümmern, also habe ich mal recherchiert. Es gibt da ein paar Forschungsstipendien, auf die ich mich gerne bewerben würde. Mein Favorit wäre Washington.«

»Washington ist super«, sage ich, auch wenn ich schlucken muss. Das ist wirklich weit weg von Lullaby.

»Da gibt es auch eine Uni für Modedesign. Das wäre vielleicht eine gute Idee für dein Aufbaustudium, oder?«

»Das klingt … nicht schlecht«, sage ich und erwidere Jaspers Lächeln, aber es fühlt sich plötzlich anstrengend an.

Als würde Blei an meinen Mundwinkeln hängen. Es kostet mich enorme Kraft, nicht in Tränen auszubrechen. Verwirrt blinzle ich. Keine Ahnung, was mit mir los ist … woher kommt das plötzlich?

»Ich weiß, für dich ist es vermutlich noch etwas zu früh, über deine Folge-Uni nachzudenken. Und ich habe ja auch noch ein paar Monate Zeit.« Jasper grinst. »Es waren nur ein paar Gedanken. Nichts weiter.«

Wir küssen uns erneut, doch diesmal ist es anders. Weniger hitzig, weniger imposant. Zumindest von meiner Seite aus. Ich will mir Jaspers Ideen für unsere Zukunft wirklich anhören. Ich will mit ihm gemeinsam planen, wie es weitergehen kann. Ich will das mit ihm – dieses *Uns*. Aber gleichzeitig falle ich. Falle in meine Gefühle für Jasper. Falle, falle.

Weil es kein Zurück mehr gibt.

Kein Zurück.

Plötzlich hallen seine Worte in meinem Kopf wider. Unaufhaltsam prasseln sie auf mich ein und überdecken alle positiven Gedanken. All meine Zuneigung, all meine Wünsche. Jaspers Hände verschwimmen in meiner Vorstellung mit denen von Mark. Es zerstört diesen Moment vollends.

All der Schmerz der letzten Jahre treibt an die Oberfläche. Die Gewissheit, einen Fehler gemacht zu haben, als ich Mark in mein Leben ließ. Ihn und die Liebe und all diese Gefühle, für die ich nie stark genug war und die mich aufgelöst haben. Ich war nur noch ein Geist, unsichtbar für das richtige Leben.

Das darf ich nie wieder zulassen.

Panisch löse ich mich von Jasper und stoße ihn förmlich weg von mir. Es dauert einige Sekunden, ehe er meinen Stimmungsumschwung bemerkt. Er sieht mich an, verwirrt und verletzt, als ich den Kopf schüttle. Ich gehe einen

Schritt zurück, remple gegen andere Menschen, die ich ganz vergessen habe. Ich habe alles vergessen, selbst meine anfänglichen Argumente, wieso das mit Jasper nie hätte passieren sollen. Wieso ich mich nicht darauf einlassen kann. Ich bin zu verletzlich … zu verletzt.

»Tut mir leid«, stoße ich hervor und meine so vieles damit.

»Was ist los?« Er will die Distanz zwischen uns wieder überbrücken, doch ich kann es nicht zulassen. Ich kann seine Nähe gerade nicht ertragen. In meinem Inneren schwirren die verschiedensten Gedanken und Emotionen, verwirren mich und lassen meinen Kopf schmerzen. Obwohl Mark nie hier war, habe ich das Gefühl, seine Hände auf meiner Haut gespürt zu haben, und es ekelt mich an. Macht mir Angst. Er ist zurück in meinem Kopf. Die Erinnerungen an ihn brennen unter meiner Haut.

Bevor Jasper oder die anderen reagieren können, drehe ich mich um und fliehe. Fliehe vor Jasper, vor seinen Rufen nach mir, vor seiner Enttäuschung. Ich zwänge mich durch die Menge, sehe noch Corey und David, die die neuen Getränke bringen. Tränen rinnen über meine Wangen, die Tanzfläche verschwimmt vor meinen Augen, aber ich halte nicht an. Ich werde schneller, immer schneller.

Draußen ist es bereits dunkel, als ich zur Bushaltestelle laufe. Ich steige in den nächsten Bus, ohne auf das Schild zu achten.

Erst mal muss ich nur weg.

Als sich die Türen schließen, sehe ich, wie Jasper an der Haltestelle auftaucht und sich die Haare rauft.

Er versteht es nicht, aber wie sollte er auch? Ich verstehe es ja selbst noch nicht.

Der Bus fährt los, Jasper wird kleiner. Er bleibt wie angewurzelt stehen, scheint nach mir zu rufen, aber die Geräusche im Bus verschlucken alles. Dann verschluckt ihn die Dunkelheit, als der Bus weiterrollt.

Ich bin allein.

Liebes Tagebuch,
das erste Mal, als ich bewusst gemerkt habe, dass sich etwas nicht richtig anfühlt, war an meinem zweiten Jahrestag mit Mark. Es ist wohl der Tag unserer Beziehung, an den ich mich am besten zurückerinnere. Ein Tag, den ich Wort für Wort in meinem Kopf wiedergeben kann, weil er einen Tiefpunkt in meinem Leben markiert.
Ich war an diesem Jahrestag verliebt wie nie, glücklich und aufgeregt. Nur mein Körper machte mir an diesem Tag einen Strich durch die Rechnung. Ich fühlte mich ausgelaugt und schwach. Litt unter Kopfschmerzen, Müdigkeit und hatte das Bedürfnis nach Ruhe. Trotzdem fuhr ich zu Mark, immerhin hatte er geplant, ein romantisches Essen für uns zu kochen. Seine Mitbewohner waren übers Wochenende unterwegs, und ich besuchte ihn am College. Wir saßen da, bei Kerzenschein, er lächelte mich an, machte mir Komplimente, und ich hielt durch, mein Kopf brummte trotz der Schmerztabletten. Er wusste es. Er wusste, dass ich mich nicht wohlfühlte, und doch begann er nach dem Essen, mich zu küssen. Seine Finger wanderten tiefer, hielten mich an der Taille, streichelten mich auf diese eine Art, von der ich wusste, was sie zu bedeuten hatte. Und ich ließ es zunächst zu. Immerhin wollte ein Teil von mir es auch: ihn küssen, mit ihm schlafen, diesen unglaublichen Abend

zelebrieren. Doch mein Körper sagte Nein, und so tat ich es irgendwann auch. Ich schob seine Hände weg, löste mich von dem Kuss.

»Ich habe gehört, Orgasmen sind gut gegen Kopfschmerzen«, sagte er spielerisch und legte seine Hände wieder an meine Taille.

»Mark, ich meine es ernst. Ich fühle mich heute nicht danach.«

»Aber wir sind allein, und ich habe extra für dich gekocht.«

»Was wirklich süß von dir war.«

»Du glaubst gar nicht, wie oft ich gefragt werde, wieso ich mit jemandem von der Highschool gehe. Die meisten hier wollen lieber Frauen mit mehr Erfahrung …« Er sagte es beiläufig, ein höflicher Plauderton, aber es löste sofort Anspannung in mir aus. »Die Jungs wollten mich sogar überreden, zu dieser Single-Wohnheimparty heute zu gehen. Aber ich wollte natürlich lieber bei dir sein und mir mit dir einen schönen Abend machen. Ich vermisse dich schließlich. Wir sehen uns viel zu selten.«

Seine Worte waren wunderschön und schmerzhaft zugleich, weil es mir doch auch schwerfiel, räumlich von ihm getrennt zu sein. Meistens sahen wir uns nur am Wochenende, und das war nicht genug.

»Wir können uns doch heute trotzdem eine schöne Zeit zu zweit machen. Vielleicht gucken wir zusammen einen Film?«

Marks Finger fuhren noch mal über meine Taille. Auf seinen Lippen lag ein verführerisches Lächeln. »Dann willst du es nicht mal versuchen? Wirklich nicht?«

»Heute nicht, okay?«

»Schon gut«, antwortete er, sah mir dabei jedoch nicht in die Augen. »Ich meine … unser zweiter Jahrestag, und du

besuchst mich extra am College. Ich hatte mir wohl einfach erhofft, dass wir es beide genießen würden. Aber klar, wenn es dir nicht gut geht.« Ich nahm seine Hand und strich sanft darüber, aber er zog sie zurück. »Ich weiche mal das Geschirr ein«, sagte er finster.

Stumm sah ich zu, wie er den Tisch abräumte, zur kleinen Küchenzeile ging und Wasser ins Spülbecken einließ. »Da fällt mir ein … diese Handwerksausstellung nächste Woche, bei der die Leute ihre Näharbeiten ausstellen?«, sagte er mit einem Schulterblick. »Ich fürchte, ich kann nicht mit dir hingehen. Hab zu viel zu tun. Collegezeug.«

In meinem Magen drehte sich alles, der Kopfschmerz hämmerte gegen meine Schläfen, und mein Herz zog sich zusammen, während ich auf Marks Rücken starrte und ein Schade *murmelte. Damals war es nur eine Ahnung, neben vielen anderen, die ich in den letzten Wochen und Monaten gesammelt hatte. Etwas fühlte sich falsch an. Ein Gefühl, das sich durch die Verliebtheit bohrte. Das Gefühl, es ihm nicht recht machen zu können. Angst zu haben, nicht genug zu sein.*

Danach schauten wir einen Liebesfilm, und er hielt meine Hand, aber er wirkte abwesend. Abweisend irgendwie, als hätte ich ihn enttäuscht. Als wäre ich eine schlechte Freundin. Und dieses Gefühl brannte in mir. Versengte mich beinahe.

Es war die erste überschrittene Grenze, die ich wirklich wahrnahm, weil er mich dazu brachte, mich wegen meiner Entscheidung mies zu fühlen. Er brachte mich dazu, an mir zu zweifeln. Er brachte mich dazu, Angst zu haben. Angst davor, ihn zu verlieren, weil ich ihm nicht das geben konnte, was er brauchte. Weil er hier am College umgeben war von erfahrenen *Studentinnen und er sich vielleicht in diesem Moment fragte, was er* mit jemandem von der

Highschool *wollte. Weil er mir noch immer nicht in die Augen sah und mich mit Schweigen strafte, obwohl er sonst bei Filmen immer etwas kommentierte. Und weil ich ja selbst enttäuscht war, wie der Abend verlief.*

Am Ende nahm ich noch eine weitere Schmerztablette und schlief doch mit ihm. Es war kein Zwang, es war mein Wille, und doch fühlte sich alles an diesem Moment unrein an. Weil ich seine Bedürfnisse über meine stellte und einen Teil von mir abgab. Weil ich aus purer Verlustangst handelte. Mich ihm fügte, nur um ihm zu beweisen, was für eine tolle Freundin ich war und wie sehr ich ihn liebte. Denn das tat ich. Ich liebte ihn, ich wollte diesen Abend, diesen Sex. Und doch wollte ich ihn nicht für mich selbst. Nicht in diesem Augenblick. Nicht, als er mich berührte, nicht, als er mich küsste und in mich eindrang. Denn wo sonst Lust war, war nun ein schwarzes Loch.

Danach fühlte ich mich seltsam verletzlich, aber auch bestätigt in dem, was ich getan hatte, weil Mark mich voller Liebe ansah. Weil er mir doch zusicherte, sich die Zeit für die Handwerksausstellung freischaufeln zu können. Weil er mir beteuerte, wie froh er war, mich zur Freundin zu haben, und dass ihn die anderen Frauen hier am College nicht interessierten. Es waren die Worte, die ich so dringend hören musste, und doch tobte in mir ein Kampf. Liebe und Zuneigung gegen Leere. Gegen das verdrehte Gefühl, das ich noch nicht greifen konnte.

Es war der Tag, an dem es kein Zurück mehr gab und ich mich in Marks Manipulationen und meinen Gefühlen für ihn verlor, weil die Bilder, wie ich mit ihm schlief, obwohl sich alles in mir verdreht und leer anfühlte, sich in mein Bewusstsein gruben und seitdem meine Gedanken beherrschen.

Kapitel 28

Tränen laufen über meine Wangen, tropfen auf die Arbeitsfläche vor mir und hinterlassen Spuren im Mehl. Backen hilft heute nicht. Schon in dem Moment, in dem ich die Zutaten herausgeholt und hysterisch zusammengerührt habe, wusste ich, dass die meditative Wirkung heute ausbleiben würde. Mein Handy auf dem Küchentisch vibriert ununterbrochen. Immer und immer wieder ruft Jasper an oder schreibt Nachrichten, in denen er zunehmend panisch fragt, was los ist und wo ich bin.

Ich habe keine Antworten darauf.

Ironisch. So viele Monate habe ich hier in der Küche gestanden, um die Erinnerungen an Mark zu vertreiben – und nur Jasper konnte sie zum Verstummen bringen. Und nun ist es der Gedanke an Jasper, der mich wieder in der Küche stehen lässt. Und es ist schlimmer als je zuvor. Es lässt mich frieren, entzieht mir jegliche Wärme, jegliche Kraft.

»Lou?« Plötzlich steht Jasper in der Tür. Seine Stimme durchdringt die Stille des Hauses und findet direkt einen Weg in mein Herz.

Sein Gesicht ist fleckig, die Augen von Tränen gerötet, und mir bleibt die Luft weg. So verletzt, so verzweifelt sieht er aus. Er geht einen Schritt auf mich zu, seine Lippen sind zu einer dünnen Linie geformt.

»Was ist passiert? Warum bist du so plötzlich abgehauen?«

Mein Herz krampft sich zusammen und lässt mich aufschluchzen. Er ist da. Umarmt mich, legt tröstend eine Hand auf meinen Rücken, während die andere in meinen Haaren versinkt. Sein Duft umhüllt mich, und seine Wärme vertreibt einen Teil dieser Kälte. Ich wünschte, sagen zu können, dass seine Nähe wirklich hilft. Etwas verändert. Stattdessen löst sie nur wieder diese Angst aus. Angst, mich wirklich darauf einzulassen, auf ihn, auf uns.

»Ich kann das nicht.«

Gequält sieht er mich an, als ich einen Schritt zurück gehe und mich aus seiner Umarmung löse.

»Was kannst du nicht?«

»Das mit uns … ich brauche Zeit, um darüber nachzudenken.«

»Ich verstehe nicht, wo das auf einmal herkommt.« Jasper fährt sich durch die Haare. Er wirkt so unendlich verloren. »Bitte rede mit mir. Wenn ich heute irgendetwas falsch gemacht habe, dann …«

Energisch schüttle ich den Kopf. »Es liegt nicht an dir. Du hast nichts Falsches getan. Es ist mehr ein Gefühl.«

»Was für ein Gefühl?«

»Angst«, presse ich hervor. »Ich kann kaum atmen.«

Jasper sieht mich so verzweifelt an, dass mir die Distanz, die jetzt zwischen uns liegt, überwältigend groß vorkommt. Ich will ihn in den Arm nehmen und ihm zuflüstern, dass alles gut wird. Aber ich kann nicht. Ich kann ihm dieses Gefühl, als würde mich etwas am Atmen hindern, nicht erklären. Dieses Gefühl, als würde ich gleich wieder in tausend Teile zerbrechen, wo ich doch so lange gebraucht habe, um mich wieder zusammenzuflicken.

»Sag mir einfach, was passiert ist«, flüstert er. »Eben war doch noch alles gut.«

»Ich kann mich nicht noch einmal für eine Beziehung

verbiegen«, versuche ich meine wirren Gedanken in Worte zu fassen.

»Reden wir … reden wir gerade von Mark? Denn ich würde doch nie wollen, dass du dich wegen mir änderst. Das weißt du, oder?«

»Ja.« Ich weiß, dass er nicht wie Mark ist. Dass er mich sein lässt, wie ich bin. Dass er mich nicht beeinflusst, nicht manipuliert. Aber das bedeutet nicht, dass er keine Macht hat. Macht darüber, ob er mich verletzt oder nicht. Liebe bedeutet immer Macht. Abhängigkeit. Verlust.

»Es lag aber nicht nur an Mark«, erkläre ich. »Sondern daran, dass ich ihn so sehr geliebt habe, dass ich mich ändern wollte, verstehst du? Ich wollte zu ihm passen und habe alles dafür aufgegeben.«

»Aber du hast dich von ihm gelöst. Du hast deine Stärke wiedererlangt. Und du passt perfekt zu mir … auch ohne Anstrengung.« Er nimmt meine Hand, streichelt darüber. Verzweiflung spricht aus seinen Augen. Verzweiflung und ein stummes Flehen. »Das ist doch das, was uns ausmacht. Wir haben beide so viel durchgemacht, und wir verstehen es. Wir verstehen, dass wir beide noch im Heilungsprozess sind. Meinst du, ich bin über alles hinweg? Über Maggie? Es gibt immer noch Tage, an denen ich das Gefühl habe, dass alles über mir zusammenbricht und mich begräbt. Ich kann es nicht immer kontrollieren. Aber wenn wir zusammen sind, weiß ich, dass ich es nicht kontrollieren muss. Wir können uns gegenseitig Halt geben und uns gegenseitig die Angst nehmen. Das war doch der Plan!«

Jedes seiner Worte trifft mich mitten ins Herz. In jede Faser meines Körpers. In diesem Moment weiß ich, dass ich wirklich Gefühle für Jasper Branson habe. Ich will jedes dieser Worte abspeichern, möchte sie verinnerlichen, daran glauben. Ich will ihn halten und küssen, will alle Mauern zwischen uns einreißen. Ich möchte jede Nähe, die er mir zu geben bereit ist, zulassen. Ich will alles. Das ganze Paket. Und genau das ist es, was mir Angst macht. Diese Gefühle, die so viel stärker sind, als sie es bei Mark je gewesen sind. Gefühle, die sich so viel reiner und wahrer anfühlen. Intensiv. Intensiver als die Liebe zu mir selbst?

»Ich weiß nicht, ob ich wirklich stärker bin als damals.« Ich schlucke schwer. »Du hast gesagt, dass es kein Zurück mehr gibt.«

Er sieht mich geradezu panisch an. »Wenn diese Worte der Grund sind, wieso du jetzt so zweifelst, dann vergiss sie, okay? Ich nehme sie zurück!«

»Aber du hast recht damit. Du hast verdammt noch mal recht. Ich liebe dich, Jasper«, schluchze ich. Jaspers Griff wird kurz stärker, als würde ihn die Wucht dieser Worte treffen, als müsste er nun bei mir Halt finden. Vielleicht auch, weil er ahnt, dass sich gleich alles verflüchtigen wird. »Ich liebe dich«, wiederhole ich, nun deutlicher.

»Und als du vorgeschlagen hast, dass wir zusammen nach Washington gehen könnten, habe ich es sofort in Betracht gezogen. *Ich*, die solche weitreichenden Entscheidungen nie wieder von jemand anderem abhängig machen wollte.«

»Es war doch nur ein Gedanke«, sagt Jasper gequält. »Nur eine Idee. Ich verlange ganz sicher nicht, dass du mir einfach dorthin folgst, wenn diese Uni nicht deinen Wünschen entspricht.« Energisch wischt er sich über die Augen. »War es vorschnell? Ja, vielleicht. Ich bin es nun mal nicht gewöhnt, eine Beziehung zu führen, in der eine gemeinsame Zukunft wirklich denkbar wäre. Und vielleicht habe ich mich von all den Möglichkeiten ein wenig hinreißen lassen, aber ich würde nie wollen, dass du meinetwegen etwas tust, das dir nicht entspricht. Ich will doch nur, dass du glücklich bist, Lou. Siehst du das denn nicht?«

»Ich weiß«, sage ich. Und ich weiß auch, dass er es nicht nachvollziehen kann. Er versteht nicht, dass es nicht darum geht, dass er mich zu irgendetwas überreden will … sondern dass ich es für ihn – für diese Beziehung – in Erwägung ziehen würde. Dabei sollte es bei diesen Dingen doch allein um mich gehen, oder? Woher soll ich wissen, wann der Wunsch, ihm nah zu sein, zu groß wird? Wann ich meine eigenen Bedürfnisse unterordne?

»Ich muss sichergehen, dass meine Liebe zu dir nicht stärker ist als die Liebe zu mir selbst«, spreche ich es aus. Und ich spüre es: spüre, dass diese Worte der Wahrheit entsprechen. »Und solange … solange geht das mit uns nicht. Ich brauche Zeit zum Nachdenken.« Ich gehe einen Schritt zurück. »Es tut mir leid, Jasper.«

Sein Schluchzen zerreißt mir das Herz. Aber es ändert nichts an dieser tief verwurzelten Angst, mich noch einmal zu verlieren. Wunden, die nie richtig verheilt waren, sind wieder aufgerissen, und ich kann nicht riskieren, mich erneut zu verletzen, solange die Blutung nicht gestoppt ist. So intensiv meine Gefühle für Jasper auch sein mögen, so gefährlich sind sie für mich. Für meine Seele, mein Herz.

Jasper zittert, als er mich ansieht. Ich erkenne, dass er es versteht und doch nicht verstehen kann. Akzeptiert und doch mit sich ringt.

»Wenn du Zeit brauchst, dann nimm sie dir.« Er kämpft mit den Tränen. »Aber das ändert nichts daran, dass ich dich will, Lou. Ich bin bereit, meine Ängste wegzuschieben und das mit uns zuzulassen. Ich bleibe dabei. Es ist deine Entscheidung.«

Jasper dreht sich um und geht. Er geht nicht einfach hoch in sein Zimmer, sondern verlässt das Haus, als könne er die Nähe zu mir gerade nicht ertragen.

»Okay«, flüstere ich, mehr zu mir selbst.

Niemand antwortet mir, ich bin allein.

Kapitel 29

Ich habe Kopfschmerzen. Die Party ist nun zwei Tage her, und ich habe seitdem kaum geschlafen, dafür viel gearbeitet. Was früher kein Problem dargestellt hat, ist angesichts des regelmäßigeren Schlafs, den ich in den Wochen zuvor bekommen habe, anstrengend. Mein Körper ist diesen Rückfall in alte, ungesunde Muster nicht mehr gewöhnt, aber es ist das Einzige, das mir dabei hilft, irgendwie klarzukommen. Und Jasper aus dem Weg zu gehen.

Auch jetzt sitze ich bereits seit Stunden auf dem Campus, weil ich mich noch vor Sonnenaufgang aus dem Haus geschlichen habe. Auf meinem Tablet sind zwei To-do-Listen geöffnet. Die Vorbereitungen für die Sommergala laufen langsam an und bieten die perfekte Ablenkung. Bereits heute Morgen habe ich einen Zeitplan für die Gala aufgestellt und sie dem restlichen Festkomitee per E-Mail geschickt. Fast habe ich mir gewünscht, es hätte mehr Zeit in Anspruch genommen, den Ablauf zu erstellen, doch in Wahrheit waren es höchstens vierzig Minuten, in denen ich den Plan vom letzten Jahr überarbeitet und an das neue Abendprogramm angepasst habe. Der Aufhänger soll das Video sein, das bereits von Mr Peterson abgesegnet wurde. Hinzu kommt das Essen von Wade, das in möglichst sommerlich-festlicher Atmosphäre serviert werden soll. Nur die Dekoration für die Gala steht noch nicht.

Kurzerhand vervollständige ich meine Liste mit weiteren Punkten:

1. Instagram-Posts für die nächsten sieben Tage vorbereiten (Livestream mit Nähsession planen?)
2. Nachricht an Mom und Dad (wann besuche ich sie in den Sommerferien?)
3. Überprüfung Beamer (kann das Video abgespielt werden?)
4. Mit Wade über das Essen für die Sommergala sprechen (Budget klären)
5. Zweite E-Mail an Festkomitee: Dekovorschläge?

Ich nehme einen Schluck Kaffee, der hoffentlich nicht nur die Müdigkeit, sondern auch meine Kopfschmerzen bekämpft. Keine Ahnung, wann ich nach einer kurzen Nacht das letzte Mal so gerädert war. Alles in mir schreit nach einer Pause, aber schon der Gedanke daran versetzt mich in Panik, weil ich nur wieder über Jasper nachdenken würde. Jasper, Mark, Jasper, Mark, Gegenwart und Vergangenheit. Das Karussell ist so lange langsamer gefahren, dass es mich nun, wo es sich wieder schneller dreht, vollkommen aus der Bahn wirft und mich orientierungslos und mit Übelkeit zurücklässt. Und ich fühle mich dem nicht gewappnet. Fühle mich nicht stark genug, um das auszuhalten. Oder an Jasper zu denken. Zu überlegen, wie es weitergehen soll, weil ich darauf ohnehin keine Antwort habe.

Also arbeite ich weiter, als hätte es die entspanntere Lou der letzten Wochen, mit den Abenteuern im Kopf und der Sehnsucht im Herzen, nie gegeben.

Ich gehe Punkt eins meiner To-do-Liste an, sammle Fotoideen für Instagram und schreibe mögliche Captions. Ich erstelle sogar einen kleinen Übersichtsplan, wann ich welchen Beitrag posten könnte, um das Ganze möglichst professionell anzugehen, auch wenn alles an diesem Profil mich wieder an Jasper erinnert. An ihn und die Modenschau, die all das hier erst ins Rollen gebracht hat. All den Menschen, die mir inzwischen folgen und meine Beiträge liken und kommentieren, verdanke ich diesem Moment. Das Interesse auf Social Media und die Kommentare wegen des Wettbewerbs sind das Einzige, das mich noch am Laufen hält. Kurzerhand nehme ich mein Handy und poste direkt ein Foto von gestern Abend, als ich meine nächtliche Nähsession fotografiert habe. Die Verzierungen meiner Weste per Hand anzunähen war mühselige Kleinarbeit, aber es war auch herrlich befriedigend. Wohltuend für den überspannten Geist, auch wenn mir die Rückschritte, die ich in den letzten achtundvierzig Stunden gemacht habe, durchaus bewusst sind. Ich bin mir darüber im Klaren, dass ich mich in den letzten Wochen besser gefühlt habe als in diesen letzten zwei Tagen. Nicht wegen meines Kummers, nicht wegen Jasper.

Nicht nur.

Vor allem auch wegen eines entspannteren Tagesablaufs und Auszeiten und wegen Nächten, in denen ich wirklich geschlafen habe, anstatt mich zwanghaft wach zu halten.

Ich vermisse diese Unbeschwertheit jetzt schon. Es schmerzt zuzugeben, dass ich wieder an demselben Punkt bin wie zu Beginn des Jahres. Nur mit dem Unterschied, dass ich mich nun noch verdrehter fühle. In meine alten Routinen und Bewältigungsmechanismen zu fallen, hat etwas von einem Sicherheitsnetz, in dem ich mich geborgen fühle, und gleichzeitig ist es das erste Mal, dass ich mir seiner Begrenztheit bewusst bin. Als wäre es nicht nur ein Netz, das mich auffängt, wenn ich falle, sondern mich gleichsam auch gefangen nimmt, sodass ich mich nicht richtig bewegen kann.

Nur lösen kann ich mich davon nicht.

Der Campus um mich herum wird voller. Ich bleibe, wo ich bin, winke nur ein paar Leuten zu, die an meinem Tisch vorbeigehen, und mache weiter. Bearbeite meine Listen, hake Punkt für Punkt ab. Arbeit, Arbeit, Arbeit. Wohltuend und einengend zugleich.

Der einzige Grund, wieso ich mich frei im Haus bewege, ist die Tatsache, dass Jasper mit den anderen ins Kino gegangen ist. Ich kann endlich wieder die Küche nutzen, ohne darauf achten zu müssen, jemandem aus dem Weg zu gehen. Oder oben in meinem Zimmer zu hocken, mit dem Wissen, dass Jasper nur eine Etage tiefer ist.

Ich hole meine Backutensilien hervor, vermenge Leinsamen und Wasser und lasse sie ziehen. Dann zermatsche ich drei Bananen in einer Schüssel, verrühre Margarine und Rohrzucker und gebe die Leinsamen-Mischung hinzu. Jetzt noch die Bananen reinrühren, bis keine Mehlnester mehr zu sehen sind, und Zartbitterschokolade klein hacken, um sie dem Teig unterzuheben.

Ich greife gerade nach der rechten Schublade, in der wir die Schokolade aufbewahren, als ich ein Geräusch auf der Treppe wahrnehme. Ein Geräusch, das mich hochschrecken und einen Satz zur Seite machen lässt, weil ich der felsenfesten Überzeugung war, vollkommen allein im Haus zu sein. Meine Gedanken sind schnell bei einem Einbrecher, aber die dunkle Silhouette, die auf der Treppe auftaucht, gehört eindeutig nicht zu einem Fremden.

»Was machst du hier?« Ich schaffe es nicht, meinen Blick von ihm zu wenden. »Ich dachte, du wärst mit den anderen im Kino.«

»Ich hatte keine Lust«, sagt er dunkel und kommt näher.

Stellt sich vor mich, sieht mich an. Dunkle Ringe liegen unter seinen Augen, als hätte er die letzten Tage ebenso wenig Schlaf gefunden wie ich.

»Du warst gestern Abend vor meinem Zimmer.«

Erschrocken sehe ich auf. Woher weiß er, dass ich dort war? Zehn Minuten lang hatte ich vor seiner verschlossenen Tür gestanden und war hin- und hergerissen zwischen Sehnsucht und Zweifeln. Zwischen Herz und Verstand. Habe alles durchgespielt: den Abend der Party, meine Argumente für uns, gegen uns. Getrieben von dem Wunsch, ihn zu sehen und mit ihm zu reden.

Das vermisse ich vielleicht am meisten: mit ihm zu reden. Ihn als Freund um mich zu haben.

Aber es wäre auch nicht fair gewesen, in sein Schlafzimmer zu platzen und es ihm damit nur noch schwerer zu machen. Nicht, solange sich an meinem Gefühlswirrwarr nichts geändert hat. Solange meine Ängste noch zu groß und meine Zweifel zu tief verankert sind. Also stand ich da, vor der verschlossenen Tür, die Klinke in der Hand … und habe nichts getan, außer dort zu stehen. Zu versuchen, weiterzuatmen, obwohl sich alles in mir verkrampft hat. Und schließlich ohne ein Wort in mein Zimmer zu gehen, um die Näharbeiten an meiner Weste zu beginnen.

Jasper sollte eigentlich nie etwas davon erfahren.

»Ich hatte nur etwas gehört und war auf dem Weg in die Küche.« Ausgerechnet Jasper zu belügen, ist wie ein schwerer Stein, der sich in meinem Magen absetzt.

Jasper hebt eine Augenbraue. Er kommt noch einen Schritt näher, und ich vergesse zu atmen. Instinktiv will ich einen Schritt nach hinten ausweichen, doch die Arbeitsfläche in meinem Rücken hindert mich daran.

Jasper schüttelt den Kopf. »Wieso warst du wirklich da?«

Weil ich dich vermisse.

Das ist die Wahrheit, und ich bin mir sicher, dass Jasper sie kennt. Dass er sie in meinen Augen sieht und an der Reaktion meines Körpers ablesen kann. Jasper plötzlich wieder derart nah zu sein, zerreißt mich fast. In seine Augen zu blicken, die mich sehnsüchtig ansehen. Seinen Duft zu riechen, der auf mich einströmt. Mein Körper bebt, als ich darüber nachdenke, ihn zu küssen. Das Verlangen ist unverkennbar da, lodert in meinem Innersten. Doch die Ängste, meine Argumente, wieso das hier keine gute Idee ist, prasseln unaufhaltsam auf mich ein. Sind noch genauso stark wie vor zwei Tagen.

Jaspers Hand legt sich auf meine Wange. Er streichelt darüber. »Es ist okay. Ich weiß, dass sich noch nichts geändert hat. Als ich dich vor meinem Zimmer gehört habe, dachte ich wohl nur für einen kurzen Augenblick …« Er schluckt. »Ich dachte, du wolltest reden. Vielleicht dachte ich auch, du würdest mich vermissen.«

Ich schließe kurz die Augen, atme durch und nicke schließlich. Stimme ihm zu. Obwohl mein Zustand eigentlich über das Wort *vermissen* hinausgeht.

Jasper seufzt schwer, seine Stirn sinkt für einige Sekunden gegen meine, während er die Augen schließt. Fast wirkt es so, als würde er meinen Duft ebenfalls in sich aufnehmen. Ihn so dicht bei mir zu haben hat etwas Berauschendes. Es nimmt mich ein, umhüllt mich wie eine Decke. Wärmend und weich. Aber auch ein wenig quälend.

Zu dem Entschluss gelangt Jasper wohl auch, als er sich wieder von mir löst, wieder mehr Abstand zwischen uns bringt. Aber er geht nicht wieder nach oben, stattdessen setzt er sich auf den Esstisch.

»Ich vermisse uns, Lou«, sagt er und macht es mir damit

noch schwerer. »Aber ich meine nicht nur unsere Beziehung … sondern unsere Gespräche. Es fehlt mir, mit dir zu reden.« Traurig verzieht er die Mundwinkel. »Wir sind schon so lange befreundet … und ich will dich nicht verlieren.«

»Du verlierst mich nicht«, sage ich und meine es auch so. Mein Herz mag ängstlich und verwirrt und mein Gemütszustand momentan nicht der beste sein, aber das ändert nichts an der Tatsache, dass Jasper und ich schon immer füreinander da waren. Und das darf sich auch in all der Verwirrung nicht ändern.

»Ach nein?«, fragt Jasper. »Du hältst es ja nicht mal mehr in einem Raum mit mir aus.«

»Weil ich durcheinander bin«, gebe ich zu und sehe ihn demonstrativ an, anstatt seinen Blicken auszuweichen. Er soll ruhig sehen, was für ein Sturm in mir tobt. »Und weil mich alles wieder einholt. Alles, was mit Mark passiert ist. Alle Vorwürfe, die ich mir wegen ihm mache, sind mit voller Wucht zurück, und das verunsichert mich. Das ist wohl der Grund, wieso ich dir aus dem Weg gehe. Und weil meine Gefühle für dich so gewaltig sind. Sie sind da: zwischen all diesen schmerzhaften Erinnerungen und meinen Ängsten. Aber ich kann mich nicht mit diesen Gefühlen auseinandersetzen. Zumindest jetzt nicht.« Ich schlucke, es schmeckt ein wenig bitter. Es schmeckt, als würde ich Jasper und mich enttäuschen, weil ich nicht genug Kraft habe, den ganzen Schutt wegzuräumen und da weiterzumachen, wo wir aufgehört haben.

Er sitzt mit etwas gequältem, aber nicht vorwurfsvollem Blick auf dem Küchentisch und beobachtet mich. Wartet einfach ab.

»Das ändert aber nichts daran, dass wir Mitbewohner

und Freunde sind und dass du immer mit mir reden kannst«, stelle ich klar. Das ist es doch auch, was ich will: uns nicht zu verlieren. Nicht so.

»Ich wollte doch den Baum für Maggie pflanzen«, sagt er zu meiner Überraschung. »Weißt du noch?«

Ich nicke perplex, damit habe ich jetzt nicht gerechnet. Seit drei Wochen habe ich von dieser Idee nichts mehr gehört. Jasper wollte einige Dinge dafür abklären und mit den Rangern sprechen, aber mir war nicht klar, dass er es schon in die Tat umgesetzt hat.

»Es ist alles fix: der Standort, die Erlaubnis für die Pflanzung. Am Sonntag möchte ich es machen.« Er fährt sich durchs Haar. »Ich wusste nicht, ob ich dich fragen soll. Vermutlich ist es ein blöder Zeitpunkt, und vielleicht ist es auch schräg, dass ich das jetzt tue. Aber wenn du das mit der Freundschaft wirklich ernst meinst … würdest du dann vielleicht mitkommen? Mich begleiten?«

Allein die Tatsache, dass er darüber nachdenkt, mich dabeihaben zu wollen, bedeutet mir alles.

»Bist du sicher, dass du das willst?«, frage ich dennoch. Sich von Maggie zu verabschieden ist so privat, dass ich nicht stören will. Ich für meinen Teil wäre an seiner Stelle wohl lieber allein mit mir und meinen Gedanken.

»Ja. Ich schaffe das nicht allein, ich brauche jemanden an meiner Seite.« Er sieht zu mir. »Dich.«

Mein Herz krampft sich zusammen.

»Ohne dich wäre ich doch nie an diesem Punkt. Ich wäre ohne dich nie aus meinem Zimmer gekommen und vielleicht schon gar nicht mehr an der Uni, weil ich meine Prüfungen versaut hätte. Dieser Deal zwischen uns war auf so vielen Ebenen die Rettung für mich. Wie sehr, ist dir glaube ich gar nicht klar.« Mein Mund steht offen, während Wärme meinen Körper flutet. Zuneigung. »Und ganz sicher wäre ich nie auf die Idee gekommen, mich auf diese Weise von Maggie zu verabschieden, wenn dieser Deal nicht gewesen wäre.«

»Dabei war das doch allein deine Idee.«

Er steht vom Tisch auf, geht auf mich zu.

»Aber ich frage dich vor allem, weil ich eine Freundin brauche, um das durchzuziehen.« Er nimmt meine Hand, sieht mir in die Augen, in denen sich Tränen gesammelt haben. »Ich weiß nicht, ob es mir wirklich helfen oder nicht doch den Boden unter den Füßen wegreißen wird. Und ehrlich gesagt habe ich ein wenig Angst davor, die Trauer noch mal so zuzulassen. So zu durchleben. Ich habe Angst, dass sie alte Wunden aufreißt und ich dann in diesem Moment allein bin. Aber ich weiß tief in meinem Herzen auch, dass mich keiner der anderen begleiten kann, weil ich mich vor ihnen viel zu sehr zurückhalten würde, um dieses Verabschiedungsritual wirklich zu nutzen. Nur du schaffst es, dass ich zu meinen Gefühlen stehen kann. Wenn ich das mache und dann niemanden habe, der mir beisteht, weiß ich nicht …«

Er muss nicht weiterreden. Muss nichts mehr sagen. Ich bin bereits einen Schritt auf ihn zugegangen, stehe nun direkt vor ihm. Kann seine Körperwärme spüren. Wohltuend und quälend zugleich, alles in mir sehnt sich danach, ihn in die Arme zu nehmen. Stattdessen drücke ich seine Hand, halte unsere Nähe und den Blickkontakt aus.

»Ich komme mit«, entscheide ich.

Nach den zwei Tagen, in denen ich Jasper aus dem Weg gegangen bin, ist es beinahe schon paradox, zuzusagen. Ein Teil von mir möchte noch immer zurückweichen und meinem Kopf und meinem Herzen mehr Raum lassen, um mein Innenleben in Ruhe zu sortieren. Um mit Abstand zu überlegen, was ich tun möchte. Wie es weitergehen soll. Aber der andere Teil, der, der Jasper liebt – nicht nur als Mann, sondern auch als Freund –, kann ihn nicht im Stich lassen. Nicht, nachdem ich so lange dafür gekämpft habe, dass sich Jasper wegen Maggie öffnet. Dass er zu seinen Gefühlen steht. Wie könnte ich ihm diese Bitte abschlagen, wenn er meine Unterstützung so sehr braucht? Was für eine Freundin wäre ich dann?

»Ich bin für dich da«, sage ich, drücke noch mal seine Hand. Besiegle diese Abmachung, dieses Versprechen. Ganz gleich, ob sich mein Herz bei unserer Berührung sofort wieder zusammenzieht. Es ist das einzig Richtige.

Kapitel 30

Zwischen uns herrscht einvernehmliches Schweigen, als Jasper und ich mit dem Bus Richtung Goose Lake fahren. Ich spüre seine Anspannung und habe Angst davor, dass das Ritual für Maggie nicht den gewünschten Zweck erfüllt. Dass es nicht reinigend, sondern nur schmerzhaft für Jasper wird und er daran zerbricht.

Ein Ranger begrüßt uns bei der Ankunft an der Bushaltestelle und gibt uns letzte Anweisungen. Die Baumpflanzung wurde nur auf einem markierten Bereich des Forests gestattet. Jasper nickt zum allem, was der Ranger uns erklärt, doch er wirkt weit weg mit seinen Gedanken.

Die Lichtung, auf der wir den Baum pflanzen werden, ist wunderschön. Fern von den touristischen Orten, aber auch nicht so weit abgelegen, dass man stundenlang dorthin wandern muss. Jasper könnte den Baum, den er heute pflanzt, leicht aufsuchen – einfach in den Bus steigen und eine halbe Stunde gehen. Wann immer ihm danach ist.

Lupinen wachsen aus hohem Steppengras, hohe Kiefern spenden Schatten. Einige Baumstümpfe zeigen, dass hier Bäume Sturm und Borkenkäfern zum Opfer gefallen sind. Lücken, die wir nun mit dem neuen Baum ein wenig schließen können.

»Eine sehr friedliche Stelle«, sage ich.

»Vielleicht könnten wir den Baum dahinten pflanzen.« Jasper zeigt auf eine freie Fläche zwischen Lupinen, bevor es wieder in den dichteren Wald hineingeht. »Da hätten die Wurzeln sicher genug Platz.«

Der Ranger, der hinter uns mit dem Bäumchen wartet, tritt ein wenig vor. »Die Stelle würde sich gut eignen. Und sie gehört zum markierten Areal.«

»Dann hier«, entscheidet Jasper.

Er schluckt ergriffen, als hätte er gerade erst realisiert, dass dies ein Ort sein wird, den er ab jetzt immer mit Maggie verbindet.

Er gibt dem Ranger ein Zeichen, der die kleine, einen Meter hohe Kiefer absetzt. Er nickt uns zu, sagt, wir sollen uns melden, wenn es Probleme gibt, und lässt uns dann allein.

Jasper setzt seinen Rucksack ab und holt ein paar Sachen heraus: Einen Klappspaten, der mir für sein Vorhaben viel zu klein wirkt, doch er hat es abgelehnt, Gerätschaften der Ranger zu nutzen. Ich denke, es ist ihm wichtig, den Baum per Hand zu pflanzen. Dafür zu arbeiten.

Jasper stellt eine Musikbox auf, die er mit seinem Handy verbindet. Dann legt er seine Sachen unter einer Kiefer in den Schatten.

Ein wenig unsicher sehe ich mich um. Jasper hat gesagt, dass er allein graben möchte und keine Hilfe will, also bleibt mir nichts anderes übrig, als mich neben seinen Rucksack zu setzen und zu warten, bis er mich braucht.

Einige Sekunden lang starrt er nur auf sein Handy, sammelt offenbar Mut. Er atmet tief durch, sieht grimmig auf das Display und drückt dann auf Play. Sofort ertönt ein Lied aus den Boxen. Er wird ein wenig blasser, als er es hört, stellt es aber dennoch auf Endlosschleife. Sanfte Klänge von Charlotte OC, die den Verlust einer Liebe besingt.

Ob es ein Lied ist, das ihn mit Maggie verbindet? Haben sie es zusammen gehört? Ein beklemmender Gedanke, vor allem, als ich sehe, wie Jasper sich etwas überwältigt über sein Gesicht fährt, tief durchatmet und dann den Spaten zur Hand nimmt.

Die ersten Spatenstiche sind beschwerlich, der Boden ist fest. Aber mit jedem Stich lockert Jasper den Boden auf, hebt Erde für Erde aus. Schweiß rinnt innerhalb kürzester Zeit über sein Gesicht. Ich reiche ihm Wasser, aber er will nichts trinken. Als wäre er auf Autopilot, nur daran interessiert, diese Arbeit zu erledigen. Obwohl es dank der intensiven kalifornischen Mittagssonne so heiß ist, dass er sich dringend eine Pause gönnen sollte. Ich habe mich trotz Schattens längst mit Sonnenschutz eingecremt und kühle mich mit Wasser ab, während ich Jasper dabei zusehe, wie er weitergräbt. Tiefer, immer tiefer. Irgendwann zieht er sich das schweißnasse Shirt über den Kopf und arbeitet oberkörperfrei weiter. Gräbt noch tiefer, Stich für Stich. Charlotte OC singt weiter und weiter und lässt mich schlucken, als ich die Schweißperlen auf Jaspers Gesicht glitzern sehe. Denn in diesem Moment beben seine Schultern, und ich weiß nicht, ob es wirklich Schweiß ist. Weiß nicht, ob sich Tränen damit vermischen.

Erde klebt an seinen Fingern und seinem Oberkörper. Nur die Tattoo-Rose, von der ich denke, dass er sie für Maggie gestochen hat, ist noch unbeschmutzt. Was für ein wunderschönes Sinnbild.

Vorsichtig stehe ich auf und will zu ihm gehen, aber Jasper streckt mir abwehrend einen Arm entgegen. »Es ist okay«, sagt er, auch wenn mir sein Schluchzen nicht entgeht. »Das … muss so sein.«

»Okay«, sage ich. Auch wenn mein Herz schwer ist und sich alles in mir sträubt, ihn leiden zu sehen. Trotzdem setze ich mich wieder. Es ist Jaspers Ritual, es ist seine Entscheidung. Ich bin nur seine Stütze, und er wird wissen, wann er mich braucht.

Er hält inne, starrt in das Loch, das nun tief genug ist, um dort den Baum zu pflanzen. »Ich habe dich so geliebt«, flüstert er plötzlich. Der Schmerz in seinen Worten jagt mir eine Gänsehaut über den Körper. Alles in mir sehnt sich danach, zu ihm zu gehen und ihn in meine Arme zu nehmen, aber ich zwinge mich dazu, sitzen zu bleiben.

»Ich weiß inzwischen nicht mehr, ob du mich auch geliebt hast. Ich weiß nicht, ob du mich die ganze Zeit belogen hast … aber es ändert nichts daran, dass *ich* dich geliebt habe. *Meine* Gefühle waren echt, zu jeder Zeit.« Nun sind es eindeutig Tränen, die über Jaspers Gesicht laufen. »Und weil meine Gefühle echt waren, verzeihe ich dir, falls du mich angelogen hast«, spricht Jasper weiter und bringt nun auch mich zum Weinen. »Ich verzeihe dir, dass wir uns immer gestritten haben, verzeihe dir, dass du weggegangen bist. Ich verstehe, wieso es so sein musste. Auch wenn es schmerzt.« Er schluchzt auf. »Und ich verzeihe dir, dass du gestorben bist und mir damit die Chance geraubt hast, das mit uns wieder geradezubiegen … oder die Wahrheit zu erfahren.« Er sinkt auf die Knie, vergräbt sein Gesicht in den Händen. Mir schnürt es die Kehle zu. »Es ist okay, und ich verspreche dir, dass ich auch okay sein werde. Dass ich hiermit Lebewohl sage. Ich weiß, dass ich dir etwas bedeutet habe und du dir wünschst, dass es mir gut geht. Du hast mir immer gesagt, ich könnte so viel aus meinem Leben machen. Wenn ich es nur schaffe, mich von meinen familiären Problemen zu lösen und nicht mehr auf Dad zu hören, wäre ich zu allem fähig. Den Schritt habe ich hinter mich gebracht, ich habe wirklich gekämpft und mich von ihm gelöst. Aber jetzt bist du es – unsere Beziehung und all die guten wie schlechten Seiten, all die quälenden Fragen, die mich stoppen. Mich aufhalten, meinen Weg zu gehen. Also muss ich wieder kämpfen, und ich bin bereit dazu. Auch wenn es bedeutet, uns vollständig loszulassen.« Unter Tränen nimmt Jasper den Baum und gibt ihn in das Loch. Schüttet in mühevoller Kleinarbeit Erde darauf. Immer eine Handvoll rieselt auf den Wurzelballen der Kiefer. Begleitet von Jaspers Schluchzen, das mein Herz erschüttert. Aber es ist noch mehr als sein Schluchzen. Mehr als seine Worte, die in jede Zelle meines Körpers kriechen. Es ist die Tatsache, dass Jasper hier vor mir steht und alles rauslässt – sich von seinen Dämonen befreit, während meine eigenen noch immer Besitz von mir ergriffen haben.

Er steht hier, erkämpft sich seine Freiheit, und ich bin noch immer in meiner Zelle und schaffe es nicht heraus. Kämpfe nicht, trete nur den Rückzug an.

Diese Erkenntnis schmerzt. Sie schmerzt so sehr, dass meine Sorge, Jasper könnte dieses Ritual in den Abgrund ziehen, unbegründet ist, denn in Wahrheit bin ich es, die zerbricht. Die in diesem Moment spürt, wie der Wunsch, es Jasper gleichzutun, an mir zerrt – mit einer Wucht, dass es sich anfühlt, als würden schwere Kettenglieder reißen.

Ich will es auch.

Mich von meinen quälenden Gedanken und Zweifeln lösen, Mark und mir verzeihen. Ich will mich befreien und meinen Schmerz so in Worte fassen wie Jasper. Und doch bin ich wie gelähmt, nicht fähig, es zu tun, obwohl mein Innerstes schreit und schreit und allmählich müde ist, weil ich nie darauf höre. Nie wirklich etwas ändere.

Jasper hat nun aufgehört, die Erde auf den Baum zu schütten, sitzt nur zitternd davor und weint. Bebende Schultern, gesenkter Kopf. Ich sehe mit verschleiertem Blick zu ihm und versuche herauszufinden, was er braucht. Ob er noch allein sein oder Gesellschaft haben möchte.

In dem Moment sieht er hoch und nickt mir langsam zu. Ich gehe sofort zu ihm, schlinge von hinten meine Arme um ihn. Jasper lässt sich in meine Umarmung fallen, lässt weiter los. Weint Tränen über Tränen, reinigt sich von Wut und Enttäuschung, während ich ihn halte.

»Es wird alles gut werden«, flüstere ich ihm ins Ohr. Ich bin nicht mal sicher, ob er mich hört, aber es spielt auch keine Rolle. Er muss nur wissen, dass ich da bin. Dass ich ihn auffange, genau, wie ich es versprochen habe. Wie ich es immer tun werde. Auch wenn ich in diesem Moment selbst das Gefühl habe, zu fallen.

Kapitel 31

Ich fühle mich leer.

Aufgaben über Aufgaben stehen auf meiner To-do-Liste und sollten mich eigentlich ablenken, aber ich fühle nicht die gewohnte Befriedigung dabei, die sich normalerweise einstellt, wenn Aufgaben abgehakt und erledigt sind. Ich habe nicht mal Lust darauf, mit den Aufgaben zu beginnen. Stattdessen sitze ich auf meinem Bett und starre auf die Listen, und starre und starre, und fühle mich so verdreht wie schon lange nicht mehr. Ein Gefühl, das geradezu grausam an die Zeit nach meiner Trennung von Mark erinnert, als ich in den Spiegel geblickt und mich nicht erkannt habe. Nichts gefühlt habe, außer einem großen dunklen Nichts.

Ich will diese Erinnerungen mit aller Macht bekämpfen, will sie sofort im Keim ersticken, wie ich es immer tue. Will verdrängen, weil es zu schmerzhaft ist, daran zu denken. Aber ich habe keine Kraft mehr. Es ist, wie ich es Jasper schon mal beschrieben habe: Ich drücke diesen Ball, der meine Erinnerungen und meinen Schmerz beinhaltet, schon so verflucht lange unter Wasser, dass der Druck darauf immer weiter zunimmt. Mein Körper schmerzt bei dem Versuch, ihn nicht an die Oberfläche treiben zu lassen. Und langsam frage ich mich, ob der Kollateralschaden nicht größer wird, wenn ich weiter versuche, ihn herunterzudrücken. Vielleicht muss ich mich nur trauen, ihn einmal loszulassen – um zu sehen, was dann passiert. Nur ist die Angst davor groß. Stark. Übermächtig.

Ich schlucke, ein trockenes Schluchzen entfährt mir. Weil Jasper es schafft. Er schafft es, endlich loszulassen. Weiterzumachen. Während ich mich unaufhörlich im Kreis drehe, bis mir schwindelig wird. Bis ich nicht mehr kann.

Ich will doch einfach nur leben – wie in den letzten Wochen – und dieses Karussell endlich verlassen.

Nur weiß ich nicht, wie. Ich weiß nicht, wie ich das tun soll, während die Angst mich fortwährend lähmt.

Ich muss hier weg, muss irgendetwas tun, um mich abzulenken, denn mein Kopf quillt gleich über.

Beinahe fiebrig lege ich mein Tablet zur Seite und stehe auf, um in die Küche zu gehen. Backen ist das Einzige, was mir gerade einfällt, um das Chaos in mir zu beseitigen.

Ich reiße meine Zimmertür auf, stürme in den Flur und pralle geradewegs gegen einen Körper.

»Lou«, höre ich Hazels überraschte Stimme, aber ich sehe nicht auf. Ich bin gefangen in einem Tunnel, der mich zur Küche leiten will. Mein Hals schnürt sich immer weiter zu, bis ich innerlich schon nach Luft ringe. Aber das Backen wird mir helfen. Es muss einfach. Ich muss in die Küche gehen, jetzt sofort, und dann wird alles gut.

Jemand packt mich an den Schultern und setzt so einen Punkt hinter meine Gedanken. Sanft und doch bestimmt werde ich in Hazels Zimmer geführt, und ich wehre mich nicht dagegen. Ich blinzle und erkenne Reese, die mich sorgenvoll mustert. Hazel steht direkt neben ihr.

»Was ist passiert?«, will Hazel wissen. »Wieso bist du so blass?«

»Ich kann nicht atmen«, bringe ich hervor.

»Soll ich Hilfe rufen?«, fragt Hazel hektisch.

Reese mustert mich aufmerksam. »Eine Panikattacke?«

Ich schüttle den Kopf. Es dröhnt in meinen Ohren und

meinem Kopf, und noch immer zieht sich der Ring um meine Brust enger.

»Ich weiß nicht.« Bisher hatte ich noch nie eine Panikattacke, habe mich noch nie so beengt gefühlt.

»Wir atmen zusammen, okay?«, sagt Hazel. »Ich mache es dir vor, genau wie in meiner Atemtherapie. Tief ein und aus. Richtig aus dem Zwerchfell. Na komm.«

Ich atme gemeinsam mit Hazel. Am Anfang fühlt es sich an, als würde ich versuchen, durch einen Strohhalm Luft zu holen. Mir droht, schwindelig zu werden, die Atmung kommt nicht an. Hazels Hände umfassen meine, geben mir Halt. Ich versuche, mich auf ihren Brustkorb zu konzentrieren und es ihr nachzutun. Einatmen, ausatmen. Ruhig und mit Bedacht. Bis ich einen gleichmäßigen Rhythmus mit Hazel habe und der Strohhalm sich vergrößert.

»Jetzt die Lippenbremse«, sagt Hazel. »Du musst die Lippen locker aufeinanderlegen und dabei ausatmen. Das entspannt die Bronchien. Auf drei.«

Ich weiß nicht, ob es die Atemtechnik, die Ablenkung oder einfach nur Hazels und Reese' Anwesenheit ist, doch ich spüre, wie sich der Ring um meine Brust lockert. Sich die Panik legt. Das Gefühl zu ersticken kleiner wird. Immer kleiner.

»Besser?«, fragt Reese. »Du bekommst wieder etwas mehr Farbe im Gesicht.«

»Ja.«

»Vielleicht noch etwas trinken?«, fragt Hazel und holt eine Wasserflasche aus ihrem Rucksack. Erst jetzt sehe ich, dass beide in Wandermontur sind. Hazel trägt ihre kakifarbenen Wandershorts, die wir ihr zum Geburtstag geschenkt haben.

»Ihr wolltet in den Modoc?«, frage ich, nachdem ich einen Schluck Wasser genommen habe. Es läuft wohltuend und kühl meine Kehle hinab. Es verscheucht dieses grauenvolle Gefühl zu ersticken. Doch die Leere in mir bleibt.

»Hazel wollte mir mal den Berg mit den Rundschwanzsperbern zeigen. Da sie ja von kaum etwas anderem spricht, muss ich mir mal selbst ein Bild machen, ob dieser Berg wirklich so *unglaublich* ist.«

»Ist er, du wirst schon sehen«, sagt Hazel. »Vor allem, wenn die Rundschwanzsperber wirklich ihre Kreise ziehen. Das ist jedes Mal aufs Neue toll.«

Reese legt ihren Kopf schräg und mustert mich. »Willst du nicht mitkommen? Ehrlich gesagt siehst du aus, als könntest du so einen Ort gerade gut gebrauchen. Und die frische Luft.«

»Ich wandere eigentlich nicht so oft.«

»Na, ich doch auch nicht«, sagt Reese. »Aber seit dem Campingwochenende bin ich irgendwie schon scharf darauf, dem ganzen Mal eine Chance zu geben. Da draußen in der Natur zu sein ist immer gut, um nachzudenken. Findest du nicht?«

Ich nicke, auch wenn sich mein Kopf sehr danach sehnt, *nicht* mehr nachzudenken, sondern auf Pause gedrückt zu werden. Ich brauche Ruhe, will einmal ein paar Stunden keine Gedanken hören. Einfach abschalten. Nur weiß ich, dass ich genau das nicht kann, und vermutlich würde ich diese Gedanken nirgendwo aufhalten können. Nicht mit dem Backen, nicht mit Nähen. Nicht in meinem Zimmer, nicht in der Küche. Weil Jasper überall ist, und weil die Leere mir auf Schritt und Tritt folgt. Sie wird mir auch in den Forest folgen. Und doch bin ich versucht zuzustimmen, um wenigstens nicht allein mit diesem Gedankenkarussell zu sein.

»Wir würden uns freuen«, sagt nun auch Hazel. »Wir hatten ja eh schon länger wieder einen Mädelstag geplant.«

»Das ist nicht ganz, was ich mir vorgestellt hatte«, wirft Reese ein. »Ich dachte, dann gibt es Popcorn und Cocktails.«

»Die gibt's dann beim nächsten Mal.«

Mir ist klar, dass die beiden diese Unterhaltung nur führen, um mir Zeit zu verschaffen, damit ich ihr Angebot abwägen kann. Vielleicht soll es auch eine Ablenkung sein. In jedem Fall hilft es ein wenig.

»Okay«, höre ich mich sagen. »Ich muss mich nur umziehen. Dann komme ich mit.«

»Das ist es«, sagt Hazel, kaum dass wir den felsigen Gipfel erreicht haben. Unter uns nur Geröll und Kiefern, so weit das Auge reicht. Hazel breitet ihre Arme aus, nimmt den Wind, der uns erfrischend um die Nase weht, in Empfang und lächelt. »Das hier ist ein magischer Ort. Wenn du hier nicht zu klareren Gedanken kommst, dann weiß ich auch nicht.«

Wir genießen eine Weile die Aussicht und halten Ausschau nach den Rundschwanzsperbern, von denen Hazel immerzu spricht, doch wir haben kein Glück. Keine Sperber am Horizont, nicht einmal Wolken. Nur die strahlende Sonne, die hier oben noch intensiver zu sein scheint. Ich hätte mich besser eincremen sollen. Meine von Sommersprossen gesprenkelte Haut fühlt sich bereits jetzt gereizt an.

Reese und Hazel setzen sich im Schneidersitz auf den Boden und holen Wasser und Müsliriegel aus ihren Rucksäcken. Ich bleibe stehen, sehe zu dem Kiefer-Panorama, das mich früher nur an meine Umweltmission erinnert hat. Heute ruft jeder dieser Bäume auch Jaspers Namen. In meinem Kopf hallt sein Jubelschrei wider, als er mit seinem Drachen über diese Bäume hinwegfliegt, mir damit Mut und Freude vermittelt. Es war der Anfang von etwas, das eigentlich niemals enden sollte, das ich für immer festhalten wollte.

Mit einem Mal übermannen mich Tränen. Mit voller Wucht laufen sie über meine Wangen, bringen mich zum Schluchzen. Ein Geräusch, das vom Wind über den Forest getragen wird, als könnte diese wunderschöne Umgebung meinen Schmerz absorbieren. Ich wünschte wirklich, sie könnte es, aber gerade verstärkt sie all den Kummer und die Gedanken, die ich so lange versucht habe zurückzuhalten. Diesmal sind sie klarer. Nicht endlos drehend und wirr, sondern in einer direkten Linie, der ich folgen kann.

»Ich sollte eigentlich froh sein«, bringe ich unter einem Schluchzen hervor. Hazel und Reese sind längst aufgestanden und zu mir gegangen, halten mich an den Händen. Sind für mich da. »So viele Menschen auf der Welt warten auf diese eine Person, bei der man sein kann, wie man ist. Mit der man sich wohlfühlt und die das Leben nicht bestimmt, sondern es einfach bereichert.«

»Du redest von Jasper«, sagt Hazel leise.

»Ich liebe ihn. Und wisst ihr, was das Ironische ist? Dass ich genau weiß, dass er mich auch liebt.«

»Aber wo ist dann das Problem?«, fragt Reese. »Wieso könnt ihr dann nicht zusammen sein?«

»Weil ich mir nicht vertraue. Weil ich nicht weiß, ob ich mich selbst bedingungslos liebe, obwohl das doch die Grundvoraussetzung ist, um eine gesunde Beziehung zu führen.«

Hazel und Reese bringen mich dazu, mich hinzusetzen.

»Was soll ich nur tun?«, frage ich verzweifelt.

»Liebe ist verflucht beängstigend«, sagt Reese. »Glaub mir, ich kann verstehen, dass du Angst vor deinen Gefühlen hast. Aber ich sehe da trotzdem ein dickes Problem.«

»Was für eins?«, frage ich irritiert.

»Du willst doch deiner Intuition, deinen Gefühlen und deinen eigenen Entscheidungen vertrauen und für dich selbst einstehen, richtig?«

Ich schlucke perplex. »Ja.«

»Wieso ignorierst du dann die Tatsache, dass du deine Bedürfnisse unter den Tisch fallen lässt? Du willst doch mit Jasper zusammen sein. Du sitzt hier und weinst, weil du genau weißt, dass es das ist, was du möchtest, und trotzdem lässt du es nicht zu. Wenn du mich fragst, ist der erste Schritt zu Selbstliebe und Vertrauen in dich selbst, genau diesem Gefühl zu folgen.« Reese schnaubt leise. »Okay, das klang kitschiger, als ich beabsichtigt hatte. Aber es ist verdammt wahr.«

Blinzelnd sehe ich zu Reese, die damit mitten in mein Herz trifft. Mitten in die Wunde. Weil sie recht hat. Meine Gefühle rufen alle Jaspers Namen. Selbst meine Vernunft weiß, dass es das ist, was ich möchte. Ihn. Uns. Frei sein von diesen irrationalen Zweifeln, frei von der Vergangenheit.

»Ich bin es leid, davonzulaufen«, murmle ich und wische mir die Tränen von den Wangen. »Ich habe es satt, ständig Angst zu haben, die mich an dem hindert, was ich gerne machen möchte.«

»Sag es lauter«, schlägt Reese vor.

»Ich habe es satt, davonzulaufen!«

»Noch lauter!«

»Ich habe es satt, davonzulaufen!«

Meine Stimme hallt laut durch den Forest und spiegelt damit die Stärke wider, die ich selbst in mir spüren möchte.

Wenn ich wirklich mit der Vergangenheit abschließen will, kann ich mich nicht immer hinter meiner Schutzmauer verkriechen und hoffen, dass keiner sie durchdringt. Aber ich weiß nicht, wie. Selbst wenn Jasper mir verzeiht, wie geht es dann weiter?

»Ich werde es nicht allein schaffen«, sage ich nachdenklich. Ich weiß es eigentlich schon lange, habe den Gedanken aber bisher selten zugelassen.

»Wir sind für dich da«, erwidert Hazel. »Wir helfen dir, wann immer es schwierig wird.«

»Das bedeutet mir viel, und ich werde euch sicher an meiner Seite brauchen … aber ich denke nicht, dass das reicht.« Ich blicke in den azurblauen Himmel. Irgendwo in der Ferne höre ich einen Motor röhren. Sicher ein Camper, der mit seinem Wohnmobil unterwegs ist.

»Ich denke, ich werde professionelle Hilfe brauchen«, spreche ich es aus. Ich glaube, nur so schaffe ich es, diese Zweifel in meinem Kopf endgültig loszuwerden. Oder zu lernen, damit umzugehen, damit sie mich wenigstens nicht mehr einschränken. Nicht mehr davon abhalten, zu leben, wie ich es eigentlich möchte.

»Wenn du denkst, dass dir das hilft, solltest du es tun.«

»Ich find's mutig und stark«, meint Reese und drückt mich.

Der Gedanke, eben noch ein Funken, formt sich. Wird zu einem Plan. Zu einem *Muss*. Drei Jahre schon drehe ich mich im Kreis, und jetzt ist der Moment gekommen, ab dem ich das Karussell zwar ab und zu zum Stillstand bringen, es aber noch nicht vollständig verlassen kann. Und das ist es, was ich lernen möchte. Lernen, die Vergangenheit Vergangenheit sein zu lassen. Meine eigenen Bedürfnisse zu spüren, damit ich wirklich Grenzen ziehen und sie beachten kann. Ohne mich verbiegen zu müssen. Ohne auf die Liebe zu verzichten.

»Ich muss zu Jasper«, sage ich und stehe auf.

Plötzlich bin ich furchtbar aufgeregt. Ich muss ihm klarmachen, dass all meine Zweifel nie uns betroffen haben, immer nur mich. Ich muss ihm alles erklären und ihm sagen, dass ich mich für ihn entschieden habe. Dass ich für unsere gemeinsame Zukunft kämpfen möchte.

»Dann los«, sagt Hazel. »Sorgen wir dafür, dass du deinen Mann wiederbekommst.«

Kapitel 32

Ich platze geradewegs in Jaspers Zimmer. Ein Kribbeln hat meinen gesamten Körper eingenommen, und meine Atmung setzt aus, als ich ihn auf seinem Bett liegen sehe. Sein Shirt ist ein wenig nach oben gerutscht und gibt den Blick auf seine Hüftknochen frei. Er hat Kopfhörer auf, daher reagiert er erst einige Sekunden verspätet auf meinen kleinen Überfall. Verwirrt sieht er zur Tür und erstarrt, als er mich sieht.

Er nimmt die Kopfhörer ab, leise Rockmusik dringt zu mir durch. Dann richtet er sich auf. »Lou«, sagt er und macht die Musik aus. »Was ist los?«

»Du hast gesagt, dass du da bist, wenn ich es mir anders überlege«, sprudelt es aus mir hervor, und ich schließe die Tür hinter mir. Jasper richtet sich noch ein wenig mehr auf und legt die Kopfhörer beiseite. Er sieht mich erwartungsvoll an.

»Ja«, sagt er nur und steht auf. Er kommt nicht näher, als würde er es noch nicht wagen. Als würde er ein *Aber* erwarten.

»Ich hatte jetzt genug Zeit«, sage ich mit trockener Kehle. Ich bin viel zu nervös, habe Sorge, nicht die richtigen Worte zu finden. »Ich weiß, dass ich uns beide ins Chaos gestürzt habe, als ich diese Pause eingefordert habe. Als du mir auf der Party gesagt hast, dass es kein Zurück mehr gibt und du Pläne für unsere Zeit nach dem Studium gemacht hast, da war es kurz wieder wie früher. Ich hatte einfach Panik, irgendwann wieder an demselben Punkt zu sein, an dem ich schon mal war. Eines Morgens aufzuwachen und festzustellen, dass ich alles, was ich getan habe, nicht primär für mich selbst, sondern für jemand anderen gemacht habe. Ich hatte Angst, dass ich dich so sehr liebe, dass ich mich selbst darüber vergesse.«

»Das würde ich nie wollen.«

»Ich weiß. Es liegt an mir, dass ich so denke. Diese Beziehung mit Mark beeinflusst mich noch immer viel mehr, als ich es je für möglich gehalten hätte, und ich hasse es. Ich hasse es, so voller Ängste zu sein, dass ich uns beide damit zerstört habe. Etwas, das so wunderschön war, und …« Ich seufze schwer. »Ich will das wiederhaben, Jasper.« Ich gehe einen Schritt auf ihn zu. »Alles, was du bei dem Ritual zu Maggie gesagt hast, hat so viel in mir wachgerüttelt. Die letzten Jahre war ich nur ein Schatten meiner selbst, und dieser Deal war nur ein Versuch, irgendwie aus dieser Misere herauszukommen, in die mich meine früheren Entscheidungen manövriert hatten. In diese strengen Routinen, um irgendwie dem Schmerz zu entkommen. Ich dachte wohl, dass es mir helfen würde, die volle Kontrolle über alles zu haben: über meine Aufgaben, meine Gedanken, sogar meine Träume. Dabei geht es gar nicht darum, alles zu kontrollieren, sondern, endlich loszulassen. Weil ich die Vergangenheit nicht ändern kann. Ich kann nicht mehr ändern, was ich damals entschieden und gefühlt habe, aber ich kann darauf hören, was ich jetzt fühle.« Jasper sagt nichts, sieht mich nur an. Hört mir zu. Ich bin froh, dass er mich nicht unterbricht, denn die Worte dürfen erst verebben, wenn ich alles gesagt habe, was sich angesammelt hat. Bevor er eine Entscheidung für sich trifft. Für uns. »Ich werde eine Therapie machen und an meinen Themen arbeiten und mich nicht mehr davon beeinflussen lassen. Nicht mehr auf diese Art. Schon gar nicht, wenn es um uns geht, denn wenn mich in den letzten Jahren etwas aufgebaut hat, dann warst es du, Jasper. Selbst damals schon, als du noch gar nichts von meinen Problemen wusstest und ich eigentlich als gebrochene Frau vor dir stand, hast du es geschafft, mich zum Lachen zu bringen. Mich ein wenig mehr wie ich selbst zu fühlen. Und das kann ich unmöglich mit meiner Angst zerstören. Weder unsere Freundschaft noch unsere Gefühle füreinander. Ich will mit dir zusammen sein und mich richtig darauf einlassen«, spreche ich es aus und setze einen Punkt.

Ich sehe ihn etwas gequält an, während die Nervosität in mir wächst. Die Angst vor seiner Reaktion.

Zwei Sekunden lang passiert nichts.

»Okay«, sagt Jasper, seine Stimme ist tief.

»Einfach okay?« Ich hatte mich auf einen langen Monolog eingestellt, darauf, ihn von meinem Entschluss noch mehr überzeugen zu müssen.

Er nimmt meine Hand. Die schönste Reaktion, die ich mir hätte ausmalen können. »Ich habe dir gesagt, dass ich warten werde. Und ich habe darauf vertraut, dass du deiner Angst irgendwann den Rücken kehrst. Ich weiß ja, dass du das kannst. Wie beim Hang Gliding. Du brauchst nur etwas länger … aber irgendwann springst du.«

»Nur mit dir an meiner Seite«, sage ich, lächle vorsichtig.

Sein Daumen streicht über meine Wange, lässt mich zu ihm aufsehen.

»Ich will mit dir zusammen sein«, wiederhole ich.

»Das bist du«, flüstert er.

Ich bin ihm so dankbar dafür, dass er mich nicht lange zappeln lässt, sondern mir sofort das Gefühl gibt, absolut gewollt zu sein. Es ist die Sicherheit, die ich brauche. Die sich beruhigend über mich legt. Mir nur einmal mehr beweist, dass dieser Mann es wert ist, mein Sicherheitsnetz zu lösen und mich meinen inneren Dämonen zu stellen.

»Bin ich«, wiederhole ich murmelnd, komme näher.

Mein Herzschlag übernimmt die Führung. Innerhalb weniger Sekunden liegen meine Lippen auf seinen, meine Arme um seinen Hals. Ich ziehe ihn näher, immer näher, während unser Kuss gieriger wird. Als wäre es unser erster. Als müssten wir uns daran erinnern, was wir uns bedeuten. Ich seufze leise auf, als seine Zunge meine berührt. Seine Hände legen sich um meine Hüfte, wir drängen nach hinten, ich mit dem Rücken gegen die Tür. Er küsst meinen Hals und saugt daran, und ich schließe genüsslich die Augen.

In dem Moment, als ich seine Erektion spüre, als er sich fiebrig gegen mich presst, durchfährt mich eine Welle der Lust. Aber sie kommt mit so vielen anderen Gefühlen, dass ich mich regelrecht überrollt fühle. So viel Sehnsucht, so viel Liebe und Zuneigung.

Ich vertraue ihm. Uns.

Ich lege alles davon in unseren Kuss, der immer drängender wird, immer leidenschaftlicher.

»Ich habe dich vermisst«, sagt er mit heiserer Stimme. »So vermisst.«

Es kostet mich viel Willenskraft, ihm nicht sofort alle Kleider vom Leib zu reißen. Besonders, als seine Hände ein wenig weiter vorrutschen und mich durch den Stoff an meiner empfindsamsten Stelle berühren. Ich würde mich zu gerne zurücklehnen und mich von ihm verwöhnen lassen, aber ein anderer Wunsch ist stärker.

Meine Lippen berühren seinen Hals, seine Schulter. Als ich vor ihm in die Knie gehe und zu ihm aufsehe, schluckt Jasper erwartungsvoll.

»Lou«, sagt er, und ich weiß nicht, ob es eine Ermahnung oder ein Flehen ist.

Als ich ihm Hose und Boxershorts herunterziehe und seinen Penis umfasse, ist der kehlige Laut, der Jasper entfährt, *alles*. Alles, was ich in diesem Moment hören will. Alles, was ich brauche.

»Gott, ich …« Weiter kommt er nicht. Meine Zunge fährt über seinen Schaft, seine restlichen Worte gehen in einem animalischen Laut unter, der irgendwo zwischen *genau richtig* und *mehr* feststeckt. Kurz blicke ich hoch zu ihm und sehe, wie er das Gesicht genüsslich nach oben streckt, die Augen geschlossen, eine Hand an der Tür abgestützt. Ich habe ihn nie schöner gesehen als in diesem Moment, als ich vor ihm knie und ihm zeige, wie sehr ich das alles hier vermisst habe. Meine Lippen umschließen ihn nun vollständig, während meine Hände an seinem Schaft entlangfahren.

»Ich kann nicht mehr … warte«, stammelt er, ich höre nach dem letzten Wort sofort auf. Ich sehe hoch zu ihm. Ein Lächeln liegt auf seinen Lippen, auch wenn es ein wenig zittert. Seine Finger legen sich unter mein Kinn und bringen mich dazu, aufzustehen.

»Das müssen wir auf jeden Fall wiederholen«, raunt er. »Aber ich halte das nicht lange aus, und für heute kann das nicht das Ende sein.« Er küsst mich, und wir taumeln nach hinten auf Jaspers Bett. Ich lande unter ihm.

Der Blick, den er mir zuwirft, ist alles, was ich mir wünschen könnte. Ich sehe das Feuer darin, aber es ist mehr als Leidenschaft. Echte Gefühle, echte Erleichterung, weil wir uns endlich wiederhaben.

Ich schließe die Augen und presse mich stärker in die Matratze, als seine Hand meine Hose aufknöpft und in meinen Slip gleitet. Ich bekomme nicht mehr alles mit, es ist, als würden Körper und Geist kurz abheben, als er mich dort berührt – erst sachte, dann immer drängender.

Ich schlage die Augen auf, sehe ihn an. Diesen Mann, der mir schon vor knapp zwei Jahren die Sprache verschlagen hat. Der nun über mir liegt, mich voller Begehren ansieht und mich liebkost.

So viel liegt mir auf der Zunge. So viele Liebesbekundungen.

»Ich will mit dir schlafen«, flüstere ich stattdessen nur. »Jetzt.«

Er greift in seine Nachttischschublade und fischt ein Kondom heraus. Mit einer flinken Bewegung streift er es über. Ich selbst entledige mich meiner restlichen Klamotten und sehe ihn mit glühenden Wangen an. Nie habe ich mich schöner gefühlt. Nie bereiter.

Er erwidert meinen Blick, tief und atemberaubend. Wir sehen uns bei jedem Millimeter an, den er behutsam in mich eindringt, als seine Bewegungen kräftiger werden und er mich komplett einnimmt. Meine Hände krallen sich regelrecht in seinen Rücken, ich drücke ihn noch enger an mich. Er stöhnt auf, erhöht das Tempo seiner Stöße. Mit jedem Stoß spüre ich die Veränderung.

In mir und bei uns.

Weil wir nun tatsächlich keine Barrieren mehr haben, nichts, was uns hindert, uns zu lieben und uns aufeinander einzulassen. Ich liege unter ihm, nackt und verletzlich, und fühle nichts als Geborgenheit.

Kapitel 33

Nur ein paar Tage später bricht emsiges Treiben aus. Als Leiterin des Festkomitees bin ich früher als die anderen auf dem Platz hinter dem Festsaal, den wir für die diesjährige Sommergala ausgewählt haben. Es ist immer die letzte große Veranstaltung vor den Final Exams und den langen Sommerferien und fordert nun all unsere Aufmerksamkeit. In den Zweigen der Kiefern hängen längst Hunderte von solarbetriebenen Lichterketten, die den Platz später in eine festliche Atmosphäre tauchen werden. Darunter stehen Holzstühle und Tische, auf denen gerade alte Glasflaschen mit ein paar getrockneten Wildblumen platziert werden, die in Kombination mit den weißen Tischläufern ein sommerliches, aber vornehmes Bild abgeben. Es passt perfekt zu den achtundzwanzig Grad, die das kalifornische Wetter uns an diesem Maitag verspricht. Ein kleines Podest steht hinter der großen Leinwand, auf der später unser Video abgespielt werden soll. Daneben befindet sich die Ausrüstung für ein Streichquartett, das Mr Peterson organisiert hat, um während des Abends für Hintergrundmusik zu sorgen.

Auf meinem Tablet hake ich alles ab, was bereits erledigt wurde: Tische dekorieren, Getränke kalt stellen, Zeitabfolge von Wades Häppchen absprechen, Vorbereitung der Videopräsentation. Ich nicke den anderen vom Komitee zu und gebe meinem Vertreter Rob ein letztes Update, ehe ich mich auf den Weg zu Red mache, um mich umzuziehen.

Als ich dort ankomme, stehen die anderen bereits im

Wohnzimmer. Wegen der angesagten Hitze ist die Garderobe heute nicht ganz so streng wie bei sonstigen Veranstaltungen. Corey und Jasper tragen Anzughosen und Hemden, die sie ein wenig offener geknöpft und nicht mit Krawatten oder Jacketts kombiniert haben. Hazel hat ein schlichtes Sommerkleid in Lachsrot an, das sich perfekt an ihren Körper schmiegt. Ihre langen Haare hat sie zu einem seitlichen Zopf geflochten, den sie mit einer Blüte verziert hat.

»Kann ich so gehen?«, fragt sie, als ich hereinkomme. Sie streicht unsicher über ihr Kleid.

»Du siehst umwerfend aus.«

»Danke.« Sie lächelt, dann stellt sie sich ein wenig aufrechter hin. »Was ist mit dir?«

»Gebt mir fünfzehn Minuten.«

Ich eile die Treppe hinauf. In Windeseile werfe ich mir ein Kleid in A-Linie mit verspieltem Carmen-Ausschnitt und Rüschenkragen über und kombiniere es mit passenden goldenen Ohrringen und einer filigranen Kette. Meine Haare stecke ich zu einem eleganten Knoten, die vordere Strähne als Wasserwelle. Mit geübten Handgriffen tusche ich meine Wimpern und trage einen dezenten Lippenstift in Toffee auf. Dann eile ich wieder nach unten.

Hazel sieht mich mit großen Augen an. »Dein Ernst? Fünfzehn Minuten für so was? Und ich habe eine Stunde gebraucht, um so auszusehen?«

»Willst du mir damit sagen, dass ich gut aussehe?«, frage ich grinsend.

»Und wie!«

»Dann auf ins Getümmel.« Corey bietet Hazel seinen Arm an, und die beiden schreiten aus dem Haus.

Jasper tritt neben mich, auch er hält mir die Armbeuge hin.

»Hazel hat recht«, raunt er mir zu. »Du siehst wirklich unglaublich gut aus.«

»Du auch«, sage ich und lächle ihn an.

Jasper gibt mir einen Kuss, dann laufen wir den anderen hinterher. Schon aus der Ferne sehe ich Mr Peterson, der trotz der Temperaturen nicht auf sein Jackett verzichtet hat. Er hat bereits Corey und Hazel gesichtet und begrüßt sie überschwänglich.

Jasper zupft an seinem Hemdkragen.

»Du musst nicht nervös sein. Diesmal gibt es nichts, was dieser Gala im Weg steht.«

»Bis auf die Leute, die beim letzten Mal dabei waren.«

Bis gerade hätte ich nie gedacht, dass er vor dieser Spendengala so aufgeregt ist. Wieso hat er denn nichts gesagt?

»Du wirst sehen, die meisten werden das mit der Prügelei längst vergessen haben. Sei einfach Jasper«, sage ich und streiche ihm über die Wange. »Du hattest diese Leute schon immer im Griff, und das wird auch heute so sein. Lass deinen Charme sprühen, lass dich von deiner Nervosität nicht davon abhalten, deine Sprüche zu klopfen, und dann wirst du Spenden sammeln und es beim Dekan ein für alle Mal wiedergutmachen.«

Jasper nickt, stellt sich etwas aufrechter hin und nickt dann erneut – voller Tatendrang. »Okay. Dann los.«

Mr Peterson hat uns bereits entdeckt. »Ms Simson, Mr Branson. Willkommen, willkommen.« Er stellt sich direkt vor uns. »Nun, ich nehme doch an, dass ich heute keine Zwischenfälle zu erwarten habe?«, fragt er mit einem Augenzwinkern. Seine Laune ist gut, er ist voller Zuversicht für diese Gala. Die Rückmeldungen auf die Einladungen waren allesamt positiv, wir erwarten heute volles Haus.

»Nein, ganz sicher nicht«, erwidert Jasper und schüttelt ihm die Hand.

»Schön. Dann holen Sie sich ein Getränk. Tanken Sie noch mal Energie, ehe die ersten Gäste kommen.«

Ich nehme mir einen Orangensaft und stelle mich zu den anderen, die sich ebenfalls schon an den Getränken bedienen. Hazel sieht sich begeistert um. Für sie ist es erst die zweite Gala. »Wahnsinn. Es sieht noch mal ganz anders aus als im Winter. Aber nicht weniger magisch.«

»Warte mal ab, wenn nachher die Sonne untergeht und die Lichter leuchten«, sage ich und deute zu den Lämpchen in den Bäumen.

»Ich bin echt gespannt.«

Corey nimmt einen Schluck Champagner. »Ein seltsames Gefühl, ein letztes Mal als Mitglied von Red bei einer Gala zu sein.«

»Beim nächsten Mal stehst du dann auf der anderen Seite«, sage ich und empfinde echten Stolz, weil Corey diesen unglaublichen Job in Toronto bekommen hat. Erst heute Morgen hat er uns das Apartment gezeigt, das die Firma ihm stellt. Allein das wäre ein Grund, diesen Job anzunehmen, aber die Firma hat auch ein tolles Umweltkonzept. Sie arbeiten mit einer engmaschigen Solar- und Windenergieversorgung, haben Baumpflanzprogramme und Partnerschaften mit anderen grünen Unternehmen. Corey soll dort neue Ideen entwickeln und umsetzen, damit Ressourcen noch besser getauscht werden können und so ein nachhaltiger Kreislauf geschaffen wird. Künftig wird er mit der LBU zusammenarbeiten und das Unternehmen auf den Spendengalas vertreten. Er wird also mindestens alle sechs Monate hier sein. Ein tröstlicher Gedanke neben dem Wissen um seinen baldigen Auszug.

»Schaut mal, da kommen die ersten Gäste«, sagt Hazel.

Mr Peterson begrüßt jeden persönlich mit Handschlag. Einige erkenne ich von der letzten Gala. Wie Mr Shan, der direkt auf mich zukommt.

»Hallo. Schön, Sie wiederzusehen.«

»Gleichfalls, Ms Simson. Vielleicht können wir uns gleich ein wenig unterhalten«, schlägt er zu meiner Freude vor. »Ich würde gerne wissen, wie es Ihnen in den letzten Monaten ergangen ist und ob es neue Entwicklungen in Ihrer Mode-Karriere gibt. Wenn Sie also gleich ein wenig Zeit erübrigen könnten …«

»Ich freue mich darauf«, antworte ich ehrlich.

Er zwinkert mir zu, dann nimmt er sich eine Champagnerflöte von einem der Tabletts und wird schließlich von Mr Peterson in ein Gespräch verwickelt.

»Sieht so aus, als müssten wir uns jetzt auch unters Volk mischen«, meint Hazel und richtet noch mal ihre Haarblüte. »Bis gleich.«

»Sie verschwendet keine Zeit«, sagt Corey anerkennend. »Aber sie hat ja auch recht. Wir müssen uns heute besonders ins Zeug legen. Ich gehe mal zu Mr Williams.« Er zeigt auf den rothaarigen Mann, der gerade gekommen ist.

Der Platz füllt sich schnell, immer mehr Leute strömen heran. Schon bald wird die idyllische Ruhe von einer dichten Stimmenkulisse abgelöst.

Ich schiele zu Jasper, der sich durch die Haare fährt. »Ich denke, ich leiste mal den Damen dort hinten Gesellschaft.« Eine Gruppe älterer Frauen, einige davon schon bekannt aus den Vorjahren, steht an den Holztischen und bewundert die Deko. Jasper wechselt in den Charme-Modus und tritt auf sie zu.

Laut Zeitplan haben wir nun genau eine Stunde, um die Ankunftszeit in lockerer Atmosphäre zu gestalten.

Mr Shan kommt auf mich zu und hakt sich bei mir unter. Es ist genau wie bei der letzten Gala, als wir einander vorgestellt wurden. Und doch fühle ich mich ganz anders als noch vor sechs Monaten. Damals, als Jasper nur ein Mitbewohner und Freund war.

»Erzählen Sie«, setzt Mr Shan an, »was gibt es Neues? Ich hoffe, das Leben ist etwas ruhiger geworden als bei unserer letzten Begegnung.« Ohne Frage spielt er auf den Zwischenfall bei der letzten Gala an.

Ich lächle und gehe ein paar Schritte in Richtung der Kieferngruppe, unter der sich eine Staffelei mit einer Fotocollage befindet. »Es ist weniger actionreich, aber dennoch habe ich das Gefühl, dass in den letzten Monaten sehr viel passiert ist.«

»In Bezug auf die Uni oder Ihre Pläne?«

»Auf das Leben.«

»Darf ich mehr erfahren?«, fragt Mr Shan.

»Ich habe ein paar kleine Abenteuer für mich selbst gesucht.«

»Abenteuer? Dafür war ich schon immer empfänglich.«

Wir holen uns neue Getränke, während ich ihm alles von meinen Ausflügen erzähle. Vom Hang Gliding, dem Töpferkurs, meinem Camping-Wochenende und meinem Ausritt.

»Und ich habe mich dazu entschieden, meinen Träumen schon mal etwas Aufwind zu geben«, sage ich mit einem Lächeln. »Und habe mich tatsächlich für die finale Runde eines Modedesign-Wettbewerbs qualifiziert.«

»Gratulation. Man muss seine Fühler immer ausstrecken. Solche Wettbewerbe können ein tolles Sprungbrett sein.«

»Das hoffe ich sehr. Im September reise ich dafür nach L.A. zur Preisverleihung … mal sehen, was sich daraus ergibt.«

»Ich drücke Ihnen die Daumen. Und wo wir schon bei ausgestreckten Fühlern sind«, sagt Mr Shan und nippt an seinem Champagner. »Wissen Sie, seit unserem letzten Treffen habe ich viel über Sie und Ihre Karrierewünsche nachgedacht.«

»Ach ja?« Ich versuche, gleichmäßig weiterzuatmen, aber plötzlich bin ich so nervös wie bei meinem letzten Gespräch mit ihm, als mir klar wurde, mit welch einflussreichem Mann ich es zu tun habe. Immerhin ist er der Geschäftsführer von *Lobo Education,* einem grünen Modelabel.

»Sie haben noch zwei volle Jahre an der LBU?«

»Ja. Am Anfang war der Plan, das Studium in insgesamt drei Jahren zu schaffen, aber wenn man bei Red ist, ist es leider nicht sehr realistisch, früher fertig zu sein.«

»Zu viele Sonderaufträge«, sagt er wissend.

»Ja, und ich bin auch irgendwie nicht bereit, diese wichtigen Erfahrungen hier im Schnelldurchlauf zu erleben.«

»Es ist definitiv eine gute Möglichkeit, um Kontakte zu knüpfen und daran zu wachsen«, sagt er nickend. »Nun, ich würde es begrüßen, einer dieser Kontakte zu sein. Ich habe mich ein wenig ausführlicher über Sie informiert, und Ihr Lebenslauf beeindruckt mich ebenso wie Ihr Engagement und Ihre Kreativität.« Ich bemühe mich, nicht rot anzulaufen. »Ich weiß, dass Sie viel zu tun haben, und Ihre Qualifikation für diesen Wettbewerb wird Sie sicher auch in Beschlag nehmen. Aber würde es Ihnen gefallen, in den Sommerferien für ein paar Tage nach Oakland zu kommen und sich die Arbeit von *Lobo Education* vor Ort anzusehen?«

»Wow!« Mein Herz rast allein bei der Vorstellung. Das vereint so ziemlich alle meine Träume.

»Vielleicht können wir ja auch ein Praktikum planen«, fährt er fort. »Wenn Ihnen gefällt, was Sie sehen. Ich denke, wir würden voneinander profitieren.«

»Ist das wirklich Ihr Ernst?«, frage ich, kann es kaum glauben.

»Natürlich. Ehrlich gesagt, habe ich vorhin schon mal ein wenig bei Mr Peterson vorgefühlt, und er scheint nichts dagegen zu haben. Er sieht das wie ich: Nachwuchs muss gefördert werden, erst recht so vielversprechender.«

Ich strahle. »Es wäre mir eine Ehre.«

»Ich würde Ihnen gerne meine Kontaktdaten geben, und dann telefonieren wir Anfang nächster Woche, wenn Sie möchten.«

Ich hole mein Smartphone aus meiner Clutch und scanne den QR-Code auf der Visitenkarte, die mir Mr Shan entgegenhält.

Im selben Moment tritt eine Dame in dunkelblauem Hosenanzug vor, um Mr Shan zu begrüßen. Ich bleibe noch eine Weile bei ihnen stehen und höre zu, wie sie sich über die Zusammenarbeit mit der LBU austauschen. Es wäre angemessen, mich einzubringen, aber mein Gehirn ist auf Autopilot. Ich kann nur noch daran denken, dass Mr Shan mir ein Praktikum angeboten hat. Plötzlich scheint es, als wäre alles möglich.

Ich sehe verstohlen in Jaspers Richtung, der sich gerade ein neues Getränk holt. Schnell entschuldige ich mich bei Mr Shan und Mrs Francis und eile zu ihm, um ihn schwungvoll zu umarmen. Einige Sekunden vergehen, in denen ich seinen Duft einatme. Sein Körper schmiegt sich an meinen, meine Arme liegen um seinen Hals, und seine Haare kitzeln mich sanft.

Ich löse mich von ihm und erzähle ihm von dem Angebot. Es ist ein Wunder, dass er mir folgen kann, so schnell und hastig, wie ich rede.

»Ich wusste, dass du es draufhast«, sagt er und gibt mir einen Kuss auf die Wange. In mir brennt ein Verlangen nach mehr. Mehr als diesem Kuss, mehr von den Berührungen der vergangenen gemeinsamen Nächte, aber ich dränge alles zurück und lasse meinen Blick stattdessen nur einmal genüsslich über ihn streifen, um mir den Anblick für später einzuprägen. An seiner Gesäßtasche bleibe ich hängen. Drei Schecks blitzen daraus hervor.

»Hey«, sage ich und ziehe sie heraus. »Du hast schon drei Spenden eingesammelt?« Das muss ein neuer Rekord sein.

»Ganz recht«, sagt er, sein Grinsen ist so breit wie eh und je. »Sieht aus, als wären wir heute beide in Hochform.« Er sieht zu Mr Peterson, der sich gerade aus einem Gespräch verabschiedet. »Die werde ich jetzt höchstpersönlich beim Dekan abliefern und ihm damit hoffentlich beweisen, dass auf mich wieder Verlass ist.«

Jasper haucht mir noch mal einen Kuss auf die Wange, flüstert mir zu, wie stolz ich auf mich sein kann, und dann geht er mit den Schecks in der Hand zu Mr Peterson. Das Lächeln vom Dekan wird breiter, er klopft Jasper anerkennend auf die Schulter, und ich platze schier vor lauter Glücksgefühlen.

Die Violinisten sind eingetroffen und kündigen mit melodischer Streichmusik den nächsten Programmpunkt an: das Essen. Alles genau nach Zeitplan.

Mr Peterson bittet unsere Gäste zu Tisch. Zu den Häppchen, die nun serviert werden, werden Wein und Wasser gereicht. Wade hat sich selbst übertroffen. Optisch könnte jede dieser Köstlichkeiten zu Sterneküchen gehören, hübsch angerichtet und formvollendet. Die Kombinationen sind sowohl Wade-typisch als auch experimentell: Falafel an Preiselbeersoße in einem Brotschiffchen, Einmachgläser gefüllt mit Kürbiskompott, gerösteten und karamellisierten Zwiebeln, dazu frittierte Selleriewürfel. Mini-Hazelburger, die mit einem Happs im Mund sind. Kartoffelpattys mit Meerrettichdip und geschmortem Gemüse. Es muss ihn Tage gekostet haben, sich alle Kreationen zu überlegen und die perfekte Kombination zu kreieren. Und es schmeckt gigantisch.

Somit ist das Essen ein voller Erfolg. Die schwüle Hitze, die sich im Laufe des Tages angestaut hatte, verfliegt ein wenig, was die Stimmung noch ausgelassener werden lässt. Insekten schwirren um unsere Köpfe. In einer der Baumkronen sitzt ein Diademhäher und blickt auf uns hinab, als wären wir das Interessanteste, was er jemals beobachten konnte. Ich folge seinen flinken Kopfbewegungen eine Weile, ehe Mr Peterson ans Mikrofon tritt und sich räuspert.

»Ich denke, es wird Zeit, ein paar persönliche Worte an meine Gäste zu richten«, beginnt er, und die Gespräche um uns herum verstummen. »Als vor ein paar Jahren die erste Sommergala stattfand, hätte ich mir nie träumen lassen, dass sich diese Veranstaltung ebenso etabliert wie die wundervolle Wintergala, die wir schon seit Gründung der LBU ausrichten. Es gab inzwischen schon viele Feiern zum Ende des Semesters, doch ich muss sagen, dass wir uns dieses Jahr selbst übertroffen haben. Ich jedenfalls freue mich unglaublich über die Dekoration, die Musik, das Essen und natürlich über jeden, der hierhergekommen ist, um unsere langjährige Zusammenarbeit zu pflegen oder eine neue zu ermöglichen.« Er hält kurz inne, um den Moment auszukosten. »Ich will nicht lügen: Es war kein leichtes Jahr für die LBU. Die Forschungen, die wir hier betreiben, erreichen ein Niveau, das nicht nur unglaubliche Fortschritte bedeutet, sondern auch neustes Inventar nötig macht, und da sind wir auf jede Spende angewiesen. Sie alle wissen, wie engagiert unsere Studierenden sind – wissbegierig, bereit, vollen Einsatz zu leisten. So auch die jungen Damen und Herren in unserer Mitte.« Er zeigt auf uns. »Aber ich denke, es ist an der Zeit, dass ich sie selbst zu Wort kommen lasse.«

Ich gebe ein Handzeichen, und unser Video wird abgespielt. Jede Szene, die wir so mühevoll gedreht und geschnitten haben, und ich freue mich über jede Reaktion. Begeisterung, die auch nach der Videopräsentation noch mitschwingt, als die Lichter in den Bäumen angehen und den Platz trotz der Dämmerung in eine festlich-gemütliche Atmosphäre tauchen. Es fließen viele Spendengelder, aber dieser Erfolg des Abends ist nur ein Grund, weshalb sich ein sehr warmes Gefühl in mir breitmacht. Der andere Grund ist einzig Jasper geschuldet, der die ganze Spendengala durchhält. Keine Konzentrationsprobleme, keine Zwischenfälle, nicht mal der Hauch einer Unsicherheit ist zu erkennen. Ich weiß, dass sein Kummer noch immer in ihm schlummert, vielleicht auch irgendwann noch mal hervorbrechen wird, aber er hat sich sein Leben zurückerobert. Das hier ist der Beweis dafür, dass die letzten sechs Monate ihn vielleicht geschwächt, aber nicht gebrochen haben. Er hat gekämpft, hat sich nicht mal von der Enthüllung um Maggies Verlobten in die Knie zwingen lassen, und das imponiert mir. Motiviert mich, an meinem Plan mit der professionellen Hilfe festzuhalten. Erst gestern habe ich bei einer Psychotherapeutin in Juniper angerufen und mich dort auf die Warteliste setzen lassen.

Wenn ich Glück habe, kann ich bereits nach den Semesterferien mein Erstgespräch wahrnehmen und mich auf den Weg der Heilung machen. Kann dann dafür sorgen, dass es immer so wird wie heute: mit Mut und Zuversicht in die Zukunft zu blicken und die Gegenwart einfach zu genießen.

Kapitel 34

Nach der Sommergala wieder mit Prüfungsvorbereitungen und schließlich mit den Final Exams konfrontiert zu werden, fühlt sich ungefähr so an, wie in den kalten Blue Lake zu springen. Die Glücksgefühle verpuffen ein wenig und arbeiten eher im Hintergrund. Der Campus verwandelt sich wieder in den unentspannten, hibbeligen Haufen Studierender, die für ungefähr zwei Wochen nichts anderes als Noten und Prüfungsergebnisse im Kopf haben. Bei Jasper und mir ist es ähnlich, auch wir verschanzen uns wieder häufiger in unseren Zimmern, um gemeinsam unseren Lernplänen zu folgen. Nur mit dem Unterschied, dass es das erste Mal Lernpläne sind, in denen ich richtige Pausen eingeplant habe. Nicht die Art von Pausen, die ich früher hineingeschrieben habe und die für die elementarsten Grundbedürfnisse genutzt wurden. Sondern richtige Auszeiten vom Lernen, die Jasper und ich meist zusammen im Bett verbringen. Manchmal kochen wir zusammen mit den anderen oder leisten Reese im Diner Gesellschaft. Besonders Corey ist häufig mit dabei, obwohl gerade er wegen seiner allerletzten Prüfungen im Studium gestresst sein sollte. Doch der Gedanke, schon bald die LBU und damit unsere Clique zu verlassen, wiegt wohl schwerer.

Seine Sprüche werden mir auf jeden Fall fehlen.

Genau wie meine Schützlinge aus dem Tutorenprogramm, die ich gestern während meiner letzten Stunde verabschiedet habe. Es war einfach an der Zeit, kürzerzutreten und mich mehr auf andere Dinge zu besinnen.

Auf Jasper und meinen Deal zum Beispiel, den ich noch lange nicht vergessen habe und der mich neben der Prüfung beschäftigt. Weil ich, ehe das Semester zu Ende geht, unbedingt ein letztes Abenteuer mit ihm erleben will.

Er sitzt am Frühstückstisch, isst Toast mit Banane und Erdnussbutter und brütet über seinem Lernplan.

»Du und ich, nächstes Wochenende«, sage ich zu ihm, als ich von hinten meine Arme um ihn schlinge.

»Bin bei allem dabei. Was steht denn an?«

»Eine Überraschung«, erwidere ich grinsend.

Jasper dreht sich zu mir um. »Gemeinheit. Du kannst mich doch nicht so zappeln lassen.«

»Nennen wir es eine Revanche für *deine* ganzen Überraschungen.« Ich setze mich neben ihn und klaue mir einen Bissen von seinem Toast. »Aber du musst ein ganzes Wochenende einplanen. Du brauchst Badesachen und Übernachtungszeug.«

»Das wird ja immer kryptischer.«

»Ich bin eben geheimnisvoller, als du denkst«, ziehe ich ihn auf und gebe ihm einen Kuss auf die Nasenspitze. Wenn alles so klappt, wie ich es schon seit zwei Tagen in meinem Kopf plane, wird es genau das Richtige nach dem ganzen Prüfungsstress sein. Zumal wir die anstehenden Sommerferien größtenteils getrennt verbringen werden. Definitiv einer der Hauptgründe, wieso mir der Sinn nach so viel Zweisamkeit wie möglich steht.

»Also, bist du dabei? Kann ich auf dich zählen?«

»Na klar!«

Zufrieden stehe ich auf und schnappe mir mein Tablet, um gleich alles zu buchen. »Das wird klasse«, sage ich, um ihn noch ein wenig auf die Folter zu spannen. »Du wirst schon sehen.«

Unser Gepäck ist bereits in einem wunderschönen kleinen Hotel in der Nähe von Roseburg. Jasper war verwirrt, als wir in Oregon angekommen sind. Er hat mehrfach gefragt, wieso wir eigentlich hier sind, und doch habe ich ihm keine Antwort darauf gegeben. Auch jetzt, mit den Rucksäcken auf den Schultern und nach einer einstündigen Busfahrt in die Natur, scheint er noch immer keine Ahnung zu haben, was ziemlich amüsant ist. Genau in diesem Moment kratzt er sich etwas ratlos am Hinterkopf, während er sich umsieht. In Oregon ist das Wetter fast genauso warm wie in Kalifornien und bietet die beste Voraussetzung für eine kleine Abkühlung. Ich jedenfalls kann es kaum erwarten.

Vor uns liegt der Rogue River in all seiner Schönheit. Glitzerndes Wasser, sprudelnde Felsläufe, umrahmt von einem Tannenpanorama, das zum Träumen einlädt. Und nach Abenteuer riecht.

»Was hast du nur vor?«

»Komm, gleich sind wir da«, sage ich mit Blick auf mein Handy, wo unser Zielort markiert ist. Eigentlich müsste er gleich hinter der Biegung kommen. Die Wegbeschreibung von der Bushaltestelle aus war recht präzise.

Wir biegen um die Ecke und sehen tatsächlich den Wagen: einen Jeep mit Anhänger, auf den verschiedene Kajaks geladen sind. Davor sind schon einige unserer Mitstreiter.

Jasper bleibt abrupt stehen. »Eine Kajaktour?«

»Eine Wildwasser-Raftingtour, um genau zu sein.«

»Was? Seit wann steht das auf deiner Liste?«

»Vielleicht habe ich heimlich ein paar neue Punkte hinzugefügt«, sage ich zufrieden. Jaspers Augen blitzen auf, als er die Kajaks mustert. Dann hebt er mich plötzlich hoch und dreht mich voller Vorfreude.

»Das wird der Wahnsinn«, murmelt er und gibt mir einen Kuss.

Wir gehen zu den zwei Guides, die bereits die Kajaks ausladen. Daneben warten drei Pärchen, zwei davon Touristen aus Deutschland, die den angrenzenden Umpqua National Forest besuchen. Es ist schön, dieses Erlebnis mit anderen zu teilen, die genauso aufgeregt wirken wie Jasper und ich. Keiner hat Erfahrungen mit Kajaktouren, und so sind sicher alle gespannt darauf, was uns wohl erwarten wird. Eins weiß ich aus dem Video der Veranstalter: So seicht wie an der Anlegestelle bleibt der Rogue River nicht. Auch wenn die Tour für Einsteiger geeignet ist, sah es auf dem Video nicht gerade nach einer Kaffeefahrt aus.

Wir bekommen pärchenweise Kajaks zugeteilt und erhalten eine Einweisung. Wir besprechen, wie wir uns verhalten, wenn das Kajak umkippen sollte, und legen eine Reihenfolge fest, in der wir die Tour bestreiten. Jasper und mein Kajak folgt direkt dem anführenden Guide Jarell, was mir ein wenig hilft, mich zu entspannen.

Für den Fall der Fälle bekommen wir Schwimmwesten und Helme. Unsere Wertsachen verstauen wir in wasserdichten Behältern, und dann gleiten Jasper und ich auch schon mit unserem blauen Kajak ins Wasser. Gleichzeitig beginnen wir zu paddeln. Sofort werden wir von der Strömung des Flusses mitgerissen, jedoch ohne dabei die Kontrolle zu verlieren.

Wir folgen einfach Jarell, der die Spitze einnimmt. Der zweite Guide übernimmt den Endpunkt unserer kleinen Kolonne.

Die ersten Meter sind Entspannung pur, einfach nur wir, das Plätschern des Flusses und der leichte Fahrtwind, der meine überhitzte Haut abkühlt. Dazu die wunderschöne Natur, die ruhig an uns vorbeizieht.

Jarell lässt sich schließlich von uns einholen. »Da vorne kommt die erste Schlüsselszene.« Vor uns rauscht ein Wasserlauf, der mir sofort einen Adrenalinschub verpasst. Der Fluss sprudelt regelrecht über die Felsen. »Haltet euch rechts«, weist Jarell an. Hinter uns kommen die Nächsten, die dieselbe Anweisung erhalten.

»Bereit?«, frage ich Jasper über das Rauschen des Wassers hinweg.

»Immer.«

»Dann los!«

Wir paddeln etwas kraftvoller, halten uns rechts und wagen uns in die Strömung. Es ist eine ruckelige Angelegenheit, denn unser Kajak gleitet etwas wackelig durch den Fluss. Wasser spritzt hoch und durchnässt mich bis auf die Kopfhaut. So viel zu meiner gewünschten Abkühlung. Jasper hinter mir lacht rau, und auch ich kann mir ein breites Grinsen nicht verkneifen, während wir weiter mit dem Fluss kämpfen. Die Mischung aus der wunderschönen Natur, der Wildheit des Flusses und der Abkühlung durch das hochspritzende Wasser ist in diesem Moment alles.

»Beste. Idee. Aller. Zeiten«, stößt Jasper aus, als wir erneut von der Strömung mitgerissen werden und mit aller Kraft dagegen ankämpfen.

Vier Stunden und mehrere Wasserläufe später sitzen wir klitschnass am Ufer des Rogue River. Der Jeep mit den Kajaks fährt davon, und unsere Mitstreiter verabschieden sich überschwänglich, doch Jasper und ich denken noch nicht daran zu gehen. Zu sehr rauschen noch Adrenalin und Glücksgefühle in unseren Adern, und ich habe das Gefühl, dass beides anhält, solange wir nur am Fluss bleiben. An diesem wunderschönen Fleckchen Erde.

Jasper sitzt hinter mir, mein Kopf ist an seine Brust gelehnt. Ich bin sicher, dass meine nassen Haare ihn volltropfen, aber es scheint ihn nicht zu stören.

»Das war klasse«, sagt er und gibt mir einen Kuss auf den Kopf. »Danke für die tolle Überraschung.«

»So was könnte ich wirklich jeden Tag machen. Auch wenn mir jetzt jeder Muskel im Körper wehtut. Ich hätte nie gedacht, dass Paddeln so anstrengend ist.«

»Jeder Muskel, hm?«, brummt Jasper mir ins Ohr.

»Keine Sorge. Bis wir wieder im Hotelzimmer sind, haben sich die Muskeln sicher ein wenig erholt«, erwidere ich grinsend und genieße es, die Reaktion auf meine Worte genau zu spüren. Dieser Moment, als Jasper sachte die Luft einzieht, sein Becken sich ein wenig anspannt. Meine Finger umkreisen seinen Oberschenkel, bis ich sehe, wie sich eine Gänsehaut darauf bildet. »Ich dachte, wir könnten uns Essen aufs Zimmer bestellen«, sage ich. »Und dann machen wir so einen richtigen Hotelabend, mit schummrigem Licht, Essen im Bett und ein wenig Zeit für uns.«

»Ist sie also doch nur nach Oregon gefahren, um mich zu verführen?«, zieht Jasper mich auf. »Ich wusste, diese Kajaktour war nur eine Masche.«

»Hast mich erwischt.«

»Und morgen frühstücken wir dann auch im Bett?«

Ich löse mich aus seinen Armen und drehe mich um, sehe ihn vorsichtig an. Die Idee, die mir schon seit Tagen durch den Kopf spukt, will nun endlich ausgesprochen werden, aber ich habe auch Sorge, damit etwas falsch zu machen.

»Ich hätte da noch eine Idee.«

»Bungeespringen? Fallschirmsprünge?«, rät Jasper.

»Nicht ganz«, sage ich lachend, werde dann aber sofort wieder ein wenig ernster. »Es gab wirklich viele Anbieter für die Raftingtour, und ich habe lange überlegt, wo wir es machen sollen. Oregon war naheliegend, schon allein, weil wir hier die kürzeste Anreise hatten. Aber es gab auch etwas anderes, was mich dazu gebracht hat, den Rogue River zu wählen. Ich dachte … jetzt, wo wir schon mal in Oregon sind und morgen noch einen ganzen Tag Zeit haben …«

Jasper mustert mich, auf seinen Lippen ein zaghaftes Lächeln. Als würde er noch in seinem Kopf abwägen, ob er die Informationen, die aus meinem Mund kommen, richtig deutet.

»Wenn du jetzt vorschlagen willst, dass wir meine Mom besuchen fahren könnten …« Er wartet darauf, dass ich ihm widerspreche. Ich tue es nicht. »Dann muss ich dich auf der Stelle küssen«, fährt Jasper fort. In seinen Augen blitzt pure Zuneigung auf.

»Wieso zwei Wochen warten, wenn Lewis und du ihr beim Umzug in ihre neue Wohnung helft? Sie sitzt doch gerade in diesem Hotel fest und ist sicher einsam, meinst du nicht? Von Roseburg aus fährt man nur eine Stunde bis zu ihrem Hotel. Wir sind also in der Nähe. Vielleicht willst du ja mit ihr Frühstücken gehen?«

»Du bist unglaublich.« Er neigt den Kopf, legt seine Nasenspitze auf meine. Seine Finger fahren liebevoll durch meine nassen Haare. »Weißt du das?«

»Ja. Ich bin schon ziemlich klasse.«

»Dein Plan hat nur einen kleinen Fehler.« Sein Daumen streift meine Wange. »Ich fände es schön, wenn du mitkommen würdest. Meine Mom kennenlernst.«

»Bist du sicher?«

»Wenn es dir nicht zu schnell ist …«

Ich horche in mich hinein, suche nach Ängsten oder Zweifeln, aber ich kann keine finden. Da ist nur ein lautes *Ja*, das durch meinen Kopf hallt. Ein Ja, das mir in diesem Augenblick so viel bedeutet. So wichtig ist.

Mir ist klar, dass wir beide an unseren Problemen arbeiten müssen und es nicht immer leicht sein wird. Ich bin froh, im nächsten Semester meinen Therapieplatz antreten zu können, weil es bedeutet, dass ich richtig mit der Arbeit beginnen kann. Dass ich mich hoffentlich zukünftig davor schützen kann, noch mal so von der Vergangenheit beeinflusst zu werden, dass sie meiner Gegenwart und Zukunft im Weg steht. Ich möchte, dass Jasper und ich wachsen. Jeder für sich und auch wir zusammen.

Das hier ist nur der Beginn einer Heilung. Aber es *ist* ein Anfang.

Dass mich die Aussicht, Jaspers Mutter kennenzulernen, so angstfrei zurücklässt und meine Zweifel leise werden, zeigt, dass ich mich genau auf dem richtigen Weg befinde. Egal, wie lang er auch sein wird. Wie lange es auch dauert.

»Ich fände es wirklich schön, deine Mom zu treffen«, entscheide ich. Lasse los. Lasse mich drauf ein.

»Und wer weiß, ob es in den Sommerferien sonst eine Chance dazu gibt. Das steht und fällt wohl damit, wie gut mein Praktikum läuft.« Erst gestern habe ich mit Mr Shan die letzten Punkte besprochen und alles geklärt: Drei Wochen werde ich in Oakland verbringen und in seiner Firma arbeiten. Und hätte die Möglichkeit, auf fünf Wochen zu verlängern, sollte es gut laufen. Damit wäre ich zwar den Großteil meiner Ferien beschäftigt, aber die Türen, die sich damit öffnen könnten, sind zu groß, um es nicht zu tun. Allein der Gedanke, wie nahe ich meinem Traum die nächsten drei Monate kommen werde, ist aufregend und beglückend. Erst das Praktikum, dann die Preisverleihung in L.A. … dann meine immer größer werdende Followerschaft auf Instagram.

»Ich werde Mom sofort anrufen, sobald wir aus dem Funkloch raus sind«, sagt Jasper lächelnd. »Keine Ahnung, wann ich ihr das letzte Mal eine Frau vorgestellt habe. Irgendwann in der Highschoolzeit wahrscheinlich.«

»Hoffentlich mag sie mich dann auch.«

»Klar. Wie könnte sie nicht?« Sein Blick ist voller Liebe, ehe er mich küsst. Mich küsst, wie es nur Jasper kann: wenn er diese Sehnsucht in meinem Herzen freisetzt und diese Lust in mir pulsiert.

»Dann sollten wir gleich aufbrechen. Bevor die Sonne untergeht und uns mit den nassen Sachen zu kalt wird.«

»Noch fünf Minuten«, erwidert Jasper träumerisch und blickt wieder auf den Fluss, er lässt das Panorama noch mal auf sich wirken. »Es ist so friedlich hier.«

Ich kann nicht anders, als Jasper anzusehen. Seine Lippen sind ein wenig geöffnet, nasse Haarsträhnen fallen ihm ins Gesicht und verleihen ihm einen Surferboy-Look. Die hellblauen Augen wirken heute noch heller, als er lächelt. Und unfassbar glücklich wirkt.

Hätte ich noch auf der Wintergala jemals gedacht, hier mit Jasper zu sitzen? Ihm einmal so nah zu sein?

Sicher nicht.

Niemals hätte ich mir träumen lassen, dass wir beide innerhalb von sechs Monaten so viele Veränderungen durchmachen würden. Aber es ist ein geradezu berauschendes Gefühl, zu sehen, wo es mich persönlich hingeführt hat. Zu diesem Mann, dessen Anblick sich wie ein Abenteuer und gleichzeitig wie Nach-Hause-Kommen anfühlt. Zu Träumen, die plötzlich zum Greifen nah sind. Karussells, die endlich anhalten.

Manchmal muss man wohl einfach loslaufen und den Absprung schaffen, ehe man die Welt aus neuen Perspektiven sehen und aus alten Mustern ausbrechen kann. Jetzt, wo ich einmal damit angefangen habe, kann ich sie erst sehen: die ganzen Abenteuer, die das Leben bietet. Und ich bin bereit für jedes Einzelne davon.

Danksagung

Als ich Band 1 der Lullaby-University-Reihe begonnen habe, hat mich Jasper komplett überrascht. Niemals hätte ich gedacht, dass ich unbedingt seine Geschichte schreiben will, aber er und Lou gingen mir einfach nicht mehr aus dem Kopf. Und es hat mir viel bedeutet. Lous und Jaspers Geschichte war schmerzhaft und heilsam zugleich – sie hat mir in einer sehr schweren Zeit Kraft gegeben. Das Ergebnis nun mit euch zu teilen ist wundervoll, und ich kann es kaum erwarten zu hören, was ihr über die beiden denkt.

Aber zunächst möchte ich ein paar Menschen danken, die die Entstehung dieses Buchs auf die ein oder andere Weise beeinflusst haben.

Zuallererst möchte ich Sabine Ley danken. Deine kritischen Anmerkungen haben den Kern meiner Idee gepackt, einmal auf links gedreht und alles herausgekitzelt, was mir selbst zuvor noch verborgen war und Lous und Jaspers Geschichte damit so viel besser gemacht hat. Also danke, danke, danke. Ich bin wirklich froh, bei dir auf dem Tisch gelandet zu sein und mit dir zusammenarbeiten zu dürfen. Das Gleiche gilt für Michelle Stöger, die mit ihrem prüfenden Blick dafür gesorgt hat, den Text abzurunden. Auch dem restlichen Team von Knaur gilt mein Dank: wegen der Leidenschaft und Liebe für die Lullaby University und die wirklich tolle Zusammenarbeit (die ja schon bald in die nächste Runde geht. Juhu!)

Mein Dank gilt natürlich auch der Günter Berg Literary Agency, und vor allem meiner Agentin Franziska Tometschek, die an die Branson-Brüder geglaubt und ihnen so viel Zuspruch gegeben hat. Ohne dich wäre das hier niemals möglich gewesen!

Darüber hinaus danke ich meiner Familie – Mama, Natalie und Susanne. Und dir, Papa. Jaspers und Lous Geschichte war die erste, die ich nach deinem Tod geschrieben habe, und ich hatte wirklich Angst, dass ich ohne dich gar nicht mehr schreiben kann. Aber die Geschichte dahinter hat nicht nur Lou und Jasper, sondern auch mich stärker gemacht!

Danke auch an Niklas, dem dieser Roman gewidmet ist. Danke, dass du das Mosaik, das ich vor einigen Jahren aus meiner zerbrochenen Seele zusammengeklebt habe, verstehst und es nicht verändern willst. Das bedeutet mir viel.

Danke an meine Schreibgruppe, die Couchpotatoes, für gemeinsame Schreibstreams, Motivation und Vorfreude auf meine Bücher. Danke auch an Mira für das Daumendrücken und Mitfiebern. Danke an Nina, die mir mit ihren Schreibdates ebenfalls Motivation und Zuspruch gegeben hat. Und danke an meine Testleserinnen Natalie und Eva, für all ihre Jasper-Liebe!

Und zuletzt: Danke an euch, die ihr euch für Jasper und Lou begeistert und ihre Geschichte gelesen habt. Ich hoffe sehr, dass euch der Roman gefallen hat und wir uns auf Social Media lesen (ich freue mich über jeden, der mich dort kontaktiert und/oder mein Buch präsentiert).

Ich hoffe, die beiden Ausflüge in die kalifornischen Wälder haben euch ebenso geerdet, wie sie mich beim Schreiben inspiriert haben.

Liste sensibler Inhalte / Content Notes

- Darstellung von toxischen Beziehungen und Beziehungstraumata
- Darstellung von Trauer